MW00878984

Carlos Lomena

El Vidente

ISBN: 9798337678597

Editores: Jurado Grupo Editorial

juradogrupoeditorial@gmail.com
Instagram: @juradoeditorial
YouTube: Jurado Grupo Editorial
www.juradogrupoeditorial.com
Twitter: @juradopublishing

Contenido

PRÓLOGO

El hombre seguía frente a un escritorio muy grande de vidrio con el ordenador encendido. En el fondo de la espaciosa habitación, estaba una pantalla gigante transmitiendo datos sobre lo económico. Sentado ahí, parecía como si no estuviera prestando atención a nada. El inmenso ventanal ubicado a su derecha dejaba colar los rayos de sol, que proyectados sobre su cara, lo hacían ver muy pálido. Su vista fija no miraba nada. Parecía como si estuviera muerto con los ojos abiertos.

Había pasado toda la mañana igual, sin inmutarse, su rostro reflejaba mucho dolor, no había nada que pudiera ocupar su mente. ¡Abstracción total! ¿Cómo puedo analizar esa actitud? Lo más acertado sería pensar en un desenlace oscuro y fatal.

De pronto se movió en su silla, un movimiento que no estaba acompañado por sus pensamientos, una especie de reacción involuntaria. Daba la impresión que su cuerpo estaba controlado por una fuerza desconocida, mientras que su mente había colapsado. Frank se mostraba instintivo, fuera de control, pero dentro de su abstracción sus ojos evidenciaban ansiedad. Tenía que hacer algo, debía poner fin a todo.

A pesar de su palidez, estaba físicamente íntegro, su gran estatura, que pasaba del metro ochenta y su cuerpo atlético, lo hacían ver más joven de lo que realmente era, tenía el cabello abundante a pesar de que ya aparecían algunas canas a los lados.

Estaba vestido a la perfección, con un traje en algodón puro, de corte inglés, corbata de seda y zapatos italianos hechos a mano. Su reloj de pulsera, un cronógrafo Turbillion con calendario perpetuo y fase lunar, marcaba las 4:00 de la tarde. Se levantó automáticamente y comenzó a caminar hacia la salida, a pasos seguros, con la mente ubicada en otra parte, quizás en otro cuerpo o espacio diferente del suyo. Colocó su mano en la cintura y palpó el arma. Abrió la puerta que daba a la sala de recepción donde se encontraba Eugene, su secretaria.

—No sabía que se marchaba tan temprano, señor Frank, enseguida me comunico con Paul por la radio para que esté listo el auto, —le dijo Eugene observándolo con mucho pesar, pero Frank ya había tomado el ascensor expreso.

Una vez dentro, pulsó el botón, sin verlo, y se mantuvo quieto durante todo el recorrido, aproximadamente treinta y cinco segundos hasta la planta baja, al abrirse las puertas, caminó muy decidido hacia la dirección que tomaba. Atravesó el vestíbulo y salió a la calle por la puerta giratoria ubicada en la parte lateral, en una plazoleta que se encontraba al sur del edificio. No utilizó la salida principal en donde lo esperaba su chofer.

Tomó hacia la izquierda para llegar a la avenida Madison, allí giró a la derecha y caminó dos manzanas hasta la calle 54, bajo un sofocante calor; a pesar de ser la primera semana de junio, la temperatura llegaba casi a los cien grados, y la humedad era del 89 %.

Caminó con la vista perdida, orientado solo por el instinto. Como robot se desplazaba entre un río de gente que lo tropezaban, él seguía a paso firme hacia una dirección fija. En un momento levantó la cara hacia el cielo, y los rayos del sol penetraron el mar de sus ojos casi cegándolo por completo, pero él ya estaba ciego, lo que impulsaba el movimiento de su cuerpo le había privado de todo tipo de sentimiento o reacción a los estímulos externos. Un superhombre, convertido en piltrafa. Su fortaleza no fue suficiente para ayudarlo a controlarse. Ya era tarde para hacer conjeturas, o para impedir la actitud de ese ser irracional. El futuro se tornaba en presente, ya no había tiempo para cambios ni alteraciones, el destino estaba marcando pautas, haciéndose dueño de la situación, devorándose la cordura de ese hombre tan centrado y perfecto.

Dobló en la calle 54 en dirección hacia la Quinta Avenida y se detuvo de pronto. Observó la entrada del edificio, que estaba ubicada justo frente a él. Esperó para ver lo que ocurría en el vestíbulo. A esa hora había mucha gente que entraba y salía. Cruzó la calle y fue acercándose a la entrada poco a poco. El edificio tenía dos entradas, una por la calle 53 directa a los elevadores y la recepción, otra por la calle 54, un poco más retirada por donde se coló Frank. Entró muy despacio, había un gran volumen de personas, caminó distraído pero decidido hacia los ascensores. Se desplazaba entre unas estatuas que parecían personas ubicadas antes de la recepción, pasó frente a ellas con mucha seguridad y le hizo un gesto al portero, más que un saludo era una aprobación por su trabajo, cosa que impresionó al encargado. Recibir un gesto de un personaje de aquella clase, un hombre al que el poder y la riqueza le brotaban por los poros. A pesar de que el acceso a los ascensores estaba reducido por dos cordones, con un guardia de seguridad a cada lado y un cartel que decía: "Se requiere una identificación con foto para tener acceso a las oficinas", él entró junto a varias personas que pasaban saludando a los guardias, y nadie lo hizo detener.

Entró en el elevador y alguien solicitó el piso al que se dirigía, un golpe de suerte, porque él no hubiera podido pronunciar palabra alguna, y con la misma actitud de abandono interno, esperó pacientemente hasta llegar a su destino. En el pasillo, tomó la dirección que ya conocía, se detuvo frente un letrero que mostraba el número de la suite y otro que decía "Frann Hatton".

Tocó y la puerta se abrió automáticamente.

Frank entró y pasó por una recepción donde se encontraban unos muebles muy elegantes y un escritorio de cristal suspendido en el aire, al parecer por algunos hilos que no se notaban y daba la impresión de ser algo mágico. La secretaria trató de cerrarle el paso, pero el hombre era realmente imponente y como sabía dónde estaba el timbre que abría la puerta de la oficina principal, lo pulsó y se dirigió hasta la entrada, sin que la angustiada mujer pudiera detenerlo.

Cuando estaba dentro, Frann lo miró totalmente perplejo y le dijo:

—Colbert salga inmediatamente de esta oficina.

Frann tomó el teléfono con la intención de llamar a los guardias de seguridad. Apenas alcanzó a ver la reacción de Colbert cuando metió la mano en su bolsillo y sacó una pistola Smith & Wesson 945-40 Compac, le apuntó y disparó.

Frann se reclinó sobre el borde del escritorio, mientras entraba Nina, dando gritos y Oscar quien literalmente había volado desde su despacho al oír el disparo. Aturdido no atinaba a manejar los hechos. Cuando vio a Frann, que estaba manchado de sangre a la altura del abdomen, le gritó a Nina que llamara una ambulancia.

Colbert se había dejado caer en una silla que estaba frente al escritorio, la pistola rodó entre sus manos y cayó al suelo, él seguía con la mirada de un loco, con los ojos desorbitados, sin ninguna otra reacción. Quedó totalmente inerte con los brazos abiertos sobre la silla, mientras todo estaba confuso alrededor.

Oscar, desesperado, tomó a Frann entre sus brazos y le dijo:

—No podemos esperar a que vengan por ti, yo te llevaré. Nina, dame una toalla.

Le colocó la toalla en la herida, puso el brazo de Frann por encima de su hombro, prácticamente lo llevaba cargado, se dirigió hacia el salón de entrada, mientras Nina le secundaba abriendo la puerta, y pulsaba el botón de llamada de los elevadores, una vez dentro, Nina pulsó el botón para ir hacia la planta baja. Al abrirse las puertas, los paramédicos ya habían llegado.

— ¿Qué sucedió?, —preguntó uno de ellos, ayudando a colocar a Frann en la camilla.

—Le dispararon, —contestó Oscar.

Comenzaron a darle los primeros auxilios y luego lo introdujeron en la ambulancia. Frann observaba a todos los curiosos que estaban alrededor y le costaba creer que fuera él quien protagonizara ese incidente, los curiosos lo observaron herido sin saber quién era, o qué le había sucedido. Era muy diferente verlo todo desde ese lado.

Oscar informó a los paramédicos que él también iría, entró y se colocó al lado de Frann. Le tomó el brazo y lo apretó con firmeza, como si ello pudiera evitar algún intento de Frann por abandonarlo. Tenía una extraña sensación allí sentado en una ambulancia, metido dentro de aquella absurda situación, acompañado por el estridente ruido de la sirena, y con el mejor amigo a su lado en condiciones críticas.

Frann le dijo, tosiendo y entre susurros:

—Toma el anillo que hay en el bolsillo derecho de mi chaqueta, es muy importante que lo tengas si algo me pasa.

Oscar lo hizo callar mientras introducía la mano en el bolsillo de la chaqueta de Frann.

—No abras más la boca para nada, por el amor de Dios, quédate absolutamente quieto hasta que salgamos de todo esto, después me contarás lo que tú quieras, y descuida, yo sé que te recuperarás muy pronto y saldrás de esta locura.

Oscar introducía su mano ahora en el otro bolsillo y luego le dijo:

—No hay nada en tus bolsillos, pero no te aflijas que ya lo encontraremos.

A Frann le entró escalofrío al escuchar esto. Realmente no sentía nada concreto en cuanto a lo del disparo, no tenía dolor, todo lo que le ocurría era como una disociación entre el cuerpo y la mente. Pensaba muy rápido y le pasaban muchas imágenes, pero su cuerpo no respondía con el pensamiento. Tenía miedo porque sabía que podía morir, que sus funciones vitales podían colapsar. Luego pensaba que una máquina tan perfecta como el cuerpo humano, posiblemente estaría activando alarmas para buscar la forma de protegerlo hasta llegar al hospital. Mentalmente tomaba fuerzas y luego, recordando lo del anillo, pensó que Peter tal vez no existía, solo había estado en su mente. Le venían imágenes donde se veía a sí mismo frente al escritorio, sangrando, como si fuera otra persona, después no supo nada más.

—Maldición, —susurró Oscar. —Esto no debió haber ocurrido. Ese desgraciado deberá pagar muy caro por esto.

Los médicos rodaban la camilla por el pasillo de emergencias del hospital. A estas alturas, ya Oscar no era tomado en cuenta. Optó por sentarse en la primera silla que encontró vacía mientras veía cómo se llevaban a Frann, lo metieron en una sala de radiología, las puertas cerraron automáticamente y no se vio nada más. Aquello parecía un cuadro surrealista, a su lado había pacientes a los que atendían los médicos con toda naturalidad: Tomaban y quitaban suturas, colocaban vendas en unos cubículos separados por cortinas, había pacientes en camillas a todo lo largo del pasillo, con sondas y aparatos raros, esperando a los cirujanos, o a los radiólogos, muy deprimente. Él, a pesar de unas manchas de sangre, se mantenía aceptablemente arreglado, traje, camisa, corbata, todo en su lugar, solo su cabello que caía por debajo de los hombros, recogido en cola de caballo, estaba algo alborotado.

UNO

La niña estaba entretenida en la arena, a la orilla del mar. Un sol radiante, acentuaba el verano en las playas de Miami Beach, muy concurridas los fines de semana. Otros niños jugaban con Ishka, el más gordito, de cachetes colorados, echaba agua con un balde al hueco que estaban haciendo entre todos, se divertían en grande mientras sus padres los observaban tumbados en sillas de playa como a diez metros retirados de la orilla, tomando el sol.

—¿Qué te ocurre?, —preguntó Frann a Mashda.

—No me pasa nada, estoy muy bien, —dijo ella descuidadamente observando a su hija jugar en la arena.

—Sí, claro que estás muy bien, siempre lo estás, ¿Y yo?

—Te veo muy bien, —dijo ella sin mirarlo.

—Por lo que veo, no podemos hablar este asunto en serio.

Frann sentía que la actitud de su esposa lo arrollaba, nunca. tenía la razón en nada. Ella trataba de minimizar todos sus esfuerzos y hacerlo sentir culpable hasta de las cosas buenas que intentaba hacer.

—Mira Mashda, yo creo que llegó el momento en que debemos definir todo esto.

—¿Definir qué?

—Nuestra situación, —contestó él con ganas de gritarle.

Desde hacía más de tres meses ella le había pedido a Frann que se mudara de habitación, necesitaba estar sola. Se comunicaba muy poco con él y cuando lo hacía era para fustigarlo.

—¿Y cómo piensas definirla?, —preguntó ella, fulminándolo con la mirada.

—Yo no voy a perder mi tiempo discutiendo contigo para no llegar a nada, total, tú siempre tienes la razón, —dijo él molesto.

—Pues, fíjate que sí la tengo, tú no te das cuenta de que me asfixias, deberías dedicarte más a tus cosas, tienes que cambiar por tu bien.

—¡Cambiar!, —elevó la voz Frann. —Desde que estamos juntos, yo he cambiado mucho, he dejado de hacer todo lo que te molestaba, quizás ese sea mi error, pero tú eres incapaz de modificar aunque sea tu carácter, te crees la mujer perfecta.

—¿Y que quieres?, ¿que haga todo lo que digas, no?, me das risa. Y claro que has cambiado, ya no eres la persona exitosa que yo conocí, si sigues así pronto no tendremos ni para pagar la renta.

—Estoy pasando por un momento difícil, eso es todo. Solamente deseo que podamos compartir. Sentir que en algún momento de tu vida yo estoy presente, que seas algo cariñosa, que tengas algún detalle, como al principio, que no critiques hasta mi manera de estornudar, si eso fuera posible, podría mejorar nuestra relación.

—Yo no quiero que nuestra relación mejore, quiero que mejores tú. Frann, ya sabes que no soy melosa, pero tengo mis buenos momentos.

—No serán conmigo, —dijo Frann con actitud perdedora.

Él pensaba que su esposa siempre dirigía las discusiones, y al final, terminaba sintiéndose culpable, pero ya no caería más en esa trampa. No podía dejar que ella siguiera haciéndolo sentir mal. Mashda se levantó y caminó hacia una nevera portátil para sacar una botella de agua. Frann la observó caminar y vio de nuevo lo hermosa que era esa mujer, su bella esposa Mashda, que lo trataba como a un extraño.

—Mashda, yo no sé cuál es tu problema, pero no seguiré compartiéndolo —dijo él muy a su pesar.

—¿Qué? ¿Piensas divorciarte?, —lo retó ella, —Solo tienes que decirme cuando firmamos.

—Lo que pienso es que tú…, —Frann se arrepintió de lo que iba a decir y decidió que no le seguiría el juego. —Sí, creo que eso sería lo mejor, —dijo resignado.

Se quedaron sin hablar, cada uno pensando y sacando sus propias conclusiones.

La niña vino caminando desde la playa y al llegar frente a Mashda le preguntó:

—¡Mami!, ¿tú y mi papi se van a divorciar?

Mashda y Frann se miraron como petrificados y casi sin respiración, Mashda le dijo a su hija:

—No, mi vida, ¿dónde escuchaste eso?

—No lo sé, —dijo Ishka y se fue hacia el mar para seguir jugando.

—¿Será que la niña lee los labios?, —le preguntó Mashda a su esposo, aterrada. Ishka solo tenía cinco años y apenas iba al preescolar.

—Yo creo que más bien lee la mente, —comentó Frann, incrédulo de todo lo que había sucedido.

—¿Piensas que la niña pueda leer la mente?, —quiso saber ella.

—Creo que lee tu mente, siempre estás pensando en lo malo.

—¡Frann!, este asunto es muy serio, no juegues con eso, —dijo ella, molesta.

Frann le contestó:

—Una vez leí en algún sitio, que la mente es algo así como el disco duro de un ordenador, responde a estímulos, comparando la información que tiene archivada. Mientras más adultos somos, más información almacenamos, y tenemos más datos para comparar, por lo tanto, nos demoramos para dar respuestas. En el caso de nuestra hija, ella tiene muy poca información en archivo y se le hace más fácil hacer asociaciones mentales para responder a estímulos. Yo pienso que en algún momento ella debe haber visto en nosotros esta misma actitud, poniendo las mismas caras, a la vez que nos habrá oído lo de la separación, cosa que no es nada nuevo en nuestras discusiones, y comparando información nos hace la pregunta por su inquietud.

—No me gusta cuando te haces el sabelotodo, y menos con asuntos de mi hija.

—Nuestra, —aclaro él. —Pero es que a ti no te gusta nada de lo que yo hago o digo.

Frann terminó dándose cuenta de que volvería a caer en una discusión y al final llevaría la de perder.

—Te sugiero que termines de disfrutar este maravilloso día de playa y nos quedemos en paz.

DOS

Antes de venirse a vivir a la Florida, Frann era el vicepresidente creativo en una agencia de publicidad en Suramérica, la cual manejaba muchas cuentas importantes. Allí fue donde conoció a Mashda. Llevaba más de diez años como vicepresidente y director creativo, estaba siempre ocupado revisando las campañas, involucrado en casi toda la coordinación entre los clientes y la agencia. Mashda tenía algo más de dos años trabajando como directora en el departamento de sistemas. En todo ese tiempo, él apenas si la había saludado un par de veces, a pesar de que ella le llamaba poderosamente la atención a todos los varones de la compañía, incluyéndolo. Sus ocupaciones no le dejaban oportunidad de establecer una relación con ninguna chica de la empresa, además, en su contrato de trabajo estaba especificado. Durante la Navidad se hizo en toda la agencia un intercambio de regalos a ciegas. A Frann le tocó regalarle a Mashda. Antonio Bermúdez, presidente y dueño absoluto de la agencia, ya estaba de vacaciones por Europa, pero los directores se sentían libres para tomar las cosas más a la ligera en vísperas de vacaciones. Habían designado un área del salón de conferencias principal, para que los participantes pudieran dejarles notas o caramelos a sus respectivos amigos secretos hasta el día del intercambio.

A Frann siempre le pareció muy cursi este tipo de situaciones, pero, al pasar los días, comenzó a entusiasmarse con el juego. Como su costumbre era salir tarde, casi de último, se ponía a escribir cosas para Mashda, y en la mañana se divertía muchísimo viendo su cara desde lejos cuando las leía. Mashda era una chica sumamente tímida, hasta se tapaba la cara para reír y, además, no le gustaba hacer amistades en la empresa, menos si eran como Frann, que casi no hablaba con los del tercer piso hacia abajo, siempre estaba ocupado en sus oficinas del penthouse.

Habían comenzado las apuestas para adivinar quién le regalaba a quién. Mashda mostraba muy orgullosa las notas que le dejaba su amigo secreto, eran las más originales de todas. Dionisio, un redactor muy competente y de los más antiguos en la agencia, dijo:

—Francisco es el único que puede escribir de esa manera, su estilo y ocurrencia están marcados en esas notas.

El rostro de Mashda se puso como una cereza, y se tapó con la tarjeta de Frann que acababa de leer.

—Podrá ser su estilo, —dijo ella, —Pero ese señor es incapaz tan siquiera de dar los buenos días, no creo que pueda escribir cosas tan halagadoras y adorables por muy bueno que sea, mucho menos a mí, una chica de los pisos bajos.

—Yo apostaría a Francisco, —insistió Dionisio.

Las apuestas continuaron, ya todos tenían o creían tener la certeza de quién era su amigo secreto, también se había descartado la posibilidad de que Frann fuese quien le regalaría a Mashda.

El intercambio de regalos era la gran fiesta, todos esperaban ese día en que muchos, cambiaban sus actitudes hacia los otros.

A medida que se acercaba la fecha del intercambio el juego se hacía más interesante, las pequeñas notas de buenos días y saludos casi se transformaron en cartas con declaraciones de amor, y los caramelos en arreglos florales, cajas de bombones, etc.

Cuatro años atrás, un director de mercadeo, se había fugado la noche del intercambio con la muchacha de la limpieza y los habían encontrado ebrios y desnudos al día siguiente, en la oficina de él.

Le costó el puesto y el divorcio, y la pobre muchacha también fue despedida.

El 14 de diciembre, día de la fiesta de este fin de año, se entregarían los regalos. Las mesas estaban adornadas con hermosos manteles de Navidad, un generoso banquete, bebida en abundancia, atención esmerada por el personal de la mejor agencia de festejos de la ciudad, y la presencia de todo el personal de la empresa, unas 85 personas, llenaron el patio trasero del edificio, dándole crédito a la generosidad del líder, que a pesar de su ausencia, siempre dejaba todo dispuesto para que su gente disfrutara de lo lindo. Las damas estaban sentadas a las mesas ubicadas a la derecha y los caballeros a la izquierda, ya que desde el comienzo se dispuso que los regalos fueran de ellos para ellas y viceversa.

Comenzaron por los caballeros, quienes se levantaban y le entregaban a la chica que le había tocado el regalo, le daba un beso en la mejilla y regresaba a su asiento. Frann le había comprado a Mashda una medalla en oro de 18 quilates con su nombre grabado. Ya se había formado un alboroto inmenso con la primera tanda de caballeros y casi no se podía escuchar lo que la gente decía al entregar o recibir el regalo. El griterío estaba en su mayor apogeo cuando le tocó a Frann, quien se levantó y fue caminando con mucha calma, pero directamente a la silla de Mashda. En ese momento, todas las mujeres que aún no habían recibido regalo, estaban rezando porque esa espectacular figura atlética de ojos azules, abundante cabello castaño, una acomodada barba de algunos días, fama de playboy y, además, el vicepresidente de la empresa, fuera quien les diera su regalo, y algo más.

A medida que se acercaba, la bulla iba disminuyendo hasta el punto de que cuando estaba justo frente a ella, en el inmenso salón, solo se escuchaba la respiración de los presentes.

—Mashda, —nombró él, y le pareció extraño oírse pronunciando ese nombre por primera vez, —Espero que lo disfrutes.

Le dio un beso en la mejilla y se retiró a su asiento. Mientras se alejaba comenzaron unos aplausos que poco a poco se convirtieron en más y más hasta una total algarabía. Se comenzaron a oír personas gritando. —Que diga algo, di lo que sientes ahora, Mashda, ¿qué no es capaz de qué?, —se escuchó a Dionisio gritar.

Mashda se levantó, —Voy a disfrutarlo más de lo que usted se imagina, —dijo colocándose el medallón con la cadena para que todos pudieran verla. La gente comenzó a vitorear y aplaudir de nuevo.

Ya después de un par de copas de champaña y un escocés, Frann se animó y decidió acercarse a Mashda. Tenía que hablarle. No sabía por qué, pero esa chica lo intimidaba, quizás por su sencillez. No lograba entender cómo alguien como él, bastante mayor que ella, relacionado con modelos y mujeres de muy alto nivel, en fin, todo un *playboy*, no encontraba qué decirle, ni cómo entablar cualquier tipo de comunicación entre ellos. No obstante, se dio valor y se le acercó, pero justo en el momento en que ella estaba en medio de una acalorada conversación con su asistente.

—Usted y yo tenemos que hablar, —fue todo lo que le dijo, atrayéndola un poco hacia él y usando un tono confidente.

Se retiró a su oficina para tratar de organizar un poco la mente. Tenía una punzada en el estómago, se sentía desilusionado, ya todo había pasado, recordaba lo feliz que estaba todas las noches cuando le escribía notas, era como si ya estuvieran juntos, y de pronto se acababa el encanto. ¿Cómo podía acabarse algo que no había comenzado?, se preguntó en voz alta.

Cuando regresó a la recepción, se enteró de que había como tres grupos que irían a diferentes sitios a bailar. Cerciorándose de cuáles eran los lugares escogidos, con la intención de acercarse y encontrar a Mashda, dio un último recorrido por la fiesta y se marchó.

Eran las seis y treinta de la tarde, ya el Tony empezaba a dar muestra de lo popular que era su hora feliz. Frann se había hecho cliente habitual del sitio al terminar su noviazgo de cuatro años con Irene. Llegaba religiosamente todos los días, después de salir del trabajo. Se quedaba un par de horas, cuando estaba muy de ánimos se tomaba una o dos copas de vino, de resto pedía un *piloto* (tónica, amargo de angostura y hielo) y se lo tomaba poco a poco, conversando con los presentes. Algunas veces cenaba algo ligero y, cuando pensaba que el cansancio ya no le permitiría acusar la soledad que perturbaba sus noches, se retiraba.

Ese día había llegado un poco subido de tono por los tragos de la fiesta, se acomodó en la barra, pidió un escocés. No podía dejar de pensar en Mashda. Se puso a conversar con Fred, el barman, y le dijo que iba a casarse.

—Enhorabuena —dijo Fred. —La señorita Irene debe estar feliz por eso.

—No, Fred, no es con Irene que me voy a casar.

—¡Ah caray! Y entonces, ¿con quién se piensa casar?

—Aún no lo sé, pero he decidido que me voy a casar, y pronto.

—Eso suena muy raro, usted se va a casar y no sabe con quién. Me perdona, pero yo no lo veo a usted como una persona casada, con un hogar, hijos, suegra y esas cosas.

—Mira, Fred, yo decidí que voy a cambiar mi vida, y, para ello, debo empezar por tener una familia, mi familia.

—Muy poético, pero no lo veo en usted.

—Lo verás, Fred, lo verás.

Frann terminó el escocés y se marchó a casa para descansar un poco. Como a las once, después de darse un baño y vestirse, salió en busca de la chica que le causaba esa sensación de vacío en el estómago.

Recorrió todos los lugares que le habían dicho, sin embargo, para su desgracia, no consiguió a nadie de la empresa. Se tropezó con algunos amigos y amigas, con los que no tenía ningunas ganas de compartir. Decepcionado, se fue a su casa.

Al llegar al departamento, se le aceleró el corazón al comprobar que había tres mensajes en el contestador, pensando que quizás Mashda pediría que alguien del grupo lo llamara para invitarlo. Qué iluso era. Solo tres mensajes, los tres de Irene, con intención de venir a la casa y pasar un rato con él.

Se sentó en el bar de la sala, colocó música muy suave y estuvo allí como tres horas, pensando y sintiendo una soledad que únicamente podría compartir con ella, con Mashda. Se imaginaba tantas cosas de ella, situaciones entre los dos, pero realmente no tenía idea de quién, ni cómo era, apartando lo inteligente que demostró ser manejando la gerencia de informática, siempre escuchaba halagos de otros directores. Y por supuesto, cómo pasar por alto esa extraordinaria figura, se veía tan natural, usaba prendas muy sencillas, casi nada adornaba su cara, sin embargo, era extremadamente atractiva. Frann estuvo acompañando su soledad con unos tragos de escocés.

Al día siguiente, cuando abrió los ojos, se sobresaltó al verse durmiendo en el sofá de la sala, y, además, con la ropa puesta. Sentía que no podía moverse, la cabeza parecía que le iba a estallar, no recordaba haber tomado nunca en su vida como lo había hecho el día anterior. Con la poca fuerza de que disponía, alcanzó el teléfono y marcó el número de Francia, la conserje del edificio, con tan buena suerte que le contestó ella.

—Francia, sube inmediatamente, es urgente.

—¿Qué le sucede, señor Francisco?

—¡Francia, no preguntes y sube!, —dijo él casi a punto de sufrir un colapso.

Apenas entró Francia, abriendo con la llave que le había dado Frann, lo vio tendido en el sofá.

—¡Señor Francisco!, ¿qué le ocurre?, ¿quiere que llame al doctor?

—No, Francia, primero búscame algo muy potente para aliviarme un dolor de cabeza que me mata, tráeme también una soda de dieta con bastante hielo, luego me ayudas a llegar al baño para tratar de meterme en la ducha, y mientras me baño, por favor prepárame algo caliente para comer.

A las dos horas, Frann ya comenzaba a dar señales de recuperación. Vestido y casi listo para irse a la oficina, le dijo a Francia:

—Realmente no sé qué haría yo sin ti.

—Señor Francisco, usted sabe que siempre puede contar conmigo para lo que sea.

—Gracias de todas formas, y dile a José que a la noche les hago una visita para charlar un poco.

Frann llegó a la agencia, y la impresión, al darse cuenta de que en el estacionamiento no había más de media docena de autos, le atacó nuevamente el estómago, el mundo comenzó a darle vueltas y la resaca se le aceleró de nuevo. Hasta ese punto acababa de caer en cuenta que había vacaciones colectivas y el personal no regresaría hasta el próximo año.

Como quien no quería la cosa, se dejó caer por el piso de Mashda a ver si se tropezaba con ella o alguien le decía algo, o le daban un recado. Después de recorrer todo el piso, sus esperanzas se desmoronaron y cayeron al suelo justo delante de la única persona que estaba en ese sitio, además de sí mismo. Jorge, un muchacho de mantenimiento que barría, levantó la cabeza y le hizo un ademán de saludo:

—Buenas tardes, señor Hatton. Qué raro usted por acá, este no es su piso, y además, estamos de vacaciones, me sorprende verlo y, más aún, después del fiestón de ayer.

—Buenas tardes, Jorge. Por pura casualidad, ¿tú sabes si alguno de este piso debe venir a trabajar el lunes?

—No por pura casualidad, señor Hatton, le puedo garantizar que aquí no vendrá nadie después que yo termine la limpieza, ya que debo cerrar el piso con llave y no vengo más hasta enero, si Dios quiere.

—¡Ah!, entonces, ¿si necesito hablar con alguien, debo esperar hasta que se reintegre en enero?

—Eso sí se reintegra la persona con la que usted necesita hablar.

—¿Cómo si se reintegra?

—Sí, hay algunos que no regresan.

—¿Puede ser más específico?

—Por ejemplo, la encantadora señorita Morgan renunció y, créame, esto va a estar muy desolado sin ella.

Cuando Frann escuchó eso, le comenzó una especie de mareo y tuvo que recostarse de la pared para no caer.

—¿Acaso sabrá usted por qué renunció?

—Sí, claro, la señorita Morgan piensa irse a vivir a los Estados Unidos, a casa de una hermana.

Frann tuvo que salir casi corriendo para no vomitar en el piso que acababa de barrer Jorge.

Después de lavarse la cara y asearse un poco, se dio cuenta de que le había vuelto la sensación de vacío en la boca del estómago. Así que todo estaba perdido, pensó. No podía creer lo que estaba sucediendo. En ese momento, algo que salía de su corazón le dijo: "Muchacho, no puedes dejar que se te escape".

En el primer piso, en las oficinas de personal, comenzó a probar con el ordenador de Paula, la asistente del departamento. La bendita máquina le pedía una clave para entrar en el sistema, como era de esperarse. Comenzó a buscar en los archivadores, no se imaginaba que había tanta burocracia en esa empresa. Llevaba como cuarenta y cinco minutos buscando y aún no llegaba a las hojas de vida. Apenas quedaban dos archivadores por revisar y uno tenía una cerradura de combinación, no quería ni imaginarse que estuvieran en ese. Era mucho más fácil llamar a alguno de los conocidos de la agencia y pedirle el número de teléfono de Mashda, pero eso sí que no lo haría, no quería que nadie se enterara de su interés por ella.

Enhorabuena, había dado con las carpetas, luego empezó a buscar por la letra M: Manríquez... Márquez... Medina... ¡Morgan!

Morgan, Mashda Raquel, qué maravilla, toda la ejemplar vida de esa encantadora chica frente a sus ojos, y, lo más importante, su número telefónico. Enseguida tomó el teléfono que estaba más cerca y marcó el número, repicó como seis veces, ya estaba comenzando a desilusionarse nuevamente y de pronto respondieron:

—¡Hola!

—Sí, por favor, ¿puedo hablar con Mashda? —la voz al otro lado no se parecía a la de ella.

—No se encuentra, ¿quién la llama?

Es Francisco Hatton, de la oficina.

—¿Cómo le podría ayudar, señor Hatton?

—Por favor, dígale si puede llamarme por estos números, —y le dio el directo de su oficina y el de su casa.

—¿Algo más?

—No, muchas gracias, —dijo, pensando si lo llamaría de vuelta, y colgó.

Y ahora, si ella lo llamaba, ¿qué le diría?, ¿cómo entablaría una conversación amorosa con una persona que no conocía? Claro, como lo hacía siempre.

TRES

—Estuve buscándote anoche en todos los sitios donde me imaginé que podrías estar, y no te encontré, eso me puso muy triste.

—¿Por qué no me llamaste?

—Es que no tenía tu número de teléfono; además, ya era muy tarde para llamar a una casa.

Frann, recostado en su cama, pensaba en todas las posibles conversaciones que entablaría con ella, si lo llamaba, cuando repicó el teléfono.

—Hola, —dijo, con el nudo en el estómago. —Sí, soy yo, soy yo, Mashda, me dijeron que me llamó.

—Sí, realmente, —dijo alargando la palabra, sin saber que más decir, quisiera saber si usted le puede hacer un último favor a la agencia antes de irse.

—Usted dirá.

—Lo que necesito es un informe detallado del último movimiento semestral de Mark II, incluyendo los reportes de contacto. Tengo una reunión de cierre de año el lunes por la tarde y no sé a quién más pudiera acudir, —al oírse, dedujo que no había sonado muy convincente. —No quiero interrumpir sus vacaciones; si no puede, lo entenderé.

—Señor Hatton, yo no tengo nada que ver con ese departamento, me desempeñaba como directora en el área de presupuestos y finanzas, —le dijo, aclarándole su posición dentro de la empresa, Lo que ocurre es que uno pasa mucho rato detrás de un ordenador, y no queda tiempo para socializar con los de arriba; no obstante, no se preocupe, el viernes a las once le dejo el informe sobre su escritorio, —le dijo secamente.

—Si no necesita otra cosa, que pase buenas noches.

—No, muchas gracias, —apenas alcanzó a decir antes que ella colgara.

Frann no sabía si alegrarse o deprimirse más, lo único que había conseguido era hacerla venir el viernes, eso es todo.

Claro que no podía desanimarse, tendría tiempo suficiente para elaborar un plan que le permitiera abordarla y entablar una relación con ella. "Sí, elaboraré un plan", pensó.

Con toda la inseguridad que sentía ante aquella situación, la cual no atinaba a manejar, debido a que su inteligente cabeza solo pensaba en Mashda y no lo dejaba actuar, se dispuso a cocinar algo para la cena. No sentía deseos de salir, claro que tampoco le apetecía comer, pero necesitaba tomarse un trago y para ello tenía que llevarle algo sólido al estómago: no volvería a pasar por lo de esa mañana nunca más.

Después de cenar, se sirvió un escocés y se sentó en el bar a oír música de jazz, y a contemplar la extraordinaria montaña que tenía al frente, el aroma a flores y humedad que entraba por el inmenso ventanal lo transportaron a un momento único, propio de él, su intimidad, sus cosas, su casa, todo era tan perfecto, solamente faltaba ella.

El viernes despertó al despuntar el alba y, con una energía inusual, se dirigió al baño a prepararse para el gran día. Se dio un baño relajante y meditador, pasó algo más de media hora bajo la cálida ducha, pensando. Era como si tuviera que presentar un examen en la universidad, y estaba repasando todos los temas y analizando las posibles preguntas.

Con los pies montados sobre el escritorio, hacía llamadas intrascendentes para sentirse ocupado. Lo inminente de la hora le aceleraba el pulso y le daba la punzada de nuevo en la boca del estómago. Qué agonía.

De pronto, en aquel espectacular silencio, sonó el timbre del elevador, se abrieron las puertas y comenzaron a oírse pisadas. Tacones, era ella, o será otra persona equivocada, se dijo, nervioso y pensando que necesitaba un poco más de tiempo. Había llegado el jurado examinador.

—Buenos días, señor Hatton, —dijo, tocando la puerta entreabierta, —¿se puede?

—Siga, por favor, tome asiento.

—Discúlpeme, pero tengo mucha prisa, así que si no le importa dele una ojeada al documento, yo estoy bien de pie, —ella lo miró directamente a los ojos mientras hablaba.

—Sí, claro, no se preocupe. Confío en que estará bien, —dijo Frann, desconcertado.

—Preferiría que lo revise, ya que estoy muy ocupada estos días y no creo que pueda volver.

—Ah sí, Ya escuché que viaja a Estados Unidos, a casa de una hermana, —dijo, aprovechando para entablar una conversación y bajar un poco la tensión de ambos.

—Veo que las noticias corren muy rápido, —replicó sin ningún tono de sorpresa. Ahora estoy bastante ocupada con los preparativos del viaje.

—¿Se va usted de vacaciones?

—No, pienso quedarme a vivir allá en Nueva York.

—Y... ¿usted está segura de que allá le va a gustar?, —preguntó Frann, casi sin poder disimular la congestión interna que acababa de sufrir.

—Todavía no lo sé, pero por los momentos es lo que quiero y estoy bastante emocionada con el hecho, —contestó sin ninguna intención en su tono. —Si ya terminó, debo marcharme, hay algunas personas trabajando en la planta de abajo y quisiera despedirme de ellas. Le deseo que pase unas felices fiestas.

—Espere y la acompaño al elevador, —dijo él levantándose y caminando a su lado hasta el pasillo. —Yo también le deseo unas felices fiestas, creo que un poco frías por Nueva York; pero, eso sí, diferentes.

—Muchas gracias, —alcanzó a decir antes de que cerraran las puertas del elevador.

"Así que se acabó", pensó él. "La hermosa chica se va definitivamente y no la volveré a ver. Tal vez eso es lo que me conviene. Quizás lo mejor sea que me olvide de todo este asunto, de todo este invento mío, de la chica de mis sueños y todo eso. Las cosas pasan porque tienen que pasar, debo darme cuenta de que no era para mí, por lo tanto, no me convenía. Pero yo sé que estaremos juntos, eso no podrá evitarlo nada ni nadie, es como una premonición, como si viera una película, como si pudiera ver el futuro".

Los pensamientos de Frann daban vueltas en su cabeza.

Estaba realmente desconsolado, sentía de alguna manera que no había sido lo suficientemente hombre para plantearle, o, mejor dicho, decirle de frente que estaba enamorado de ella. Además, él sabía que ella también lo estaba de él, no podía creer que eso le estuviera pasando de nuevo.

Cuando decidió marcharse a su casa, repicó su teléfono directo, y le dio el retorcijón de estómago nuevamente, pensando que debía ser ella, arrepentida por ser tan arisca. Cuando levantó el aparato auricular, lo invadió la desilusión al escuchar la voz de Dionisio.

—¿Qué quiere el amigo Dionisio en vísperas de vacaciones?

—Bueno, viejo, no sé en qué andas, pero, me estás sacando el cuerpo, ya no invitas las cervezas. Mañana es sábado y ni que lo sueñes te escaparás de la famosa paella de Pepe. Espero que me pases a buscar por casa como a las dos, ¿de acuerdo?

—Pero, claro hombre, cuenta con eso. Y, a propósito, ¿acaso tú no almuerzas?, porque yo tengo mucha hambre y no tengo donde ir, —contestó Frann.

—Quedé en almorzar con Mashda, como despedida. Además, ella me tiene que devolver una chamarra que le presté. Nos vamos a tomar unas cervezas aquí en el restaurante colombiano del Parque Central.

Frann no podía creer lo que estaba escuchando, le pareció haber oído mal. Eso, esa era su premonición.

—Me imagino que no tienes ningún inconveniente en que les acompañe, —dijo Frann con una alegría que le brotaba desde lo más profundo.

—Ningún problema, hermano. Por cierto, creo que en estos momentos ella está con las muchachas del primer piso, si la alcanzas pueden venir juntos, ya que vendió su auto por lo del viaje y pensaba tomar el metro.

—Yo me encargo del asunto, nos vemos a la una en punto en la puerta del restaurante.

Frann bajó muy contento y mucho más decidido que antes, abrió la puerta que daba a la recepción principal y al entrar se topó con un grupo de chicas y chicos que sostenían una amena charla con Mashda. Al verlo muchos se sonrojaron, unos se rieron y otros voltearon la cara, sospechando que estaba ahí para hablar con Mashda.

—Buenos días, —dijo Frann con una radiante sonrisa, —Mashda, venga un momento, —la atrajo hacia el pasillo, un poco aislado del resto.

—Dígame que algo está mal, —le retó ella.

—No, por el contrario, todo muy bien.

—¿En qué puedo servirle ahora?

—Usted va a reunirse con Dionisio para almorzar y resulta que yo también, así que nos vamos juntos, —le dijo como una imposición.

—Yo no creo, todavía estoy reunida con mis amigas.

—Tómese su tiempo, la espero abajo en el Café Santiago.

Dio media vuelta y se marchó antes que ella pudiese protestar.

Cuando Frann llegó al sitio, estaba completamente seguro de que Mashda llegaría antes de quince minutos, así que decidió tomarse su café con calma, saboreando la emoción de su dulce espera.

Catorce minutos con 36 segundos, cronometrados, habían pasado cuando vio la escultural figura de ella entrando al popular y concurrido lugar.

—¿Quiere tomarse algo antes de marcharnos?, —le ofreció él muy amablemente.

—No, muchas gracias, —dijo, pero enseguida se arrepintió. —Mejor dicho, sí le acepto un café.

—¿Cómo lo quiere?

—Cortado, y por favor, pídame agua también.

—Claro, no faltaba más. ¿Qué le pasa?, está un poco nerviosa.

—Usted me hizo quedar mal delante de mis amigas, —le recriminó ella.

—Y, ¿se puede saber de qué forma la hice quedar mal?

—Cuando se presentó en el primer piso y me llamó aparte, las chicas me cayeron encima y dijeron que yo no debía relacionarme con un tipejo como usted. Según se sabe por toda la empresa, usted es una especie de *playboy* al que no se le conoce ninguna relación seria. Además, el desfile de mujeres exuberantes que pasan a diario por su oficina, no desmienten esos comentarios.

—Mire, yo creo que cada quien es libre de pensar lo que mejor le parezca, pero usted realmente no me conoce para hacer un juicio de esa naturaleza.

—Yo no estoy haciendo ningún juicio, solamente le comento lo que se dice sobre su persona, en el sector femenino de la empresa.

—Por favor, tráigame la cuenta, —le solicitó Frann al camarero, luego que Mashda terminara su café.

—Vamos hasta el estacionamiento a buscar el auto. Como estaremos un buen rato juntos, poco a poco se irá dando cuenta de quién soy en realidad.

En el camino no hablaron casi nada, aparte de algunas trivialidades sobre acontecimientos de la calle. Llegaron al restaurante, y Dionisio estaba esperando en la puerta.

—Bueno, esto sí que es una verdadera y agradable sorpresa, por partida doble, —comentó Dionisio. —Mi gran amigo Francisco, y la chica más sensacional de toda la empresa.

—Sí, la chica más sensacional —repitió Mashda y se sonrió avergonzada, tapándose la boca.

—Quiero hacer una sugerencia, —intervino Frann. —Ya que estamos aquí, y, como pienso invitarles yo, ¿por qué no vamos al italiano en lugar del colombiano?

El italiano era el Visenti, un restaurante exquisito, ubicado a unos cuantos metros del colombiano.

—Yo había invitado modestamente a unas cervezas con una picada, —contestó Dionisio, —pero en vista de que está el jefe, pues ni se discuta, para el italiano vamos.

—¿Qué opina Mashda?, —preguntó Frann.

—¿Yo?, la verdad es que a mí me da igual, con tal de pasar un buen rato y en agradable compañía me basta.

El comentario de Mashda fue algo hipócrita, ya que ella se moría de ganas por conocer el famoso Visenti, del que tanto había oído hablar y no había tenido la oportunidad a pesar de varias invitaciones que le habían hecho.

Mashda estaba sorprendida de lo espectacular y agradable que era ese sitio, además, se respiraba una atmósfera de poder y dinero. En cada mesa, las personas se dedicaban a sus asuntos y ni siquiera volteaban a mirar al que llegaba o se marchaba. Los mesoneros eran tan precisos y corteses al dirigirse a uno, que daba pena demorarlos con indecisiones, cosa que a Frann le tenía sin cuidado, ya que cambió de aperitivo como cinco veces antes de pedir una cerveza. A Mashda la había convencido de que pidiera un *kir* de vino; Dionisio los acompañó con otra cerveza.

Los tres estaban disfrutando ese momento como nunca en sus vidas. Ya al segundo trago, Frann comenzó a tratar a Mashda con más confianza y seguridad, y Dionisio no hacía más que resaltar las bondades de su amigo. Cada plato que traían era mejor que el anterior, Frann se encargó de las sugerencias: desde un delicioso *Carpaccio* de mero, pasando por unos ñoquis en salsa de champaña y salmón, un vitelo de ternera a las siete hierbas, y ni hablar del postre.

Pidieron café y luego unas copas de sobremesa.

—Mashda, cuando yo te digo que tú no conoces a este sujeto, sé lo que estoy hablando, —reiteró Dionisio. —Tú solamente tienes que ir a su casa, y ver cómo la tiene, para que te des cuenta de que esa figura acartonada y farandulera es pura mentira. Creerías que este señor hace arreglos florales con sus propias manos, y que los coloca en sitios estratégicos para animarse cuando deambula por esos pasillos solitarios que solo llenamos sus mejores amigos, de vez en cuando.

Mashda observaba a Frann y realmente no lo relacionaba con lo que decía Dionisio; pero, en fin, cabía el lugar a la duda.

—Yo te propongo que nos vayamos los tres para la casa de Francisco, a escuchar un poco de música y tomarnos unos copetines, —sugirió Dionisio, a quien ya los tragos le hacían efecto.

Frann aceptó la sugerencia, a pesar de no estar muy convencido de cargar con los dos para su casa.

—¿Qué opinas tú, Mashda?, —quiso saber Dionisio.

—Pues... está bien, acepto —, dijo Mashda, sin saber en qué se estaría metiendo al aceptar ir con esos dos sujetos a un apartamento que no conocía. Decidió tomar el riesgo y correr con las consecuencias.

Rodaron más de una hora para llegar al apartamento de Frann, que estaba ubicado en un sector muy distinguido, al este de la ciudad. Mashda quedó más deslumbrada aún cuando entró en la casa de Frann, que cuando lo hizo en el Visenti. Los pisos de mármol, extremadamente pulidos, le daban la sensación de estar entrando en un museo, pero todo el entorno comenzaba a parecerse a la descripción de Dionisio. En la sala había una ventana panorámica que daba a la montaña y producía una sensación de paz extrema. Pasó bastante tiempo antes de que Mashda pudiera pronunciar palabra alguna. Dionisio se encargó de terminar de mostrarle los tres mil quinientos pies cuadrados de armonía y sensibilidad que transmitían las hermosas áreas de ese lugar. Lo que más le impresionó fue que en la habitación principal había otra ventana panorámica que mostraba la misma montaña que la conmovió en la sala. Eso era como el sitio que uno sueña con tener algún día, todo ya listo, hasta el último detalle. Mashda se preguntó cómo haría él para mantener ese lugar tan prolijamente arreglado; no había ni siquiera un papel en el botadero de la basura.

—¿Qué vas a tomar, Dionisio? — preguntó Frann.

—Quiero un vodka con jugo de naranja, y no te preocupes que lo sirvo yo—, dijo Dionisio, y se fue a la cocina a buscar hielo.

Cuando Mashda se percató del inventario del bar, pudo suponer que si alguien pedía alguna bebida, cualquiera que fuera, ahí estaba. Mientras brindaban todos por el viaje de Mashda, ella comenzaba a sentirse más segura allí. A Dionisio, ya lo veía como lo que era, un muchacho grande, incapaz de hacer nada malo a nadie. Por otro lado, estaba comenzando a identificar su propia soledad, con la que le transmitía Frann en cada pie de esa casa.

Después de algunos comentarios, Dionisio se fue a un cuarto y puso música brasileña, su preferida.

En el bar, Frann y Mashda se habían contado sus vidas, acompañados con vino blanco.

—No puedo entender cómo una persona tan dulce, preparada y agradable como tú, pueda estar tan sola, —comentó Frann.

—Bueno, lo mío es entendible, yo soy mujer. Pero, ¿y qué hay de ti?, tu caso es como el del rey sin reina, —comentó ella, pensando que el papel no le quedaría nada mal.

En ese momento Frann le tomó la mano, la acercó y le dio un beso inocente en la mejilla. Ella se quedó viéndolo con cara de ansiedad, miraba hacia el piso como meditando, y luego volvía a mirarlo a los ojos, se fueron acercando lentamente, hasta que se juntaron sus bocas. Se besaron tiernamente, cada uno parecía estar pensando en su soledad, en el encuentro, en la necesidad que tenía el uno del otro.

Era un diecinueve de diciembre y decidieron ser una pareja, sentían como una emoción de quinceañeros. Ella ya no se sonrojaba, ni se tapaba la cara, y él no podía disimular su emoción.

—Mi soledad y la tuya se están haciendo compañía, —le dijo Frann.

Ella rio y preguntó: —¿Y de nosotros, qué?

—Nosotros la estamos pasando muy bien, ¿o me equivoco?

—No, no te equivocas. Hacía ya tiempo que no sentía las cosas que siento ahora, —comentó ella, dejándose llevar por los sucesos, pensando que asumiría las consecuencias. "No puedo creer lo que está ocurriendo", pensó. Este personaje tan sensacional, tratándose conmigo de tú a tú, besándome, tomándome en cuenta por primera vez después de verlo tanto tiempo encaramado allá donde nadie llega.

Eso era demasiado para un solo día. Hablaba con una seguridad y un tono tan melodioso, que por momentos ella se le olvidaba la imagen de desalmado que le transmitía en la oficina. Pero no pensaría más en eso, la vida le estaba dando una oportunidad muy buena, y no la despreciaría por nada del mundo. Había decidido que sería feliz.

Casualmente, Frann también quería la felicidad y ya había decidido que Mashda sería su esposa mucho antes que ella pudiera pensar en tener una relación con él, y ya no se sentía intimidado por ella, pensaba él.

—Se ha pasado el tiempo, ya es bastante tarde, —dijo ella, con ganas de quedarse allí para el resto de su vida.

—Ya que te vas el domingo para Nueva York, quiero participarte que mañana iremos a almorzar de nuevo, y no tienes derecho a negarte, por ninguna circunstancia.

—Yo no pienso negarme a nada, pero primero debo ir a buscar el ticket.

—Perfecto. ¿Dónde queda la agencia?

—Cerca de la oficina.

—Está bien, entonces nos vemos en la puerta a la una en punto.

—No me gustaría que las chicas me vieran de nuevo encontrándome contigo.

—Eso va a ser muy difícil, porque de ahora en adelante nos

encontraremos tantas veces como tú no te imaginas. Si quieres te llevo a tu casa para que descanses y pueda verte mañana radiante.

—Me parece buena idea. ¿También tienes que llevar a Dionisio?

—No, a él lo pasa buscando su chica en cualquier momento, y se lo lleva.

En el auto iban con las manos entrelazadas, Mashda no podía creer que todo ese hombre tan atractivo y cotizado, lo tuviera como al muchacho estudiante de su edificio que se moría por ella.

Frann, por su lado, estaba convencido de que aquella chica era diferente. No dudaba de que ella llenaría todo el vacío que habían dejado sus viejas relaciones. Esta hermosa e inteligente mujer, de piernas encantadoramente perfectas, haría que su vida se tornara llena de armonía y sabor familiar.

Al día siguiente, Frann la llevó a otro restaurante italiano, tan delicioso como el Visenti. Se trataba de Marco, un sitio precioso. La pasaron tan bien, que no podían pensar, ninguno de los dos, que alguna vez hubieran estado solos y maltratados por la vida.

—Todo ha estado perfecto, —le dijo ella, después de tomar el café. —Tienes que llevarme al aeropuerto mañana, ahora debo irme a terminar de arreglar el equipaje.

—No hay problema, enseguida te llevo a tu casa.

Al amanecer, Frann llevo a Mashda al aeropuerto. Ella le entregó un regalo y le dijo:

—Lo hice yo con mis manos, no lo abras hasta que me vaya.

Se abrazaron y se besaron, él la tomó de la mano y la acompañó hasta la puerta de entrada a la terminal y luego se marchó.

El regalo de Mashda era un pan de Navidad con unos corazones adornándolo, a Frann le pareció un detalle muy lindo. Eso era lo que veía diferente en ella.

A los cuatro días de la partida de Mashda, Frann le telefoneó a casa de su hermana en Brooklyn:

—Hola, soy Francisco Hatton. ¿Puedo hablar con Mashda?

—Hola, soy yo Mashda. ¿Cómo estás?, ¿cómo están las cosas por allá? Aquí hace un frío mortal.

—Aquí también está haciendo mucho frío, yo ando con abrigo, guantes y bufanda.

—No te burles, que de veras este frío para mí es muy fuerte, la temperatura está en 14 grados.

—Aquí también está en 14 grados.

—Sí, seguramente está a punto de nevar, —se burló ella.

—Te puedo jurar que aquí donde yo estoy, la temperatura es igual a donde tú estás.

—Y, ¿se puede saber dónde estás?

—En este momento en el hotel Marriott Marquis, en Manhattan.

—¿Qué? Aquí en Nueva York, —dijo ella casi gritando.

—Pues sí, preciosa, aquí, bien cerca de donde tú estás.

—¿Y qué se supone que estás haciendo en Manhattan?

—Vine a buscarte para llevarte conmigo.

—Eso suena como de película, pero dime algo más sensato.

—Acaso no me crees, —protestó él.

—Claro que no te creo; pero, lo que sí creo, es que no podías estar solo y viniste a pasar las fiestas en mi compañía. —le dijo ella con mucha seguridad.

—Es cierto, así que no hablemos tanto y dime cuándo te veo.

Ella, sin poder salir de su asombro, sentía una sensación de cosquilleo que la alborotaba más de lo que suponía.

—Hoy ya es un poco tarde para ir a Manhattan; pero mañana, al levantarme, tomo el tren y voy a rescatarte.

—Muy atractivo para el segundo día de mi viaje.

Terminaron de hacer planes y al siguiente día se encontraron en el vestíbulo del hotel y se dirigieron al comedor para desayunar.

—¿Cómo has pasado estos días?, ¿ya te adaptaste a la ciudad?

—La verdad es que el frío me está matando, es demasiado para mí. Por otra parte, no he tenido mucho tiempo de hablar con mi hermana ni hacer planes definitivos, ella está más complicada de lo que me dijo cuando acordamos que yo me vendría.

—Bastante alentador con respecto a mis planes de recuperarte.

—Yo no creo que me hayas perdido, ni siquiera creo que me hayas ganado, —le dijo Mashda, pensando que debía comenzar a poner a prueba las intenciones de ese hombre.

—Eso suena interesante, de modo que tú no crees que te haya ganado. Quizás tienes razón, una mujer tan adorable, hermosa e inteligente como tú, necesita que yo me esfuerce un poco más para demostrarle mis sentimientos —le dijo él, muy serio, mirándole directamente a los ojos.

—Dejemos que vaya pasando el tiempo, —le respondió ella, notando que no debía presionarlo más por ahora.

—¿Qué quiere su majestad hacer ahora?, le consultó él, justo al terminar el desayuno.

—Lo dejo en tus manos, como conocedor de la ciudad, y príncipe de la película, a ver si logras impresionarme.

—Querida y adorada Mashda, esto no es una película, esto es una realidad clara y apasionante, que, además, nos está sucediendo a los dos, —dijo Frann evidentemente emocionado.

"Sí, pero tú vas muy deprisa con todo", pensó Mashda mientras lo miraba a la cara y miraba a la mesa, como si meditara.

—Yo sé que a ti te parece que voy muy deprisa, pero cuando las cosas están escritas, suceden, y no veo que tengamos la necesidad de darles larga, si al final ocurrirán.

—Estás muy filósofo, —le dijo ella, sintiéndose un poco incómoda. A veces tenía la impresión de que Frann leía la mente o tenía algún poder.

No se imaginaba cómo había hecho para llevarla tan pronto a ese punto de la relación. Se sentía como si hubiera estado junto a él desde que lo vio por primera vez en la agencia, era un tanto extraño lo que sentía.

—Me imagino que te extraña un poco toda esta situación, y debo decirte que a mí me sucede lo mismo. Pero me siento muy bien a tu lado.

—Yo también, —dijo ella. Antes de levantarse se dieron un cariñoso beso, y se tomaron de las manos para disfrutar la excitante Nueva York.

Fue un día muy turístico, pasando por la Estatua de la Libertad, el Soho, el sector financiero y Sea Port. Tomaron una exquisita cena, y caminaron otro rato por la ciudad.

—Creo que es demasiado tarde para irte a casa de tu hermana; además, no es una buena idea que yo duerma solo de nuevo en esa habitación tan grande, ya me está dando miedo, —propuso Frann.

—Yo opté por atenerme a tus sugerencias, así que para el hotel vamos, querido, —abordaron un taxi y compartieron su felicidad con el taxista, que era latino y conversador.

Frann había tomado una *suite* en el Marriott Marquis que impresionó a Mashda. Estuvieron conversando el resto de la noche y cuando comenzaba a despuntar el sol, se fue cada uno a una de las dos camas extragrandes. Él se quedó mirándola y le dijo:

—¿No tienes mucho frío, acostada ahí, sola?

—Sí, pero tú crees que puedas darme calor y hacerte responsable de ese calor más adelante?

—Él se sonrió y se quedó dormido.

A los cuatro meses se casaron en Venezuela y Frann consiguió que la agencia lo trasladara a Miami, por ser un ciudadano norteamericano.

CUATRO

Después de ocho años de casados, Mashda y Frann, tenían una hija de seis años. Habían pasado los dos primeros viajando y disfrutando al máximo su feliz matrimonio, sin restricciones de ningún tipo.

Cuando la niña tenía tres años, Frann había quedado sin trabajo, debido a que la agencia de publicidad en Miami había cerrado por la quiebra de su principal cliente.

Desde ese momento, comenzó a introducir su currículo en empresas grandes, pero las respuestas eran negativas y todas similares. Normalmente, las grandes agencias trasladaban a sus directores creativos de una oficina regional a otra y difícilmente buscaban gente nueva para esos cargos.

Lo que Frann había considerado como un simple cambio de agencia cuando quedó sin trabajo, se le había convertido en la búsqueda de un trabajo de redactor publicitario, durante seis meses y sin éxito.

Mashda comenzó a tener discusiones con Frann por tonterías, pero los reclamos se iban acrecentando a medida que pasaba el tiempo. Él seguía sin trabajo fijo, pero había comenzado a conseguir algunos clientes locales y les hacía trabajos por cuenta propia. Decidió, en vista de sus frustrados intentos, registrar una corporación y comenzar a ofrecer sus servicios creativos a clientes directos y agencias de publicidad, desde su casa.

Al principio fue muy difícil, ya estaba a punto de terminar con sus ahorros.

Mashda trabajaba para una corporación internacional y tenía una buena entrada, no obstante, al faltar los ingresos de Frann, poco a poco habían ido dejando atrás lujos, viajes y gastos que no fueran casi estrictamente los necesarios.

Frann se sentía cada vez más presionado por Mashda, quien había comenzado a criticarle casi todo lo que hacía. Ya no sabía cómo comportarse para no incomodarla. Su trabajo estaba comenzando a darle resultados, pero le exigía mucha dedicación, a veces trabajaba semanas enteras en proyectos que nunca salían. El riesgo jugaba un papel importante; a pesar de que sus gastos eran pocos, por el hecho de demorarse tanto tiempo para terminar una campaña que pasaba correcciones tras correcciones, pues a veces el mismo cliente no sabían exactamente lo que quería, demoraba mucho para cobrar y al ingresar el dinero ya estaba casi todo comprometido.

La situación con Mashda se había puesto muy tensa. Frann estaba deprimido y le pedía a Dios que le diera fuerzas para recuperar su ímpetu de antes. Ella le reclamaba todo.

—Mashda, recuerda que hoy es la reunión en casa de Francesca, y no quiero llegar tarde.

—Sí, yo sé que estás desesperado por ir a meterte en casa de esa zorra —vociferó ella en tono agresivo.

—Quiero ir a esa reunión con el único propósito de hacer contactos para futuros trabajos, —respondió Frann tratando de calmarla.

—Si es tan importante y estás tan desesperado, puedes irte solo. A mí esa gente ni me va ni me viene.

—No quiero ir solo, a diferencia de ti, que no dejas que te acompañe a ninguna de tus reuniones de trabajo. Para mí es importante asistir junto a mi esposa a estos eventos.

—Me vas a hacer llorar, —se burló ella. —Tú crees que yo soy tonta, que no me he dado cuenta de cómo miras a esa mujerzuela.

—Realmente no sé de qué estás hablando.

—Tú nunca sabes nada, eres un perfecto santo. Yo todavía me acuerdo de cómo te comportabas hace siete años cuando te conocí. Por algo mis amigas me decían que debía tener cuidado contigo.

—Tus amigas eran unas envidiosas, ellas no tenían ningún derecho a criticarme; creo que todo era para ponerte en malas conmigo.

—Voy a tomar una aspirina y me recostaré un rato a ver si se me pasa el dolor de cabeza que me está torturando.

—Está bien, descansa y hablamos más tarde cuando te sientas mejor, —le dijo él en tono conciliador.

—De todas formas te puedes ir cuando quieras, yo no pienso asistir a ese bochinche de rameras y babosos, que después del primer trago comienzan a fastidiarte con estupideces.

Frann no dijo nada más y se retiró a cambiarse para irse solo. Cuando salió de la sala de baño arreglado para marcharse, Mashda lo estaba observando.

—Así que te vas solo. No podías resistir la tentación. Y después dices que no sabes de qué estoy hablando.

Frann salió de la habitación sin abrir la boca, ni siquiera se despidió. No tenía caso; si intentara defenderse pasarían toda la noche peleando y diciéndose cosas que no tenían sentido. Tomó el auto y emprendió camino, sentía que estaba decepcionado de su vida, ya no sentía deseos de ir a la reunión, pero tampoco quería regresar a casa para seguir discutiendo con Mashda. Se acordó que Dionisio le había telefoneado, estaba en Miami, en un hotel cerca de su casa. Comenzó a buscar la tarjeta donde había anotado los datos del teléfono y la habitación y, cuando la encontró, decidió llamarlo desde el móvil.

—Sí, con la habitación 502, por favor.

La recepcionista le dijo que esa habitación no existía.

—Bueno, entonces comuníqueme con la habitación del señor Dionisio Silva, —le dijo a la recepcionista en español.

Frann esperó a ser conectado.

—Hola, ¿Dionisio?

—Sí, ¿quién habla?

—Soy yo, Frann, ¿ahora no me conoces?

—Mi apreciado amigo, no te reconocí, estás hablando un poco raro, como si tuvieras un problema. Pero, cuéntame, ¿dónde estás?, ¿nos veremos ahora?

—Seguro, dame la dirección del hotel y enseguida paso por ti.

Cuando Frann entró al estacionamiento del hotel, Dionisio ya estaba abajo esperándolo.

—Sube, se te ve muy bien. Cuéntame, ¿qué maldades estás haciendo por la Florida?, —quiso saber Frann.

—Tú también te ves muy bien, a pesar de los años la juventud no te abandona. No sabes cuánto me alegra que pasaras a recogerme, la verdad es que vine a reunirme con los dueños de una compañía que son clientes nuevos de la agencia, ellos tienen la oficina principal en Nueva York, pero están abriendo una sucursal aquí y al jefe le pareció más fácil que me acercara a Miami en vez de a Manhattan, tú sabes, cuestión de presupuesto. Lo cierto es que ya me reuní con ellos, bastante aburridos, los pobres, dos viejitos ya cansados, no creo que me habrían llevado a ninguna parte, por ello pensé que si te veía, algo bueno haríamos, así que primero decide a dónde vamos y luego empiezas a desembuchar los últimos acontecimientos con todo detalle.

—Lo primero que se me ocurre es ir a comer algo, la verdad es que tengo mucha hambre. Los últimos acontecimientos como tú dices me tienen preocupado y eso parece que me despierta el apetito, ¿qué te parece si vamos a la Casa del Cangrejo?

—Genial, pero vamos a esperar como dos horas.

—No creas que lo único que he hecho en Miami es buscar trabajo y pasear con la familia, —se consoló Frann. También tengo algunas influencias, como en los viejos tiempos.

—Eso ya me suena más a ti. Hablando de familia, ¿cómo están Mashda y la niña?

—Ishka, cada día más encantadora, lo que te pueda decir es poco, ya está en primero elemental, es la primera de su clase, además progresando muchísimo en la natación, creo que será una campeona, comenzó a los 4 años. La que está insoportable es Mashda, te soy muy sincero, pero creo que no podré estar a su lado por mucho más tiempo.

—No puedo creer lo que estoy oyendo, ¿Romeo y Julieta peleándose? Qué horror, eso no lo puedo creer, me temo que te burlas de mí.

—No, no me burlo, hemos tenido varias crisis desde que me quedé sin trabajo, pero ya la cosa se subió de tono, espera a que lleguemos al restaurante y te contaré con detalle.

—Eso me parece increíble, Frann. Además, yo te conozco muy bien y sé que no puedes haberle salido con nada raro a Mashda. No me imagino que pueda estar pasando.

—No te mortifiques por eso ahora, mejor déjame ver si está el mozo que me consigue mesa enseguida, —le dijo Frann al llegar al sitio.

A pesar del contingente de personas esperando, a Frann lo pasaron cuando apenas comenzaba a saborear un vodka mix.

—Qué bien, Frann, sigues cosechando buenos contactos en todo el mundo, —le comentó Dionisio impresionado por la rapidez con que les dieron la mesa.

—Ya quisiera yo que así fuera, pero lo cierto es que no atino a conseguir un trabajo decente en esta ciudad. Estoy muy desconectado, y cuando trato de salir por ahí para relacionarme un poco, como hacía antes, comienzan las discusiones con Mashda. Creo que estoy perdiendo terreno en todos los sentidos, mi vida se está atascando.

—Mi talentoso amigo, tú estás destinado al éxito, tus designios te tienen iluminado, a veces alguien pasa cerca y te hace sombra, pero la luz no se apagará nunca. Ahora, que vamos a entrarle al plato fuerte, comienza a echarme el cuento de Mashda.

—No sé por dónde empezar, pero puedo decirte que ella ha cambiado del cielo a la tierra. Antes era muy tímida, no sé si te acuerdas de que hasta se tapaba la boca para reírse. Además, hablaba que casi no se escuchaba lo que decía; ahora me grita, critica absolutamente todo lo que hago, hasta como camino. Nuestras relaciones han cambiado, aun cuando yo estoy más pendiente de ella, la niña y las cosas de la casa, no cesa de hostigarme. El sexo pasó a un plano casi inexistente, ella llega muy cansada del trabajo y siempre se va a la cama primero que yo; cuando me acuesto siempre está dormida, en las mañanas se levanta tan temprano que ni siquiera el sol ha salido, cuando me despierto ya está lista para marcharse. Te podrás imaginar que no me da las buenas noches y mucho menos los buenos días. Uno que otro fin de semana, cuando la agarro en la mañana, antes de levantarse, se ve casi obligada a ceder, entonces comienza más un martirio que el placer. Es increíble, es como si estuviera con una extraña en la cama. Lo peor de todo es que me ha venido con el cuento de que ya que yo no funciono como antes, y me pregunta qué me está pasando. ¿Tú puedes creer lo que te estoy diciendo?

—La verdad es que lo oigo y no lo creo, pero puedo decirte que las mujeres son así, a veces tú no sabes cómo comportarte con ellas.

Cuando crees que lo estás haciendo bien, ellas te reprochan todo, y cuando no las tomas en cuenta y haces lo que te da la gana, entonces te consienten y te quieren; no sé, esto es muy complicado.

—Mashda dice que ya yo no soy el mismo hombre emprendedor que ella conoció, no tengo una entrada de dinero que responda a nuestras necesidades, me dice que si yo no vuelvo a ser como antes, las cosas entre nosotros tampoco van a funcionar. Realmente no sé qué hacer, aquí todo es diferente, me ha tomado tiempo acoplarme y relacionarme.

—Mira, Frann, ella te está chantajeando, y tú no puedes caer en eso. Debes ponerte firme y decirle que el matrimonio era para las buenas y las malas. Si ella no está dispuesta a compartir este pequeño revés, lo mejor es que comiences a pensar en dejarla.

—Ya lo he pensado, y te juro que por ella no me paro, pero se me hace bastante difícil vivir separado de Ishka.

—Tendrás que superarlo, seguramente ella está jugando a eso.

—Yo no creo que sea capaz, no puede estar apostando por mis sentimientos hacia Ishka.

—Mi querido amigo, es tiempo de que comiences a abrir los ojos. Esa chica es capaz de cualquier cosa, aunque tú no lo creas.

—Yo todavía la quiero y me cuesta creer que esté pasando por esto. Hay días en que trata de ser amable, en esos momentos pienso que todo cambiará; pero cuando la toco o intento darle un beso o simplemente ser cariñoso con ella, se le sale el veneno de nuevo.

—Frann, perdona que sea tan directo, pero tú eres mi amigo. Tu matrimonio con Mashda se acabó, lo único que queda de esa relación es la encantadora Ishka. Yo te recomiendo que dediques mucho tiempo a esa pequeña, pero tienes que hacer otra vida, separado de Mashda. Te propongo un brindis para suavizar un poco este tema. Brindemos porque serás el hombre más reconocido en el mundo, gracias a tu talento.

Frann se sonrojó, pero comenzaba a aflojar un poco la presión.

—Bueno, brindemos y a saborear ese cangrejo y esa langosta que se ven exquisitos.

CINCO

—Ishka, despídete de tu papi, que ya están llamando para abordar el avión.

Mashda había decidido irse por un tiempo a casa de su hermana en Nueva York. Ambos estaban de acuerdo en que una separación temporal les ayudaría. Frann se sentía muy triste, solo por su hija, ya que su matrimonio se había convertido en una pesadilla, nada funcionaba bien. A pesar de todo, no se sentía culpable; comprendió y aceptó que Mashda estaba viviendo otra realidad diferente de la de suya, y desde el momento en que dejó de discutir y de sentirse culpable de todo, las cosas habían cambiado favorablemente en su vida. La verdad era que ella ya no tenía de dónde sustentar sus atropellos. Después de la conversación con Dionisio en el restaurante, decidió cambiar su actitud. Logró llegar al punto de no contradecir a su esposa en nada: si ella decía que era rojo, él también decía que era rojo; si ella decía que no era rojo, sino amarillo, entonces él la apoyaba y cambiaba al amarillo. Además, no le aceptó nunca más ni una insolencia. Ella dejó de hostigarlo, tratando en ocasiones de ser hasta condescendiente. Ya era tarde para retomar aquello, había muchas heridas y resentimientos, y ella no tenía vocación para volver atrás.

—Mi adorada hija, te prometo que iré a verte antes de lo que te imaginas.

—Más vale que así sea, porque si no te veo pronto por allá, me voy a escapar y regreso a casa yo solita.

—Está bien, cariño. Ahora dame un beso y un abrazo.

Frann abrazó a su hija. Le parecía como si se fuera para el fin del mundo, casi se le salían las lágrimas, pero se contuvo.

—Cuida bien a mi niña y que tengas mucha suerte.

—Igual te deseo suerte, Frann. Que todo comience a salirte bien de nuevo, te llamaremos al llegar a casa de la tía.

Frann les dio un beso a cada una y decidió irse enseguida a casa. No tenía ánimo para nada, a pesar de ser viernes y solo las cinco y treinta de la tarde. Tomó el auto con el deseo de llegar a casa lo antes posible y estar pendiente de la llamada de su familia.

Al llegar al estacionamiento del condominio, Frann subió las escaleras hasta el primer piso, para revisar el correo; luego, al entrar al ascensor y dirigirse a su departamento, se tropezó de frente con una vecina muy hermosa, que veía frecuentemente.

—Buenas tardes, vecino, ¿cómo está usted?

"Dios mío", pensó Frann, "a esta joven me la he tropezado muchas veces en el edificio, desde hace como tres años, y es la primera vez que me saluda, qué cosa tan extraña".

—Buenas tardes, —le respondió él a secas.

—Disculpe, —insistió ella. —¿Es usted publicista?

Frann se quedó asombrado por la pregunta.

—Sí. ¿Cómo lo sabe usted?

—Lo que sucede es que, sin querer, miré una hoja de vida en su auto, —dijo ella, algo avergonzada.

"Esto es el colmo", discurrió Frann. "Ahora resulta que la vecina es espía, qué suerte la mía".

—Claro, usted estaciona su auto al lado del mío, —dijo él en tono bastante áspero.

—Le pido mil disculpas, lo que sucede es que un día se me quedó la llave dentro del auto y, desesperada, comencé a mirar a todas partes, la hoja estaba en el suelo, y la recogí sin saber qué era.

"Eso si está mal, esta joven se va a imaginar que una persona tan descuidada como yo no va a conseguir empleo", pensó Frann mientras se ponía rojo de la pena y no atinaba a contestar.

—Seguramente se me salió de una carpeta y no me di cuenta, —dijo él, de manera entrecortada.

—Nuevamente le pido disculpas, pero es que me llamó la atención, porque yo me muevo en ese medio.

Frann se iluminó de nuevo y pensó que esa chica podría ser una posibilidad para conseguir trabajo, su optimismo lo hacía ver posibilidades en todas partes.

—No tiene importancia, —le dijo en tono muy suave y conciliador. —Lo que sí me gustaría es que habláramos del tema de la publicidad en alguna oportunidad.

Frann ya estaba aguantando las puertas del elevador que había llegado a su piso.

—Espere, le voy a dar mi tarjeta, —ella metió la mano en su cartera, sacó una pequeña tarjeta y se la entregó. —Puede llamarme más tarde y nos ponemos de acuerdo, yo vivo en el piso de arriba, en el apartamento 44.

—De acuerdo, —dijo él mientras las puertas del elevador casi le presionan la mano al cerrarse.

Frann pensaba que esa situación del elevador era muy extraña, esa joven nunca le había hablado antes, y justo cuando su esposa y su hija se marchan, lo saluda como por arte de magia. Estaba confundido. Al entrar en la casa, se sirvió una copa de vino, se recostó en el sofá, cerró los ojos y se puso a pensar en su hija.

Seguramente debió quedarse dormido un buen rato, y se sobresaltó cuando comenzó a repicar el teléfono; aunque estaba aturdido, el mirar el aparato se puso sumamente alegre pensando en su hija.

—Hola, papi, hola, ya estamos en casa de la tía.

—Qué tal, preciosa, cuéntame, ¿cómo te fue en el avión?

—Bien, nos dieron sándwich y sodas, yo me dormí como dos horas, cuando llegamos, la tía nos estaba esperando en el aeropuerto con el perro.

—Me alegro de que disfrutaras el viaje, dile a la tía que le mando saludos.

—Ahora vamos a comer pizza que ordenamos por teléfono y después nos vamos a la cama, porque estamos muy cansadas. Un beso, te llamo mañana.

—Está bien, hija que descanses, un beso.

—Que descanses tú también, te paso a mi mami.

—Hola, Frann, llegamos bien. Y tú, ¿cómo estás?

—Muy bien, gracias. Me comentó la niña que fue bueno el viaje.

—Sí, todo estuvo muy bien, pero el ajetreo me pone exhausta, ya le dije a Ishka de acostarnos, mañana será otro día.

—Que pasen buenas noches.

—Hasta mañana, Frann.

Al cerrar la llamada, Frann miró la tarjeta de la vecina que estaba en la mesita al lado del teléfono, luego miró el reloj, eran las nueve y treinta, no tenía sueño ni cansancio, pero le parecía un poco tarde para llamar; sin embargo, se arriesgó a marcar.

—Hola, Nebreska, soy su vecino.

—Hola, Frann, qué bien que llamó, me pareció que se había olvidado.

—No lo olvidé, solo me quedé dormido y me parecía un poco tarde.

—Está bien, apenas comienza la noche.

A Frann le seguía sonando todo muy extraño con su vecina.

—Por cierto, ¿cómo sabe mi nombre?, —le preguntó él, pues no recordaba habérselo dado antes.

—Estaba escrito en la hoja de vida.

—Sí, tiene razón, todavía no me he despertado del todo, —le dijo para disimular su despiste, —creo que me viene bien una ducha fría para despejarme.

—Le propongo algo, —dijo ella, —tome su ducha y después se viene para mi casa y charlamos un rato sobre publicidad.

Aun cuando le pareció la cosa más absurda, irse a meter en casa de una desconocida a pocas horas de la partida de su familia, le dijo que estaba bien, pensando nuevamente que eso podría ser una oportunidad de trabajo.

Había que tener mucho cuidado, la chica era bastante atractiva, tenía el cuerpo de una modelo, muy esbelta y sin una gota de grasa, el pelo tan negro como el azabache, y los ojos de un azul muy intenso. Él se imaginaba que cuando salía a la calle, debía detener el tráfico; ahora que lo pensaba bien, en una ocasión, cuando la vio una mañana con su porte tan agresivamente hermoso, se imaginó caminando con ella tomados de la mano, y la gente mirándola como si fuera una diosa. Sí, pero él les había advertido a todos sus amigos que tuvieran mucho cuidado con las vecinas, uno nunca debía fijarse, ni tomar en cuenta y mucho menos tener una relación con una vecina, eso era sumamente peligroso. Recordaba que comentó en una reunión, a manera de chiste: "¿Ustedes se imaginan lo que significa enredarse con una vecina? Uno no puede ni estornudar sin que ella se entere. Por otro lado, si estás casado, un día cualquiera, cuando abras la puerta de tu casa, te la vas a conseguir sentada en la sala, conversando de lo más amena con tu esposa, y ella dirá 'hola, mi amor, esta es la vecina Mary, él es mi esposo Juan', y uno, como una bolsa, sin saber qué hacer, dice 'sí, yo la he visto, mucho gusto, ¿cómo está?' "...

Frann no quería ni pensar que después de tanto hablar de ese tema, le pudiera suceder algo así.

SEIS

Después de acicalarse, tomó una botella del mejor vino francés que tenía en su despensa y se fue a casa de la vecina.

—Pasa, Frann, perdona, pero me siento mejor si te trato con menos formalidad. No sabes cuánto me alegra que estés aquí. La verdad, este es uno de esos días en que quieres conversar con alguien, de cualquier cosa, y no consigues apoyo.

"Claro, justo cuando se va mi esposa", pensó Frann.

—No lo vayas a tomar a mal, pero el caso es que yo me percaté cuando tu esposa y la niña se marchaban esta mañana con maletas, y eso me animó a saludarte en el elevador.

Bueno, por lo menos era sincera, reconoció él.

—¿Acaso se fueron de vacaciones?, —preguntó ella.

—Se fueron a visitar a la hermana en Nueva York.

—Si piensas que estás haciendo algo malo por haber venido a mi casa, podríamos conversar otro día en otro lugar menos comprometedor, —le dijo ella, viéndolo parado en la puerta sin tomar ninguna decisión para entrar.

Al percatarse de que estaba como petrificado sin saber por qué, Frann se movió, con ademán de pasar hacia el interior del departamento.

—Discúlpame, es que estoy un poco aturdido, este es un día complicado para mí, básicamente es la primera vez que estoy lejos de mi hija, y eso me tiene desconcertado, pero no te preocupes, ya me iré acostumbrando.

—¿Significa que pasarás mucho tiempo sin ver a tu hija?, —preguntó ella con suspicacia.

—Preferiría que habláramos de otra cosa.

—No hay problema, podemos hablar sobre el tema que mejor te parezca, pero creo que primero debemos comer algo. Te confieso que estoy muerta de hambre. ¿Te apetece?

—Sí, yo también quisiera comer algo, no he almorzado y en el desayuno solo tomé café.

—Te han pegado mucho las vacaciones de tu familia.

Recordó que Frann no quería tocar el tema.

—Te pido disculpas, no lo volveré a mencionar.

—Está bien, no te preocupes. ¿Qué se te ocurre, ¿qué pudiéramos hacer?

—No lo sé, a esta hora no hay muchos sitios donde ir a degustar algo decente.

—¿Y qué tal si lo preparamos y disfrutamos aquí, sin muchas complicaciones? —sugirió él.

—Te confieso que la cocina no es mi fuerte; además, la despensa no está muy surtida.

—Pero algo debes tener, o tal vez yo pueda traer unos ingredientes de mi casa, y cocinar un platillo rápido y sabroso, ¿qué te parece?

—No me digas que también eres *chef*.

—Más o menos. Viví mucho tiempo solo y tenía que cocinarme. Esa habilidad la heredé de mi madre, ella me enseñó muchos trucos de cocina.

—Bueno, pues, adelante, te nombro oficialmente encargado de la cena.

Él no sabía qué era, pero esa chica lo hacía sentir cómodo, muy agradado a su lado, y parecía que ella sentía lo mismo.

—Entra en la cocina y revisa todo lo que quieras, también existe la posibilidad de que vayamos al mercado, hay uno cerca que abre hasta las doce de la noche.

Frann se quedó mirándola. Lo único que faltaba es que fueran al mercado tomados de la mano, y hacer la compra para una cena romántica, pensó. "Mucho descaro", pensó él.

Después de revisar la despensa de Nebreska, vio que había lo elemental: pasta, tomate y cosas por el estilo.

—Creo que no hay necesidad de salir, con lo que tienes y algunos ingredientes que yo traiga, puedo preparar algo decente.

—Adelante, señor *chef*. Mientras, te serviré una copa de vino, para que lo tomes con cierta ligereza.

Frann se concentró en la cocina y, después de recolectar todo lo que necesitaba, entre la despensa de Nebreska y algunos ingredientes mágicos que trajo de su casa, preparó una ensalada con mucho verde, fresas y un aderezo de su propia invención; de plato fuerte, una pasta al *pomodoro e basilico*. Todo en menos de 45 minutos. La presentación de los platos tenía el toque de los mejores restaurantes de la zona.

Nebreska no sabía qué decir, no solo por la presentación y la destreza del *chef*, sino también por el exquisito sabor de la comida.

—Frann, nunca pude imaginarme que esto pudiera suceder en la vida real, te confieso que estoy sumamente impresionada. ¿Me dijiste que eras publicista?, pues debes ser el mejor, porque la comida está estupenda. Hoy puedo decir con propiedad, y sin temor a equivocarme, que la magia existe.

—Gracias por el cumplido.

—¿Un cumplido, dices? La verdad es que no tengo manera de decirte lo impresionada que estoy.

—Bueno, no es para tanto, una simple comida para dos chicos con hambre.

Comieron, tomaron vino y disfrutaron.

—Vamos a enumerar los hechos: una cena exquisita, un vino espectacular, una agradable compañía, creo que son muchas cosas juntas. La verdad, te felicito, eres un hombre apetecible, envidiable y generoso, no creo que tu esposa te deje por nada en este mundo y me disculpas que te toque el tema de nuevo.

—Eso suena como una fiesta. Creo que estás exagerando, no hay nada del otro mundo en lo que estamos haciendo.

—Además, modesto, —calificó ella.

—No te burles, la idea era conversar un rato y pasarla bien.

—Yo pienso que mejor, imposible: me trajeron el restaurante a la casa, me consintieron, me trataron bien. Ahora, dime, ¿qué esperas tú de todo esto?

Frann se sorprendió con la pregunta. A pesar de tener mucha experiencia con las chicas, no se percató de que Nebreska, siendo una mujer que se manejaba muy bien, sentía los temores de ser abordada y requerida, llegado el momento.

—Yo espero que te sientas tan bien como yo, —le dijo él. —La verdad es que estoy encantado de la velada, hacía mucho tiempo que no disfrutaba de una buena compañía y bueno, todavía queda pendiente esa conversación sobre publicidad, yo siempre estoy viendo oportunidades en todas partes.

—Frann, yo no te conozco, pero me das la sensación de que eres una gran persona.

—Gracias. Te diré algo, imagínate que yo soy como un amuleto, siempre que estés a mi lado, nada malo te ocurrirá.

A Nebreska se le erizó la piel con las palabras de Frann. Tenía una sensación tan positiva, que le daba miedo.

—Perdona la curiosidad, pero, ¿de dónde sacaste ese nombre?

—Eso no se vale, tú quieres descubrir mis secretos.

—Si no me lo quieres, decir no importa.

—Tampoco es para tanto. Mi nombre verdadero es Francisco, mi mamá, que hablaba siempre cortando las palabras, esa era su costumbre, me llamaba Fran, y cuando llegué a los Estados Unidos, como a los latinos siempre les cambian el nombre, yo dije que era Frann, agregándole otra n para que se viera más artístico, publicista al fin.

Nebreska se rio, como si le hubiera contado un chiste.

—Eso estuvo genial, pero ese apellido Hatton no concuerda con nadie de origen latino. O, ¿acaso también te lo cambiaste al llegar aquí?

—No, esa es una historia un poco más larga.

—Tiempo es lo que nos sobra, a menos que tú decidas marcharte ahora.

—Yo no tengo ningún apuro. Al fin y al cabo, mi casa queda tan solo a un piso.

—Entonces déjame que reponga los tragos para escuchar tu historia. ¿Quieres seguir tomando vino o prefieres otra cosa?

—¿Otra cosa?, ¿cómo qué?

—Lo que quieras, esa parte de la despensa está muy bien surtida. A mí me regalan muchas bebidas en Navidad, cumpleaños, etc., y solo tomo un vino de vez en cuando. Además, recibo muy pocas visitas.

—Está bien. Si tienes escocés, te acepto uno con hielo picado y una conchita de limón, yo puedo servirlo.

—No faltaba más. Tú pide lo que quieras, que estoy aquí para atenderte.

“Que diferencia”, pensó Frann; “si hubiera sido Mashda, primero le preguntaría si estaba celebrando algo, y luego le saldría con aquello de que ‘tú no eres impedido’. Su filosofía se basaba en que cada cual se tenía que hacer sus cosas, para ella era muy difícil compartir".

Nebreska regresó de la cocina con la bebida.

—Pruébalo y dime si está bien así, yo no soy muy buena para la coctelería.

—Perfecto, mejor que si lo hubiera hecho yo.

—Vamos para el estudio, ahí estaremos más cómodos, podemos poner música y relajarnos, mientras escucho la historia de tu apellido.

La casa de Nebreska estaba exquisitamente decorada y era muy acogedora. A pesar de que vivía sola, se sentía más calor que en la suya, observó Frann. Había gusto en la selección de todo el mobiliario; por experiencia, sabía que esa chica se tomó su tiempo buscando cada cosa en diferentes rincones del país.

Ella no se equivocó. Al entrar al estudio se sintió diferente, como aislado, relajado. Podría disfrutar íntimamente los encantos de esa mujer, hasta se notaba más su olor, una mezcla de fragancia femenina de mucha clase, con una piel sensible.

—Es adorable tu casa.

—Lo dices porque es igual a la tuya, al menos estructuralmente.

—La verdad es que no se parece en nada. Me gusta la decoración, pero mi esposa no me dejó intervenir.

—Lo lamento mucho, no te aflijas, ya tendrás nuevas oportunidades. Ahora, a echar el cuento.

A Frann le causaba gracia la forma tan decidida como se manejaba Nebreska. Pensaba que ella debía ser más frágil internamente, nada parecido con lo exterior.

"Haré el cuento corto para no fastidiar. La historia comienza en mi bisabuelo paterno, John Hatton, quien era un ingeniero inglés que trabajaba en los ingenios azucareros de la República

Dominicana, y se casó con una joven nacida en Puerto Rico que llevaba tiempo trabajando en unas oficinas del gobierno como intérprete. Tuvieron dos hijos varones, John y Carlos. Carlos era mi abuelo, quien estuvo la mayor parte de su vida en Santo Domingo, se casó con una joven dominicana, bella y de sentimientos muy nobles. A los pocos años de casados ya tenían dos hermosos niños: una hembra llamada Nancy y mi papá, Carlos hijo. A finales de los años 30 un ciclón arrasó la ciudad donde vivían, acabó con todo. Mi abuelo se vio en la necesidad de salir junto a sus dos hijos y otros damnificados para Curazao, ya que mi abuela estaba desaparecida. Una vez en Curazao, desconsolado, no se daba por vencido con la pérdida de mi abuela. Pensaba que una persona tan buena como ella, no podía haber perdido la vida en la flor de su juventud, se negaba a aceptarlo.

"Todos los días buscaba las listas de los campamentos de la Cruz Roja que suministraba el gobierno a los familiares de las víctimas. Habían pasado más de 15 días y nada se sabía de ella. Una mañana, lo fueron a buscar y le dieron la noticia: mi abuela estaba viva; no obstante, el parte del médico no era muy alentador: tenía fractura de fémur, clavícula, cuatro costillas y su estado era sumamente delicado. Mi abuelo se puso en contacto con un primo médico que vivía en Venezuela y, de acuerdo con las instrucciones de este, hizo los arreglos necesarios para que la trasladaran allá. Pasó muchos meses hospitalizada y cuando la dieron de alta, los médicos no le daban esperanza de que volvería a caminar. Al pasar de los años y con una fe inmensa que ambos tenían, mi abuela caminó de nuevo, y decidieron quedarse a vivir en Venezuela. Mi padre se casó con mi madre, que era venezolana, y también se quedó para siempre en Venezuela. Como puedes ver, aquí tienes a un latino con apellido inglés".

Nebreska, que no lo había interrumpido ni un instante, concentrada en la narración de Frann, respiró profundo, y pasaron unos segundos antes de que pudiera hablar, luego mirándolo a los ojos, dijo:

—Eres sorprendente, creo que tengo muchas cosas que descubrir en ti, me has conmovido con esa historia tan llena de vivencias, aun cuando eres protagonista de una parte muy pequeña, la manera como me la has contado me deja ver que eres noble.

—Tú también debes tener una historia, ya que Nebreska no es como de por aquí, que digamos.

Ella no dejaba de observarlo detenidamente, estaba descubriendo todo un mundo nuevo con ese personaje tan apuesto y conmovedor. Comenzaba a identificarse con alguien por primera vez en su vida. Se sonrió: hombre apuesto, ojos claros, cabello oscuro, hermosa figura y para colmo se oía honesto. Casado, sí, pero parecía que no por mucho tiempo.

—¿Te sucede algo?, —preguntó Frann al verla tan pensativa.

—Discúlpame, es que aún estoy pensando en tu historia. Mi nombre no fue sacado de ningún cuento de hadas ni nada parecido, simplemente un capricho de mi madre, de origen ruso, que era una mujer muy excéntrica. A ella le gustaba Nebreska, se lo inventó, le sonaba con mucha personalidad, eso ayudaría en un futuro a su preciosa y encantadora hija; además a ella le gustaba y punto, nadie le discutía. Como puedes ver, un cuento muy corto, pero las madres son así. Alcánzame tu vaso para servirte otro trago.

Nebreska tomó el vaso y se fue hacia la cocina. Él la observó: su figura era perfecta, caminaba con una elegancia perturbadora. Cuando regresó, le dio el trago en la mano y se sentó a su lado. Sentía la respiración de ella tan cerca que llegó a imaginarse que estaban abrazados.

—Eres muy hermosa, —se animó a comentar Frann. —¿Existe un afortunado?

—Existió hace un par de años atrás, ahora solo somos amigos y nos vemos muy esporádicamente.

—¿Qué sucedió?

—Fueron muchas cosas, pero lo decisivo fue la manera en que se involucraba mi suegra en nuestra relación. Ángel, así se llama, tiene una devoción patética por su madre.

—Ya veo, una lástima.

Frann pensó que no debió haber preguntado.

—No te preocupes, no me afectó mucho, más bien me siento mejor desde que estoy sola. Nosotros teníamos ese tipo de relación en la que al separarse definitivamente, uno siente que se quitó un peso de encima.

Frann pensó en Mashda: a pesar de que solo se había marchado para darse un poco de tiempo, sentía una tranquilidad espiritual poco común en esta última época.

—Tú también eres muy apuesto, y con todo lo que sabes hacer, me imagino que estarás atado por el resto de tu vida; como quien dice, hasta que la muerte los separe.

Ella hablaba entre seria y risueña, así que Frann no sabía si era una pregunta o una afirmación.

—Veremos, —se limitó a decir él.

Aunque no se conocían el uno al otro, estaban muy cómodos juntos, no había nada de tensión por ser unos recién conocidos. Ella lo notó distraído y le pregunto:

—¿En qué piensas?

—Pienso en ti, en lo agradable que es estar aquí, compartir contigo. Me haces sentir bien, todo aquí me gusta, incluyéndote.

Nebreska se sonrojó y miró hacia el techo como buscando fuerzas para defenderse.

—Tú también me gustas, desde que te vi la primera vez me gustaste, me pareces diferente.

“Entonces es como si me espiara”, pensó Frann.

—Me recuerdas mucho a un amigo que tengo en Nueva York, creo que eres de ese tipo de persona, —dijo ella.

—¿Y cómo es ese tipo de persona?, —pregunto él.

—Como tú, —le contestó ella, sencillamente.

—¡Ah!, entiendo.

—No te preocupes, que yo sí lo entiendo y me pareces maravilloso.

Frann le tomó la mano, como lo hacen los prometidos, la pasó suavemente por su propio rostro, y al llegar a sus labios, la besó tiernamente.

—No te portes mal, —le advirtió ella.

—No pienso hacerlo. Además, sé que no me dejarías.

Ella no estaba tan segura de poder pararlo, llegado el caso.

—Mejor déjame buscarte un poco más de hielo, para que me cuentes a qué te dedicas en estos momentos.

Nebreska se levantó para interrumpir la sesión peligrosa.

—Eso no, ahora me toca a mí, —le dijo Frann, y se levantó automáticamente. —A partir de este momento, tú descansas. También iré al baño.

—Puedes usar el del pasillo, o el del cuarto.

—El del pasillo estará bien. ¿Qué quieres tomar?, ¿te sirvo otra copa de vino?

—Yo no soy buena tomadora, pero déjame probar ese escocés *mix*, a ver qué tal.

—Con el mayor gusto. Por favor, no te muevas de ahí, y si te vas déjame una nota.

Ambos sonrieron y Frann desapareció hacia el baño.

Cuando regresó con el trago, ella estaba igual, parecía que no se había movido para nada.

—Pruébalo, te aseguro que lo vas a disfrutar.

—No lo dudo, estoy aprendiendo que contigo todo sabe bien.

Ella sonrió.

—Siguen los halagos, empiezo a creer que soy una maravilla. Lo malo es que después, cuando me baje de esa nube y vuelva a la realidad, me voy a sentir desilusionado.

—Esta es tu realidad, y tienes que vivirla como lo hago yo.

—Ah, eso sí está muy bien. Bueno, les contaré a mis amigos que estuve con una chica sensacional y les dará envida. Por favor, tú no le cuentes a nadie, eso de que estuviste con un vecino que es casado, sería comprometedor.

—Si les cuento a mis amigas que estuve con un hombre casado, van a pegar el grito al cielo, pero te aseguro que disfrutarán mucho más el cuento, que si les digo que estuve con un productor que es el soltero del momento.

—Los hombres somos menos insidiosos en ese sentido. Si tú dices que la chica era espectacular, que sea abogada, casada o modelo no le cambia los matices al cuento.

—Este trago está divino, —comentó ella, y seguidamente le interrogó:

—Dime algo.

—¿Qué será? —pregunto él, intrigado.

—Si te acuestas con una chica, ¿se lo cuentas enseguida a alguien?

—Esa pregunta es para más tarde —respondió.

—No te hagas el vivo, que aquí nadie se va a acostar con nadie, es solo una curiosidad. ¿Lo haces? Si es así, dime por qué. ¿Te hace sentir más hombre?

—Habíamos quedado en que me preguntarías sobre mi trabajo, no lo que digo cuando me acuesto con alguien.

—Luego hablamos de lo que haces, ahora responde.

—¿Qué te puedo decir? No sé qué es ser más o menos hombre, yo me he sentido el mismo toda mi vida, claro a medida que me hago mayor me suceden más cosas y eso suele ser la madurez, pero si tengo que hacer algo que hice a los dieciséis, creo que lo volvería a hacer. Particularmente, me siento muy bien, o realizado, si es que cabe el término, teniendo una relación con una persona que me gusta y con la que puedo compartir cosas personales, y con quien ir a la cama es consecuencia de toda una sucesión de circunstancias. Puede que lo cuente, no sé. En todo caso, no menciono a la persona, a menos que sea muy evidente su identidad. He escuchado con cierta frecuencia 'anoche me follé a fulana', no recuerdo haberlo dicho yo nunca, en todo caso tú sabes muy bien que de parte de ustedes también ocurre otro tanto, es algo más o menos cotidiano. También hay personas con cierto pudor que hacen lo mismo y lo disfrutan igual, pero no lo comentan, yo estoy por ahí en el medio. Hace un tanto tenía muy mala fama y no necesitaba decir nada, cuando me veían con alguien así fuera tomando un café, ya suponían adonde acabaría el café.

—¿Y de veras siempre acababa el café así?, —quiso saber ella.

—No tantas veces como me hubiera gustado, —respondió Frann y se echó a reír. Ella también rio.

—Me desconciertas, pero te creo, —le dijo sencillamente.

Frann deseaba que abandonaran el tema, pero no quería ser grosero. Afortunadamente, ella tomó la iniciativa y le dijo:

—Está bien, por ahora suspendamos las clases de sexo y abordemos el tema de tu trabajo.

Frann sintió que el rostro se le subía de tono y apuró el trago para relajarse.

—Con tu permiso, voy a buscar un poco de agua, este asunto me puso nervioso.

—Adelante, estás en tu casa. No sé qué va a ser de mí, pero esta bebida me gusta, —le comentó Nebreska mientras le veía dirigirse a la cocina.

Cuando regresó, Frann se sentó a su lado y volvió a tener esa sensación agradable. El contacto con sus piernas, el calor del cuerpo y su aroma, le aceleraban el pulso.

—Soy redactor, hago anuncios y comerciales para radio, cine y televisión, solo que las grandes agencias de esta ciudad no tienen capacidad económica para tenerme en su nómina.

Ella se echó a reír a carcajadas.

—Yo pienso que tú más bien eres humorista.

—Te estoy hablando muy en serio, eso es lo que hago y he hecho siempre.

—Déjame decirte que las personas con talento que viven en esta ciudad, normalmente tienen un contrato muy atractivo.

—Claro, así llegué a Miami, con un buen contrato, pero la agencia cerró debido a que su principal cliente se fue a la quiebra, y quedé en la calle. Al principio no me preocupé, pensaba que igual conseguiría otro empleo, pero pasó el tiempo y nada. Me desesperé a tal punto que comencé a tomar trabajos por cuenta propia; ahora tengo algunos clientes y estoy pensando en quedarme independiente, con mi propio estudio. Un amigo me dijo que se pueden conseguir clientes por Internet.

—Tú sí que estás lleno de historias. Los creativos pertenecen a una generación elitista: los buenos trabajos se encuentran en las grandes agencias, y las grandes agencias no contratan gente nueva, mueven piezas. Yo lo veo como a los jugadores de pelota, tal pelotero se fue con tal equipo, o en este equipo compran a ese jugador, y rara vez dicen "hay un jugador nuevo, muy bueno".

—De todas formas pensé que tendría alguna oportunidad presentando mis credenciales, pero no es así. Me siento bien haciendo mi trabajo, no importa para quién, registré una corporación y ahora pienso tocar el mayor número de puertas posibles hasta encontrar la estabilidad económica que podría brindarme una de las grandes agencias.

—Eso no es muy fácil aquí en Florida. La mayoría de las buenas empresas manejan sus cuentas a través de transnacionales ubicadas en ciudades como Nueva York, y lo que se hace localmente, no es gran cosa. Yo soy gerente de mercadeo y publicidad de una tienda por departamentos, toda la parte creativa se hace en la agencia en Nueva York, aquí solamente contrato algunos medios locales para cosas de poca monta. Yo podría ponerte en contacto con unos amigos que tienen una agencia mediana, ellos manejan las cuentas locales más importantes. ¿Tienes algún trabajo que pueda servir para presentarte?

—De hecho, tengo dos campañas que están ahora en el aire. En una de ellas tuve que hacer hasta la producción.

—¿Se puede saber cuáles son? ¿O es secreto profesional?

—De ninguna manera. Yo les pongo firma a todos mis trabajos; y, además, me siento orgulloso. Una es la campaña del Banco Comercial de Florida y la otra es la Lotería.

La expresión de Nebreska al oír a Frann era como de incredulidad.

—¿Qué? ¿Tú realizaste esas dos campañas?

—Sí. ¿Acaso no te parecen buenas?

—Mira, Frann, ahora sí te puedo decir, con toda propiedad, que estás perdiendo tu tiempo aquí en Miami. Esas dos campañas son la comidilla del medio, todos hemos estado preguntándonos cuál agencia las habrá realizado. Y resulta que estoy de tragos con el genio de la publicidad. ¿Qué tal?

—Tampoco es gran cosa, solo un buen trabajo de producción, apoyado con ideas coherentes.

—Eso es, ¡ideas coherentes! La mayoría de la gente no entiende la importancia que tienen las ideas coherentes, se está trabajando mucho con lo moderno, lo sugestivo, si se quiere lo subliminal, pero la coherencia no termina de estar presente. Tu trabajo es realmente excepcional, manejas todos esos elementos con tanta sutileza. Mira, se me eriza la piel. —Nebreska le mostró un brazo, pasándose la mano por sus vellos. —Hacía mucho tiempo que no veía un trabajo como el tuyo.

Ahora ella comenzaba a entender por qué le parecía tan especial aquel hombre.

—Es solo un buen trabajo, ni siquiera pude hacer todo lo que quería, el banco tiene muchas restricciones, y, además, son muy conservadores.

—Eso te da más crédito aún. En todo caso, te aseguro que no perteneces a estos alrededores, tu futuro está en la avenida Madison, y allí es donde pienso enviarte. Creo haberte mencionado que uno de mis mejores amigos está en Nueva York, trabajando en la agencia de publicidad que nos maneja la cuenta; es vicepresidente y director creativo asociado. De antemano te digo que harás muy buenas migas con Oscar: eso dalo por hecho. Mañana mismo lo llamaré, prepárate para tomar vuelo la semana que viene. De paso, volverás a tener a tu hija contigo.

Frann no podía dar crédito a todo lo que estaba escuchando, ya había tomado algunos tragos y no quería llevarse una decepción si todo aquello apenas se debía a la exaltación que producía la bebida, pero la chica hablaba con tanta seguridad que ya se veía en Nueva York, al lado de su hija y trabajando para una de las mejores agencias de la avenida Madison.

—Todo eso me parece muy bueno, pero creo que ya te debes estar aburriendo con mis cosas. Hablemos algo de ti, así bajamos la euforia y nos ponemos más cálidos.

—Frann no quería seguir hablando del tema para que no se estropeara, si de verdad tenía alguna probabilidad.

—Como tú quieras; pero lo del viaje lo puedes dar como un hecho. ¿Qué te gustaría saber de mí?

—Por ejemplo, si fueses capaz de quererme aunque sea un poquito.

—Qué tonto, creo que ya te quiero más de la cuenta.

Frann le rodeó el cuello con su brazo y recostó su cabeza encima de su pecho mientras le decía:

—Quita esa pintura que tienes colocada ahí enfrente, y ponla en la pared que está en el medio de las ventanas. —Le sugirió Frann sobre un cuadro de un rostro de mujer espectacular, realizado en carboncillo.

—¿Se puede saber por qué?

—Déjame pensar cómo decírtelo.

Los dos comenzaron a pensar hasta que se quedaron dormidos.

Cuando Frann abrió los ojos era de día. Todavía continuaba en el mismo sitio, abrazado a Nebreska. Miró su reloj, eran las siete y treinta de la mañana. Al intentar levantarse, ella despertó, se le quedó viendo y comentó:

—Parece que nos mataron los tragos.

—Mejor te vas a la cama. Yo haré lo propio, trataré de descansar un par de horas más, para tomar fuerzas. Te llamo por la tarde, quiero invitarte a cenar esta noche.

—Acepto con el mayor gusto, pero tengo que hacer muchas cosas hoy. Cuando termine, yo te llamo y nos ponemos de acuerdo, —le respondió ella.

—Yo diría que resuelvas tus cosas y te recojo aquí a las nueve.

—Hecho.

Nebreska lo acompañó hasta la puerta, lo besó tiernamente en los labios.

—Que descanses, nos vemos por la noche.

SIETE

Cuando llegó a su casa, Frann preparó café y se sentó en la terraza a pensar en lo maravilloso que había sido su reunión con la vecina. No tenía sueño ni estaba cansado. Se sentía feliz, acababa de pasar una de las mejores veladas en mucho tiempo, no solo por la chica, eran muchas cosas: su casa, la manera como lo trató, el hecho de estar recobrando unos espacios que había perdido con la aspereza de Mashda.

"Será que ya dejé de querer a Mashda", pensó Frann; a pesar de sentirse bien, estaba un poco confundido. En ese momento le pareció que su porvenir tenía magia, Nebreska lo atrapó en el elevador el mismo día que se marchó su esposa, no era necesario esperar mucho tiempo para darse cuenta de que la vida continúa. Se animó a preparar un suculento desayuno, fue a comprar el diario para revisar la parte publicitaria más que otra cosa. Como a las diez y media repicó el teléfono.

—Hola papi, ¿cómo estás?

Era Ishka desde Nueva York.

—Hola, ¿cómo está mi preciosa hija?

Frann se alegró cuándo oyó la voz de su hija.

—Me desperté ahora mismo, y como no te vi a mi lado como siempre, me puse triste.

—Eso sí que no. Cariño, papi siempre va a estar a tu lado.

—Yo lo sé, pero quería verte.

—No te preocupes hija, me verás más pronto de lo que te

imaginas, papi se consiguió un trabajo en Nueva York y pronto estaré cerca de ti otra vez.

Frann se arrepintió de haberle dicho eso, primero porque no era cierto y segundo porque no le gustaba comentar las cosas antes de que sucedieran.

—¡Yupi! ¡Yupi! ¡Papi viene para Nueva York!

Mashda, al oír a su hija, le quitó el teléfono.

—Hola Frann, la niña dice que te vienes para acá. ¿Cómo es eso? ¿Qué vas a hacer con tu trabajo y tus clientes?

—No le digas nada a Ishka, es solo que estaba pensando en la posibilidad de irme a trabajar allá. Tú sabes que hay muchas agencias grandes y también muchos clientes, a lo mejor consigo un buen contrato.

—Yo no lo veo así. Piensa bien las cosas, aquí debe ser más difícil que en Miami, y ya tienes algunos clientes, no te pongas a inventar.

Frann no podía creer que su esposa no le diera siquiera unas palabras de respaldo para que se fuera y estuviera más cerca, "eso es injusto" pensó.

—Era solo una idea, me sentiría mejor teniendo a mi hija cerca, ¿no te parece?

—A mí lo que me parece es que ya no eres un jovencito y tienes que asegurar tu futuro y el de tu hija. En la medida en que des más vueltas, menos chance tienes. ¿Cómo pasaste la noche?, —le preguntó de repente…

—¡Aló! Frann, ¿estás ahí?

—Sí, te oigo. Estaba pensando en lo que me decías de los cambios.

En realidad, Frann estaba pensando en Nebreska.

—Lo voy a razonar bien, como tú dices.

—Te preguntaba si dormiste bien. ¿Saliste a comer fuera?

—Sí, salí a comer algo. De resto, todo bien.

—¿Fuiste a comer solo?

—¿A qué se debe la pregunta?

Frann estaba seguro de que todas las mujeres tenían un sexto sentido, siempre estaban merodeando lo que sucedía.

—Digo que podrías haber salido con algún amigo o algo.

—Tú sabes que no tengo muchos amigos. ¿Qué piensan hacer hoy?, —preguntó él como para cambiar el tema.

—Vamos a estar en casa descansando, en la tarde seguramente iremos a Manhattan a caminar un poco.

—Yo también estaré en casa todo el día, y por la noche saldré a comer.

Frann recordó uno de los oportunos comentarios que hacía su amigo Héctor en Venezuela: "Siempre hay que decir la verdad, aun cuando no sea toda la verdad".

—Está bien. Llama tú a la niña cuando quieras.

A las nueve en punto, Frann terminó de arreglarse y subió al apartamento de Nebreska.

—Hola vecina. Me preguntaba si estaría tan desocupada como para acompañarme a deleitar una exquisita cena.

—Estaba a la espera de que algún vecino apuesto me propusiera algo similar.

—Y por eso estás tan hermosa y tan elegante. Me siento acomplejado, creo que tendrás que buscar en otro piso a alguien más representativo, —bromeó Frann.

—El que está frente a mí me hará ser la envidia de todas las chicas con las que tropiece.

—Bueno, querida mía, yo opino lo mismo de ti, así que mejor emprendemos camino antes de que se nos haga difícil salir.

—Te diré que tú me confundes. A veces pienso que eres

demasiado sutil, y de pronto me pareces tan decidido como otros hombres.

—No sé cómo serán los otros hombres, yo me considero una persona normal, con las inquietudes que tenemos todos.

—Es que no te veo así. Siento que eres especial; pero de pronto, no sé, eres tan natural. Por eso me confundes: te conozco de hace unas horas para acá, pero ya sé muchas cosas sobre ti, es raro, no hablas muy claro, pero tampoco me parece que escondas nada.

—Creo que nunca había escuchado una descripción tan acertada sobre mí.

Nebreska sentía que aquel hombre espectacularmente sencillo era más de lo que una mujer normal podía administrar.

Ya en el auto, Nebreska le dijo:

—Me imagino que sabes adónde vamos.

—Sí y no. Tengo varias alternativas, pero primero quería consultarte sobre lo que más te gusta.

"En este momento eres tú", pensó ella.

—Qué amable de tu parte. Yo no soy muy exigente, me gusta prácticamente todo, pulpo es lo único que no como, del resto no hay problema. Hasta una comida china para llevar la disfrutaría.

—Ahora que lo mencionas, ¿qué te parece si vamos al PF?

—Por mí, encantada.

Cuando entraron al concurrido restaurante en Brickell, las personas que allí estaban miraban a la pareja recién llegada como si fueran estrellas de Hollywood. En realidad se veían como personas especiales, hermosas, elegantes, decididas y encantadoras.

—¿Mesa para dos?, —preguntó la muchacha de la recepción.

—Por favor, —le respondió Frann.

—¿Tiene alguna preferencia?

La chica veía directamente a los ojos de Frann, como hipnotizada.

Él, que se dio cuenta, pensó: "No hay nada como tener una mujer hermosa a tu lado, para que la gente crea que eres lo mejor".

—La primera disponible, si no es mucha molestia.

—Su espera es de una hora aproximadamente.

—Muchas gracias, —le contestó Frann con una sonrisa, y se dirigió al bar.

—Tú estás loco. Yo no pienso estar esperando tanto tiempo para comer arroz frito.

—No te preocupes, casi siempre dicen eso para no quedar mal, creo que nos llamaran antes.

Frann se disculpó con Nebreska para ir un momento al baño.

—Buenas noches, ¿cómo está hoy el señor?, —le preguntó el cuidador del baño.

—Muy mal, las mesas se demoran mucho.

Se lavó las manos y dejó dos billetes de 20 dólares en la bandejita de propinas del baño. Pensó que cualquier inversión era buena para conseguir un trabajo en Nueva York.

A los cinco minutos de haber regresado Frann del baño, se acercó una chica y le dijo:

—Señor Hatton, su mesa está lista, sígame por favor.

—No me digas cómo lo hiciste, me has dejado impresionada, acabo de descubrir que siempre vienes.

—Esta es la primera vez que vengo, pero había oído hablar del sitio a mis amigos fanáticos de Brickell.

—En ese caso tienes que decirme cómo lo hiciste.

—¿Cómo hice qué?

—¿Cómo conseguiste la mesa?

—Ah, eso, no sé, seguramente le caímos en gracia a esta gente.

—Está bien, no te preguntaré.

—Qué vas a tomar, —quiso saber Frann.

—Una copa de vino blanco, —¿Y tú?

—Yo voy a pedir un escocés *mix,* —respondió él.

—¿Y de la comida, qué?

—Pienso atenerme a las sugerencias.

—Eso suena sensato.

Después que el camarero trajo las bebidas, Nebreska le dijo:

—Tómate un poco de esa cosa, como medio vaso; luego te daré una sorpresa, pero quiero que te relajes para que puedas asimilarla.

—Acabas de ponerme nervioso. No sabía que te gustaba la intriga, me imagino que tendrá que ser algo bueno. La noche como que empieza a gustarme más de lo que esperaba, eres una mujer diabólica y muy especial.

—Tranquilo, tómalo con mucha calma, que la velada promete.

Pidieron un abreboca, brindaron nuevamente y Frann se puso en actitud de espera, a ver si ella le soltaba la sorpresa.

—Pareces un niñito de escuela, esperando que la maestra le diga cómo salió en el examen.

—No es para menos, me resulta tan agradable estar contigo.

—Frann, ¿cuándo fue la primera vez que te enamoraste? Si es que la hubo, o si es que lo quieres comentar.

—Claro que la hubo, y me acuerdo, como si me estuviera sucediendo ahora.

A Frann nunca se le borró de la mente ese primer amor, un amor imaginario, pero en fin, esos son los mejores, porque la otra persona es exactamente como tú quieres y como te la imaginas. Fue algo tan bello que todavía una parte de su corazón reservaba ese sentimiento.

"Fue hace muchos años, yo estaba muy joven, tenía como nueve o diez años, un niño. Fui un día con unos primos y mis padres a la playa que estaba justo frente a nuestra casa. Vivíamos en Venezuela en un sitio de playa llamado el Caribe, muy cerca de la capital. Nos ubicamos en un toldo grande, y yo, más o menos cansado de que lo único que hacíamos todos los fines de semana era ir a la playa, me puse a jugar con la arena, pensando que la vida era muy rutinaria. Llevaba como media hora en lo mismo, cuando de pronto, sin saber por qué miré instintivamente hacia el toldo que estaba detrás de mí y quedé absolutamente colapsado. La niña más linda que había visto en mi vida, me miraba directamente a los ojos mientras jugueteaba también con la arena. En ese mismo momento cambió mi manera de pensar sobre lo rutinario que era la vida, me puse torpe, no podía coordinar el juego con la arena y mi respiración se alteró. La niña no dejaba de mirarme, yo no sabía qué hacer, me paré fui a buscar un poco de agua. Sentí algo tan diferente a todas mis experiencias de la vida hasta ese momento, mientras tomaba agua recordé esos ojos mirándome, esa cara extraordinariamente hermosa, con dos rosetones vivos que la hacían aún más real. Me daba la impresión de que era mayor que yo, pero seguramente era solo porque se sentía más segura que yo, tendría en realidad la misma edad mía.

"Cuando regresé al sitio donde jugaba con la arena, comenzó a establecerse una comunicación gestual. Ella, al principio, me miraba como por descuido, pero cada vez se hizo más continuo. Creo que solo volteaba por segundos para otro lado, sentía igual que yo, la necesidad de regresar sus ojos y posarlos en los míos; el corazón me latía mucho más rápido. Yo no me imaginaba que pudiera existir tanta comunicación sin abrir los labios, creo que nos estábamos contando muchas cosas íntimas, que nos estábamos prometiendo que nos amaríamos y nunca nos separaríamos. A través de esas miradas nos abrazamos, nos besamos, apretamos nuestros cuerpos el uno contra el otro. Sentía que mi corazón latía diferente, también sentía un peso en el estómago. Quería ir y preguntarle su nombre, su dirección, todo, pero no podía, no sabía cómo hacer eso. Pasaron como tres horas en las que yo hice muchas cosas, menos acercarme y preguntarle su nombre y ponerme a jugar con ella, no podía, ella no era la chica con la que yo quería jugar, ella era la chica que me gustaba, la chica que amaba desde hacía un rato, pero no sabía qué hacer. Claro ahora entiendo que esa no es una edad apropiada para amar, pero ahora también sé que se puede amar a cualquier edad. Terminé de colapsar cuando vi a su familia preparándose para marcharse, no podía creer que se fueran, quería apurarme y hacer todo lo que no había hecho desde que la vi, pero igual no me moví. Cuando comenzaron a caminar, me le acerqué y le dije "¡hola!", ella me dijo "¡hola!", le di un pequeño cangrejo de plástico que era mi mascota, ella lo tomó, me dio las gracias y siguió caminando. Cada cuatro o cinco pasos volteaba a mirarme, hasta que ya no la vi más. Quedé realmente estropeado sentimentalmente. No pude dormir esa noche, ni muchas otras. La veía en todo momento y en todos los sitios. Buscaba muchas excusas para que mis familiares me llevaran a la playa, pensando, no sé por qué, encontrarla ahí de nuevo. Tuvo que pasar mucho tiempo para que yo enderezara de nuevo mi vida y me acostumbrara a la idea de que todo fue un sueño. Había escuchado su linda voz, pero lo que me martirizaba era no haber tenido el coraje de siquiera preguntarle su nombre. Todavía me recrimino por no haberlo hecho, si al fin y al cabo éramos dos niños que se amaban. Yo recordaba haber visto una película donde unos niños se habían besado en la boca y eso me traía de nuevo la imagen de mi princesa. Yo creo que el amor platónico es maravilloso, tiene la ventaja de que solo se ven y se viven las cosas buenas, nunca te enteras de cómo es en realidad la otra persona, la amas tal cual tú crees que es".

Nebreska tenía la cabeza gacha, mirando su copa, con los ojos húmedos.

—Es una historia muy linda, —fue todo lo que dijo.

—Disculpa, mi intención no es ponerte sentimental.

—Yo creo que mejor pido ese trago *mix* que tú tomas, para enderezar los ánimos, —dijo ella soltando una risa nerviosa.

—Como tú quieras, pero ahora te toca hablarme de la sorpresa.

Luego de pedir los tragos, ella comenzó a hablar.

—Bueno, mi querido locuaz, la sorpresa es la siguiente, dos puntos —dijo ella como para darse gracia y recuperar la compostura.

—Esta mañana llamé a Oscar a Nueva York y le conté sobre ti. Al oír mi relato, dijo textualmente: "Mándame a ese sujeto inmediatamente para acá, acabamos de tomar tres clientes nuevos, entre ellos dos para público hispano". Me dijo que estaba planificando un viaje para Argentina, a entrevistarse con dos personas de agencias afiliadas, pero que si tú te mudas para allá, vas a tener trabajo garantizado como para veinte años.

Frann no podía creer lo que estaba escuchando.

—¿Me estás diciendo que piensan contratarme en esa agencia?

—No, algo mejor. Oscar me dijo que piensa darte todo el trabajo que tiene, por fuera, contratado. Él cree que dentro de la agencia no le darías el resultado que quiere, ni ganarías tanto como si lo hicieras por contratos. La idea le vino cuando le dije que tú estabas trabajando por tu cuenta.

—Pero, ¿cómo me va a dar todo ese trabajo si no me conoce?

—Yo te conozco y es suficiente.

—¿Tú me conoces?

—Aunque no lo creas, así es.

—Entonces, ¿qué debo hacer?

—Tomar el primer vuelo que salga para La Guardia el lunes y reunirte para almorzar con Oscar, eso es todo.

Frann se sentía tan contento, no podía creerlo. En tan solo dos días estaría con su hija de nuevo y tendría un buen trabajo; claro, todo gracias a esta espectacular chica que recién conocía.

Terminaron su exquisita cena y se fueron a casa. Cuando estaban en el estacionamiento, ella le preguntó:

—¿Quieres ir a mi casa a tomarte un escocés *mix*?

—No.

—Bueno, está bien. Me imagino que estás cansado y quieres irte a tu casa. Además, tienes que preparar el viaje.

—Me lo tomaría, pero sin la cáscara de limón, y con agua.

A Nebreska se le notó su regreso a la felicidad después de esa corta desilusión que estaba empezando a sentir con el juego de Frann.

—Eres muy gracioso, será que algo no te cayó muy bien.

—Todo estuvo excelente, y te podrás imaginar que trataré de disfrutar de tu agradable compañía hasta donde más pueda.

—Bueno, recoge tus cosas y bájalas un piso, aquí hay bastante espacio para los dos… Esto sí es un chiste, —comentó ella con gracia.

—No me sonó mal, —dijo Frann, —deja que regrese de viaje, ya te darás cuenta de quién soy.

—Pero qué agresivo. Igual, no te creo.

—Yo preparo los tragos, ¿qué tomarás tú?

—Por los momentos tráeme un vaso con agua y bastante hielo, luego me tomaré una copa de vino blanco. En la nevera hay una botella abierta que comencé en el almuerzo.

—Saliendo una orden de agua y una de vino blanco, —bromeó

Frann como si trabajara en un restaurante. Estaba de excelente humor, —No te muevas de ahí, enseguida regreso.

—Si me voy te dejo una nota, —dijo ella recordando las palabras de Frann.

Nebreska lo observaba caminando hacia la cocina. Se preguntaba si acaso ese sería el hombre de su vida, por lo menos lo parecía, y si así era, no estaba dispuesta a dejar pasar la oportunidad. Eso significaba correr un gran riesgo, ya que Frann estaba casado y aun cuando su matrimonio no reflejaba la felicidad plena, era una realidad. Por otra parte, se presentaba su inminente viaje a Nueva York, que podría dar como resultado su traslado definitivo. Decidió no seguir pensando y dejar que las cosas pasaran.

—Señorita, aquí tiene su pedido, ¿me permite sentarme a su lado?

—Caramba, usted sí que es un mesero confianzudo.

—Y eso que aún no ha visto lo mejor.

—¿Me irá usted a sorprender con algo?

—Claro, fíjese —Frann tomó el rostro de ella en sus manos, la atrajo hacia él y la besó apasionadamente.

Nebreska se quedó sin aliento, sin respiración, sin poder negarse; es decir, totalmente indefensa. Se abrazaron y continuaron besándose por un buen rato. Cuando separaron sus labios, se observaron de arriba abajo sin mencionar palabra. Él comenzó a quitarle la blusa. Una vez con el torso desnudo, Frann se separó un poco y contempló casi con la boca abierta su figura; ella lo veía a los ojos con una mirada ansiosa. Allí, en esa piel, estaba la vida misma, pensó Frann. Se quitó la camisa, la tomó por la cintura, la atrajo y, al entrar en contacto con ella, sintió cómo quemaba el dulce gesto. Se veían a los ojos como si ninguno de los dos creyera en el pasado ni en el futuro. Él la separó de nuevo y comenzó a besar su cuello en lo que prometía ser una carrera apasionada sin un final establecido. Pasó algo más de una hora en la que no se dirigieron una palabra, pero en cambio, cada uno había recurrido a lo mejor de sí para demostrar una pasión que superaba todos los límites de lo sublime, un sentimiento verdadero que se manifestaba a través de la piel.

Se habían compenetrado dos fuerzas necesitadas de amor, de tolerancia, en una entrega desprejuiciada, llena de confianza y esperanza a la vez. Cuando tomaban un poco de aire viéndose nuevamente a los ojos ella dijo:

—¿Me traerías una cosa de esas *mix*?

—Enseguida, señorita, —Frann se levantó diligente. —Sale un escocés *mix*.

Cuando se dirigía hacia la cocina ella lo llamó:

—Frann.

Él se volteó y la miró a los ojos. Ella dijo simplemente:

—Te a...doro.

—Yo también, —contestó él sin voltear.

OCHO

—¿Aló? Hola Frann, perdona que te moleste, pero hoy va a ser un gran día.

—Ya lo es, mi querida hija está cumpliendo quince años.

—Eso también; por cierto, hablé temprano con ella para felicitarla y decirle que le tengo un presente. Pero, a lo que me refiero, es que hay una chica, amiga de Josephine, con la que vamos a salir esta noche.

—Pues, te felicito. Yo siempre he dicho que los hombres como tú necesitan dos mujeres, como los jeques.

—No te hagas el gracioso. La chica es latina, se llama Consuelo, muy inteligente y preparada, también es espectacularmente hermosa.

—Si tiene todas esas virtudes y está sin pareja, debe haber algún problema.

—Sí, como el que tienes tú, por ejemplo.

—Yo estoy bien y no tengo ningún problema.

—La gente puede pensar que eres homosexual, y eso no te ayudará a conseguir la pareja que necesitas.

—¿Cuál es el problema? Que yo sea un homosexual no va a cambiar el mundo.

—Frann, no seas tan angustiante, es solo una salida social, para que te distraigas un poco.

—Como consultor sentimental no me sirves, por otra parte, tengo que darle una última revisada a la campaña que presentaremos mañana.

—Ya la hemos revisado hasta el cansancio, va a quedar tan perfecta que el cliente la rechazará.

—Por eso pierde cuidado, ya le coloqué algunos detalles que distorsionan.

Esto lo hacía Frann con el objeto de darles elementos de corrección a los clientes, para que no le cambiaran lo importante de las campañas.

—Frann, no se trata de buscarte pareja, —dijo Oscar insistiendo. —Pero hace falta que frecuentes a alguien o que tengas una buena amiga.

—Tengo a Nebreska, ella es mi mejor amiga.

—Te digo aquí, en Nueva York, para que hagas vida social, no solo ir a tomar copas conmigo, o ir a fiestas masivas. De vez en cuando es bueno encontrarnos dos o tres parejas y compartir; además, Josephine te adora y quiere verte feliz.

—Yo también la adoro, pero soy muy feliz así.

—¡Renuncio, Frann! Te prometo que nunca más te buscaré a alguien para salir.

—Perdona, Oscar, yo no estoy buscando pareja, ya aparecerá la chica que me mate. Pero, tienes razón, me iré a divertir con ustedes esta noche. ¿Dónde es la fiesta?

—Enhorabuena, ya verás que la pasarás de lo mejor. Iremos por ti como a las nueve y media.

—Aquí estaré.

Frann estaba satisfecho con la vida que llevaba. Sus pocos amigos siempre estaban pendientes de él, su hija lo llenaba de esperanzas todos los días, era excepcional en todo lo que hacía, como padre no podía esperar más. También había algo en esa ciudad que le parecía mágico. No podía descifrar que era concretamente, pero desde que se mudó a Nueva York hacía diez años, todo cambió, las cosas comenzaron a salir bien, era como si el ambiente lo guiara, como si esas moles grises le brindaran el apoyo que necesitaba. Sentía que la ciudad tenía una vibración sobrenatural, una personalidad agresiva que maneja a sus habitantes.

Frann estaba ubicado en una oficina en Madison, y con el apoyo de Oscar, desde el comienzo se fue haciendo un nombre importante en el mundo de la publicidad de Manhattan. Con apenas una secretaria, Nina, y un contador que veía una vez al mes, se había hecho la consulta obligada de las grandes campañas que se cocinaban en la zona. Ganaba suficiente dinero como para darse los lujos de un mediano empresario de éxito.

Gracias a las diligencias de Oscar, se acomodó al llegar a la ciudad en un agradable apartamento del West End, y con sus éxitos pudo permanecer ahí por mucho tiempo.

Su amistad con Nebreska durante esos diez años fue muy reconfortante, se hablaban casi a diario y se veían al menos una vez al mes.

Después de esa noche apasionada en Miami, Frann se preparó para su viaje a Nueva York. Nebreska lo llevó al aeropuerto y cuando lo observaba en el mostrador entregando los billetes de embarque, se dio cuenta de que él no regresaría a Miami, y que ella no abandonaría su casa de Coral Gables. Al despedirse él, le dijo:

—Nebreska, te amo más de lo que te puedas imaginar, te prometo que tan pronto regrese…

Ella le tapó la boca con su mano, interrumpiendo la declaración de amor.

—Yo también te amo con todo mi corazón Frann, aquí tienes una amiga incondicional para el resto de tu vida.

Le dio un beso en los labios y se marchó.

Cuando se encontraban pasaban horas de horas hablando, se

contaban todo, se consultaban los planes, se pedían consejos y en ocasiones terminaban cayendo en el calor de las viejas pasiones.

Frann no había tenido otra relación amorosa después de divorciarse de Mashda. Nebreska, por su parte, salía ocasionalmente con algunos compañeros de trabajo y amigos, con la sola intención de mantenerse al día del acontecer social.

—Hola Frann. ¿Dónde está tu hija? La he llamado toda la mañana y no me contesta.

—Hola cariño. Esa encantadora chica está compartiendo con este servidor desde muy temprano en la mañana. Anoche se quedó aquí, enseguida te la comunico, saludos. Ishka, toma el teléfono, es tu tía Nebreska.

Ellas se llevaban muy bien y, con el tiempo, Frann las relacionó como tía y sobrina. Ishka siempre fue una niña muy madura, y veía en Nebreska una ayuda importante en la vida de su adorado padre. Ella no conocía la parte pasional de esa relación, al menos eso pensaba Frann.

—Bueno hija —le dijo él cuando terminó su conversación telefónica, —voy a la oficina un rato para ordenar algunas cosas. Tan pronto termine, te recojo para el almuerzo.

—Recuérdale a Nina que haga la reservación.

—Ya está hecha desde ayer.

—Te quiero mucho padre, no te retrases.

Padre e hija habían quedado en almorzar para celebrar el cumpleaños de ella, ya que en la noche una compañera de clases le tenía la gran fiesta con todos los compañeros de estudio y amigos. Su madre iría con ella, al parecer un tío de la amiga simpatizaba con Mashda y viceversa, según veía Frann, y siempre buscaban la ocasión para encontrarse. Mashda tampoco había tenido una relación conocida, posiblemente por su carácter y su manera de ser tan perfeccionista.

Por su parte, él tendría esa salida con Consuelo, la cosa estaba pareja.

La relación de Frann con Mashda fue muy hostil recién divorciados, pero a medida que pasó el tiempo, la situación mejoró. Hoy en día pueden sentarse en la misma mesa y tener una conversación, sin que ninguno de los dos se atropelle.

Eran las nueve y treinta cuando repicó el intercomunicador. Para Oscar, la puntualidad no competía con nada, un minuto tarde lo desconcertaba, dos lo exasperaban a los quince minutos, desechaba toda posibilidad de compromiso pautado.

—Buenas noches, —dijo Frann al entrar en el auto. —Mucho gusto, soy Frann Hatton, —le dijo a la chica que estaba a su lado.

—Yo soy Consuelo Hernández —le dijo ella ofreciéndole la mano. —El gusto es mío.

Frann le tomó la mano un poco incómodo y observó cómo ella entrecerraba los ojos al contacto de su saludo. Consuelo resultó ser una mujer muy interesante con su aire latino, rostro delicado, ojos muy negros, labios delineados y mucha suavidad en su piel, su cabello negro intenso caía por debajo de los hombros, la silueta de su cuerpo en la oscuridad del auto insinuaba que estaba en excelente forma.

—¿Cómo están los chicos buenos?, —le preguntó directamente a Oscar. Te ves muy bien manejando tu auto.

Frann siempre veía a Oscar con los choferes de la agencia o en transportes públicos.

—Hasta había olvidado que tienes un auto de lujo, —se refería al Mercedes último modelo de Oscar.

—Hombre calamidad, estoy verdaderamente agradecido de que aceptaras venir esta noche con nosotros.

—A propósito, —preguntó Frann. —Sería mucho pedir que me informaran para dónde vamos.

—Al Europa club, hoy presentan a la cantante y pianista de jazz que te gusta, —acotó Oscar.

—¡Ah! ¡Qué bien!, eso me encanta, —enseguida se dirigió a Consuelo. —Mi querida Consuelo, quiero dejarle en claro que estos chicos son mis mejores amigos, y están a la caza de alguien interesante para que sea mi pareja.

—No lo puedo creer, —se lamentó Oscar. —¿Por qué tienes que dañar una velada que aún no ha comenzado?

—Está bien, Oscar, —señaló Consuelo. —La idea es pasar un rato agradable, y por lo que veo Frann reúne las condiciones a pesar de su comentario.

—¿Te das cuenta hombre, que así la noche comienza con más claridad?, —dijo Frann, tratando de acomodar las cosas, se había dado cuenta de que estuvo algo torpe, solo había intentado romper la formalidad que lo acosaba en esos momentos.

—No sé si ustedes están buscando pareja, —se oyó a Josephine, —pero hoy les toca, ni modo, que yo esté con Frann y Consuelo con Oscar.

—Estoy seguro de que la vamos a pasar muy bien, —dijo Frann, y Consuelo le regaló una sonrisa que lo deslumbró.

—Yo también estoy segura.

Al entrar en el local, Frann se erizó cuando comenzó a escuchar la voz de esa hermosa cantante; los delicados tonos, y la sensibilidad con la que sus manos se posaban en el teclado, acariciaron sus oídos.

Los cuatro estuvieron muy divertidos, a Consuelo le pareció encantador Frann, con sus ocurrencias, su refinado humor y la fluidez con la que se expresaba. Por su parte, Frann también se había deleitado con la dulzura y espontaneidad de Consuelo.

—Eres divino —le dijo ella. Frann no sabía cómo debía interpretar eso.

—Gracias, nunca nadie me ha dicho algo así, —dijo él un poco confundido.

—Es más que un piropo, es en un sentido más real, tienes un don.

—Ahora no me aclaras, sino que me confundes más.

—Es algo que veo en ti, tómalo como el halago a una virtud.

—Frann no terminaba de entender, pero decidió seguir divirtiéndose sin complicaciones.

—Brindemos por eso, —le dijo y levantó su vaso para chocarlo con el de Consuelo.

—Si yo te dijera que estás divina no suena muy bonito, pero así te siento en realidad.

—Eso es un cumplido muy halagador.

Frann sonrió, le tomó la mano y la besó cariñosamente en la palma. Oscar, que los estaba observando, comentó:

—Así que ustedes no están buscando pareja.

Todos rieron y celebraron.

Cuando llegaron a casa de Frann, Oscar le comentó a Consuelo:

—Yo diría que mejor te quedas con Frann y que él te acerque hasta tu casa, así pueden terminar su amena charla. ¿Qué te parece?

—Por mí, aceptado, —se adelantó Frann.

—Claro que sí, no hay ningún problema, —dijo ella.

—Bueno chicos, pórtense bien y que Dios los bendiga, —les saludó Oscar, gracias por todo, que pasen buenas noches, mañana a las tres y treinta en la agencia para mirar la campaña.

Las chicas también se despidieron y, luego que Oscar se marchara, Frann le preguntó a Consuelo:

—¿Te gustaría tomar una copa en mi casa, o prefieres que te lleve ahora mismo?

—Acepto la copa, —le dijo ella, que observaba todo el panorama.

—Pues, sígueme, —dijo Frann simplemente.

Después de dos horas hablando, solo se habían tomado una copa de vino cada uno. Frann se sentía un poco cansado para salir de nuevo, mas no se atrevería a sugerirle a Consuelo que se quedara a dormir y le parecía que mandarla sola en un taxi a esa hora era una grosería. Sin embargo, su agotamiento era evidente, ya que fue ella misma quien lo propuso.

—Se te ve muy cansado, yo podría pasar la noche aquí, si no te importa.

—Me parece buenísimo, —dijo él sin disimular el alivio.

—Este sofá se siente muy cómodo.

—Nada de eso. Tú dormirás en mi cama. Ven por aquí, te indicaré donde se encuentra todo para que te ubiques mientras te consigo una franela de esas que usa mi hija para dormir, son muy suaves.

—Perdona, ¿te refieres a que dormiremos juntos en tu cama? —quiso saber ella desconcertada.

—No había pensado en eso, hay otra habitación que normalmente ocupa mi hija, pero hoy no vendrá a dormir, se quedara en casa de su madre.

—¿No has pensado en acostarte conmigo? —preguntó Consuelo como de pasada.

—Bueno, hasta ahora no lo había pensado.

—¿No soy lo suficientemente atractiva como para que me desees? —Insistió Consuelo.

—La verdad es que eres muy atractiva y por supuesto muy deseable.

—¿Pero?, —dijo ella presionándolo.

—Pero nada, tú tienes razón, yo debería abalanzarme sobre ti, besarte, tocarte, claro todas esas cosas, lo que sucede es que, eso del sexo casual últimamente como que no se me da. —Se defendió Frann.

—Yo particularmente, me siento muy bien, o realizada, si es que cabe el término, teniendo una relación con una persona que me gusta y con la que puedo compartir cosas personales, y con quien ir a la cama es consecuencia de toda una sucesión de circunstancias, —comentó ella.

Frann sintió un escalofrío al pensar que esas eran las mismas palabras que él había dicho a Nebreska hacía diez años.

—¿A qué viene todo eso?, me parece que en otro momento escuché lo que acabas de decir, —comentó Frann confundido.

—No me hagas caso, creo que yo también escuché eso en algún lado. No estoy tratando de hacerte sentir mal, lo que quiero es divertirme un poco más de la cuenta. Lo del sexo son puras tonterías mías, es que nunca tengo la oportunidad de estar así sola con un hombre tan agradable como tú, en su casa, solos, después de una maravillosa velada, en fin te aseguro que no pasa nada. Tampoco estoy preparada para el sexo casual como dices tú.

—La verdad, tú me agradas y me confundes a la vez, es todo muy raro. —Comentó Frann pensativo.

—Vamos a seguir pasándola bien, como hasta ahora, me siento rara aquí, pero contenta. Normalmente, estoy sola en casa, me toca hablar con los personajes de las telenovelas. Hoy está todo tan distinto, tu casa es muy linda, te doy gracias de todo corazón por haber compartido conmigo, eres una buena persona.

—No, por favor, gracias a ti por haberme hecho pasar un rato tan agradable. Yo también me siento algo raro, aparte de los días cuando Ishka se queda a dormir aquí, yo discuto con los personajes de las novelas que leo.

Ella sonrió y se dirigió al baño que le había señalado Frann.

Él la observó marcharse, se dio cuenta de que realmente era divina, mas no creía que pudiera animarse a nada en ese momento. A veces pensaba que algo raro le sucedía, pero ya no tenía ese instinto animal que lo poseía en los tiempos en que era ejecutivo de publicidad en Latinoamérica.

Consuelo estuvo un buen rato sentada en una silla que estaba en el baño, pensaba en todo aquello y se preguntaba por qué le tocaba a ella. Al salir al cuarto, encontró una franela sobre la cama y una nota que decía: "Buenas noches, que descanses, disfruté mucho tu compañía".

Cuando Frann se levantó por la mañana, Consuelo estaba en la cocina, a donde llegó atraído por un rico aroma que le abría el apetito. Al acercarse descubrió un sabroso desayuno. Ella tenía puesto su vestido elegante de la noche anterior y se veía fuera de lugar con esa indumentaria.

—Me tomé la libertad de preparar algo para comer, espero que no te moleste.

—¿Molestarme?, de ninguna manera, todo lo contrario, me parece una excelente idea. Además, con el hambre que traigo, no podía pasarme algo mejor.

Se sentó a la mesa del comedor, Consuelo ya la había arreglado dándole esos toques femeninos y personales que tanta falta hacían en esa casa. Por alguna razón, Frann recordó los días de matrimonio con Mashda mientras veía a Consuelo sirviendo el banquete.

—Todo está exquisito, eres buena cocinera, —la elogió él.

—En un desayuno no es mucho lo que se puede demostrar, y comparado con un *chef* como tú, menos.

—¿De dónde sacas que yo soy chef?, le preguntó Frann sumamente intrigado por la aseveración.

Ella se ruborizó y le contestó casi inmediatamente:

—Creo que la mayoría de los hombres que viven solos son buenos cocineros.

—¿Conoces a muchos hombres que viven solos?

—No, eso lo leí en un reportaje. Pero, dime: ¿eres o no buen cocinero?, —le preguntó como para salir del paso.

—Mi hija dice que cocino muy bien.

Frann se quedó meditando en ese pasaje del chef que lo desconcertó un poco.

—A pesar de que tomo el desayuno casi todos los días en casa, nunca se me ha ocurrido preparar carne encebollada, con patatas guisadas y tortilla. Hasta el jugo de naranjas te quedó sabroso, —bromeó Frann.

Siguieron charlando amenamente, hasta que de repente, se abrió la puerta y apareció Ishka, quien después de pasar se detuvo y comentó:

—Disculpen, no sabía que ahora debo tocar antes de entrar.

—No tienes que tocar antes de entrar, sabes perfectamente que estás en tu casa. Ella es mi hija Ishka. Hija, ella es Consuelo.

Frann las presentó con toda naturalidad y sin ninguna preocupación.

—¿Llegó usted muy temprano o pasó la noche aquí?, —la encaró Ishka.

—Ella se quedó a pasar la noche aquí, —contestó Frann.

—¿Durmió con mi padre o en mi cama?, —continuó Ishka con sus preguntas irreverentes.

—Ninguna de las dos, —se defendió Consuelo. —Yo dormí sola, en la cama de su padre.

—¿Es usted muy amiga de mi padre?, —insistió Ishka, sabiendo que no era así.

—En realidad nos conocimos ayer, —respondió Consuelo con mucha naturalidad.

En ese momento Frann se dio cuenta de que había dejado dormir en su casa a una perfecta desconocida.

—Yo siempre he dicho que mi padre sufre de excesos de amabilidad. Solo vine por unas cosas que necesito y me marcho enseguida.

—No tienes que irte. A propósito, ¿cómo estuvo la fiesta?

—Todo absolutamente fabuloso. Cuando tenga tiempo me sentaré contigo para contarte los detalles. Creo conveniente decirte que tía Nebreska viene esta tarde, ella quiere darte la sorpresa, pero yo te lo digo para que estés pendiente y no te distraigas en otras cosas, —le dijo Ishka mirando a Consuelo a los ojos. —Llegará como a las cinco.

Ishka le dio un beso en la frente a su padre y se marchó sin despedirse de Consuelo.

—Te pido disculpas, rebeldía es sinónimo de juventud, por eso cometemos tantas imprudencias de jóvenes.

Frann se sentía muy apenado por la actitud de su hija, aun cuando nunca la reprocharía por eso.

—No te preocupes, yo lo entiendo perfectamente.

—¿Cuánto hace que conoces a Joseph y Oscar?

—No mucho. Tengo una oficina de representaciones en el mismo edificio donde trabaja ella.

—Siempre nos conseguimos en el café o en el elevador, así nos conocimos, luego decidimos tomar el desayuno juntas casi todos los días y poco a poco hemos hecho una buena amistad. Josephine es una chica encantadora, ese Oscar sí que tiene mucha suerte, ella lo adora y se ven muy felices.

A Frann comenzaban a sonarle un poco raro todos esos cuentos, pero no quiso ponerse paranoico. Le surgían muchas dudas: Consuelo era muy hermosa, inteligente, preparada, queridísima esa chica. ¿Cómo es que no tenía una pareja?

—Me divorcié hace dos años, —dijo Consuelo de repente, como si le estuviera leyendo la mente. —Me fue muy mal, mi exesposo hacía cosas horribles, hasta que un día me cansé y desaparecí. Al tiempo, un abogado me quitó casi todo lo que tenía, pero me divorció. Desde entonces me siento mucho mejor estando sola.

—Lamento lo que te sucedió, y espero que no estés sola por el resto de tu vida.

—Estoy pasando por una etapa y nada más.

—Me alegra oír eso.

—¿Qué me dices de ti?, ¿acaso piensas vivir así para siempre?

—Pues te diré que lo mío también es pasajero, creo que no le he dedicado mucho tiempo a este asunto, pero ya lo haré, te lo prometo.

Ella se lo quedó mirando fijamente, luego bajó el rostro y fijó la mirada en un rincón, como si estuviera pensando lo que iba a decir. Sus palabras salieron muy despacio, pero sin cambiar de dirección su mirada perdida.

—Frann, ten mucho cuidado con la persona que elijas como tu pareja, no trates bajo ninguna circunstancia de involucrarte en su pasado… recuerda tener esto siempre presente.

A Frann se le erizó la piel, esa mujer lo estaba previniendo de algo y él lo sentía. Consuelo recobró su postura y le dijo muy jovialmente:

—Debo irme ahora, tengo una reunión a medio día y quiero arreglarme con calma.

—Me pongo otra camisa y nos vamos enseguida.

—No Frann, muchas gracias, pero no es necesario que me lleves, yo preferiría tomar un taxi.

—Cómo tú quieras. ¿Algún teléfono donde pueda llamarte? —preguntó Frann.

—Por supuesto.

Consuelo abrió su cartera, sacó una tarjeta de presentación y se la entregó.

—Gracias por todo. ¡No te pierdas!

—Pronto sabrás de mí —sentenció ella.

Frann se sentó en el sofá, con una taza de café, a pensar un poco en los acontecimientos. Había pasado muchas horas hablando con Consuelo, pero no sabía absolutamente nada de ella. Lo más relevante es que había estado casada hacía dos años. Todo le parecía extraño, pero decidió que no pensaría más en eso.

NUEVE

Como a las seis y treinta repicó su teléfono móvil. Era Nebreska.

—Hola Frann ¿Dónde andas?

—Hola, belleza. Estoy en la oficina, hace poco salimos de la presentación.

—¿Cómo estuvo todo?

—Perfecto, aprobado en un 95 %.

—¿Qué pasó con el cinco restante?

—La ranita, —le contestó él y se echó a reír.

—Te felicito. Ahora puedes acercarte al Oyster Bar para que celebres.

—Si estuvieras aquí, saldría corriendo.

—Pues, entonces sal corriendo.

—No puede ser. Eres una tramposa, ahora tendrás que esperar ahí sola como diez minutos hasta que llegue, —amenazó él.

—¡Qué miedo me da!, —bromeó ella. —Si no te apuras, puede llegar un elegante caballero y proponerme algo indecente, pero interesante.

—Voy corriendo, —le dijo Frann y cortó.

Frann literalmente corrió.

—Salud, —brindó Nebreska con una copa de vino en la mano. —Por tus constantes éxitos.

—Salud, —replicó Frann. —Por tu incomparable hermosura y espectacular figura.

—¿Qué buscas?, esos halagos son muy tempranos, debes tener algo grande entre manos.

—Oye, no ofendas, eso fue muy en serio.

—Vamos, Frann, son muchos años. ¿Dime qué quieres?

—A ti, cariño, te quiero a ti, y me hace muy feliz que estés aquí hoy, celebrando conmigo. Necesitaba hablarte en persona, cara a cara.

—¿Será para contarme tu experiencia con Consuelo?

—Ya te fueron con el cuento; pero, no es de eso que quiero hablarte, eso fue un pasaje raro, pero no tiene ninguna importancia.

—Me intriga lo que me quieres decir cara a cara. ¿Será que me vas a proponer matrimonio?

—Creo que voy a pedir algo fuerte para relajarme un poco, estoy tenso y no sé por cuál motivo.

Frann hablaba como si aún no estuviera ubicado, ordenó un escocés mix.

—Estás preocupado, ¿es algo de Ishka?

—No, gracias a Dios no es nada de mi hija. Desde que llegué a Manhattan todo me ha salido bien, demasiado bien diría yo, pero tengo como un presentimiento de que algo va a suceder, algo que me inquieta, es una sensación de angustia, como si algo estuviera supervisando mi vida y controlando que todo salga bien.

—A lo mejor es que no estás acostumbrado a la felicidad.

—Así como es difícil aceptar que todo te salga mal, lo contrario a veces te genera dudas y te crea un nivel de angustia, sobrc todo cuando observas a tu alrededor cuán difícil se le hacen las cosas a la gente en esta ciudad de tanta competencia.

—No, cariño, eso no se llama nivel de angustia, eso es simple paranoia.

—¿Tú crees que estoy paranoico?

—Sin lugar a dudas. Tienes que relajarte, nunca tomas unas vacaciones en serio, los fines de semana trabajas, por las noches igual.

En fin, todo lo relacionas con el trabajo, lo más seguro es que termines enfermo.

A Nebreska se le notaba la preocupación por Frann.

—No es como piensas, hago muchas cosas para disfrutar, aparte de compartir contigo y con mi hija. Voy a la playa, salgo a pasear a los centros comerciales donde la pasó de maravilla viendo y comprando tonterías; ese es uno de mis deportes favoritos, los centros comerciales. El año pasado me fui quince días a la isla de Margarita, en Venezuela, y ya tú sabes lo que disfruté allá. En fin, hago de todo un poquito, —Frann justificó con creces sus ratos de esparcimiento. —No sé cómo explicarte, no tengo miedo de nada, tampoco creo que me sucederá nada malo, pero siento como si estuviera relacionado con algo que desconozco.

Nebreska, siguiendo al hilo la conversación de Frann, suspiró profundamente, bebió de su copa y luego dijo:

—Creo que debes apartar eso de tu mente. Si algún día sucede algo tangible, te ocuparás del asunto entonces. Ahora, relájate, vamos a tomar una cena deliciosa en un lugar tranquilo, después te vienes al hotel conmigo, te daré unos verdaderos masajes que te despojen de esas malas influencias.

—De veras que eres mágica, —la aduló Frann. —Tan solo escucharte me hace sentir mejor.

—¿Te das cuenta? Yo sabía que estabas buscando algo, te conozco bien.

Los dos se rieron y brindaron.

Después de un fin de semana rejuvenecedor, Frann se disponía a comenzar el día con mucha calma. Primero degustaría sus *bagels* favoritas de pasas y canela, una taza de café y jugo fresco de naranjas. Al entrar en la cafetería, Frann recordó a Consuelo; ella dijo que conoció a Josephine en una cafetería, donde trabajaban. Eso era muy normal que sucediera, pensó él todavía con ciertas dudas.

Al terminar el desayuno, subió a la oficina y comenzó a trabajar en una campaña de la alcaldía.

Nina apareció de repente y, después de saludar a Frann, le comunicó:

—Oscar llamó temprano para decirle que había conseguido el apartamento ideal para usted.

—¿Y quién le dijo a Oscar que yo estuviera buscando vivienda?

—Dijo que cuando usted sepa dónde queda, saldrá corriendo a mudarse. Dijo que quedaba en Central Park West, —le comentó Nina con una sonrisa y le guiñó un ojo.

—Nina, ¿está segura de que dijo eso?

—Completamente. Quiere que lo llame, insistió en que le avisara tan pronto lo viera entrar.

—Muy bien, comuníquemelo.

—Mi querido y afortunado amigo, ya tengo el apartamento que buscabas.

—Buenos días, Oscar. Hasta donde yo sé, no ando buscando ningún apartamento.

—Claro que sí, viejo. Hoy no podemos ir porque tengo una cita con Rafael, pero ya confirmé para mañana en la mañana, a las diez en punto.

—¿Y quién es Rafael?, —preguntó Frann, intrigado.

—Es un amigo de mi hermana, después te cuento qué hace.

—Pero, ¿cuál es el misterio?, —se extrañó Frann.

—No te preocupes, mañana cuando hablemos te explico. Si quieres puedes pasar por mi oficina al mediodía para que te entreguen el material audiovisual que apoya la campaña de la Alcaldía.

—Allá estaré. Hasta pronto, hombre misterioso, —le contestó Frann, y cortó.

Al día siguiente, Frann seguía con su entusiasmo de tomarse las cosas con calma y decidió no ir a la oficina. En cambio, se encontraría con Oscar directamente en el nombrado apartamento de Central Park West.

Después de pasar un buen rato revisando todas las instalaciones de la propiedad y las comodidades del apartamento, que veía directamente sobre el Central Park, Frann quedó absolutamente convencido de que quería mudarse a ese sitio. Caminando bajo ese techo, sentía una energía que lo atraía. Esa energía que había experimentado en las calles de Manhattan, ahora le parecía que salía de ese sitio, El Dakota. Nuevamente sintió cómo se le erizaba la piel: Uno Oeste, calle 72.

—¿Qué me dices ahora?, —preguntó Oscar.

—Realmente estupendo; pero, ¿cómo voy a salirme del contrato que tengo en la casa donde vivo ahora? ¿Y cómo voy a pagar esto?

—Se te olvida que esa casa también te la conseguí yo. El dueño sigue siendo mi amigo, nos vemos poco, pero me pide favores para que le publique avisos de alquiler y esas cosas. Creo que no tendrás ningún problema en entregar el apartamento cuando quieras, yo haré que te regrese el depósito y te firme la resolución del contrato. ¡Ah! Y como pagarlo es muy fácil, tú ganas muchos billetes verdes, no tienes mujer ni nada en que gastar, además vienen unos proyectos que te dejarán tanto dinero que no sabrás qué hacer con él.

—¡Oscar lo arregla todo! Si te llegas a enemistar conmigo, se me hará muy difícil vivir, —bromeó Frann, —vamos a reunirnos esta tarde después de las cinco, a tomar unas copitas y aclaramos este asunto de la mudanza. Además, te queda pendiente lo del tal Rafael.

—Cinco y treinta en el nuevo.

Se refería a un bar muy concurrido que comenzaron a frecuentar hacía poco.

—Hecho, te veo.

Durante todo el camino hacia la oficina, Frann estuvo pensando en el departamento. No podía creer que se mudaría a ese lugar; pero si Oscar lo decía, tenía que creerle. Eso significaba que en dos semanas, con tan solo cruzar la calle, estaría haciendo aeróbicos en Central Park. Observaría el lago desde su casa. Todavía podía sentir la comunicación que ese sitio tuvo con él. Cuando entró, detrás de Oscar y el hombre de bienes raíces, sintió que el sitio le dijo: Bienvenido Frann, yo soy tu casa y he estado esperándote, aquí podrás desarrollar tu verdadera sensibilidad, yo soy el medio para completar tu madurez espiritual.

A las cinco y media en punto estaba entrando en el Alitia, cuando vio a Oscar ocupando un lugar en la barra con un asiento libre a su lado.

—Hola hombre con suerte.

—Hola viejo, ¿tienes mucho rato aquí?

—No, acabo de llegar, creo que la cerveza me la sirvieron medio vacía antes de sentarme.

—Ya veo, y tú te la tomaste también antes de sentarte.

—Tengo mucha sed, pero ahora que ya me tomé la cerveza, te acompaño con algo serio.

—Tranquilo, bebe tu cerveza con calma y comienza a desembuchar el asunto ese del tal Rafael.

—Estás muy intrigado, ¿no es así?

—Tú me has puesto así con el misterio.

—Te cuento: Rafael es un amigo de Vanessa, es una persona muy especial que va a casa de mi hermana una vez por semana y ahí atiende a otras personas.

—¿Atiende a otras personas para qué?

—Para decirle lo que les ha pasado y lo que les va a suceder.

—No lo puedo creer. Oscar, dime que no es cierto, dime que no te viste con un brujo.

—Mira Frann, Rafael es un personaje muy agradable, yo estuve hablando con él y te juro que quedé absolutamente impresionado.

—De veras que no puedo dar crédito a lo que escuchan mis oídos, —Frann se sonreía como si Oscar estuviera burlándose de él.

—Frann, te aseguro que es la primera vez en mi vida que hago algo como esto, y estoy muy impresionado.

—¿Qué hace Rafael? ¿Te lee la mano, las cartas o el té?

—No, nada de eso. Él solamente te pregunta tu nombre y fecha de nacimiento, los anota en una hoja de papel, comienza a garabatear encima hablándote, va diciendo todo, hasta te dice cosas que únicamente tú conoces.

—¿Acaso te dijo que serías millonario y me tendrías a mí de socio?, —se burló Frann.

—Me habló de muchas cosas, de mis orígenes, de mi relación con Josephine, que me casaría con ella, que tendría un hijo, cantidad de cosas que me sorprendieron. Pero lo que más me llamó la atención fue lo siguiente, y te lo voy a decir textualmente: "Oscar, tienes un amigo, a quien conociste hace como diez años a través de una amiga en común. Con él vas a desarrollar una actividad muy lucrativa, que además ayudará a muchas personas. Ese amigo tuyo tiene sensibilidad, es un ser especial, ya te darás cuenta, o se darán cuenta ambos".

—Por la descripción parece que el amigo soy yo, pero resulta que nosotros ya manejamos un negocio juntos, eso no tiene nada de novedoso. Además, cada vez se está haciendo más lucrativo, insisto en no ver la novedad.

—Frann, le dije lo mismo y él me contestó lo siguiente: "De lo que hablo no tiene nada que ver con la actividad que realizan en este momento, estoy totalmente seguro de que no se relaciona en lo más mínimo con la publicidad. Tú abandonarás tu carrera para dedicarte a lo que te va a proponer tu amigo o que tú le propondrás a él, todavía no lo sé. Eso es todo cuanto puedo decirte, hay algo que no me deja ver con claridad esa parte de tu futuro".

—Bueno, ya comenzaré a pensar en algo, quizás un local de *topless*, con chicas hermosas, no estaría mal, y eso es muy lucrativo.

—Frann, acepto que no creas en esto, pero no lo tomes a juego, yo quedé bastante impresionado, ese tipo me paraba los pelos cuando me hablaba de esa forma tan llana, pero tan segura.

—Discúlpame, no es que crea o deje de creer, me parece que uno no puede comenzar a preocuparse o a hacer cosas que no debe, influido por lo que te diga una persona así.

—Es posible, pero a mí me dijo muchas cosas que me parecieron ciertas.

—¿De dónde crees que saca lo que dice?

—No lo sé, pero el hombre habla tan directo, sin un solo titubeo, como si estuviera leyendo del libro del saber. Todo cuanto dijo de mi pasado fue exacto, no se equivocó en nada.

—Si alguien se empeña en buscar información sobre uno, la consigue. A veces los demás se enteran de situaciones que ni tú mismo sabes, —le aclaró Frann.

—Me dijo: "Tu amigo, el que conoces desde hace diez años, tiene un amuleto que lo protege. Cuando alguien intenta dañarlo, no lo consigue, o su efecto es tan pobre que no se ve afectado, eso se lo dio su madre cuando tenía como doce años, y desde entonces siempre lo ha llevado consigo. Te digo esto porque el amuleto no solo lo protege a él, también a las personas que lo ayudan y están a su lado".

Frann se quedó sin aliento, no dijo ninguna palabra, su mente se había trasladado a la casa donde vivía cuando tenía doce años, estaba jugando en el jardín, todavía un poco triste por la muerte de su abuela. Su madre se le acercó y le entregó un pequeño envoltorio, hecho con tela, era como una almohadilla de color azul, con una cinta naranja alrededor. Ella se lo colocó entre las manos, y las apretó con las de ella, luego le dijo: "Nunca pierdas esto, tenlo contigo siempre, es un amuleto que te dará suerte". Le dio un beso en la frente y se marchó.

—¡Frann! ¿Te sucede algo?, —le preguntó Oscar viendo que no reaccionaba. —¡Frann! ¿Estás bien?

Al fin Frann levantó la cabeza y le dijo:

—Sí, estoy bien".

Tomó un largo trago de escocés.

—Me pareció que te sucedía algo, —insistió Oscar.

—No, tranquilo, estoy bien, solo me distraje pensando en mi madre.

Frann no podía salir de su asombro, nadie conocía del amuleto, su misma madre le había advertido de que lo tuviera en secreto.

—Tienes idea de cuál es la edad de Rafael, —quiso saber Frann.

—Como unos treinta años. ¿Por qué?

—Solo curiosidad.

Frann ya había calculado que cuando su madre le entregó el amuleto, Rafael tendría como dos años. No había ninguna explicación que lo asociara con ese hecho.

—¿Te dijo Rafael algo que solamente supieras tú?

—Sí, ese hombre desnudó mi vida, me dijo cosas directas que solo yo sé. Te juro que no tengo idea de cómo lo hace, pero estoy seguro de que no hay trucos.

—Todo eso está muy bien, pero yo me pregunto para qué te

dicen cosas muy impresionantes, que ya tú sabes y conoces perfectamente. Yo creo que lo verdaderamente importante es que te digan lo que va a suceder, no lo que ya sucedió.

—En eso sí tienes razón, —le apoyó Oscar.

—¿Y qué piensas en lo de tener un hijo?

Frann no había querido tocar el tema, pero las circunstancias lo obligaban.

—No lo sé. Él no mencionó que Josephine fuera estéril, yo tampoco le dije nada al respecto. En todo caso, ahora se está haciendo unas pruebas que mandarán a Suiza, con un especialista que ha hecho muchos adelantos en ese tipo de infertilidad, la semana próxima tendremos un informe definitivo.

—Suerte con eso. Bueno, si es como tú dices, ya casi te pido que me hagas una cita con Rafael.

—Yo tuve mucha suerte. Rafael se va de viaje por dos años y no dice para dónde, mi hermana me dijo que era para la India, la última persona que vio antes de su viaje, fue a mí.

—Estaba bromeando, creo que no me vería con alguien así, aunque fuera cierto.

—Definitivamente, no crees en eso. ¿Me equivoco?

—No te equivocas, creo que buscar a una persona para jugar con lo desconocido, no es nada saludable. El ser humano, de hecho, vive angustiado por las incertidumbres de lo que viene. Si te enteras del final antes de tiempo, te deprimirás más o te sentirás muy eufórico según el caso, pero ¿hasta dónde lleva eso?

—Cambiemos de tema, —propuso Oscar. —Pero, antes, vamos a brindar por nosotros.

—Tomaron sus vasos, los chocaron y brindaron con caras de felicidad.

—Cuéntame ahora tú, ¿qué te parece lo del apartamento?

—Eso, lo doy como un hecho, si ese apartamento va a ser para mí, no dejaré que nadie me lo quite.

—Así se habla, yo te confirmo que es un hecho, ya hablé con tu viejo casero, problema resuelto, te puedes ir hoy mismo si lo deseas.

—Eres un genio, —lo halagó Frann.

—También hablé con el de bienes raíces, le había dado tus datos la semana pasada. Esta tarde me confirmaron que estás aprobado, me dijeron que la firma es el jueves, si quieres puedes mudarte el viernes, no sé cómo lo arreglaron, pero el examen que debe hacer el condominio con los nuevos inquilinos normalmente dura como tres semanas. ¿Qué te parece?

—Genial, Ishka me matará por haber hecho todo esto sin avisarle.

—Por eso tampoco tienes que preocuparte, ella fue la que dijo lo del apartamento, quería que arreglara todo para que pudieras mudarte a ese sitio y luego que estuviera todo arreglado te lo dijera.

—Esa hija mía es una verdadera preciosidad.

—Ni que lo digas.

Frann había terminado esa semana con mucho trabajo. Tomó la decisión de mudarse en quince días para tener tiempo de organizar todas las cosas. Contrató una agencia de mudanzas que se encargaba de empacar y desempacar todo. También visitó una tienda de decoración que le recomendó Nina. Estaba muy motivado con su casa nueva y quería ponerla espectacular, escogió colores, contrató los servicios de una empresa de cocinas italianas para redecorar la suya.

—Espero que cuando se mude, tome unas vacaciones, aunque sea por una semana, —le recomendó Nina.

—¿Y eso por qué? Yo no soy el que está acarreando muebles.

—Lo he notado muy agitado estas dos semanas, la mudanza lo

tiene acelerado, cuidando usted mismo de todos los detalles, como si algo no fuera a salir bien.

—Creo que exageras, Nina, estoy un poco agitado, pero no como para tomar vacaciones.

—Está bien jefe, el jueves es el gran día, ya está todo listo. Hablé con la agencia, llegará como a las diez de la mañana.

—Yo estaré a las doce, para darle tiempo de arreglar todo.

—Usted no lo quiere aceptar, pero yo insisto en que está agitado.

—Nina, tienes razón, necesito unas mini vacaciones —decidió Frann emocionado por todo lo bueno que sucedía en su entorno, —Resérvame para esta tarde a Miami, en un vuelo temprano, también tomaré una *suite* en el Fontainebleau Hilton. El regreso para el jueves en el vuelo de las seis de la mañana.

—¿Quiere que le diga...?

—Ni una palabra a Nebreska, —la interrumpió Frann, —será una sorpresa.

Frann se consideraba afortunado al haberse encontrado con Nina, era una mujer extraordinaria, nunca atinaba a relacionar su sensibilidad con esa enorme figura, era casi tan alta como él, muy fuerte y con unos enormes senos, su cabello muy corto y rubio, casi natural, no delataba su origen latino, hablaba un perfecto español que usaba con él en los momentos que quería ser confidente. Tenía un novio que Frann no había visto nunca, no sabía por cuál motivo.

DIEZ

Al llegar al aeropuerto de Miami, Frann alquiló un auto y se fue directo a Coral Gables, luego llamó a Nebreska por teléfono.

—Hola preciosa. Cuéntame, ¿qué haces?

—Veo el noticiero.

—Muy aburrido.

—¿Qué otra cosa puedo hacer un martes por la noche, después de una dura jornada de trabajo?

—Podrías pensar en relajarte un poco, acercarte al Houston y charlar un rato con un viejo amigo.

—Eres un monstruo malo y feo. En diez minutos estoy allá, —dijo ella, y colgó.

—¿Se puede saber qué haces tú por aquí en vísperas de mudanza?

—Decidí tomar dos días de vacaciones antes de enfrascarme en esa aventura.

—¿Y por qué escogiste Miami para tus mini vacaciones?

—Vine a ver si consigo una chica hermosa que quiera ser mi pareja.

—Pero en Nueva York lo que abunda son chicas guapísimas.

—A mí me gustan las de Miami.

—¿Pensaste dónde buscar?

—Sí, ya.

—Me imagino qué me dirás, para ponerme ahí, y así te pesco fácil.

—¡Ajá!, ya lo sabía. Tú lo que quieres es el monopolio, administrarme para ti sola.

—Claro que sí.

—Eso no es justo.

—Y qué importa.

—Eres un monstruo, mala y fea.

—Pero así y todo te mueres por mí.

A Nebreska no se le notaban los años, siempre estaba igual de radiante y hermosa. Dondequiera que fuera, las miradas masculinas buscaban su sensacional figura.

—¿Cómo está el trabajo en estos días?, —quiso saber Frann.

—Un par de cosas no más.

—Tengo una *suite* en el Fontanebleu.

—Me tomará cinco minutos llenar un bolso.

—Bien, ya somos dos de vacaciones. Brindemos.

—Frann, sigo preocupada por ti, te noto muy excitado con lo del nuevo departamento.

—Hay algo en esa casa que me produce una energía extra, es como si estuvieras buscando algo por muchos años y de pronto lo consigues.

—Pero no andabas buscando esa casa desde hace años.

—Claro que no, eso me está sucediendo desde que fui a conocerlo, me dio la impresión de que se comunicaba conmigo, sentí como si me dijera cosas.

—Frann, ¿por qué no cambias tus vacaciones de dos días por dos años?

—No te preocupes, no estoy loco, es solo una sensación.

—Insisto, dos años.

Frann se acercó y la besó en la mejilla cariñosamente.

—Está bien, Frann, no insistiré; pero, piénsalo.

Frann tomó un exquisito desayuno en la cama junto a Nebreska, luego ella se alistó para marcharse al trabajo, le guiñó un ojo desde la puerta y le dijo:

—Si consigues a la chica que estás buscando me dejas una nota, yo lo entenderé.

—El desayuno te sentó mal, —comentó Frann.

—Nos vemos luego, —le respondió ella con mucha seguridad, y se marchó.

Frann se preparó y bajó a la piscina para tomar un poco de sol. Tenía un buen rato ojeando la prensa, tumbado en una silla, cuando sintió de pronto que alguien lo observaba. Levantó la mirada y pudo comprobar que, justo frente a él, se encontraba de pie una hermosa chica de cabellos rojos y unos ojos verdes que lo escrutaban de arriba abajo.

—¿Se le perdió alguien como yo?, —le preguntó Frann, mientras se sonrojaba por lo que acababa de decir. —Disculpe usted, no quise ser grosero, pero me llama mucho la atención la manera como que me mira.

La chica reaccionó de lo que parecía un trance.

—Le parecerá imposible, pero yo soñé con usted anoche, —le dijo con cara de asombro.

—No me parece imposible, yo llegué precisamente anoche, seguramente usted me vio y le causé alguna impresión, y luego el sueño conmigo...

—Lo que sucede es que apenas llegué esta mañana al hotel. Anoche dormí en mi casa en Chicago.

—Entonces seguramente soñó con alguien que se parecía a mí.

—No, no se parecía... Era usted, se lo juro... No puedo olvidarme de sus ojos azules, esa mirada tan fuerte. Usted me hablaba y yo no podía verlo directamente a los ojos.

—Si no podía mirarme directamente a los ojos, ¿cómo sabe que los tenía azules?

A Frann le agradaba el estilo que tenía esta chica para entablar una conversación.

—Yo lo vi, lo toqué. Era igual de fuerte y atractivo como se ve ahora, no me cabe la menor duda que era usted… o su doble.

—Por pura casualidad, ¿le mencioné mi nombre?, —le pregunta él siguiéndole el juego.

—Sí, Frann, con dos enes al final, eso me dijo.

Frann sintió un sobresalto cuando oyó su nombre. Podía ser que la chica lo investigaba, habría visto el registro. Pensaba muchas cosas, pero no atinaba a dar con algo razonable.

—Así que le dije mi nombre. ¿Qué más le dije?, —le pregunto él sin ninguna expresión.

—Me dijo muchas cosas sobre mi futuro. Mencionó lo que me sucedería. También me habló de mi pasado, describiendo situaciones que solo yo conocía.

—En su sueño, ¿era yo una especie de asesor espiritual?

—Más bien vidente, usted sabe, esas personas que dicen a una el futuro.

—¿Como los que leen las cartas o el café y esas cosas?, —preguntó Frann curioso.

—Sí, pero usted no leía nada, simplemente me hablaba y me aconsejaba. Pasamos muchas horas conversando.

—Por favor, toma asiento, —invitó Frann.

La chica puso el bolso a un lado y se sentó en el borde de la silla que estaba pegada a la de él.

—¿Cómo es tu nombre?

—Ninoska —le extendió la mano. —Encantada, Ninoska Sánchez. ¿Y tu nombre es…?

—Frann, con dos enes al final.

—Ahora me tomas el pelo.

—Ninoska, tienes talento para contar historias. Ahora dime, ¿quién eres?

—¿Qué te hace pensar que estoy inventando esta historia? ¿Con qué fin?

—El fin lo desconozco, pero no se pasan horas conversando en un sueño, son más bien cortos, los sueños son pasajes cortos.

—Yo soy amiga de Nina. Ella me comentó ayer, cuando hablábamos por teléfono, que estaba sola, ya que su querido jefe se tomaría un par de días. Le pregunté un poco más y aquí me tienes. Pensé que sería interesante conocer a ese personaje de quién tanto me habla Nina, y como tenía que venir a Miami, me dije ahora o nunca.

—Eso sí es increíble, de veras... Con todo esto, estoy sorprendido.

—¿Me perdonas la broma?

—Solo si me dices de dónde sacaste lo del vidente.

—Esa parte es real. Anoche tuve un sueño con alguien que me decía las cosas tal cual te conté. Se llamaba Frann, pero en realidad no pude verlo bien.

—Bueno, brindemos por eso, —propuso él con muchas dudas.

—Está bien, pediré algo de tomar.

—¿Qué te gusta?

—Ginebra con zumo de naranja.

—Eso suena bien, pediré dos de lo mismo.

A Frann le agradaba esa chica, tenía estilo y soltura en su forma de ser. Era decidida y contaba con un respaldo físico capaz de desplazar a cualquiera en un certamen de belleza. Su cuerpo era perfecto y su sonrisa encantadora, cara alargada y ojos grandes, facciones de reina de belleza.

—Y bien, —preguntó Frann. —¿Cómo supiste que yo soy el jefe de Nina?

—Eso no te lo puedo decir. Son recursos detectivescos que uso para ubicar a mis personajes.

—Dime a qué te dedicas. ¿Eres modelo o actriz?

—Gracias por el cumplido. Soy periodista independiente, hago reportajes para varios medios. Uno de mis principales clientes es la revista *Ocean Way.*

Ahora Frann refrescaba la memoria. Había leído algunos reportajes realizados por esa chica latina y le habían parecido muy buenos. Escudriñaba a sus víctimas y les hacía pasar trabajo con mucho talento.

—¿Vienes por trabajo?, —quiso saber Frann.

—Los jefes me llamaron para una reunión.

—¿Hasta cuándo te quedas?

—Los veo en el hotel a mediodía y regreso a Chicago en un vuelo a las cinco de la tarde.

—¿Por qué tanta prisa?

—Dejé cosas pendientes en casa, solamente vine a ultimar detalles y buscar credenciales para un evento importante que debo cubrir.

—Así que dentro de muy poco, —dijo Frann mirando el reloj —subes a tu habitación y te alistas para trabajar.

—En realidad ni siquiera tomé una habitación, tengo un departamento aquí en Miami Beach. El plan original era llegar ayer tarde, pero surgieron problemas; aterricé esta mañana y decidí venirme directo al hotel para relajarme, echarme en la piscina y tomarme un trago, el gerente es un gran amigo, si se entera de que vine a Miami y no lo visito, dejaría de tratarme… Y, ¡sorpresa!, lo primero que vieron mis ojos fue la imponente figura del señor Frann.

—Creo que imponente figura es exagerado, pero como agradecimiento al cumplido te puedo ofrecer mi habitación para que te refresques.

—Eso me parece genial, así podré disfrutar un poco más tu compañía.

La situación recordaba a Frann el éxito que antaño tuvo con las chicas, cosa que casi había olvidado por completo.

—¿Podrías ponerme un poco de este bronceador?, —le dijo Ninoska, acostándose boca abajo.

Frann no sabía por dónde empezar, su traje de baño era tan pequeño que daba la impresión de estar desnuda. Comenzó a extender suavemente el aceite sobre esa cálida piel y cayó en cuenta de que en menos de media hora esa mujer había captado todo su interés. Se sentía seguro y feliz, como en sus buenos tiempos.

—No quiero ver la cara de envidia que deben tener las mujeres que están alrededor —comentó Ninoska.

—No veo por qué, —dijo Frann en tono humilde.

—Es que no tuvieron el tino de acercarse a ti antes que yo—.

—Eres increíblemente agradable y directa.

Él pensó que Ninoska estaba buscando algo. Ella no respondió, solo se movió en su silla para hacer notar su voluminosa figura. Frann regresó a su silla, se recostó en ella y comenzó una amena charla en la que ella le contaba sus anécdotas. Después de un buen rato, Ninoska se excusó y le dijo:

—Frann, querido, es hora de ponerme en movimiento.

—Déjame acompañarte.

Subieron a la habitación. Al entrar, Frann le dio algunas indicaciones.

—Por esa puerta se pasa al baño; las toallas están sin usar. Tómate el tiempo que quieras, yo estaré en la piscina.

—Si no te molesta, me gustaría tomar un trago de eso, —le dijo ella señalando una botella de escocés que estaba en la cómoda. —Yo estaré lista en cinco minutos, eso te dará tiempo para prepararlo:

hielo y un poco de agua, gracias, —Ninoska desapareció con el bolso tras la puerta del baño.

"Claro, no hay problema" —dijo él para sí mismo.

Cuando Frann se dirigía a buscar el hielo, pensó: "Sí, sí hay problema. Yo no te conozco, no sé quién eres ni qué haces, y dejo que entres en mi cuarto como si nada. Solamente por haber mencionado el nombre de Nina, yo no tenía por qué confiar. Una extraña más metida en mi intimidad", se reprochó. Tenía que sacarla pronto y regresar a la piscina. El viaje era para descansar, no para complicarse. Preparó dos tragos iguales. Se disponía a beber el suyo cuando, de pronto, se abrió la puerta del baño y apareció Ninoska completamente desnuda, se dirigió a la cómoda, tomó el vaso, bebió y se quedó mirando a Frann con el deseo marcado en su mirada.

—La oferta es muy tentadora, pero no es el sitio ni el momento ni la relación... —a Frann casi no le salían las palabras, estaba petrificado frente a esa mujer tan espectacular.

—No es una oferta, Frann. Te estoy poniendo la comida en la boca. Quiero que me hagas el amor.

Frann no sabía qué hacer. Ella lo había retado y debía responder como hombre, como varón, como el animal que atiende a su hembra. Todo bien marcado, como si dijera: "Esta soy yo, ahora muéstrame quién eres tú". Frann tenía dos opciones: o se le abalanzaba y que fuera lo que Dios quisiera; o no hacía nada, pasando por estúpido o algo peor.

Tomó un largo trago de escocés y se dirigió a una silla que estaba al otro extremo, pasando al lado de ella. Se sentó lentamente, mirándola, y le dijo:

—Eres la mujer más hermosa que he conocido en toda mi vida.

—Para ser cierto, no te veo muy motivado.

Frann se dio cuenta de que el error lo cometió ella. Si hubiera salido con la toalla o la ropa íntima puesta... Sintió que le había robado la iniciativa.

—Estoy en esta habitación con mi pareja.

Frann sentía como una especie de arrepentimiento al negarse por segunda vez.

—Yo no la veo, y creo que en realidad tú no tienes una pareja, te veo como a un hombre solo, que en una época fue muy popular con las chicas, pero ahora eres una persona retraída, inhibida, insegura en fin no me cuadras tú como hombre, con tu comportamiento, pero respeto tu decisión, —le dijo, y regresó al baño.

Él se quedó sentado, pensando y terminando su trago. Cuando ella salió del baño perfectamente arreglada para cualquier evento, se acercó a Frann y lo besó en la mejilla.

—Cuando una persona se arrepiente de las cosas que hace, le puede quedar una enseñanza; pero cuando se arrepiente de lo que no hizo, no queda nada, eres muy bello, —le dijo Ninoska, y se marchó.

Frann estaba tan confundido que sentía deseos de regresar a Nueva York. Decidió ir a tomar un baño en el mar, necesitaba digerir todo lo que había ocurrido, no podía creer eso, quizás solo fue un sueño, sin embargo no, fue todo muy real, todavía le parece estar viendo esa extraordinaria figura pecosa que acababa de conocer, y quería encamarse con él, ni siquiera sabía por cuanto tiempo, ni que hubieran hecho en la cama, o parados o quien sabe cómo. Pensaba tantas cosas, inclusive que esa era la segunda vez en su vida que había dejado pasar la oportunidad de tener una relación con una mujer increíblemente hermosa, y con muchas cualidades más. Se sentía decepcionado de sí mismo por la parte del ser, pero estaba satisfecho, esa decisión la había tomado porque estaba Nebreska de por medio y eso si era verdaderamente importante, aun cuando la chica tenía razón, él no tenía una pareja.

—No pensaba encontrarte en la habitación.

—La verdad es que acabo de subir, estaba en la playa pasándola mejor que tú.

—Definitivamente, —le contestó Nebreska desde el baño. —Alguna persona del sexo opuesto al tuyo estuvo por estos lados, —aseguró.

—Es una historia insignificante y sin consecuencias. Le presté el cuarto a una chica para que se cambiara.

—Frann, eres increíble; no obstante, puedo creerte perfectamente.

—Claro que puedes creerme, eso fue lo que ocurrió.

—Te noto un poco alterado.

—Esa mujer me dijo algunas cosas un poco extrañas.

—¿Como qué?

—Que yo le hacía predicciones en un sueño.

—Mejor bajamos a tomar un refrigerio y te olvidas de ese asunto.

—Sí, tienes razón, yo no vine a Miami para preocuparme.

Pero Frann estaba más que preocupado: había llamado a Nina, y al preguntarle sobre Ninoska, le contestó que no tenía ni idea de quién pudiera ser.

—Te propongo que tomemos un par de tragos aquí, luego pedimos una exquisita cena con un buen vino. ¿Qué te parece?

—¡Genial! Tienes ideas tan maravillosas.

A Frann lo tranquilizó un poco el hecho de no tener que salir. Ciertamente, Nebreska valía oro, siempre tan oportuna y tan pendiente de él.

—Ahora, mientras nos traen las bebidas, cuéntame lo de esa chica de hoy.

—La verdad es que no quiero hablar de eso ahora. Más bien

prefiero aprovechar el tiempo disfrutando de tu grata compañía y que me pongas al día con tus cosas. Lo de esa mujer, Ninoska dijo que se llamaba, al principio me pareció que la había reconocido como una reportera famosa, pero ya no sé qué decir.

—No te apures, Frann. Si no quieres hablar de ella, no importa, otro día me contarás. ¡Salud!, por tus minivacaciones.

ONCE

Frann se sentía mucho más tranquilo en el avión de regreso a casa. A pesar de haber pasado dos días maravillosos en compañía de Nebreska, el capítulo con Ninoska lo dejó muy preocupado, más bien angustiado. Arribó a La Guardia a las once y treinta y cinco. Tomó un taxi directo a Central Park West. Al llegar al apartamento nuevo todavía se encontraba la gente de la mudanza, además de Oscar, que llegó cinco minutos antes que él. La gente había hecho más que su trabajo, casi todo estaba en el sitio que correspondía y muchas cosas hasta desempacadas.

—Frann, viejo amigo, ahora dime qué te parece —le preguntó Oscar.

—Esto es increíblemente bueno. Me descuido y hasta son capaces de acomodarme la ropa en el armario. ¿Cómo andas?

—Yo, muy bien; y espero que tú, mejor después de ese viaje. ¿Cómo estuvo?

—Todo fantástico —le respondió Frann sin mucho entusiasmo.

—¿Te sucedió algo?

—No, ¿por qué lo preguntas?

—Bueno, tu respuesta no me convenció.

—Tuve un encuentro con una chica que me dejó algo intranquilo.

—Así que estabas de faldas.

—No es lo que te imaginas, luego te cuento.

—Vamos a almorzar y charlamos un rato, ¿qué te parece?

—Aceptado.

—Como puedes ver, todo está en orden. Toma tu tiempo para

terminar con la gente de la mudanza, yo voy a bajar a dar una ojeada por ahí.

Frann terminó de revisar y contabilizar las cajas, y de comparar con su lista para comprobar que no faltaba nada. Luego firmó una hoja que le entregó el conductor del camión del transporte y se marcharon todos. Oscar entró de nuevo a la casa y cerró la puerta.

—Puedes dormir aquí esta noche sin ningún problema, la gente armó la cama y colocó todas las cosas del cuarto en su sitio. Además, tienes una cafetera para sacar una colada fresca en la mañana, puedes ir al parque a ejercitarte y después regresas a terminar de acomodar tus cosas.

—Tantos acontecimientos juntos me tienen abrumado. Pero mejor vamos a tomar ese almuerzo y seguimos discutiendo, tengo mucha hambre y bastante sed. ¿A dónde me dijiste que iremos?

—No te había dicho, pero podemos ir a Il Pomod, queda a un par de manzanas, en Columbus, es delicioso.

—Estupendo, vayamos caminando.

Mientras se dirigían al restaurante, Frann le comentó a Oscar la agradable sensación que tenía andando en su nuevo vecindario.

—Pediré una cerveza bien fría. ¿Qué quieres tú? —preguntó Frann.

—Lo mismo, yo también tengo sed.

Ordenaron un par de cervezas y el menú.

—Frann, te noto disperso. ¿Es por lo de la chica que mencionaste?

—No lo sé, es posible, eso me ha puesto algo nervioso.

—¿Por qué no me cuentas la historia completa?

—El martes por la mañana bajé a la piscina del hotel. Una mujer espectacular se me acercó, me dijo que había soñado conmigo, que le había dicho llamarme Frann, con dos enes, que en el sueño yo le predecía su futuro. Le dije que no era cierto y la obligué a desenmascararse. Entonces me dijo que era amiga de Nina, que estaba de paso en Miami, que vive en Chicago. Estuvimos conversando un rato, luego yo la dejé que subiera a mi habitación a cambiarse para una reunión que tendría, aparentemente, en el mismo hotel.

—Aguarda, que vas muy rápido. ¿Cómo es eso que la dejaste subir a tu cuarto? ¿No estaba hospedada ella?

—No, supuestamente tiene un apartamento en Miami Beach y es amiga del gerente del Fontainebleau. Me dijo que se cambiaría en el hotel para no perder mucho tiempo y disfrutar de mi compañía.

—Eso está bien raro, pero si estaba tan bien como dices, ¿cuál es el problema?

—Bueno, el caso es que subimos a la habitación…

—Espérate, no sigas, vamos a ordenar la comida y después terminas. Esto está muy bueno como para interrumpirlo a la mitad.

Ordenaron la comida, pasta y ensalada, acompañada con una botella de vino blanco.

—Ahora puedes continuar —le dijo Oscar.

—Entonces subimos a la habitación, yo le indiqué donde estaba todo y le dije que estaría en la piscina.

—Tú no cambias: ¿cómo vas a dejar sola a ese bombón que te estaba llevando por el camino de las pasiones?

—Tienes razón. Antes de abandonar el cuarto me dijo que le sirviera un trago, que ella estaría lista en cinco minutos.

—Pero evidente, mi querido amigo, tú sabes cómo es Nina, se la pasa vendiéndote a todo el que puede. Seguramente que ya la chica tenía su inquietud contigo de tantas bondades que le habría comentado.

—Eso parecía.

—¿Lo ves? Es que tú vives en otro mundo.

—Bueno, cuando terminé de preparar las bebidas…

—¿Las bebidas? —interrumpió Oscar. —Entonces sí te animaste.

—Como te decía, apenas habían pasado como cinco minutos y Ninoska, así se llama, salió del baño totalmente desnuda.

—¡Nooo! ¡Lo sabía! Desde que comenzaste la historia, me di cuenta de lo que quería Ninoska contigo. Si quieres, ahórrate los detalles, solamente dime cuándo viene para Nueva York.

—Lo que viene es la parte más importante del cuento. Le dije que no podía hacer nada con ella.

—¿Por qué? —preguntó Oscar con cara de horror.

—Porque no la conozco. Y, además, tengo mis principios.

—¡Principios! Yo más bien diría finales. Esa chica es amiga de la mujer que más te cuida en este mundo, Nina, tu supersecretaria. ¿Cómo puedes hacer semejante desplante? Está bien, eres guapo para las chicas, pero eso no te da derecho.

—Por la tarde me comuniqué con Nina y me dijo que no conocía a ninguna Ninoska Sánchez.

—¡No! —dijo Oscar asombrado.

—Así es, en ese momento la chica se convirtió en mi dolor de cabeza.

—Pero tampoco es para tanto. En definitiva, no hiciste nada con ella. Pudo haber sido una meretriz, en esos hoteles abundan, son mujeres muy refinadas que buscan relacionarse con altos ejecutivos. Normalmente, hay alguien que les informa de la llegada de los forasteros, sus nombres y demás señas.

—Puedo asegurarte que este no era el caso. Nunca me habló de dinero, se insinuó de una manera muy sugestiva y cuando le di mi negativa por segunda vez, me dijo que respetaba mi decisión. Después que terminó de arreglarse, tomó sus cosas y se marchó.

Oscar sintió que había una anormalidad en la situación y se quedó pensando mientras tomaba de su copa.

—¿Crees que tengo motivos para preocuparme?

—No sé qué decirte. Pensando un poco, últimamente se ha dado una serie de acontecimientos poco comunes. Espero que el estrés no nos haga ver lo que no es. En el caso de Ninoska, déjame poner alguno de mis espías a ver qué puede averiguar. Por ahora te sugiero que comamos y hablemos de otra cosa.

—Bien, cuéntame algo tú. ¿Qué ha pasado en estos dos días, tenemos algún nuevo cliente?

—No tenemos nuevo cliente, pero hay una campaña que requiere la intervención de un experto en intriga.

—Ese soy yo.

—Sin duda alguna. Si no te molesta, me gustaría que pasaras un rato por mi oficina esta tarde.

—No hay problema, si quieres nos vamos juntos en tu auto.

—Por cierto, el tuyo está en el garaje de tu casa nueva, lo mandé con un señor de mantenimiento.

—Gracias por el favor. Igual puedo ir en tu auto, después regreso en el metro, así me familiarizo con la ruta.

—Buenísimo, ¡salud! Por tu nuevo departamento, que lo disfrutes.

—¡Salud! Y gracias.

—La urgencia de esa campaña es porque el gran jefe está muy nervioso, se la pasa gritando, mandando y exigiendo más de la cuenta. Eso siempre le pasa cuando se trae algo grande entre manos, o cuando hace una inversión donde se involucre una suma bastante alta. Como en los negocios de inversión nunca se está cien por cien seguro, se pone muy nervioso.

Eran como las ocho y treinta de la noche. Frann entraba a la estación del tren ubicada en la 34 calle y 7.ª avenida (estación Penn). El olor de una panadería lo atrajo y pasó a comprar una rosca de canela y pasas. Luego siguió caminando hasta conseguir el andén donde debía tomar el tren que lo llevaría a su nueva casa. Llegando comenzó a escuchar como unos tambores que entonaban un ritmo africano, también escuchó las tonalidades que emitía un instrumento que no lograba reconocer. A medida que se acercaba al andén, los sonidos eran más fuertes. Se sintió momentáneamente transportado por esa música a un lugar lejano y desconocido, pero seguro. Le daba la impresión de estar entrando en un mundo muy espiritual, a través de los lúgubres pasillos del metro, con esa música que salía de todas partes y lo invadía. Cuando finalmente llegó al andén, vio a un hombre de edad media, con los instrumentos a su alrededor, tocándolos todos al mismo tiempo con los ojos cerrados. No levantaba la cabeza, solamente movía sus extremidades para producir los sonidos, parecía como si estuviera en trance. A los pocos minutos llegó el tren y Frann lo abordó. Había quedado impresionado por esas melodías.

Después de llegar a su nueva casa, Frann acomodó algunas cosas, solo lo necesario, pues su hija le dijo que el viernes se encargaría, junto con dos señoras que trabajaban en casa de una amiga, de poner todo en orden y desempacar lo que faltaba. Tomó un pedazo de su dulce, una taza de café que había preparado, y se sentó frente al televisor, al que miraba sin ponerle atención, estuvo un buen rato viéndolo y no se enteró de nada. Su mente daba vueltas alrededor de la casa, de los últimos acontecimientos. Como a las once de la noche decidió irse a la cama, tomó una ducha y se acostó.

DOCE

Daba muchas vueltas y no lograba conciliar el sueño. Se levantó y encendió una luz en la sala, para que llegara solamente el reflejo y no le molestara. Seguía pensando; de pronto aparecía la imagen de Ninoska, después se perdía en el metro con las notas africanas. Sudaba, recordaba cuando habló con Oscar para lo del departamento. Le daba frío de nuevo y se arropaba.

Como a las dos y media de la mañana, entre dormido y despierto, en esa extraña duermevela cuando se sueña, pero se está algo despierto, percibió un sonido persistente. Como no estaba familiarizado con los ruidos de la nueva casa, ignoraba si se trataba del teléfono, el intercomunicador o el timbre; en todo caso, las dos y media de la madrugada, según pudo ver en su reloj, es una hora muy tarde para cualquiera de los tres. Por la insistencia, tuvo que levantarse y ubicar de dónde venía ese timbre. Al tomar conciencia de los hechos, cayó en cuenta de que se trataba de la puerta. Alguien llamaba insistentemente a las dos treinta de la mañana en su casa nueva. No sabía si avisar a la policía o a la vigilancia del edificio. Se asomó por el ojo de la puerta y pudo ver del otro lado la figura de un hombre, aparentemente bien vestido y con aspecto sobrio. Seguramente se trataba de algún vecino con problemas, pero él no iba a entablar una conversación con nadie a esa hora. Más le valía que se fuera y lo dejara en paz o tendría que atenerse a las consecuencias. El timbre seguía sonando, ya tendrían que haber llegado los de seguridad y despachar al de la puerta. Se imaginaba que estaban a punto de hacerlo, esperaría a ver qué pasaba. Frann se fue de nuevo a la cama y se cubrió con la almohada para no escuchar el ruido, pero era inútil. Se volvió a levantar y fue hacia la puerta con intenciones de abrir y hacer que la persona se marchara, sin dejar que pudiera pronunciar palabra: debía darse su puesto en el condominio desde el comienzo.

—Sepa usted que acabo de llamar a la policía, y no tardará en llegar. Sería muy prudente si se marcha antes que lo arresten por alterar el orden —dijo Frann abriendo la puerta completamente, de un envión.

—Frann, lamento mucho visitarlo a esta hora, pero es la única oportunidad que tengo. No se preocupe, seré lo más breve posible. En menos de una hora podré ponerlo al corriente de sus cualidades mágicas y de cómo usarlas.

En la medida en que el hombre hablaba, Frann se percataba de lo impecable que lucía: un costoso traje oscuro, camisa perfectamente combinada con una corbata moderna, pero de elegancia insuperable. Sentía ganas de insultarlo, casi pegarle, pero lo frenó la manera tan pausada y coordinada como se expresaba aquel hombre, con una dicción perfecta, no perdía ni una sílaba. Su cabello gris le infundía respeto, y su penetrante mirada azul lo había dejado fuera de combate.

—Tenga la amabilidad de marcharse y dejarme en paz —dijo Frann, cayendo luego en cuenta que el hombre lo había llamado por su nombre. —No me importa de dónde sabe mi nombre, usted está cometiendo un abuso y la policía está en camino.

—Frann, usted no ha llamado a la policía. En este edificio, nadie ha escuchado nada, aparte del sonido de los automóviles que pasan, muy dispersos. Quiero hablarle de su capacidad para conocer el pasado, presente y futuro de las personas. Yo estoy aquí para confirmarle que es usted un ser especial, y, además, guiarlo en sus posibilidades futuras.

—Usted es un abusador, quiero que se marche. —Insistió Frann.

Estaba atemorizado, ese hombre no daba la impresión de que se marcharía, la manera en que se mantenía de pie, delante de la puerta, ni siquiera le daba oportunidad de cerrarla, y la fuerza espiritual que lo rodeaba parecía una coraza protectora contra cualquier improperio.

—Sé que esta no es una hora apropiada; pero, en estas circunstancias, cualquier momento es bueno.

—Sin saberlo, usted ha venido acumulando, desde que era muy pequeño, una fuerza interna especial que lo vincula con la esencia de la vida en el tiempo, tiene una sensibilidad, digamos, "sobrenatural", si esta palabra le describe una virtud poco común en los mortales. Señor Frann, yo solo vengo para hacerlo consciente de un proceso que usted ha desarrollado a lo largo de los años.

Frann estaba aturdido, comenzaban a juntarse todas esas sensaciones raras que había sentido desde su llegada a Nueva York. Se le erizaba la piel, pero no podía dejar que aquel hombre lo intimidara. Seguramente era un asaltante nocturno con algún peculiar *modus operandi*, o un pervertido. Tenía que librarse de él.

—Mejor será que me deje entrar, así estaremos más cómodos mientras conversamos.

Frann iba retrocediendo mientras el hombre, sin tocarlo o presionarlo, pasaba y cerraba la puerta tras él.

—Dígame, ¿quién es usted y qué quiere de mí?

—Puede llamarme Peter, y no quiero nada suyo. Vengo a instruirlo, a legarle algo que le pertenece, que es suyo desde hace mucho tiempo, solo que no es tangible. Se trata de una cualidad espiritual.

Peter era agresivamente pausado, determinado, seguro, no daba oportunidades.

—Por ahora no me interesa, gracias... ¿Podría marcharse y llamarme el lunes entre las diez y las cuatro? Si es que se le ofrece algo relacionado con la publicidad.

—¿Me puede decir cuál es su problema? —preguntó Peter.

—Para empezar, son casi las tres de la mañana; segundo, esta es mi casa, tengo ganas de descansar, usted es un intruso y, si sigo hablando, terminará en la cárcel.

—Mire, cuando su madre le dio el amuleto que siempre lleva consigo, le dijo que usted era una persona especial y que un día lo sabría. Hoy es ese día.

Frann se quedó mirando fijamente unas cajas sin desempacar que estaban en un rincón, tratando de asimilar lo que acababa de escuchar.

—¿Está tratando de decirme que yo puedo conocer el pasado, presente y futuro de las personas?

—Así es.

Al hablar, Peter se lo quedó mirando fijamente, transmitiéndole, como desde el comienzo, una seguridad aterradora.

—Podrá hacer eso con las personas que usted seleccione.

—Lamento desilusionarlo, pero yo no creo que eso sea posible —acotó Frann.

—No importa lo que usted crea, esto es una realidad que no podrá cambiar, así va a ser por el resto de su vida.

—Insisto, nadie puede andar por ahí viendo futuros ajenos.

—Usted sí puede —le dijo Peter, y le dio la espalda como si estuviera meditando sobre algo. Luego se volteó y le pidió permiso para sentarse en una silla que tenía a su lado.

No sabía la razón, pero ya Frann estaba convencido de que aquel hombre no le haría ningún daño; además le estaba interesando el tema. Lo que le dijo de su madre no se lo había contado a nadie, percibía que comenzaban los misterios otra vez. Le daba la impresión de que ese hombre le aclararía algunos capítulos recientes de su vida. Peter estaba observándolo muy tranquilo, sin visos de impaciencia o preocupación, excesivamente sereno, pensó Frann.

—Hace unos cuantos años dejé de tomar —le dijo Peter, señalándole una botella que había sobre la mesa. —Me gustaba bastante la bebida, tomaba muy poco, pero lo disfrutaba muchísimo. A veces me pregunto, ¿por qué el ser humano deja de hacer las cosas que le gustan?

—La salud puede ser un motivo —respondió Frann.

—Me refería a eso. ¿Por qué el ser humano encuentra motivos para dejar de hacer lo que le gusta? ¿Se siente más tranquilo ahora?

—Más bien, resignado. Y, sí, le confieso algo curioso. Dígame, ¿cómo supo lo que me dijo mi madre cuando lo del amuleto?

—Aparte de usted, hay otras personas que también tienen la capacidad de ver a través de vidas ajenas.

—¿Una de esas personas se lo dijo? —preguntó Frann.

—Así es.

—¿Conozco a esa persona?

—Consuelo Hernández.

—Claro, yo sabía que había algo raro en ella, una perfecta desconocida, involucrada en mi vida. Digamos que Consuelo trabaja para usted, por expresarlo de alguna manera.

—En el momento en que tome conciencia del alcance de esta cualidad, todo le parecerá más normal. Era necesario comprobar que usted reúne las cualidades, y para eso solicité la colaboración de Consuelo. Aparte de confirmármelo, se expresó muy bien de usted.

—Dele las gracias de mi parte.

—También pude comprobar que es usted una persona de principios, condición que se hace muy necesaria cuando uno maneja esta clase de sensibilidad.

—¿Consuelo le manifestó que yo soy una persona de principios?

—Ninoska.

—¡Ajá!, eso también me lo imaginé, otra colaboradora. Vaya qué par de amiguitas te gastas.

—Ninoska es solamente una amiga que maneja muy bien las relaciones públicas. Se apropió en buena medida de su esparcimiento vacacional para motivarlo y evaluar su capacidad de sindéresis. Sepa usted que la ecuanimidad, la habilidad para racionalizar de una manera imparcial y justa, la ponderación causa y efecto y, en fin, toda una serie de recursos, de los cuales el más importante es la honestidad con que usted maneje una situación, conforman la esencia de su éxito o fracaso en el ejercicio de la espiritualidad.

A Frann le parecía que Peter estaba complicando mucho las cosas y además hablaba sin demostrar nada.

—Ten mucha paciencia, recuerda que todo tiene su momento en la vida. No podemos adelantar ni atrasar nada.

—Pero usted dijo que puedo ver el futuro. ¿Para qué puedo usar esa habilidad?

—Ayudar, tratar de orientar a las personas para que corrijan los rumbos equivocados.

—No creo que uno pueda ver algo que no ha sucedido aún, y mucho menos modificarlo.

—Mi querido Frann, la vida se mueve por un camino llamado espacio, el espacio tiene un principio y un fin. En ese espacio han sucedido cosas, eso es el pasado. En ese espacio, consecuencia del pasado, están sucediendo cosas, que conforman el presente. En ese espacio sucederán cosas que serán el futuro, como una proyección del presente. Tú no puedes modificar el pasado, tampoco puedes modificar lo que aún no ha sucedido. Pero sí puedes analizar el pasado y hacer correcciones en el presente, y verás cómo el futuro también se proyectará de una manera diferente.

—¿Y cómo queda aquello de que cada cual nace con su futuro trazado?

—Tú tienes el tuyo, y lo has ido validando durante los años hasta el día de hoy. En tu destino estaba lacrado el escudo que simboliza la espiritualidad. Todos tenemos un destino; pero, ojo, ese destino, siendo el mismo, puede tener una cara negativa o positiva. Tú ayudarás a las personas a proyectarse en la positiva.

Frann estaba confundido con toda esa conversación, pero lo más importante era que no sentía nada diferente: ese hombre se estaba burlando.

—Todo eso está muy bien —comentó Frann. —Pero yo, con esos poderes que usted asume que tengo, no me he podido enterarme ni siquiera de cuál fue su almuerzo, ni puedo imaginarme cuando se irá.

—Casi terminamos. Para que pueda ver en la vida de otra persona, debe tener algún contacto físico con ella. El simple hecho de estrecharle la mano será suficiente para que reciba una especie de descarga, como una luz muy intensa, que le dejará ver toda la vida de esa persona. Al principio será una experiencia un poco fuerte; con el tiempo se acostumbrará hasta el momento en que con solo entrecerrar un poco los ojos, asimilará la descarga.

Frann recordó en ese momento la manera como Consuelo había cerrado un poco los ojos cuando le dio la mano por primera vez.

—¿Y eso es todo?

—Así es.

—Eso significa que ya me puedo regresar a la cama.

—Si tiene alguna pregunta puede hacerla ahora.

—Quisiera hablar de nuevo con Consuelo.

—Me temo que eso es poco probable, señor Hatton. Después que se entra en la vida de una persona, lo más aconsejable es no verla de nuevo. Consuelo es de las que sigue muy al pie de la letra este consejo.

Frann nunca había conocido a nadie que hablara con tanta seguridad y de una manera tan pausada.

Peter se levantó de la silla para despedirse y dejar al vidente descansar.

—Muchas gracias por todo, Peter —le dijo Frann extendiéndole la mano. —Si me dejas tu dirección, te mandaré un reloj para que coordines tus horas de visita.

Peter mantenía su mano apretada a la de Frann mientras hablaba.

—Te agradeceré el detalle.

Frann, viendo las manos de ambos aún apretadas, le dijo:

—Sigo sin enterarme de cuál fue tu almuerzo.

—¡Ah!, casi lo olvidaba. Es necesario que utilices un objeto, el cual te transmitirá el poder. Yo siempre recomiendo una prenda que se lleve de atuendo, como un reloj, una sortija o algo así, para no llamar la atención. Tú puedes elegir el objeto que utilizarás.

Frann se observó a sí mismo de arriba abajo, luego extendió las manos y se miró los dedos.

—El anillo está perfecto —le dijo Peter señalando el aro de matrimonio que Frann aún llevaba, a pesar de haber pasado muchos años desde su divorcio. Luego el impecable hombre se marchó sin más.

TRECE

El viernes, Frann se levantó más tarde de lo acostumbrado, y cansado, como si hubiera pasado mala noche. Se dio ánimo y decidió cruzar al parque y correr. Al regresar, tomó una ducha y preparó una taza de café. Aminoraría la marcha, ya que no había nada importante en la oficina. Seleccionó, con toda calma, un traje fresco para ese día, y una corbata colorida para mantener el ánimo. Estaba pensando en celebrar de algún modo su nueva vivienda, quería pasarlo bien. De pronto recordaba, como decía su amigo Oscar, que no había una señora Hatton ni una amiga o compañera confidente cerca. "Claro que necesito una pareja", pensó Frann. En ese momento se acordó de todas las mujeres que de una forma u otra habían tratado de acercársele, incluyendo a Ninoska, pues, a pesar de no saber quién era, la chica le resultaba bastante agradable. Quería llamar a alguien, pero no sabía o no tenía a quién. Nebreska vivía en Miami. Llamaría a Nina, quizás le tenía el recado de que una linda chica había llamado, para saber si él podría almorzar con ella.

Después que terminó de vestirse, se aplicó un toque mágico con su colonia Armani, tomó uno de sus relojes favoritos, el Prince, un Rolex de la colección Cellini, y se dirigió a la mesita que estaba al lado de la cama para buscar su aro. Frann quedó aturdido al ver que había dos anillos idénticos. Se sentó en la cama a pensar lo que estaba sucediendo. Comenzó a recordar episodios borrosos, de una conversación que había tenido con un tal Peter, pero no atinaba a saber si había sido un sueño o algo real. Comprobó que uno de los anillos tenía la inscripción con el nombre de Mashda y la fecha de la boda; el otro no decía absolutamente nada. Estaba muy confundido y atemorizado, su pulso se aceleró, sudaba copiosamente, de pronto tenía la impresión de que algo raro le estaba sucediendo. Más que temor, sintió pánico, al recordar eso de que sería vidente. Le venían a la memoria imágenes más claras de su conversación con Peter. Recordó el asunto del anillo y pensó que eso no podía ser cierto, debía haber sido un sueño. Estaba completamente absorto, contemplando los dos anillos, uno en cada mano, idénticos, a excepción del grabado. ¿De dónde pudo haber salido ese otro aro? Si alguien hubiera llegado hasta su mesita, él lo habría sentido. Se colocó el anillo con la inscripción y guardó el otro en un bolsillo de su traje. Mejor sería tomarlo con más calma y esperar a ver si averiguaba de dónde había salido.

—Oscar, te llama el gran jefe —le dijo su secretaria.

—Dile que en media hora estoy con él.

—En media hora estarás despedido —le aclaró Gilda.

—Como que los ánimos están caldeados hoy —dijo Oscar con una sonrisa.

—El hombre está muy nervioso. Mejor te acercas y lo tranquilizas, a ver si pasamos el viernes cómo debe ser.

—¿Y cómo debe ser?

—Muy alegre, en mi país lo llaman sábado chiquito.

—Déjate de bobadas. Ya te dije que me tomará media hora terminar aquí y luego veré al gran jefe.

—Ella tiene razón, Oscar, en media hora estarás en la calle.

El propio Gerald J. Thompson, en persona, era quien le hablaba a Oscar. Cuando Gilda se percató, su rostro tomó un tono rojo intenso.

—¡Pájaro de mar por tierra! Ahora sí se complicó la mañana, señora Gilda —comentó Oscar.

—Levántate inmediatamente de esa silla y vente a mi oficina.

—¿A qué se debe tanta prisa? ¿Será que al fin decidiste hacerme accionista mayoritario de la agencia?

—Deja de hablar estupideces y ponte en movimiento.

—Enseguida, amo.

Oscar era uno de los empleados con más años en la empresa y la mano derecha de Gerald, quien, en segunda generación, mantenía a la agencia entre las más movidas de la ciudad. Gerald le consultaba casi todo a Oscar, incluyendo sus problemas familiares. A pesar de mantener una distancia social, Gerald consideraba a Oscar su amigo, y en muchas ocasiones tomaba decisiones basándose en sugerencias de este y en contra de sus propios criterios.

—¿Qué puedo hacer por ti, Gerald? A Gilda le pareció que estabas un poco nervioso.

—¿Un poco? No me como las uñas porque las tengo muy cortas. Estoy en un momento crítico de mi vida, debo tomar una decisión importante. Tengo todo el apoyo de mis asesores económicos, pero no me siento seguro.

—Bueno, si lo que necesitas es un consejo sentimental, o que te ayude a tranquilizarte si te va mal en el asunto, cuenta conmigo.

—Eres un mal nacido. Te estoy hablando muy en serio, si me sale mal el negocio, no habrá consejo que sirva.

—Tu avaricia te va a matar, deja ya de amasar fortuna y dedícate a vivir tu vida.

—¿Quieres tomar algo? —preguntó Gerald.

—Sí, un vodka en las rocas con una cáscara de limón.

—Señorita Elizabeth, traiga un té frío para mí y un café para el señor Lee —solicitó el gran jefe a su secretaria por el teléfono.

Gerald no tomaba bebidas alcohólicas, y no le gustaba que nadie tomara en horas de trabajo, al menos en la oficina.

—Te pido que esta conversación quede entre tú y yo. Mi problema es que debo hacer una inversión. Mis utilidades han estado mermando gracias a los gastos que me ocasiona el estatus. He adquirido ciertas deudas que debo solventar. Con el dinero que me queda, puedo entrar en un negocio. Según mis asesores, obtendré una jugosa ganancia y me permitirá ponerme al día; además, quedaría holgado por un buen tiempo. Ahora bien, la suma que debo invertir es muy alta, y si el negocio sale mal, no me quedará ni para comprar un revólver y pegarme un tiro. Esa es, más o menos, la situación en términos pragmáticos.

—¡Ajá!, un poco complicada. ¿Qué tipo de inversión?

—Una franquicia de televisión.

—Peor aún, yo sí que no te puedo ayudar, siempre me ha parecido ese asunto como de brujería, unos se ríen y otros lloran, unos pierden y otros ganan. Mis amigos siempre me han convidado a invertir en franquicias, pero me asusta la manera tan repentina como cambian. Un día son multimillonarios, otro día son ricos, otro día no dicen nada.

—Oscar, tú eres una persona muy aguda y no te andas por las ramas, te expresas en términos reales, no manejas las falsas esperanzas, para finalizar, eres duro al expresar razones. Quizás escuchar un consejo tuyo en estos momentos podría tranquilizarme.

—Gerald, sinceramente te recomendaría que vendieras el barco y la finca, además de negociar unas acciones de la compañía. Eso te daría liquidez y tranquilidad. ¿No has pensado que es importante vivir sin la presión de mantener tantas cosas? Te vas una semana al año con tus amigotes a una isla privada en tu barco, y luego tienes que pagar un seguro por todo el año, amén del mantenimiento, el puerto, la tripulación, etcétera. Lo mismo con la finca. Y el negocio te quita el resto del tiempo, ya que no compartes con nadie la responsabilidad. Saliendo de esas cosas, podrías comenzar a vivir de verdad y aprovechar el tiempo que te queda. ¿No te parece más sensato ir un par de veces al año para Europa con tu familia, en vez de tener todo ese equipo de "ricachón" que te cuesta tanto mantener?

—Eso es imposible, Oscar. Aunque tuvieras la razón, a estas alturas no puedo renunciar a lo que tengo. La mayoría de las cuentas que entran a esta agencia, las consigo gracias a mi bote o mi casa de verano. En el ámbito en el cual me manejo, cuando se huele que estás pasando por un momento económico difícil, las personas te evitan. Sientes cómo el terror que produce el rechazo se apodera de ti. Las partidas de golf se hacen cada vez más distantes y hasta tu propia familia comienza a verte con mala cara. Oscar, el pobre siempre tiene la posibilidad de ser rico, pero el rico jamás podrá ser pobre. Tienes que pensar en algo más efectivo, que no implique el sacrificio de todo lo que he logrado hasta ahora.

—Mi instinto me dice que el riesgo es mayor de lo que tú piensas. Esos buitres que te asesoran no van a poner ni un centavo, lo único que hacen es llevarse una tajada si ganas.

—Oscar, ese es su trabajo, igual al tuyo o el mío. Tienen que cobrar por lo que hacen. Lo mismo me pasa contigo, si pierdo un cliente por una mala campaña, a ti no te cuesta nada.

—Eso nunca ha sucedido.

—Tampoco ellos se han equivocado anteriormente, lo que sucede es que el monto, en este caso, es muy elevado.

—Tómate un vodka en las rocas y verás cómo comienzas a sentirte más confiado —le aseguró Oscar.

—Ya lo he pensado, pero solo lo haré si pierdo.

—Eso es una buena idea. Imagínate que vas a hacer el negocio a sabiendas de que perderás el dinero. Si de veras lo pierdes no te afectará, pero si ganas te llevarás la mayor alegría de tu vida.

—A veces me descomponen tus idioteces. Necesito que me digas algo positivo.

—Está bien, Gerald, ¿de qué tipo de franquicia me hablas?

—Es una cadena de televisión por cable, que transmite noticieros latinos en vivo, cuyo mercado es la Florida, California y Nueva York.

—Suena muy bien. En la Florida están los latinos con mayor poder adquisitivo; en los otros dos mercados hay un montón de gente. ¿Qué te preocupa?

—Hay programas locales producidos en casa, y como regalía nos quedamos con la productora y dos grandes estudios.

—En vista de que ya no me necesitas, te digo hasta luego.

—Espera, que no me has dicho nada. Tienes que buscar la manera de garantizarme que el negocio saldrá bien. Voy a invertir todo lo que tengo en eso.

—¿Cuánto es eso en metálico?

—¡Millones!

—¿Quieres un buen consejo?

—Para eso estás aquí.

—No metas todos los huevos en una sola canasta; además, el dinero que se necesita para comer, no se invierte.

—Esto es muy serio, uno de los socios es el cliente más importante que tenemos en la agencia. Estoy presionado, esa gente puede poner un capital a dormir por siglos y no les pasa nada.

—Te lo estoy diciendo, Gerald: la diversificación.

—Necesito que me ayudes de veras, Oscar.

—Tengo buenos amigos en Miami y en otros sitios clave. Dame todos los datos de la negociación y te informaré de qué va la cosa.

—Eso suena mucho mejor. Recuérdame dentro de diez años que debo hacerte un aumento de sueldo.

—Yo sabía que algo bueno sacaría de todo esto. ¿Puedo marcharme ahora? ¿Estás más tranquilo?

—Seguro, puedes irte. Tómate el día y dale la tarde a tu secretaria.

—Eres muy amable, pero ya yo había pensado tomármelo.

—Que disfrutes.

Cuando Frann llegó a la oficina, Nina le dijo que su hija lo había llamado para que almorzaran, con el pretexto de celebrar por su casa nueva.

—Me tomé la libertad de hacerle la reservación, espero que no tenga ningún compromiso —informó Nina.

—No, realmente quería celebrar y no sabía con quién. Afortunadamente, cuento con esa hija tan adorable, que nunca deja de sorprenderme.

—Oscar también llamó, dijo que se largaría todo el fin de semana a descansar y sugirió que usted hiciera lo mismo.

—¿Quería algo en especial? —quiso saber Frann.

—No, dijo que quería comentarle algo, pero que no era importante, que ya lo hablarían el lunes.

—¿Alguna otra cosa que deba saber?

—Pues no, todo está *al giorno*. Debería seguir el consejo de Oscar. Ishka quedó en venir como en media hora para irse juntos. De resto, no hay nada que hacer.

—En ese caso, tómese la tarde y trate de ubicarme algunas cosas de la lista que le di la semana pasada.

—Con el mayor gusto. Lo felicito por su casa nueva, ¿cómo se sintió la primera noche?

A Frann le volvían los recuerdos de la conversación con Peter, el vidente, el anillo...

—Muy bien, es un sitio muy agradable. Me mantuve despierto hasta tarde. Usted sabe, los ruidos nuevos, la ubicación de las cosas, como cuando uno está en la habitación de un hotel donde nunca había estado y termina durmiéndose solo cuando lo vence el sueño.

—Sí, tiene usted razón. Una vez me fui de vacaciones a casa de una tía en Washington y la primera noche no pude pegar un ojo.

Mientras Frann hablaba con Nina y escuchaba su historia, estaba pensando en el anillo que tenía en el bolsillo. Sentía una curiosidad tremenda por conocer sus cualidades, y a la vez estaba atemorizado por todo lo que le había dicho Peter. No podía imaginarse la sensación que tendría si todo aquello era cierto. Estaba pasando por una angustia y una incertidumbre inusual, las manos le sudaban, sentía la tentación de ponerse el anillo y tocar a alguien, pero a la vez tenía terror de las posibles consecuencias.

—Nina, ¿ha visitado alguna vez a un vidente?

—Una vez fui a un clarividente. ¿Por qué me lo pregunta?

—Pura curiosidad. ¿Creyó usted en lo que le dijo el clarividente?

—La verdad es que el hombre me sorprendió en las cosas que me dijo, sobre todo en lo que me pasaba, y sus predicciones se cumplieron.

—¿Cree usted que podría haber algo de cierto en eso?

—Definitivamente.

—¿Por qué fue a ver a esa persona?

—Pensé que podría hacer algo que me ayudara.

—¿Que la ayudara en qué?

—Tenía un grave problema en ese momento y estaba desesperada.

—¿Este hombre la ayudó con su problema?

—Sí, me ayudó a salir del problema. No me dijo qué era lo que tenía que hacer, pero me mostró lo que estaba haciendo mal, hizo que sintiera más confianza en mí misma y tuviera más fuerza para enfrentar y superar mi problema.

—¿En algún momento le dijo exactamente cuál era su problema?

—Sí, me lo dijo tal cual; eso fue lo que más me sorprendió.

—Por lo tanto, usted sí cree en ese tipo de gente.

—Hay opiniones; pero, sí, yo creo en ese tipo de poderes.

—Me parece que todo eso es un fraude.

—Perdóneme, señor Frann, con el mayor respeto, usted tendría que pasar por una experiencia como la mía para que pudiera entender lo que digo.

—¿Cómo cree usted que lo hacen?

—No sé, es como un sexto sentido. Yo lo veo como el desarrollo de una capacidad adicional de algunos seres humanos para asimilar las vivencias de sus semejantes.

—Eso suena interesante, pero las experiencias extrasensoriales no se han comprobado científicamente.

—Señor Frann, hay montones de cosas que suceden a diario y no se han comprobado científicamente.

—¿Está tratando de sorprenderme?

—No, en lo absoluto. Es muy sencillo: el amor, por ejemplo, es capaz de generar cambios sicológicos y físicos en el ser humano, y yo no conozco ninguna comprobación científica del amor.

Frann respiró profundamente y tomó asiento en una silla cerca de donde estaba sentada Nina.

—Nina, ¿qué haría si yo le dijera que soy vidente?

—Le pediría que me dijera el futuro.

—¿Ha vuelto usted a visitar a un vidente?

—No.

—¿Por qué?

—No he tenido más problemas graves en mi vida.

—¿Las personas acuden solo una vez a los videntes?

—No, hay personas que se habitúan a ese tipo de cosas, y se consultan periódicamente. He oído casos de personalidades, incluyendo políticos, con dependencia, y hacen consultas para tomar prácticamente todas las decisiones de su vida. Particularmente pienso que es algo muy serio y solo debe usarse en casos extremos.

—Nina, es usted toda una autoridad en la materia.

—No se crea, este es un tema de conversación preferiblemente femenino y quizás por eso usted no esté tan familiarizado. A propósito, ¿por qué viene ese repentino interés, si no soy imprudente?

—No, no lo es. Se lo haré saber muy pronto.

—Le agradezco no dejarme con la intriga.

—Es algo que tengo en mente, pero no se preocupe que usted será la primera en enterarse, como siempre.

—Eso me sonó a reproche.

—No es un reproche, es una realidad, casi todos mis asuntos pasan primero por sus manos.

—Y estoy muy orgullosa de servirle, señor Frann. Siempre cuente conmigo para lo que quiera.

—¿Será que yo no le he dado un aumento reciente?

—Sí, pero estoy trabajando el del año próximo —bromeó ella.

—No sabría qué hacer sin su ayuda.

—Yo solamente hago mi trabajo, espero que le sirva por muchos años. Perdone que me meta en sus cosas personales, pero a mí me parece que usted está muy solo. Me refiero a que debería haber una señora Hatton, usted se merece una felicidad completa.

—Tendré que hablar con su prometido, ¿cómo se llama? ¿Armando? Le diré que usted me está haciendo proposiciones.

Nina se puso colorada:

—¡Señor Frann! ¿Cómo se le ocurre pensar una cosa así?

—No me haga caso, estaba bromeando. Total, hoy es viernes y hay que divertirse un poco. No se preocupe, tomaré su consejo muy en serio, esta mañana estaba yo pensando lo mismo.

—¿Es por eso que me preguntaba por lo del vidente?

Frann recordó nuevamente todo el asunto de Peter y recomenzaron sus temores.

—No, se trata de algo mucho más serio, pero no puedo hablarle ahora de eso. Ya le contaré.

—Eso espero —se resignó Nina. —Le aconsejo que baje y espere a su hija, debe estar a punto de llegar.

—Bien, si me necesita para algo o sucede un imprevisto, me puede localizar por el móvil.

—Muy bien, que la pasen divinamente.

—Gracias, Nina —dijo él, y se marchó.

—¿Qué te sucede, padre? Estás muy tenso para ser viernes. Debes contármelo todo si no quieres que te tire de las orejas.

—No es nada... Estoy un poco confundido, eso es todo.

—¿Confundido con qué? —quiso saber Ishka.

Frann comenzó a contarle lo ocurrido con Peter, y fue dando detalles, dentro de lo posible, a su hija, sin mencionar lo del anillo.

—No puede ser que estés creyendo que eso te sucedió despierto.

—Ishka, esto es muy raro, yo no quisiera que fuera cierto, pero la sensación que tengo es de angustia. Debo comprobar si es una sugestión o realmente me está sucediendo.

—¿Existe alguna manera de hacerlo?

—Creo que sí.

—Y, ¿qué esperas para salir de la duda?

—Tengo miedo.

—¿Miedo de qué?

—De que sea cierto.

—Bueno, pero no debes angustiarte antes de que suceda algo. Yo particularmente opino que todos estos cambios que has tenido últimamente te han creado estrés. No quiero meterme, pero desde que te vi con aquella mujer en el apartamento, la señorita Consuelo, te noto raro. ¿No será que estás enamorado de ella?

Frann se puso más nervioso aún. Si Ishka supiera quién era en realidad Consuelo, según Peter.

—No, no estoy enamorado de nadie.

—Deberías tener una persona a tu lado que te apoye y te dé amor. Tengo unos padres realmente raros, no es que celebre lo del divorcio, yo los quiero mucho a los dos y lo que más hubiera querido en mi vida es que estuviesen juntos toda su vida, pero no fue así. Tengo amigas de padres divorciados, cada uno comenzó una vida nueva con otra pareja y hasta nuevos hermanos y hermanastros tienen ahora. Yo solo tengo a mis encantadores padres, solos, y sin emociones que contar.

—Ya lo sé, lo que sucede es que no he encontrado mi media naranja desde que me divorcié de tu madre.

—¿Estuviste enamorado de Mashda?

—Sí, me enamoré locamente de tu madre, creo que aún siento algo especial por ella, pero ya tú sabes con qué facilidad se deshace ella de los sentimientos.

—Lo sé. No hay nadie sobre esta tierra a quien ella quiera más que a mí, pero le cuesta un mundo darme un simple abrazo —le comentó Ishka con tristeza en los ojos.

—Te propongo que nos olvidemos de todo por un rato y disfrutemos este almuerzo. Te quiero muchísimo hijo, te prometo que estaré pendiente toda mi vida de que seas la persona más feliz de este planeta.

Se tomaron las manos por un momento en señal de aprobación.

—A mí, lo que me hace feliz, es saber que te tengo a mi lado. Brindemos por nosotros —Ishka levantó su vaso de soda de dieta y brindó con su padre.

CATORCE

Frann había decidido pasar la tarde paseando y comprando algo para la casa. Estuvo un largo tiempo en Macy's, visitando todos los departamentos. Cuando entró en el piso de joyería se acordó del anillo que tenía en el bolsillo, se detuvo un rato frente a una vitrina y, mientras veía las joyas, lo sacó y se quedó mirándolo en su mano. Sin saber por qué, se quitó el que tenía la inscripción, lo guardó en el bolsillo y se colocó, poco a poco, el otro anillo. Luego se vio la mano, volteó hacia un lado y se contempló de cuerpo entero ante un espejo ubicado al lado de un gabinete. Aunque no vio nada raro ni diferente, se le erizó la piel. Siguió caminando entre la mercancía, pero abstraído en sus pensamientos. No sentía nada diferente; sin embargo, percibía que algo pudiera suceder.

Al salir de Macy's, Frann caminó un par de cuadras para llegar a la estación Penn y tomar el tren hacia su casa. Había mucha gente recorriendo los pasillos de la estación y Frann iba caminando, concentrado en sus pensamientos, casi no percibía lo que le rodeaba. De pronto, sin querer, tropezó con una joven que venía en dirección opuesta. Frann se detuvo a observar cómo la joven se agachaba a recoger todas sus pertenencias del suelo. Al reaccionar y volver a la realidad, Frann se disculpó y comenzó a ayudar a la joven. Una vez que habían recogido todo, se dio cuenta de que le había dado una de sus bolsas; ella trató de devolvérsela y, al hacerlo, lo tomó por la mano. Frann sintió como si un rayo de luz muy brillante lo penetrara y lo lanzara con fuerza hacia atrás; casi pierde el equilibrio y cae, pero la chica lo tomó de nuevo por la mano y lo sostuvo.

—¿Le sucede algo? —preguntó la joven.

—No, no es nada —contestó Frann, todavía aturdido y con la mirada extraviada.

—¿Está seguro de que se siente bien?

En realidad, Frann no se sentía nada bien, tenía ganas de vomitar, estaba un poco mareado, pero todo eso era lo de menos. Acababa de vivir su primera experiencia como vidente y se había enterado de la vida de aquella pobre chica. No sabía si gritar o ponerse a llorar. Estaba sintiendo en carne propia todas las angustias de Andrea, así se llamaba la joven; pero, lo peor era que había visto el futuro de la chica. Acababa de enterarse de que Andrea tenía un amante, y que su esposo los mataría a los dos y luego se suicidaría. No sabía qué hacer: quería hablar, pero no le salían las palabras, estaba paralizado y horrorizado.

—¿Quiere que llame al novecientos once y pida ayuda?

"Cómo le diré que la que necesita ayuda es ella", pensó Frann. Al final, con la voz entrecortada, logró decir:

—Ya estoy bien, pero me preocupa usted.

—Yo también estoy bien, no se preocupe.

—Lo que me preocupa es el problema que tiene con su esposo.

A Frann no se le ocurrió otra cosa.

—Usted es el cerdo detective que contrató mi marido para que me siga —le gritó la chica, quien, luego de tirarle la bolsa al suelo, se fue corriendo. Frann hizo un esfuerzo por alcanzarla, pero no pudo. La chica desapareció entre el río de gente que transitaba la estación a esa hora. Se quedó mirando por donde había desaparecido Andrea.

Estaba recostado en una butaca del salón de entrada, en su nueva casa. No salía de su asombro. Lo que pasó en la estación del tren no tenía una explicación lógica ni natural, pero estaba totalmente seguro de haber vivido la experiencia de conocer la vida entera de Andrea. No había posibilidades de errores o malas interpretaciones, aquello era sencillamente real, lo vivió y lo vio. Estuvo presente cuando la bautizaban en una iglesia, con el nombre de su tía materna, Andrea.

Tomó un largo trago de escocés y luego cerró los ojos. Entonces era cierto, era vidente, un poder que, según podía darse cuenta, le traía más complicaciones que beneficios. Ahora sentía una gran angustia por la suerte que correría Andrea, no lo podía creer. Estaba algo confundido con las cosas que pasaban desde que decidió mudarse, pero nunca se imaginó que podría sucederle algo así. Ahora no sabía qué pensar ni qué hacer. "Ten mucha paciencia, es un consejo que quiero que sea la base de tu recurso", le advirtió Peter. "Llegó el momento de empezar a creer en el viejo", se dijo Frann.

Claro que eso no calmaría su preocupación ni mucho menos le despejaría ninguna duda. Necesitaba hablar con alguien, tenía que contárselo a Oscar, lo llamo a su casa, salió el contestador. Luego trató por el móvil.

—Hola, Oscar.

—¿Frann?

—Sí, viejo, soy yo. ¿Qué haces?

—Estoy en medio de un feliz fin de semana.

—Qué pena, Oscar, pero estoy desesperado, tengo una angustia muy grande, necesito hablar contigo.

—Vaya, hoy es el día de los desesperados.

—No creo que otra persona esté pasando por algo peor que yo.

—Me preocupa oírte decir eso. Cuéntame, ¿qué te sucede?

—Es algo bien complicado y difícil de contar por teléfono.

—Pero no puedes dejarme así. Dime, ¿qué te ocurre?

—Tenemos que vernos en algún sitio, es preciso que te vea hoy mismo.

—Josephine me está preparando una rica cena, puedes acercarte y comemos juntos.

—No, tenemos que vernos a solas, no quiero que nadie más se entere, por el momento.

—Está bien, veámonos en Sim, cenamos y luego nos vamos a tu casa y tomamos un trago.

—Excelente, ¿te parece a las nueve?

—Perfecto, a las nueve.

Cuando colgó el teléfono, Frann se vio la mano y se dio cuenta de que aún llevaba puesto el anillo. Se lo quitó y lo guardó en la mesita del cuarto. No pensaba mencionárselo a Oscar.

Tenía el televisor encendido y seguía pensando. No obstante, una noticia le llamó la atención. Veía a una mujer corriendo por una estación del tren y a un hombre que la estaba persiguiendo. Frann asoció a la mujer con Andrea. Cuando prestó más atención al televisor, se dio cuenta de que se trataba de un reportaje sobre la violencia en el metro. Le volvieron las imágenes de la vida y el futuro de Andrea. Tendría que encontrar a esa chica para evitar una desgracia.

—Vaya si soy incondicional contigo... Me sacaste de unas deliciosas vacaciones, que apenas comenzaba a disfrutar con Josephine. Ella se puso muy suspicaz. Si no fuera porque te conoce y te aprecia, me hubiera metido en un gran problema. Así que lo tuyo debe ser muy grave, me preocupó la manera como me hablaste por teléfono.

Frann tomó un trago de vino, suspiró profundamente y luego le respondió a Oscar:

—Bueno, no sé por dónde empezar, es muy embarazoso para mí hablarte de este asunto.

—A ver: decidiste ser homosexual definitivamente.

—No, no es eso.

—Me rindo.

Frann le contó todo lo ocurrido con Peter, sin mencionar lo del anillo.

—Oye, viejo, tú no vas a creer que eso te sucedió de veras.

—A eso no le di mucha importancia ayer, ni esta mañana. Pero lo que me sucedió esta tarde me dejó tan impresionado que no sé qué hacer. Estoy asustado, Oscar. Me tropecé con una chica en la estación del metro, y cuando me tomó la mano, en medio de la confusión, pude ver toda su vida como en una película, incluyendo su futuro. Sí, lo que todavía no le ha sucedido. ¿Qué te parece?

Oscar se le quedó mirando muy sorprendido por el relato, luego tomó un largo trago de su copa y continuó, más que mirando, analizando a su amigo.

—¿Estás tratando de decirme que eres vidente?

—Te lo estoy diciendo directamente. Sin ningún tipo de dudas, con toda la certeza de este mundo, soy vidente.

Nuevamente Oscar se quedó analizando a su amigo y pensando en todo aquello. Por momentos sentía como si fuera irreal, pensaba y le parecía que eso no estaba sucediendo. Era un asunto tan inverosímil.

Si fuese otra persona quizás no le afectaría tanto; pero Frann, su amigo, un hombre tan serio y respetado por él. No era posible que estuviera volviéndose loco. Si se le hubiera "fundido la chaveta", no actuaría de esa forma, pensó Oscar.

—¿No hay alguna posibilidad de error u omisión?

—No.

—¿Estás completamente seguro?

—Sí.

—Este asunto es un poco grueso para digerirlo de un tirón, como me lo has suministrado. No sé qué pensar, pero creo que podrías permitirme ciertas dudas.

—Oscar, para mí es mucho más difícil, recuerda que yo no creía en esas cosas. Por otro lado, soy yo el afectado. Es tan impactante… como si de pronto te dijeran que tienes una enfermedad incurable.

—Tú lo has dicho, así de impactante es.

—No me crees.

—No es fácil creer una cosa así.

—¿Por qué le creíste a Rafael?

—Es diferente. A Rafael no lo conocía, pero tú eres mi amigo desde hace más de diez años. Además, nunca te dije que le creía, solo que me impresionó lo que me dijo. Nunca te vi involucrado con ningún tipo de esoterismos. Cómo quieres que venga ahora y te diga: ¿Eres vidente? Te felicito, al fin lo conseguiste. Nunca me había pasado una cosa así.

—¿Qué nunca te había pasado…? Sí, a quien le está sucediendo es a mí. No sé cómo es posible, pero lo cierto es que puedo ver el pasado, presente y futuro de las personas.

—¿Qué ves en mi futuro?

—No veo tu futuro si no quiero hacerlo.

—Es que, además, puedes elegir a la persona que vas a desnudar.

—Así es.

—Tendrá que ser poco a poco la manera como voy a prepararme sicológicamente para creer todo eso que me acabas de decir.

—Te lo juro por lo que más quiero, que es mi hija. Todo pasó así.

—¿Puedes darme una prueba? Por ejemplo, hablarme como lo hizo Rafael.

—Sí puedo, pero no lo haré. No quiero meter mis narices en tu vida. No quiero enterarme de nada que esté marcando tu futuro.

—Me imagino que le adivinarás el futuro a las personas en una consulta.

—¿A qué te refieres con eso de una consulta?

—Muy sencillo. Si eres vidente, puedes consultar a las personas necesitadas y tener un ingreso, así como Rafael, un negocio. Aquí, en Nueva York, hay personas que hacen eso y ganan mucho dinero, creo que de eso se trataba el negocio que mencionó Rafael.

—Pero, ¿cómo puedes sugerirme que haga una cosa así, si tú ni siquiera me crees?

—No te creo, pero suena bien interesante. Ya me imagino: Riqueza, salud y bienestar, solo con Frann Hatton lo vas a lograr, y montamos un consultorio en Madison, en un edificio de lujo.

—¿Montamos?

—Claro, se supone que seremos socios en el negocio, según Rafael, o ya se te olvidó.

—No se me olvidó, pero creo que esto no es ninguna clase de negocio.

—Bueno, socio, no te desanimes, si de veras puedes hacer eso, yo ya no me preocuparía por nada. Con esos poderes puedes tener lo que quieras. No sé por qué, pero hasta la gente culta cree en esos esoterismos. A mí me impresionaron muchísimo las predicciones de Rafael, sin saber cuán cierto pueda ser lo que hace. Si lo tuyo es auténtico, como me aseguras, ya no tienes que hacer nada más en tu vida.

—Oscar, yo sé que es difícil de creer, ya buscaré la manera de demostrártelo, pero necesito el apoyo de alguien, y no quiero involucrar a Ishka ni a nadie más. Tú eres mi amigo, eres de confianza y con capacidad de entendimiento. Comamos algo para hacer una pausa y luego seguimos con el tema.

—Muy bien, yo voy a pedir lo mismo de siempre.

—Yo también. ¿Vino blanco?

—Vino blanco.

Estuvieron hablando y comentando otros temas durante la cena, luego se fueron a casa de Frann y, sirviéndose sendas copas de coñac, comenzaron nuevamente a tratar el asunto del vidente.

—Oye Frann, este asunto es bastante grueso, me gustaría creer que todo es cierto y que no me estás tomando el pelo. Te confieso que me impresiona mucho el tema; digo, teniendo yo una relación tan cercana con la persona que tiene el poder. También me atemoriza, es algo sobrenatural que, visto en un extraño, llegas a creer que todo es una farsa y simplemente sigues el juego cuando te dicen cosas que te gustan o te impresionan. Otras veces te preguntas cómo lo hará; pero ahora es diferente, me estás diciendo que tú personalmente tienes esos poderes.

—Yo soy el de los poderes, eso es precisamente lo que quiero compartir contigo y con tu atinado juicio, necesito que me ayudes a darle frente a esta situación.

—Mencionaste que no puedes volver a verme después de meterte en mi intimidad. ¿Por qué?

—Eso es lo prudente, lo aconsejable según Peter, y debo pensar que mis poderes, de alguna forma se relacionan con él.

—¿Cómo se supone que yo pueda ayudarte?

—Para comenzar, tienes que creerme, así podrás apoyarme, aconsejándome, necesito confiar en alguien para compartir todo esto. También necesito que me ayudes a encontrar esa chica, Andrea. Debo evitar una desgracia, creo que si no nos apuramos con eso, el marido la matará a ella y al amante y luego se va a suicidar.

—Tengo un amigo que es experto localizando personas y cosas perdidas, dame la dirección, el nombre completo, trabajo, etcétera. Haré que mi amigo la visite para ver cómo damos con el marido y buscamos la manera de mediar y convencerla a ella del peligro que corre.

—¿Dirección, trabajo?

—Bueno, ¿no le pudiste ver toda su vida?

—Claro, tienes razón. Ella trabaja en un almacén de ropa y el amante trabaja con ella. Tendré que comenzar a ejercitar la memoria para tener todos los datos que voy averiguando, a la mano.

—En cuanto al apoyo, es un hecho, considérame parte de este asunto. ¿Ya le comentaste a Nebreska?

—Aún no. No sé cómo lo va a tomar, tampoco sé cómo decírselo.

—Igual como me lo dijiste a mí. Si quieres, espérate un poco a ver qué averiguamos de Andrea y así tienes un argumento de peso.

—Eso no lo puedo hacer, no puedo dejarla de última, me mataría. Es más, pensaba irme un par de días a Miami para hablar con ella del asunto.

—Bueno, te entiendo, lo que quieres es hacerte el viajecito, eso me parece muy bueno.

—No es como tú crees. De veras me siento con la responsabilidad de sentarme con ella personalmente.

—Frann, ¿dime por qué nunca te has decidido a ser pareja de Nebreska? Es una chica tan encantadora, además se nota muy a leguas lo que siente por ti.

—Eso es una historia muy larga, te la puedo resumir en que ella no está dispuesta a cambiar su vida, y además se dio cuenta de que yo también tendría la mía; así que, desde el principio me dijo que podía contar con ella incondicionalmente por el resto de mi vida, yo le dije lo mismo y así ha estado sucediendo.

—Eso quiere decir que ustedes…

Frann lo interrumpió al tiempo que se le ponía la cara roja.

—Detente ahí, ya te dije mucho más de la cuenta, no abuses.

—Bueno, querido amigo, no seas tan misterioso, ya es suficiente con ver el futuro. Hablando de eso, ¿sabes cuál es la ventaja de ver mi futuro?

—No.

—Muy fácil: como seremos socios, al ver mi futuro, verás el tuyo también.

—No lo haré.

—¿Qué cosa no harás, ser socio mío?

—No veré tu futuro.

—Algún día tendrás que hacerlo.

—Veremos.

—¿Te sientes más tranquilo ahora que tienes alguien con quien compartir?

—Totalmente… No sabes cómo te agradezco todo lo que haces por mí. Creo que un hermano no lo hubiera hecho mejor.

—Bueno, ahora que estamos un poco alegres por tu tranquilidad y estas bebidas espirituosas, hablemos de negocio.

—¿Cuál negocio?

—El que haremos con esos poderes tuyos.

—Me imagino que bromeas.

—Lo veo muy claro: si fuera yo el vidente, estuviera saltando en un solo pie. Eso es como tener una mina de oro y no saber cuándo y cuánto sacar.

—No es tan fácil como imaginas. Soy vidente, pero eso no es mágico, ¿o es que tú crees que por ver a personas y decirles lo malo que les viene, me van a dar fortunas?

—Claro que sí.

—Creo que estás loco.

—Tranquilízate, míralo de esta forma: nosotros podemos decirles a las personas lo que les ha sucedido y lo que les sucederá, y por eso vamos a cobrarles. Yo he visto a muchos farsantes que son pitonisas y esas cosas, y le sacan a la gente dinero por decirle un montón de sandeces. Las personas están dispuestas, pagan y, además, regresan. Esa gentuza hasta vende medallones y pulseras para la suerte y se hacen ricos.

—Bueno, yo no haré nada de eso, ni siquiera estoy seguro de volver a verle el futuro a nadie más.

Oscar se pasó la mano por el pelo y recogió su cola de caballo, en un gesto como tratando de tomar aire para un segundo intento con Frann.

—Frann, yo no pienso que tú harás eso. Te considero una persona sumamente seria y refinada para que te vean como a un vulgar brujo. De lo que estoy hablando es de montar, en un edificio de lujo, en Madison, un lugar a todo tren para atender a personas con problemas, y les cobramos.

—Y, ¿qué harás tú?

—Bueno, viejo, yo soy tu socio, ¿qué más quieres?, yo pondré lo que necesitamos para empezar.

Oscar se dio cuenta de que Frann comenzaba a dar señas de interés por el asunto, ya asomaba una sonrisa.

—¿Crees que si yo le digo a una persona lo que le pasará, sea bueno o malo, me pagará por eso?

—Hay que adornar un poco el tema; pero, en términos generales, es así como funciona.

Frann se estaba sintiendo emocionado, tanto por las sugerencias de Oscar como por la bebida.

—Debemos analizar la situación con mucha responsabilidad, no es tan sencillo como lo planteas, hay muchas cosas involucradas. Además, estamos hablando de la problemática de una persona, es muy delicado. No quisiera tener que especular jamás con el mal ajeno.

—Y te apoyo —respondió Oscar tratando de interesar más a su amigo. —Yo tampoco haría una cosa así. Tendríamos que darle forma a esto con mucha responsabilidad, como tú dices.

—¿Cómo te suena una página en Internet?

—¡Genial! Eso es, haremos consultas a través de Internet. Frann, eres un genio.

—Yo no digo hacer consultas por Internet. A lo que me refiero es a que las citas solamente se den a través de una página en la red.

—No entiendo, explícame eso un poco más.

—Es que me gustaría que todos tuvieran la misma oportunidad de ser atendidos: ricos, pobres, poderosos, desconocidos, blancos, hispanos, negros, etcétera. Pondríamos una página interactiva donde las personas podrían solicitar la entrevista de acuerdo con nuestros parámetros.

—Te apoyo, tú eres el mago, y yo el que va a coordinar todo.

—Antes de que sigamos haciendo planes ridículos con este asunto, necesito que me ayudes con lo de Andrea. Lo que yo vi fue algo espantoso.

A Frann le vinieron a la memoria las escalofriantes escenas del futuro de Andrea. Veía en su mente, de manera muy clara, cuando el esposo le disparaba al cuello, la veía a ella tratando de cubrir con desesperación el hoyo por donde manaba la sangre a borbotones. Luego él se introdujo la punta del revólver en la boca y accionó de nuevo el gatillo, cayendo de espaldas sin ninguna posibilidad de sobrevivir. Al lado de Andrea, sobre el volante del auto, estaba tumbado el joven que había recibido el primer impacto de bala. Frann observó cómo una luz blanca muy intensa comenzaba a rodear los hechos, hasta que se desvanecieron las imágenes.

—¿Qué te sucede, Frann? —preguntó Oscar bastante preocupado, viendo una mueca de contracción en la cara de su amigo.

—Me angustia demasiado la situación de la chica. Si yo tengo esos poderes, es importante evitar una tragedia que viví por adelantado.

—Tranquilízate, te prometo que mañana a primera hora me encargaré de localizar a esa joven para ponerla a salvo. Ahora será mejor que me retire. Josephine me abandonará y se marchará con el primero que pase. —Oscar comenzó a levantarse. —Te llamaré mañana, en el transcurso de la mañana, y nos vemos a la hora del almuerzo.

—Por cierto, hoy me llamaste a la oficina y le dijiste a Nina que me comentarías algo el lunes. ¿Me das un adelanto?

—Se trata de un asunto del gran jefe, pero mejor será que lo hablemos luego.

—Sí, está bien, muchas gracias por todo y discúlpame con Josephine, algo haré por ella.

—¿Acaso le leerás la mano sin cobrarle?

—Muy gracioso el comentario… Pero, no, no veré el futuro de nadie que esté en cien kilómetros a la redonda.

QUINCE

Esa noche, Frann pasó un buen rato dando vueltas en la cama, antes de terminar rendido por el agotamiento de ese día tan largo. Tuvo un sueño muy raro, donde se veía involucrado con una mujer muy hermosa, a la que no lograba verle la cara con claridad. Estaba caminando por una calle oscura y tropezó con esa mujer; ella le dijo que tenía miedo y le pidió ayuda: "Mi esposo no quiere dejarme y puede cometer una locura por eso". Frann la tomaba entre sus brazos y la apretaba contra su pecho. Sentía una pasión inmensa en aquel abrazo. También estaba consciente de que estaba soñando, pero era todo tan raro. Disfrutaba el contacto con esa mujer, aun cuando sabía que no estaba sucediendo en la realidad.

Al despertarse, en la mañana, Frann se sentía mucho más tranquilo. Su sueño lo había reconfortado. Estaba convencido de saber cuándo las cosas que le sucedían en un momento determinado pertenecían a un sueño y no a la realidad. Era como ver una película en donde él era protagonista. También solía tener un sueño en el cual volaba, una sensación muy agradable. No era un vuelo de pájaro, era más bien como si se desplazara suspendido en el aire, a pocos centímetros del piso; definitivamente, uno de los sueños que más disfrutaba.

Cuando vio el reloj eran las nueve y media. Se le había pasado el tiempo, pero no importaba, estaba tranquilo y se dedicaría a descansar sin salir de su casa. Encendió el televisor para ver el programa de revista matutino y fue al baño para ducharse. Al salir, con una toalla a la cintura, fue a la cocina, preparo café y se sirvió un vaso con zumo de naranja. Cuando venía hacia la sala, se detuvo de pronto y el vaso resbaló de su mano, haciéndose añicos en el piso. Se quedó petrificado al escuchar, en el minuto informativo, a la locutora que decía: "... en un estacionamiento cerca de la estación del tren en Nueva Jersey. Los cuerpos de los dos hombres estaban sin vida, mientras que la mujer fue trasladada al hospital. La policía no ha dado ninguna información oficial, pero presume que el móvil es pasional. Esperamos obtener más información en breve".

Frann, con un montón de cosas que le pasaban por la mente, escuchaba un ruido que no lograba identificar. Al fin se concentró y vio que era su teléfono móvil.

—¡Hola, Frann!, soy yo, Oscar. ¿Has visto las noticias?

—Sí, estoy camino al hospital.

—La noticia me dejó absolutamente traumatizado, no puedo terminar de asimilar los hechos, hace apenas unas horas me lo advertiste y yo casi no te creía.

—Siento mucho pesar que esta sea la manera de convencerte sobre mis poderes. Le pido a Dios en este momento que se apiade de ella. Me siento responsable por no haber actuado más rápido.

—Frann, tú no eres culpable de nada. Estabas dispuesto a evitar que esto sucediera, aun cuando no estaba en tus manos.

—Gracias por llamar, te avisaré qué sucedió cuando regrese.

—Está bien. De veras lo siento.

Oscar colgó y Frann se quedó pensando en todo con una sensación de vacío. Entró en el túnel Lincoln y comenzó a ver las luces que pasaban y le mostraban el rostro de Andrea, bajo el ruido del silencio. Al llegar al hospital, Frann estacionó su auto y se dirigió a la entrada. En el camino metió su mano en el bolsillo, sacó el anillo nuevo y se lo colocó.

—Buenos días, señorita. Quisiera tener información sobre una paciente que ingresó esta mañana en el hospital.

—¿Es usted familiar?

—No, no soy familiar.

—¿Policía?

—No, en realidad…

—Lo lamento —le interrumpió la enfermera, que seguía observando unas notas y aún no había visto el rostro de Frann. —No puedo darle información sobre ningún paciente que ingrese por urgencias.

Frann la tomó por el brazo y la acerc hacia él. Inmediatamente sintió los efectos de sus poderes y pudo ver la vida de la enfermera pasarle por delante. Ángela, así se llamaba, había logrado su puesto en el hospital gracias a su hermana, quien era jefe de piso, y además mantenía una larga amistad con el director del hospital.

—Ángela, si lo prefiere, yo puedo hablar con su hermana Geraldine, ya que no quisiera molestar al doctor Richardson.

La enfermera soltó bruscamente el listado que tenía en sus manos y miró directamente a los ojos a Frann. Estaba muy confundida; no sabía cuán importante pudiera haber sido Frann, pero había visto a mucha gente perder sus empleos.

—¿Qué es lo que quiere?

—Quiero saber de una paciente con herida de bala quc ingresó esta madrugada al hospital.

—Baje por esa escalera y pregúntele a una enfermera que está en el mostrador, se llama Rosa. Ella lo ayudará.

Ángela tomó el teléfono: "Hola Rosa. Por favor, ayuda al señor de traje azul que va para allá, es un amigo del director".

—¿Qué se le ofrece? —le pregunto la enfermera.

—¿Es usted Rosa?

—Para servirle.

—Mire, estoy tratando de averiguar cómo está una paciente que ingresó al hospital con herida de bala.

—¿La chica del accidente del estacionamiento?

—Sí, creo que es ella.

—Lo lamento, cuando llegó al hospital ya había fallecido.

Frann sintió un calor que le recorrió el cuerpo desde la cabeza hasta los pies, sintió que lo quemaba. Casi sin poder pronunciar palabra, con un nudo en la garganta logró preguntarle:

—¿Podría verla?

—No estoy segura, espere un momento.

La enfermera desapareció por un pasillo y Frann se preguntaba a sí mismo por qué querría ver a esa joven muerta.

—Sígame—le indicó la enfermera en tono confidente.

Cuando estuvieron frente al cuerpo, la enfermera abrió la bolsa para que pudiera ver el rostro. Frann la miró, luego le dio las gracias y salió deprisa. Caminaba con paso acelerado, sin ver de los lados. Cuando llegó al auto se recostó, tosió varias veces y se agachó tratando de vomitar, pero no lo hizo; estaba muy mareado y agitado. Se recostó del auto intentando recuperarse. Abrió la puerta y se sentó frente al volante. Estuvo alrededor de quince minutos recostado del asiento, pensando y tratando de asimilar del impacto que le produjo haber visto el cadáver de Andrea. Nunca había estado tan cerca de una persona muerta. No se había percatado de que puedes estar hablando con alguien hoy, y mañana, nada, no existe, no hablarás nunca más con ella. Ya no puedes ayudarla ni hacer nada por ella.

Ese pensamiento lo descompuso otra vez, abandonó el auto de nuevo y esta vez vomitó. Estaba muy pálido, según pudo ver en espejo retrovisor del auto cuando conducía de regreso.

Frann permaneció en su casa por el resto del día.

Nebreska lo llamó y, al notar algo raro en su voz, quiso saber qué le sucedía. Él le contó a grandes rasgos todo lo sucedido y le dijo que debía reunirse con ella para terminar la historia y pedirle algún consejo.

Un poco antes de las ocho repicó el teléfono.

—Hola Frann, llamaba para saber cómo sigues —le dijo Oscar.

—Estoy bien, gracias por preocuparte. ¿Tienes planes para mañana?

—Todo el día. ¿Hay algo?

—No, es solo que quería ver si podríamos desayunar para que hablemos un poco del asunto de las consultas.

—Para eso puedo abrir un espacio. ¿Qué te ha puesto tan interesado en el negocio?

—No es el negocio.

—Y, ¿entonces?

—Debo comenzar a ayudar a las personas cuanto antes.

—Está bien. ¿Te sirve a las diez en Bagels?

—Perfecto, nos vemos. Que pases buenas noches.

—Igual para ti.

Frann se detuvo en un puesto para comprar el diario y leer sobre la noticia del incidente de Andrea, luego siguió caminando hasta llegar al sitio donde tomaría el desayuno con Oscar.

—Veo que te adelantaste, hombre horario —le dijo Frann a su amigo, que estaba en la mesa tomando jugo de naranja.

—Tú me conoces, soy una persona muy responsable en mi trabajo.

—Aún no comenzamos.

—Digamos que esta será la primera junta del nuevo proyecto.

—Oscar, quiero que me digas lo que has pensado con relación a todo esto. ¿Tú crees de veras viable que pongamos un consultorio?

—Estoy totalmente convencido. Por un lado, ayudas a esas personas desesperadas que me has mencionado; y, por el otro, estaremos realizando un nuevo negocio, que suena muy lucrativo y diferente. Sí, sobre todo diferente.

—Quiero hacer un proyecto bajo los términos que ya te he mencionado. Para lograrlo, inicialmente necesitaremos contratar a unos cuantos profesionales que nos ayuden en el diseño y en la puesta en marcha. Reunir un equipo idóneo cuesta dinero; además, está lo del local. Tú hablabas de instalaciones en un edificio de lujo en Madison. ¿De dónde se supone que sacaremos tanto dinero para poner en marcha el asunto?

—¿Estás dispuesto a dedicarte de lleno a la brujería?

—Totalmente, y no es brujería, ¿sabes?, es un don.

—Como tú quieras. Tengo un plan, a ver cómo te suena.

—No me digas que robaremos un banco, mis poderes no nos ayudarían con eso.

—Tranquilo, Frann. Tengo un plan basado en tus poderes y las necesidades de una persona. No dañarás a nadie; todo lo contrario, ayudarás a alguien y le cobraremos.

—¿Qué debo hacer y cuánto crees que podamos cobrar?

—Serás el asesor financiero del gran jefe y le sacaremos un montón de plata por eso.

—Para serte franco, a mí me cuesta sumar más de dos dígitos. No creo que pueda asesorar a nadie, ni siquiera para montar un carro de perros calientes.

—Esto es mucho más sencillo. ¿Recuerdas que debía comentarte algo relacionado con Gerald? Está asustadísimo por una inversión que debe hacer en una franquicia de televisión por cable. Me pidió ayuda, desesperado. Creo que tú lo puedes ayudar.

—Oscar, pero si yo no sé nada sobre inversiones de ninguna clase.

—Ya lo sé, pero puedes ver el futuro. Lo que se me ocurre es que te enteres de lo que sucederá, así sabrá si invierte o no.

—No estoy muy seguro de que funcione. Además, eso no sería muy legal.

—Si tú sacas ventaja de una información terrenal que a futuro tenga influencia en la fluctuación de los mercados, podrías hasta ir preso. Pero en tu caso no hay nada de eso, nadie te puede juzgar por adivinar el futuro. Es como cuando ganas la lotería.

—¿Cuánto crees que ganaríamos con esto?

—Mucho dinero, como unos cien grandes.

—¡Cien mil dólares! —exclamó Frann asombrado. —Creo que te está patinando algo allá arriba —y señaló a la cabeza de Oscar.

—No, mira: Gerald está arriesgando casi toda su fortuna. Con este negocio estaría tranquilo por muchos años.

—¿Y si la inversión no es buena?

—Tú se lo dirás, y solamente perdería cien mil, que es lo que le cobraremos.

—¿Te parece que cien mil es poco dinero como para perderlo?

—Ante la posibilidad de perderlo todo, es muy poco dinero.

—¿Qué te hace pensar que Gerald va a creer eso de que yo adivino el futuro?

—Muy fácil, porque está desesperado, y además no tiene nada que perder. Yo estoy de por medio y algo valgo dentro de la empresa.

—Oscar, lo que me propones es muy delicado. ¿Te imaginas que falle mi predicción y Gerald pierda su dinero?

—Si piensas de esa manera, entonces no podrás ayudar a nadie.

Lo más importante es que creas en ti mismo y te sientas absolutamente seguro. Estoy convencido de que funcionara. Perdóname que te lo recuerde, pero lo de la chica Andrea es muy impresionante.

—¿Ya le has mencionado algo?

—No, estaba esperando hablar contigo para que me dieras el consentimiento.

—Está bien, habla con él y luego definimos qué hacer.

—Muy bien. Trataré de verlo esta tarde en su casa y, si lo convenzo, te llamaré para decirte cuándo será la reunión.

—Perfecto, estaré en la casa esperando noticias tuyas.

DIECISÉIS

—¿Cómo se te ocurre venir un domingo a mi casa para perturbar la paz familiar?

Gerald había hecho venir corriendo a Oscar cuando lo llamó y le comentó que tenía información acerca de sus inversiones.

—Tendrá que ser bastante importante, o te mandaré a echar mañana.

—Esas no son maneras de tratar a tu salvador. ¿Cuánto me darías si te doy la información exacta de lo que va a suceder con tu inversión?

—Te solicité ayuda, no que vinieras a chantajearme ni a sacarme dinero.

—Tengo la persona que te va a decir exactamente cómo irá eso, pero me dijo que te costaría doscientos grandes y por adelantado.

La expresión de asombro de Gerald era indescriptible. Trató de gritarle a Oscar, pero su perplejidad era tal que se sentó y se puso una mano en la cabeza.

—Debo calmarme o de lo contrario terminaré convertido en asesino. Eres un podrido agiotista, no sé cómo puedo tenerte en la empresa. Te aprovechas de las debilidades de los demás para lucrarte.

—No veo muchos rasgos de honradez en lo que me has pedido.

—De dónde se te ha ocurrido que puedo darte doscientos mil por una información que no sé ni siquiera si es confiable y que además la podría conseguir yo mismo.

—No es una información, es la pura y exacta realidad de lo que sucederá con tu inversión.

—Ahora sí que no entiendo nada de lo que dices.

—Es un vidente, Gerald, tengo a un vidente que te dirá lo que va a sucederte.

Gerald se abalanzó contra Oscar y lo agarró por el cuello tratando de ahorcarlo, gritándole:

—¡Te mataré, te mataré, puerco inmundo!

Oscar le soltó las manos y le dijo en voz baja y pausada:

—Cálmate, Gerald. Si no estás interesado, no hay problema, aquí no ha pasado nada, tomo mis cosas y me largo. Yo sé que en el fondo lo que quieres es sufrir, y si lo pierdes todo, mejor.

Oscar comenzó a recoger su saco haciendo ademán de marcharse.

—Espera, bestia sin compasión. Cómo puedes ser tan insensible y hablarme de un vidente en un momento así.

—Porque puedo asegurarte, y responder con mi vida, que esta persona te dirá lo que necesitas saber.

—¿Dijiste con tu vida?

—Así es.

Gerald pulsó un intercomunicador y le pidió al mayordomo que le trajera dos ginebras con zumo de naranja.

—Pensé que al trago lo dejarías para el trágico final —comentó Oscar.

—Para mí, este es el final. Estoy siendo poseído por el demonio, que eres tú. Después de esto, no viene nada más.

—Tómalo con calma, ya resolviste el problema, relájate y disfruta.

—¿De qué me estás hablando?

—Eso, ya está todo resuelto. Además, por la amistad que nos une, puedo convencerlo de que no te cobre más de ciento cincuenta.

—Eres despreciable, Oscar. Dime quién es y cómo piensa hacerlo.

—Muy sencillo: viene hasta aquí, habla contigo y te dice lo que va a ocurrir. Se trata de mi amigo Frann Hatton.

—¿El publicista mágico? ¿Qué clase de animal asqueroso eres? Mira, si necesitas el dinero, dímelo, pero no juegues con esto. Yo te he demostrado mucho afecto durante los años de trabajo que nos unen. ¿Por qué me haces esto?

—Te hablo en serio, Frann es vidente y hará lo que te dije.

—¿Tienes forma de comprobarlo?

—Sí, con los resultados.

—No seas imbécil.

—Gerald, es tan sencillo como te lo he dicho, así de simple, no hay trucos, nada. Nunca más volverás a tener esta oportunidad.

—Supongamos que todo es cierto, y que tu amigo en realidad es vidente, le doy los ciento cincuenta y me dice que el negocio no funcionará. ¿Entonces pierdo los ciento cincuenta?

A esas alturas, Oscar ya sabía que Gerald haría la consulta con Frann.

—Perder ciento cincuenta es bastante menos que perderlo todo.

—Si el hombre resulta un fraude te despediré y no cobrarás ni un níquel.

Gerald se sentó en una cómoda butaca a tomar su trago. Por la forma como lo hacía, se notaba que el hombre nunca bebía.

—Esta basura la estoy engullendo por tu culpa. Digamos que le ofrecemos cincuenta, de esa manera podría pensar en arriesgarme.

—Estoy seguro de que no aceptará nada por debajo de ciento treinta.

—No, de ninguna manera; no estoy dispuesto a dar más de setenta y cinco.

—Pues, en ese caso tendré que marcharme. Era una buena oportunidad, Gerald.

—¡Perro maldito! Le daré cien mil. Ni un centavo más.

—Déjame llamarlo y te digo.

—Si acepta, que esté aquí en media hora. ¿Es posible?

—Creo que necesitará una hora.

—De acuerdo. Haz tu llamada, yo regreso en un rato.

Gerald se fue a otra sala de la casa, con la intención de llamar al administrador de la agencia.

—Si Oscar decide retirarse definitivamente de la agencia, ¿podrías hacer un cálculo aproximado de lo que tendría que darle?

El administrador sentía envidia de Oscar, no soportaba su presencia en la empresa, por lo tanto, llevaba la respuesta consigo a todas partes.

—Claro, Gerald, serían doscientos trece mil doscientos cuarenta y ocho dólares con setenta centavos, haciendo todas las deducciones y liberando sus acciones. Recuerde que ha solicitado varios préstamos que no ha cancelado…

Después de oír "doscientos trece", Gerald cortó la comunicación sin despedirse ni darle las gracias. El resto de las palabras del administrador quedaron en la línea.

—Ya está arreglado, Gerald, te saliste con la tuya, aceptó los cien mil.

—Si algo sale mal, ya no me importará nada de lo que suceda y te mataré. Te llevaré atado hasta mi bote y te echaré de comida a los tiburones. Nadie más sabrá de ti.

Gerald hacía pausas a medida que hablaba, como buscando palabras que pudieran impresionar a Oscar.

—No seas pesimista, todo saldrá bien y seremos felices.

Se quedaron hablando sobre asuntos de la agencia mientras llegaba Frann. Gerald estaba muy nervioso, no tenía idea de cómo funcionaria ese asunto, estaba como esperando para ser bautizado o algo por el estilo. Esa sensación que se tiene como si fuese a suceder algo sobrenatural, pero que al final no se sabe cuán sobrenatural es ni para qué sirve.

—Pasa, Frann, ¿cómo estás?

—Muy bien, gracias, Gerald, y ¿tú, cómo va todo?

—Bastante bien, gracias.

—Pues, me alegro y espero que todo siga así.

Frann había traído su anillo, pero no se lo colocó, por si se tropezaba con Oscar. No estaba acostumbrado a comportarse como vidente y no sabía cómo se manejaba la situación, pero tomó la iniciativa para darle seguridad a Gerald.

—Debemos comenzar enseguida. Oscar, te voy a agradecer que esperes afuera mientras hablo con Gerald.

—De acuerdo —dijo Oscar, confundido por lo dispuesto que se veía Frann.

En el momento en que Oscar salía y Gerald lo seguía con la mirada, Frann aprovechó para colocarse el anillo.

—Primero que nada, debemos saludarnos formalmente —le dijo Frann extendiéndole la mano. Eso se le había ocurrido para entrar en contacto con Gerald y no asustar al hombre. Luego de darse las manos, recibió la descarga, pero ya de una manera menos intensa. Pudo disimular un poco su reacción y Gerald pensó que se había tropezado con algo. Ya enterado de la vida de Gerald, pudo conocer que el hombre era mucho mejor de lo que aparentaba, peleaba con todo el mundo, hasta con su propia familia, pero nadie le hacía mucho caso. Todos sabían que no era rencoroso y que en el fondo era incapaz de desearle mal a nadie. Había tenido una vida medianamente feliz, deseaba hacer muchas otras cosas, pero se conformaba. Para Frann, los ricos eran muy complicados.

—Gerald, sinceramente te recomendaría que vendieras el barco y la finca, además de negociar unas acciones de la compañía. Eso te daría liquidez y tranquilidad. ¿No has pensado que es importante vivir sin la presión de mantener tantas cosas? Fue un consejo muy sabio el que te dio Oscar.

—Te enseñó bien el libreto.

—Sí. Lo que no me dijo fue que tuviste relaciones con una niña de apenas doce años.

Gerald tomó el vaso de ginebra y se lo terminó de un solo trago. Quería hablar, pero no podía, esa parte oscura de su vida no la conocía absolutamente nadie. Se levantó y comenzó a dar vueltas por la habitación. Luego se sentó de nuevo, un poco más calmado.

—Yo solo tenía dieciséis años, y te puedo jurar que nunca tuve la intención de hacer nada, fue algo que escapó de mis manos. Creo que le pudo haber pasado a cualquiera.

—Eso no estuvo bien, pero yo no estoy juzgándote. Además, lo que no pueda juzgar tu propia conciencia, no lo juzgará ningún tribunal del mundo.

Gerald bajó la mirada, con una expresión triste en el rostro.

—Disculpa, no es mi intención recordarte cosas desagradables. Te diré lo que vine a decirte: "Tu inversión será todo un éxito, está segura, obtendrás una ganancia, y la agencia también se beneficiará con el negocio. No veo problemas económicos por el resto de tu vida".

—¡Por el resto de mi vida!

—Eso es correcto.

—¿Estás seguro?

—Totalmente.

—Soy capaz de besarte.

—Mejor me haces el cheque y dejas la celebración para el día de la firma.

DIECISIETE

En el salón se encontraban ocho personas, incluyendo a Frann. Oscar, quien los conocía a todos, se encargó de hacer las presentaciones.

—Joseph García, aquí sentado, a mi derecha, es abogado y mi amigo personal desde que éramos colegiales. No sé si nos podrá defender a la hora de un problema, pero será un gran compañero dentro de este proyecto, se los aseguro.

—Muchas gracias, Oscar —dijo el abogado sonriendo. —Estoy agradecido por haber sido incluido en el proyecto, que entiendo es un poco diferente de lo que estamos acostumbrados.

El abogado, de origen latino, a pesar de lo dicho por Oscar, al levantarse y tomar la palabra, había hecho sentir su presencia por la imponente contextura física y la forma expedita de manejar la gestual y el lenguaje.

—Quiero que se sientan en plena libertad de hacer cualquier consulta para apoyar legalmente las áreas en la que trabajan cada uno de ustedes.

—Ya algunos conocen a Nina, la secretaria de Frann. Ella será la encargada de la coordinación interna, llevará la agenda de Frann y estará al corriente de todas las actividades que nosotros estemos realizando. Una chica encantadora.

—Muchas gracias, Oscar —dijo Nina. —Al igual que Joseph, les invito a que acudan a mí como apoyo en la coordinación, también estoy a la disposición para procesar cualquier documento que sea necesario, todo tipo de trabajo secretarial, llamadas, localización de servicios, en fin, ustedes pidan que yo resuelvo.

—Se los dije, es encantadora —acotó Oscar.

—Norman Robert, programador— dijo Oscar, señalando a un joven de contextura delgada, cabello largo y lacio, con una sonrisa perenne en los labios. —Un verdadero ingenioso de las computadoras. Estará a cargo de diseñar el programa a través del cual los futuros clientes tendrán acceso a Frann. ¿Alguna pregunta, Norman?

—Sí, claro. ¿Dime cómo hiciste para que el gran jefe te dejara usar la sala para tus asuntos personales y, además, nos diera plena libertad para que te ayudemos?

El lugar donde estaban reunidos era un gran salón llamado sala de juntas. La mesa estaba ubicada en el centro de la habitación y tenía capacidad para unas 24 personas. Al frente había un ventanal que ocupaba toda la pared, desde donde se veía imponente la ciudad.

—Mucha influencia, mi querido amigo.

—Los saludo a todos —dijo Norman, quien, a pesar de no tener más de 25 años, y llevar vaqueros rotos, era un verdadero genio. —No quiero ser repetitivo, pero igualmente estoy disponible. Espero que mi trabajo aquí resulte de provecho. Ya me empieza a gustar eso de tener un segundo trabajo sin perder el primero.

Todos rieron.

—Lo peligroso es que si te echan, los pierdes ambos —acotó Oscar, que siempre tenía un comentario a tono.

—Christopher Power es diseñador gráfico y un excelente creativo en el mundo de la Internet.

Oscar dejó que hablara el joven de contextura atlética, cabello dorado y erizado, claramente identificado con la generación "Diesel".

—Buenas. Para los que no me conocen, trabajo aquí en la agencia, al igual que la doctora Morgan y Norman. Internet, páginas *web*, diseño gráfico, y también le compró los emparedados a Oscar a la hora del almuerzo. Ustedes dirán cómo seré más útil.

—Chris es un verdadero artista, y estoy seguro de que podrá hacer un trabajo impecable con los parámetros que le suministremos —recalcó Oscar. Luego señaló con el dedo a Hillary Morgan, quien de inmediato comenzó a dirigirse a los presentes:

—Todavía no he decidido participar en este proyecto, básicamente por la cantidad de trabajo que tengo. Pero, si logro dedicar un poco de tiempo, sin romper mis compromisos con la agencia, podrán contar conmigo.

La doctora Hillary Morgan era una mujer madura y sumamente atractiva, ocupaba la vicepresidencia y dirigía el departamento de investigación y mercadeo, con sus ojos almendrados siempre hacía sentir su presencia, por lo demás, muy inteligente y decidida.

—No estoy muy clara en cuál pueda ser mi aporte, espero que mis conocimientos ayuden de manera definitiva.

—Gracias, Hill. Ya verás cómo pronto estarás bien involucrada con todos nosotros.

Oscar se acercaba a Torres mientras hablaba.

—Este elegante personaje que tengo a mi lado, es el hombre de los números, tiene aproximadamente diez años trabajando con Frann.

—Me agrada la idea de participar en esta empresa que promete tener muchos beneficios sociales y económicos. Estaré dispuesto a suministrar toda la información que dé forma administrativa y seriedad presupuestaria al desarrollo de lo que nos concierne hoy aquí —comentó el administrador.

Frann había permanecido callado, observando por separado a

cada uno de los presentes y tratando de hacerse una idea de cómo eran, para poder dirigirse a ellos en sus propios lenguajes y tocar sus puntos clave. Todavía le quedaban recuerdos claros de cómo se maneja al personal, ya conocía a Torres, un latino muy elegante y apuesto, de cuarenta y tantos años, siempre oliendo a una exquisita fragancia de moda, realmente un personaje.

—Mi nombre es Frann Hatton —dijo, y luego lo escribió en la pizarra. —Primero quisiera agradecer su presencia. La idea central consiste en constituir una empresa que prestará un servicio, donde tendremos que definir una forma de recaudar dinero, como contraprestación de ese servicio, para que las partes involucradas obtengan un beneficio. Pero la cosa no es tan sencilla; en este caso hay muchos factores involucrados que dan una connotación diferente, si se quiere mágica. Es por ello que solicité la presencia de todos ustedes en esta reunión; y, por supuesto, en las próximas, si aceptaran el reto.

—Es un hecho —intervino Oscar, mirando directamente a los ojos de la doctora Morgan.

—Gracias, Oscar, pero quisiera que me escucharan y luego tomaran su decisión. Aunque no lo crean, tengo la facultad de ver el pasado, presente y futuro de las personas de manera exacta. Digamos que es un don, el cual no pienso someter a prueba con ustedes. Oscar y yo hemos acordado que todos los que acudan a mí, obtengan un beneficio real. Las personas interesadas en este tipo de servicios tienen una esperanza, la esperanza de resolver un problema. La mayoría de los casos son bastante graves, personas que ya no saben qué hacer y se arriesgan a buscar una solución en lo desconocido. Esto es algo muy serio y no quiero dar la imagen de un esotérico que juega con la fe ajena. De alguna forma los que acuden a estas citas, lo hacen con la esperanza de que algo desconocido les va a ocurrir para solucionar definitivamente su problema. Lo único que les queda es un poco de fe. Claro yo no puedo curar ningún mal, ni tengo fórmulas mágicas para cambiarle la vida a la gente, pero puedo enterarme de la realidad de sus problemas y ayudarlos a que tomen conciencia de ello. Si tienen alguna pregunta, pueden interrumpirme en cualquier momento, quiero crear una especie de debate, con el fin de llegar a nuestra meta con éxito.

—Lo que entiendo es que usted va a montar un consultorio de brujería, ¿no es así? —preguntó la doctora Morgan.

—Por ahí va la cosa. Aunque la brujería es una práctica supersticiosa realizada por un brujo y yo no me considero tal cosa, entiendo que para ustedes, como para muchas otras personas, es muy difícil creer en la veracidad de mis cualidades. Esto es solo la práctica de una ciencia no comprobada.

Frann hablaba dirigiéndose a Hillary.

—Doctora Morgan, para que usted pueda ayudar con este proyecto, tiene que creer en lo que le digo. Pienso apoyarme de manera definitiva en su experiencia profesional. El ser humano confronta muchas angustias que, en la mayoría de los casos, no puede controlar. Mi intención muy sincera es tratar de ayudar.

—¿No cree que es una irresponsabilidad de su parte jugar con las angustias de sus semejantes, con la intención de lucrarse, e insistir en que eso es un negocio decente?

—Precisamente he pensado en usted para que me corrija, para que me oriente en lo que pudieran ser fallas perjudiciales al prójimo creyente.

—El problema, señor Hatton, es que yo no creo en lo que usted asegura que puede hacer. En el peor de los casos, si eso fuera cierto, usted no tiene derecho de irrumpir en la vida de nadie, tratando de hacerle cambiar de parecer en cuanto a sus convicciones, que seguramente viene cosechando a través de los muchos reveses que la vida siempre nos obsequia.

—La primera experiencia como vidente me ocurrió en la estación Penn del metro. En esa oportunidad, vi horrorizado cómo un marido desquiciado acababa con la vida de su esposa, una linda chica de 24 años; su amante, un joven emprendedor de buenos sentimientos, y la suya propia. Tenía a esa chica frente a mí, la toqué, le hablé, pude conocer su nombre y toda su vida en cuestión de segundos. Quedé tan impresionado que llamé a Oscar y le conté todo. A pesar de que no me creyó, comenzamos a ubicar juntos el paradero de la chica. No tuvimos tiempo de evitar el trágico suceso, todo ocurrió tal cual lo había visto unos días antes.

Frann se quedó callado por unos segundos, esperando que todos los presentes pudieran asimilar su narración sobre el terrible suceso.

Oscar había bajado la cabeza en señal de arrepentimiento, se tapó la cara con las manos y se frotó, como tratando de arrancarse esa experiencia de su vida.

—Yo podría llevar a cabo este proyecto sin la ayuda de ustedes, simplemente estableciendo mi consultorio y listo; pero no quiero que haya visos de irresponsabilidad ni de injusticia en esto. A pesar de que soy un moldeador de opiniones, siempre he establecido parámetros de equidad. Las campañas en las que me he involucrado, buscan el llamado de atención de los consumidores, pero basados en ofrecimientos sustentables, sin subterfugios ni dobles intenciones. Nunca he realizado un comercial que lleve una coletilla de aclaratoria.

—Frann, si le ofrecieran una considerable suma de dinero para hacer una campaña de un producto que por ley requiera de estas coletillas, ¿cómo manejaría este asunto?

A la pregunta del abogado, Oscar tomó la palabra:

—Cuando Frann llegó a Nueva York, el primer trabajo que le ofrecí fue precisamente una campaña con esas características. Él me respondió: "No soy bueno en productos de consumo masivo, prefiero esperar a que salga algo más acorde con mi experiencia". Le pregunté: "¿Cuál es tu especialidad?". "Muchas otras cosas", me respondió. Yo entendí enseguida su mensaje. Sepan que dejaré mi trabajo en la agencia para dedicarme a este proyecto. Lo hago de corazón, me arriesgaré apoyando a Frann en esto, creo que es una buena causa y será mejor en la medida en que ustedes se involucren.

—Por lo que estoy escuchando, Frann, es usted una especie de redentor, un alma inmaculada que salvará al mundo —dijo Morgan, todavía incrédula.

—Soy un hombre de carne y hueso, con la capacidad de reconocer lo hermosa e inteligente que es usted. De vez en cuando me reúno con Oscar, nos tomamos unos tragos, hablamos trivialidades. Me gusta visitar los centros comerciales, ver la gente, y sobre todo las chicas bellas como usted.

Por segunda vez, y en menos de un minuto, Frann había hecho sonrojar a Hilary.

—En fin, creo que soy bastante normal. No puedo salvar al mundo, y no creo que el mundo tenga un problema universal. Cada parcela de este planeta posee sus propias angustias. Si nosotros ponemos un granito de arena, habrá esperanza. Es cierto que un solo palo no hace montaña, pero esa montaña irá creciendo en la medida en que cada uno de nosotros deje a un lado el egoísmo. Lo poco que pueda hacer yo será una ayuda que ahora no existe. Lo poco que podamos hacer cada uno de nosotros en este inmenso océano, proveerá salvavidas al menos a los que están más cerca.

—Cuando trabajo en una campaña, las bondades del producto

me vienen especificadas en el reporte de cuentas. Uno no tiene la oportunidad de irse por ahí a ver si todo eso es cierto, pero las campañas salen y los productos se venden. Creo que podríamos hacer el intento en este caso.

El diseñador hablaba con más propiedad de lo que aparentaba.

—Yo creo que Chris tiene razón. Aceptemos los planteamientos y luego decidimos si participaremos o no —acotó Norman.

—Levanten la mano los que estén de acuerdo —propuso Oscar.

—Yo no creo estar dispuesto a participar en una votación en este asunto —repuso Morgan.

—Por amor a Dios, Hill, estamos entre compañeros, esto no es la Inquisición. Hagamos lo que dice Chris, discutamos el asunto y luego nos vamos a casa y lo meditamos.

—Está bien, pero no te aseguro que participe.

—¿Están de acuerdo? —preguntó Frann.

Todos asintieron.

—Retomando el tema, existe una serie de circunstancias que debemos considerar. Primero, definir nuestro público meta, pero no quiero que lo vean en el sentido de a quién vamos a llegar. Me gustaría que hicieran el ejercicio al revés. ¿Quiénes tendrán acceso a nosotros?, sería la pregunta apropiada.

—¿Acaso piensa ser muy selectivo? —preguntó Morgan.

—Sí, quisiera atender a las personas más necesitadas.

—¿Necesitadas en cuanto a qué? —repreguntó Morgan.

—Me refiero a personas desesperadas, que estén al borde de una tragedia, cualquiera que esta sea, y sin ningún otro tipo de discriminación. Pueden ser pobres, ricos, negros, blancos de cualquier credo, o preferencia sexual, pero con un problema muy grave.

—¿Y cómo sabrá que tienen un problema grave? —quiso saber Norman.

—Muy buena tu pregunta.

Frann tomó agua de un vaso colocado en una mesilla lateral, caminó un poco, viendo hacia el suelo, y luego levantó la cabeza para seguir hablando.

—He pensado que la única forma de conseguir una cita, sea a través de Internet. No pienso dejar abierta ninguna otra posibilidad. Debemos crear un cuestionario que nos guíe hacia las personas que mencioné. No habrá posibilidades de citas telefónicas o que un amigo me llame para que vea a su familiar. Toda persona interesada tendrá que ir necesariamente a nuestra página en la red, y seguir las instrucciones para conseguir la entrevista. Por ello, debemos crear un cuestionario que nos ayude a dar con el perfil y establecer una precalificación. Los precalificados serán comparados por Nina con una tabla que filtre con bastante exactitud nuestro público meta, y finalmente los preseleccionados serán revisados por mí.

—Bastante complejo el sistema, pareciera confiable —reconoció la doctora Hillary.

—Por eso es que la necesito, doctora. Realizar este sistema requiere de mucho talento y cordura. Tenemos a Norman, quien pondrá toda su experiencia para diseñar y producir los programas de computación. Chris será quien los maquille y los ponga en la red; y usted, doctora, tendrá que ayudarme a escudriñar las mentes de los que llegarán a nuestra página en busca de ayuda, para saber quién la necesita y quién no.

—¿De cuánto tiempo disponemos para hacer todo esto? —preguntó el abogado.

—Ya tenemos una oficina. Los decoradores se tomarán un mes para ponerla en condiciones, creo que es suficiente tiempo para que todo quede listo.

—Además de clarividente, es usted un soñador —acotó Hillary.

—Mi querida doctora, si no fuera un soñador, no creyera en lo que estoy haciendo. Entiendo que es usted una persona muy ocupada, pero le suplico que duerma un poco menos y me ayude a salir adelante con esto. También quiero hacer una aclaratoria que vale para todos: el presupuesto inicial es bastante generoso como para cubrir unos justos honorarios para ustedes.

—Absolutamente cierto —apoyó Torres.

—Ya con una idea bastante clara de lo que harán, los que acepten quedarse, deberán pasarle por correo electrónico a Torres un estimado de honorarios, el cual discutiré separadamente con cada uno.

—¿Ya ha pensado cuánto cobrará usted por sus servicios? —quiso saber Hillary.

—Esa es una buena pregunta. ¿Qué opina el jefe de finanzas?

—Déjame hacer el plan de negocios y así podré saber al menos cuánto necesitamos.

—Muy bien, quiero que pienses en una forma equitativa y legal de cobrar por estos servicios. Si alguien tiene una idea, infórmele a Torres para que la implemente. Ahora propongo que nos reunamos de nuevo mañana a las seis de la tarde para revisar sus propuestas.

Todos quedaron de acuerdo y se fueron levantando de sus respectivas sillas con la intención de marcharse. Frann atajó a la doctora Morgan casi en la puerta.

—¡Doctora! ¿Tiene un momento?

—Dígame, Frann.

—Quería saber si es un abuso de mi parte que la acompañe en su almuerzo.

—Es un abuso de su parte, pero le aceptaré la intromisión, tendrá que ser breve, no dispongo de mucho tiempo para almorzar.

—Unos emparedados estaría bien.

—Ahora voy para una junta, estaré libre a las dos. Si quiere nos vemos en la cafetería.

—Allí la espero.

Frann recogió sus cosas y se marchó con Oscar a la oficina de este.

—Bien, Frann, ¿qué te pareció el equipo?

—Inmejorable, todos muy atinados y sobre todo profesionales. La que me preocupó un poco fue la doctora Hillary.

—¿En qué sentido?

—No sé, no la vi muy convencida, me da la impresión de que no cree en mis cualidades.

—Frann, recuerda que no se trata de abrir un estudio creativo, ni el consultorio de un médico, o el despacho de un abogado. Tú eres un vidente y ella una sicóloga de mucho prestigio; además, vicepresidente de una de las corporaciones publicitarias más importantes de Manhattan.

—Tienes razón. No creo que colabore, y lo malo es que la considero una pieza muy importante para desarrollar este proyecto.

—Convéncela. Ya te vi hablándole al oído.

—Eso trato. La he invitado para que tomemos juntos el almuerzo, quedamos de vernos a las dos en la cafetería.

—Tienes la mitad de la batalla ganada, la doctora no acepta invitaciones de nadie. Siempre almuerza en su oficina, o va a su casa. Algunas veces le pide a cualquiera de sus secretarias que la acompañe y se va a un restaurante de la zona.

—¿Qué piensas del proyecto y el equipo?

—Te aseguro que esto va a salir a la perfección, no hay posibilidades de fracaso ni de contratiempos. Todo está perfectamente bien coordinado y, contigo al frente, no tengo ninguna duda del éxito que tendrá este negocio. —Oscar se sentía muy seguro.

—Hablando de nuestras habilidades, debemos pensar en la campaña publicitaria.

—Hay que hacer algo genial para llegarles a las personas que buscamos, tenemos que guiarlas a tu página en la red para que desarrollen la entrevista.

—Sí, eso es precisamente lo que tenemos que lograr.

—Consultaré a la gente de medios para que me den sugerencias. Te adelanto que radio y prensa sería lo ideal, pero igual lo someteré a los especialistas.

—Tenemos que crear un mensaje muy serio y creíble, dirigido a todas las personas con problemas muy graves. La idea es que se motiven lo suficiente como para acudir a la página de Internet. Una vez que entren en la página, ya me encargaré, con la doctora, para diseñar una herramienta que me ayude a seleccionar a las personas más necesitadas. Trata con la gente del departamento de investigación y mercadeo, pregunta a qué medios acuden los desesperados.

—¿Habrá contactos telefónicos o correo aéreo?

—No, todo el que quiera una consulta necesariamente tendrá que ir a nuestra página de Internet y responder la entrevista —Frann hablaba con mucha seguridad.

—¿Tú crees que la gente va a responder la entrevista, revelando datos personales para verse con un vidente?

—Si el problema es grave, lo harán. Tú no tienes idea de lo que la gente está dispuesta a hacer para resolver un problema al cual no le ve solución al alcance de su mano. Ahora recuerdo que cuando yo era muchacho y vivía en Caracas, mi ciudad natal, había un pelirrojo que estudiaba en mi grado, sus padres eran dueños de una cadena de almacenes muy importante. Poseían una inmensa fortuna. La madre era una señora de la alta sociedad, muy elegante, delicada y bien vestida. Siempre andaba con su chofer y una especie de secretaria que la acompañaba a todas partes. Un día mi amigo me contó que su mamá fue a un cerro, había subido por unas improvisadas escaleras de tierra, caminando a través de viviendas humildes, en cuya mayoría habitaban delincuentes, con la finalidad de llegar a la casita de doña Teresa, una bruja que leía las cartas y que, según los entendidos, era sorprendente en sus habilidades.

—No te lo puedo creer —dijo Oscar impresionado.

—Contestar unas pocas preguntas en Internet para luego ser atendido en una oficina de lujo en el corazón de Manhattan, es más sencillo.

—¿Y qué sucede con las personas que no poseen internet?

—Yo no conozco alguien que no tenga acceso a internet aquí en Manhattan.

—Pero debe haber alguna persona sin ese recurso.

—Pues entonces que la campaña lo oriente, yo creo que si tiene acceso a los medios, también tendrá cómo llegar a un lugar donde consiga su cometido.

Frann y Oscar se quedaron discutiendo el tema de la publicidad hasta un poco antes de las dos. Luego se despidieron y Frann se fue a la cafetería.

DIECIOCHO

La doctora Morgan llegó algo tarde, Frann tenía unos quince minutos esperando.

—Disculpe la tardanza, Frann, pero hoy ha sido un día bien complicado.

—No tiene por qué disculparse, la entiendo perfectamente.

—El que ha abusado soy yo, quitándole su tiempo.

La doctora Hillary le sonrió a Frann, mientras tomaba el menú en sus manos, lo repasó de una ojeada colocándolo de nuevo en la mesa.

—¿Ha ordenado usted algo?

—No, la esperaba. ¿Qué desea tomar?

—Quiero un té frío y un sándwich de atún, el número cinco —dijo Hillary, dirigiéndose a la muchacha que tomaba el pedido.

—Jamón y queso para mí, el número tres, y una soda de dieta.

—Acepté la invitación porque no quería cuestionarlo delante de toda la gente de la oficina y por respeto a su amigo Oscar —dijo la doctora yendo directo al grano.

—Muy amable de su parte.

—Ahora que estamos solos, dígame, ¿dónde quiere llegar con toda esta farsa? Usted parece una persona seria —atacó Morgan sin contemplaciones.

—¿Está tratando de ofenderme por algo en especial?

—No trato de ofenderlo. Lo que quiero decir es que usted puede impresionar con su palabrería a los chicos de la agencia, a su secretaria y a su amigo, pero yo soy sicóloga, conozco bien el comportamiento del ser humano, y no encuentro de qué manera catalogarlo, sin ofenderlo. Como usted comprenderá, eso de ser adivino es muy poco ortodoxo en mi ramo.

Frann miraba fijamente a Morgan, interesado más en su hermosura que en sus palabras.

—¿No me cree? —dijo después de pensar un poco.

—Que yo le crea sería lo de menos, me preocupo mucho más por lo que pueda suceder con las personas que lo busquen esperanzados en resolver sus problemas, creyendo en una falsa magia.

—¿Usted no cree que una esperanza bien orientada pueda ayudar a una persona desesperada?

—¿Usted va a orientar a esas personas?

—Así es.

—¿Cómo piensa hacerlo?

—Con su ayuda y mis poderes.

—Doblemente equivocado. Conmigo no cuente para apoyarlo en su engaño a la gente con eso de que es un vidente.

—¿No cree que yo pueda hacer eso?

—Estoy segura de que usted no puede hacer eso.

Frann tenía el anillo en la mano, y estaba dispuesto a realizar cualquier acción con tal de convencer a Hillary. Si la tocaba, sentiría la descarga, vería lo que necesitaba para convencerla. Sentía un poco de miedo, pero no le quedaba alternativa.

—Doctora Morgan, permítame su mano.

La doctora le acercó su mano y Frann la sujetó fuertemente, preparado para el impacto, más suave cada vez. Se inclinó hacia atrás y sintió un temblor en el cuerpo, cerró un poco los ojos, pero enseguida se recuperó; ya poseía la información necesaria para convencer a Hillary.

—¿Le sucede algo? ¿Se siente bien, Frann?

—Sí, no se preocupe, no es nada, estoy bien.

—¿Debo entender que usted es una especie de médium?

—No, nada de eso, es solo que cuando estoy recibiendo la información de una persona, siento un pequeño estremecimiento, se me pasa enseguida. A medida que lo practique, me afectará menos cada vez.

—Supongo que ya usted conoce mi vida entera, incluyendo lo que va a sucederme.

—Exactamente.

—Y ahora me dirá que tuve una niñez feliz y crecí en una familia muy unida, donde éramos cinco hermanos que nos queríamos mucho.

—Christian, John, Mary Ann, Hillary y Debie —los nombró Frann.

—Muy impresionante. Me imagino que también debe conocer los nombres de mis vecinos y compañeros de colegio.

—Correcto. La señora Carmen era su vecina, nacida en Puerto Rico; ella y su esposo Carlos le querían mucho. Stephanie era una de sus mejores amigas del colegio.

—Realmente admirable, solo que no me ha dado ningún dato que no pudiera averiguar por vía terrenal.

—Usted tenía un gato blanco llamado Tracy, que se perdió una noche y nunca más apareció.

A Hillary comenzaba a preocuparle la manera y la precisión con la cual Frann le hablaba, como si hubiera vivido con ella desde niña. No podía dejarse manipular por informaciones que él pudo haber conseguido de algún modo más creíble que la clarividencia.

—Señor Frann, si no consigue algo más impactante, me temo que estaremos como al principio.

Frann seguía hablando sin hacer mayor caso a los comentarios de la doctora.

—En 1983 —dijo Frann, y luego hizo una pausa para observar a Hillary, quien al oír la fecha, casi se queda sin respiración —fue violada por un empleado de confianza de su padre. El hombre, de origen hispano, la encontró sola en un depósito que estaba en la parte trasera de su casa. Él conversaba de forma amena con usted, luego le tomó las manos, cosa que no rechazó ni consideró como algo malo; luego él comenzó a tocarle y acariciarle los senos y sus otras partes.

Morgan había bajado la cabeza y fijaba sus ojos casi desorbitados en el plato.

—Luego usted le pidió que la dejara y trató de soltarse. El hombre la sostuvo con mucha fuerza, le quitó la ropa íntima y la violó, sujetándola con una mano y tapándole la boca con la otra. Cuando se sintió satisfecho, la lanzó contra unas cajas, la dejó tendida en el suelo sollozando y se marchó.

Frann tomó un trago de su soda y la observó. Hillary estaba congestionada, más por la impresión del relato que por el recuerdo.

—Me deslumbra su temple. No le contó a nadie lo sucedido, estaba segura de que no le creerían. Sabía que podría salir perdiendo, así que prefirió guardarse el secreto y vengarse de Martínez, se tomó la ley por sus propias manos. Comenzó un seguimiento minucioso de la vida de ese hombre, sin despertar ninguna sospecha en nadie. Cuatro años más tarde, valiéndose de una serie de informes, consiguió que deportaran a Martínez y lo despojaran de todo cuanto había alcanzado a tener. Además, logró que perdiera a su esposa e hijos. Cuando lo llevaban camino al avión, usted llegó hasta un punto donde Martínez la pudo ver casi cara a cara y de esa manera conoció el motivo de su desgracia. Debo reconocer que es una mujer admirable, con una fuerza indestructible.

Hillary había tratado de interrumpirlo en varias ocasiones, pero no le salían las palabras, estaba inmóvil por lo impredecible que le había resultado Frann.

—Es usted sorprendente —atinó a decir.

—¿Qué opinión tiene ahora?

—Debí creerle —murmuró ella.

—¿Cómo dice?

—Tendría que haber creído cuando hablaba de sus poderes.

Hillary trataba de hablar fluidamente, pero las palabras le salían entrecortadas.

—Bueno, usted tiene sus propias convicciones y yo la respeto, además me siento apenado por haber actuado de esa forma, necesitaba convencerla.

—Tendré que empezar a creer más en las personas.

—¿Podrá ayudarme ahora?

—Es un compromiso —le aseguró Hillary.

—No lo haga por compromiso, sino por convicción.

—Cuente conmigo, Frann, no sé cómo, pero puede hacerlo.

—Otra cosa: yo no debería volver a verla.

—¿Cuál es el problema?

—No lo sé a ciencia cierta, pero cuando conozco la vida de una persona, no debo verla de nuevo.

—¿Y cómo piensa que trabajemos juntos?

—¿Qué se le ocurre a usted, como experta en comunicación? ¿Acaso por teléfono?

—¿Qué le parece Internet?

—Genial.

Frann se quedó mirando fijamente a Hillary y luego dijo:

—Lo lamento…

—¿Qué lamenta?

—Hillary, usted es una persona sumamente agradable, desde todo punto de vista. Me hubiera gustado seguirla viendo.

—Le enviaré una foto por correo electrónico, así no se olvidará de mí —bromeó Hillary, quien no pudo disimular lo atraída que se sentía hacia Frann. —¿Qué me puede decir de mi futuro, señor vidente?

—Le aseguro que no necesita que yo le diga nada respecto a su futuro.

—Al menos, dígame, ¿cómo funciona eso?

—Es muy sencillo: yo me meto en su interior y veo lo que hay.

—El cerebro y la mente son como el equipo y la programación de una computadora. Si siguiéramos ilustrando de esta manera la situación, podríamos decir que usted es una especie de manipulador de las mentes de las personas.

—Exactamente. Dudo que con la poca credibilidad con que se manejan estos temas, esté tipificado como delito alguno. El problema es más moral que legal; yo debo ayudar a la gente, y no puedo permitirme la posibilidad de acrecentar sus angustias.

—El asunto luce bastante complejo. Actualmente se sabe muy poco acerca de cómo el cerebro logra la representación de los pensamientos y sensaciones. Está definido dónde se producen el lenguaje, las imágenes, el sonido; pero no cómo. Si yo tratara de entender cómo funciona su poder, tendría que apartarme bastante de todo lo que he estudiado y las bases científicas que se han podido analizar hasta ahora. Por otro lado, es importante que trate de comprender mejor qué es lo que sucede, para poder ayudarlo.

—Doctora, le aseguro que esto tiene algo de magia. Cuando entro en contacto con la persona que estoy analizando, percibo como una especie de corriente, e inmediatamente veo su vida en diferentes etapas.

—¿Ve usted a las personas en sus tamaños reales, en las diferentes etapas de su vida?

—No solo eso. También veo las diferentes épocas, con sus entornos propios.

—Pero tomaría mucho tiempo ver toda la vida, incluyendo el futuro de una persona, con tanto detalle.

—Cuando recibo la información es como una película que pasa a la velocidad de la luz, luego puedo ver con todo detalle los sucesos importantes.

—¿Cómo ves el futuro?

—No lo sé, está dentro de la información que recibo. Trozos… sí, eso, veo trozos de vida.

—Si te preguntara qué estaré haciendo mañana a esta misma hora, ¿podrías contestarme?

—No lo sé, quizás sí pueda. Tendría que esforzarme para recordarlo, las cosas más relevantes de tu vida son las que tienen más claridad.

—¿Podrías decirme alguna?

—Sí puedo, pero no quiero. Creo que no debo decirle a nadie lo que va a sucederle, más bien tengo que buscar la manera de darle una nueva información, que pueda modificar los resultados finales.

—Señor Frann, el ser humano posee la única computadora que genera su propia programación, a partir del equipo, y va aumentando en proporción geométrica su capacidad de procesamiento. La programación de sus entrevistados contará con un volumen tan grande y variado de información, que no creo que pueda estar seguro de qué tipo de cambios se podrían generar con la información que les suministre; es un proceso aleatorio.

—Eso está bien, doctora, pero recuerde que toda la información de mi entrevistado la voy a poseer y modificar yo internamente, y luego le daré los elementos que lo van a ayudar de una manera positiva.

Frann estaba bastante sorprendido con la inteligencia de Hillary, pero en ese momento quería que lo ayudara a buscar sus clientes, más que a interpretar sus poderes.

—Mire doctora, le prometo seguir y apoyar todo lo que se proponga investigar referente a mis poderes, pero quisiera que ahora nos concentráramos un poco en cómo vamos a conseguir a todos esos desesperados.

—Eso es bastante sencillo, Frann. Utilizaremos unos modelos de cuestionarios para determinar los grados de estrés, depresión y ansiedad en las personas; haremos unas cuantas adaptaciones y así podremos configurar las preguntas que nos harán llegar a toda esa gente.

DIECINUEVE

—Me has dejado impresionada con todo este asunto —le comentó Nebreska, después de oír de Frann todo lo ocurrido hasta el momento.

—Impresionado estoy yo. Son muchas cosas juntas en tan poco tiempo.

—Lo cual significa que en un par de semanas, estarás instaladísimo en tu consultorio de mago, haciendo consultas esotéricas.

—Posiblemente antes, ya está todo listo; solo faltan unas pruebas finales con la página de Internet. La campaña comienza la próxima semana. Me agrada que decidieras venir a Nueva York.

—Para serte sincera, fue tu adorable hija quien me llamó y me dijo que estabas metido en un berenjenal y que te enfermarías si no venía a rescatarte. También me dijo que podría usar su cuarto en el apartamento nuevo.

—Ishka está muy preocupada con todo este asunto, pero me ha apoyado, como siempre. Está convencida de que voy a ser una ayuda vital para muchas personas.

—Bueno, cariño, creo que ya es hora de que te desconectes por tres días del asunto y tomes nuevas fuerzas para afrontar tu mágica realidad dentro de dos semanas.

—¿Qué sugieres que hagamos ahora?

—Creo que lo mejor será que vayamos al apartamento, me muero por conocerlo, allí podremos tomar algo, seguir conversando y luego descansar. Por la mañana te prepararé un exquisito desayuno y nos vamos de turistas por la ciudad. ¿Qué te parece?

—Muy seductor. Tu compañía me da mucha seguridad y alegría al mismo tiempo.

—Frann, se te pasa el tiempo. Hace ya mucho que te divorciaste, y no has hecho el más mínimo esfuerzo por conseguir a una persona que esté a tu lado de forma permanente, alguien que te apoye y te quiera.

—¿Tú no me quieres?

—Frann, ya sabes a lo que me refiero.

—Pero tú tampoco has hecho nada para procurarte una pareja.

—Es cierto, yo soy feliz así, hago lo que quiero y no he tenido la necesidad de una compañía constante. Pero tú eres diferente, tienes muchas cargas emocionales, vives en una ciudad muy agitada y, además, eres muy romántico y cariñoso. Necesitas una persona con quien compartir el día a día.

—Me has convencido. Apenas te marches, saldré en busca de una pareja, te lo prometo.

—No tienes remedio, estás loco de remate.

—Nebreska, estoy seguro de que ese momento llegará. Esa persona también llegará y estaré tan feliz como en este momento. Ahora seguiremos con tu plan.

Por la mañana, después de tomar el desayuno, Nebreska y Frann decidieron ir de paseo. Primero visitarían al Museo de Arte Metropolitano, luego darían una vuelta por la ciudad. —Tomaron un taxi y emprendieron el recorrido.

—Me encanta que eligieras un museo para comenzar el día, te confieso que nunca los he visitado en tantas veces que vengo a esta ciudad. Después pasearemos por los diferentes barrios. Por favor, no me pidas que nos hagamos una caricatura o que me monte en los caballos de Parque Central; aunque he visto hacer eso en muchas películas, a mí no me llama la atención.

—Te aseguro que a mí me parece un poco cursi, aun cuando tú dices que soy muy romántico.

—Estoy segura de que ya lo has hecho.

—Fue una de las primeras cosas que hice al llegar a New York, tú sabes, eso no puedes dejar de hacerlo, como también ir a la Estatua de la Libertad.

—Si me siento de ánimo, haré que me lleves a la isla de la Libertad, me gusta montarme en el transbordador.

—No tenemos cómo fotografiar esos momentos encantadores que nos aguardan.

—Traje mi cámara digital con la intención de fotografiar todo lo que me suceda en el viaje.

—Se me olvidaba que la joven Nebreska siempre es precavida.

—Estás perdonado; pero, como penitencia, te tomaré la primera foto aquí en la entrada del museo.

Nebreska sacó su cámara y le ordenó a Frann que hiciera una pose de artista, pulsó el botón y aguardó para ver cómo había quedado la foto.

—Mira, Frann. Esto sí que es bien extraño, estaba enfocándote y salías perfecto en el recuadro, pero en la foto final no sales, solo se ve la entrada del museo.

—Seguramente se movió la cámara y salí de foco, intenta de nuevo.

—Estoy segura de que estabas en la imagen. Colócate de nuevo, sonríe.

Nebreska realizó el proceso de nuevo.

—Ahora sí salió, pero estoy segura de que no me moví cuando saqué la primera.

—Bueno, aquí en este museo hay cinco mil años de arte y cultura, seguramente están rondando algunos espíritus por estos lados

—dijo Frann señalando la entrada como si hubiera un portero invisible.

—Muy gracioso.

Nebreska lo tomó cariñosamente por el brazo y se dispusieron a entrar.

Durante el recorrido por el museo, entraron a un salón que llamaba la atención de Nebreska, lleno de vitrinas con muchos adornos de cristal, botellitas, vajillas y otros objetos. Frann seguía caminando mientras ella se detuvo a detallar algunas piezas. Él ya se encontraba en otro salón, solo, de donde podía, a lo lejos, ver a una mujer del personal de vigilancia. De pronto recordó que traía el anillo en el bolsillo, y se lo colocó para averiguar qué podría sentir tocando alguno de esos objetos tan antiguos. De frente había un sofá amarillo con una pequeña cinta alrededor, para evitar que las personas se sentaran. A Frann le pareció interesante sentarse y ver lo que sucedía. Una vez sentado, extendió los brazos sobre el respaldo y vio cómo la mujer vigilante comenzó a hacerle señas para que se levantara. Cuando trató de incorporarse, una luz blanca muy fuerte, como la que veía cuando tocaba a las personas con el anillo puesto, lo cegó momentáneamente. Frann había entrado en una especie de trance, todo su cuerpo estaba temblando y tenía los ojos cerrados.

Cuando pudo ver con claridad, se encontraba en medio de un gran salón muy antiguo, sentado en el mismo sofá. Dos mujeres discutían sobre el matrimonio de alguien importante. Todo estaba impecablemente en su lugar, se encontraba en Filadelfia, en 1780, y podía ver a través de una ventana; todos los edificios eran de ladrillos rojos, y por un camino entre los edificios se adelantaba un carruaje tirado por caballos. Puso atención a la conversación de las dos mujeres y escuchó cuando la mayor le decía a la más joven: "Te digo que aquí siento la presencia de alguien, estoy segura de que hay otra persona en esta habitación". "Tratas de asustarme", dijo la joven. "No, sé que está aquí y nos está escuchando; creo que también puede vernos". "Tía, si sigues diciendo que ves cosas, se lo diré a mi padre".

Frann abrió los ojos al sentir que un guardia de seguridad lo sujetaba con fuerza, mientras la mujer lo observaba y hablaba por la radio, pidiendo una ambulancia. Había como cinco personas más a su alrededor. Cuando tomó conciencia de lo que sucedía, trató de zafarse del guardia, diciéndole que lo soltara y aclarándole que estaba bien. Como pudo, se levantó un poco tembloroso, con los brazos amoratados por el forcejeo con el hombre.

—Estoy bien, muchas gracias, ya me siento bien —les aclaró Frann mientras se incorporaba. Nebreska entraba en ese momento a la sala y se impresionó cuando vio a Frann, en medio del revuelo, un poco aturdido.

—¿Qué está sucediendo aquí? ¿Te ha ocurrido algo, Frann?

—No, todo está bien. Solo un pequeño mareo, y me tuve que recostar en ese sofá.

—Señor, ¿está seguro de que se siente bien? Acabo de llamar una ambulancia.

—Gracias, pero ya estoy perfectamente bien. Por favor, cancele la llamada de emergencia.

Frann se quitó el anillo con las manos en la espalda y disimuladamente lo guardó en el bolsillo.

Nebreska le tomó la mano y lo condujo hacia la salida.

—Un momento.

Acercándose al guardia, le dijo en voz baja:

—Señor García, su esposa lo quiere y lo necesita.

Frann hablaba viendo a García directamente a los ojos en un tono conciliador y seguro.

—Búsquela y no vuelva a dudar de ella. En los veintiocho años de casados ella lo ha respetado y amado. Usted no gana nada siendo tan duro, eso lo afecta más a usted que a nadie más. Hágase más fácil la vida de ahora en adelante. Trate de reconocer que los demás se pueden equivocar y no por eso son malos. Vea en positivo, regrese con Graciela, ella es una mujer maravillosa al igual que usted es un hombre bueno, se han merecido toda la vida, piense bien, no la deje.

—¡Oiga! ¿Quién es usted? —alcanzó a decir García con la voz entrecortada, antes que Frann desapareciera por el pasillo. El hombre se quedó con la vista fija y algunas lágrimas en los ojos.

—Frann, ¿qué fue todo eso? —preguntó Nebreska, asustada.

—No te preocupes, ya nos iremos acostumbrando a las cotidianidades de un vidente.

—¡Frann!, cuéntame qué fue lo que sucedió allí adentro.

—Vamos a un sitio tranquilo en donde podamos tomar un refrigerio, te contaré todo.

Frann le dijo todo lo ocurrido a Nebreska y después acordaron no tocar el tema de nuevo, para poder disfrutar al máximo las cortas vacaciones de ella. Recorrieron otros sitios de interés en Manhattan y luego se fueron al apartamento.

—Estoy muy cansada, no puedo ni pensar.

—Eso está bien, porque no es momento para pensar, sino para actuar.

—¿Acaso vamos a trabajar en una obra? —se burla ella.

—Espera aquí, yo serviré unas bebidas como en los viejos tiempos, luego veremos lo que sucede.

—Eso me sonó nostálgico, romántico, peligroso.

—¿Peligroso para quién?

—Para mí. A veces pienso que podrías quebrantar mis principios y apoderarte de mis sentimientos.

—¿Quebrantar tus principios? Eso no es posible, ya lo traté en mejores circunstancias y no lo he conseguido. Además, lo único que intento es que te sientas cómoda y dejes que sucedan las cosas.

—Humm, a ver, eso es seducción forzada.

—Nunca había escuchado eso. ¿Qué significa?

—Significa que estás tratando de confirmarme lo que va a suceder como una forma de cortesía.

—Ni lo sueñes. Yo me considero realmente auténtico, no hay nada más que lo que te he dicho. No trato de confirmarte nada. Tomemos un trago, relajémonos un poco y veremos qué sucede. Pudiera ser que te quedaras dormida en la silla, es una posibilidad acorde con tu cansancio.

—Te prometo que un día te ganaré una. Acércate hasta aquí antes de buscar los tragos.

Frann llegó hasta la silla donde estaba Nebreska y ella lo atrajo tomándolo por el cuello, luego comenzó a besarlo apasionadamente. Frann se dejó caer sobre el mueble y se entrelazó con ella. En segundos se olvidaron de los tragos y de muchas otras cosas.

VEINTE

—Frann, ya está todo listo para comenzar el plan publicitario. La página de Internet funciona perfectamente, se han hecho suficientes pruebas. Las oficinas quedaron listas y todo parece indicar que la semana próxima comenzarás a recibir tus primeros pacientes.

Oscar estaba contento, la puesta en marcha de ese proyecto era un reto para él.

—Pacientes no, clientes o personas con problemas graves —corrigió Frann.

—Quiero que nos sentemos para hacer una revisión final del proyecto y discutamos cada parte con la persona involucrada. No sé cómo te arreglarás con la doctora, ya que me he dado cuenta de que la has estado evitando, y no sé el motivo.

—Pude ver su futuro. Fue la única forma de convencerla de mis poderes. No me quedó ninguna otra alternativa. También llegue a un acuerdo con ella. Arreglamos todo por correo electrónico y por teléfono.

—¿Por qué no me habías contado?

—Se me pasó con tantas cosas.

Frann no le quiso dar mucha importancia, sabía que Oscar se pondría susceptible.

—Pues, reúnete con ella a través de tu computadora portátil, y yo coordino con los demás.

—Hecho, nos hablamos más tarde y me confirmas las reuniones.

—¿Estarás toda la tarde ahí en tu oficina?

—Seguramente. Debo ir a las nuevas instalaciones a firmar un reporte del contratista, pero eso será después de las seis de la tarde.

—Perfecto. Me parece que efectivamente nos podremos mudar la semana próxima.

—Eso parece, te llamo luego.

Frann estaba muy excitado con tantas cosas que coordinar. Cuando faltaba poco para abrir su nuevo negocio, se había hecho muchas preguntas para las que no tenía respuestas: ¿Por qué él?, ¿no será todo un sueño?, ¿dónde termina lo real y comienza lo desconocido?, ¿será que Oscar tiene razón y si le veo su futuro me enteraré del mío?, ¿habrá alguna forma de ver mi propio futuro? ¿Qué pasará con esa gente que acudirá a mí para que la ayude?

Frann pensó que no podía resolver las incógnitas, pero pondría de su parte para que esto funcionara bien, la misma dinámica haría que todo fluyera. Tener iniciativa, esa era la respuesta. Nadie puede tomar las iniciativas de uno, te puedes pasar toda tu vida esperando que alguien resuelva tus asuntos y no conseguirás nada, solo perderás el tiempo. ¡El tiempo es lo único seguro que tenemos y no sabemos hasta cuándo!

—¡Hola doctora!

—¡Frann! Qué agradable sorpresa. Te llamé con el pensamiento. Ahora mismo revisaba los resultados de las pruebas del cuestionario.

—Estupendo que ya las tengas, te llamaba precisamente para eso.

—Me desilusionas, pensaba que habías decidido romper tu extraño código de ética y me pedirías una cita para almorzar juntos.

—Yo también tengo muchas ganas de verte.

—No quiero meterme en la forma como manejas tus asuntos, pero me parece injusto que no podamos compartir un rato juntos. Sería capaz de tomarte de la mano y hasta besarte.

—No puedo creer que una mujer casada esté seduciendo a este humilde vidente. Debo recordarte que el acoso sexual es un delito.

—Mis intenciones son buenas.

—Te aprovechas de mi nobleza, retas mi masculinidad con insinuaciones desleales; creo que tendré que hablar con mi abogado.

—Por favor, pregúntale a tu abogado si podemos vernos clandestinamente con su anuencia.

Frann no se encontraba involucrado en el futuro de Hill, al menos no lo había visto así.

—Bueno, mujer hermosa.

Para Frann, el término "hermosa" abarcaba todas las posibilidades de agradar que pudiera tener una persona, incluyendo su belleza física.

—Será mejor que nos pongamos serios, o terminaré cayendo en tus garras y eso te va a traer terribles consecuencias.

—Está bien, no insistiré más, tú sabes que te quiero, aunque sea por teléfono.

—Yo también te quiero y me siento muy orgulloso de tener tu apoyo.

Frann hablaba casi a diario con la doctora Hillary, se habían hecho muy amigos. Incluso apareció un sutil coqueteo adornado por la fragancia de piropos que ambos soltaban espontáneamente. Ella, por su parte, sentía la emoción de esos primeros síntomas de amor que aparecen en la adolescencia, en los que se pasa mucho tiempo compartiendo con una persona a la que nunca se le deja saber el sentimiento. Él disfrutaba de sus largas conversaciones con Hill, las cuales, además, siempre le eran de ayuda en su nuevo proyecto. Hillary era una mujer madura, no se hacía difícil imaginársela vestida de universitaria, captando las miradas más importantes del momento. Su escultural figura no había perdido un ápice desde ese entonces. A pesar de su inteligencia extrema, se podía disfrutar de su inocente romanticismo.

—Me gustas, ¿sabes? Cuando hablo contigo me produces una extraña pero muy agradable sensación. Nunca debí acercarme mucho a ti; desde que te vi en la sala de juntas, me pareció que eras peligroso. Bueno, muchacho, ahora sí va en serio. El material está todo revisado, hicimos el muestreo en el departamento de investigación y los resultados fueron sorprendentes. El jefe de encuestas me felicitó y dijo que debería trabajar así para la agencia. ¿Qué te parece? Te mandaré todo vía Internet esta tarde. Revísalo y si tienes alguna observación, me la dices hoy o callas para siempre.

—Me gustas, ¿sabes? Cuando hablo contigo me produces una extraña pero agradable sensación —la imitó Frann. —No sé cómo hubiera hecho sin ti. Revisaré todo por complacerte, pero estoy seguro de que no hay observaciones; sin embargo, te seguiré molestando para hacerte consultas.

—Trata de molestarme todos los días. A propósito de consultas, he estado investigando sobre tu viaje al pasado. Resulta que nosotros manejamos el tiempo de manera cronológica, pero pudieran existir otros mecanismos temporales, espacios distintos a los que conocemos. Hay unos fenómenos denominados *lapsus temporalis*, o “saltos en el tiempo”, posiblemente como consecuencia del conflicto entre el tiempo universal y nuestra cronología. Según eso, una persona puede estar viviendo en el presente y en el pasado, o en el presente y en el futuro, al mismo tiempo. Es posible que estos saltos temporales requieran algún contacto físico. Pienso que eso pudo ocurrirte al sentarte en el sofá del museo. Sabes que esta no es mi especialidad, pero por lo pronto tendrás que bandearte con esta información.

—Realmente sorprendente, eres genial. Si no fuera vidente me casaría contigo. Por favor, mándame bibliografía sobre eso, necesito ir descubriendo cosas sobre lo que me sucede.

—No te apresures. Creo que lo tuyo va a seguir siendo muy poco comprobable, probable o demostrable científicamente, pero te mantendré al corriente de mis avances. Hasta luego Frann, te quiero, cuídate.

—Yo también te quiero…

Frann se sentía cansado. Decidió irse a casa, transferir las llamadas de la oficina al móvil y terminar de trabajar en su hogar. Le dijo a su secretaria que cambiara la cita de la inspección para mañana; era lo único que faltaba para poder trasladarse a su nuevo despacho.

Una vez en su casa, Frann cambió de planes. Se puso cómodo, preparo un té y se recostó en el sofá a pensar. Faltaba muy poco para comenzar. La cabeza le daba vueltas, pero decidió pensar en cualquier cosa menos en lo del vidente. No contestó llamadas ni respondió mensajes. Estaba sumergido en el pensamiento de lo que era su vida, en su hija, cosas muy terrenales.

Cuando Frann entró en su nuevo centro de trabajo quedó sorprendido. Había estado apenas un par de veces: cuando visitaron el local por primera vez con el agente de bienes raíces, y luego cuando estaba en medio de la remodelación. El sitio era sobrio, elegante, más bien imponente. Con muy pocos recursos, habían transformado aquel espacio en un ambiente que transmitía seguridad. Terminó de revisar todas las instalaciones, y una vez que las personas de la inspección se marcharon, Frann se quedó con la intención de trabajar un poco para comprobar que todos los sistemas estuvieran funcionando bien.

Usó los nuevos teléfonos para devolver todas las llamadas que había evitado el día anterior, casi todas tenían que ver con el proyecto. Oscar quería revisar la campaña, también lo de la página en la red. Frann estaba muy emocionado trabajando en aquel lujoso sitio. Comprobó todo con cada uno de los involucrados, le dio los últimos toques a un sistema de tarifas que había ideado con su administrador, mediante el cual, a través del cuestionario de la página en la red, verificaría la capacidad económica de las personas, para aplicarle el precio correspondiente. Dicho sistema estaba basado en cinco niveles: El primero era cero; si la persona no tenía recursos para pagar la consulta, no le cobraría, así de simple. El segundo nivel era de doscientos dólares, que cualquier persona con un empleo podría costear. Luego subía al nivel de quinientos dólares, para aquellas personas a quienes les sobraba dinero como para darse algunos lujos. A la gente que tenía muchos recursos, se le cobrarían mil dólares. Y, por último, el nivel de los que podrían pagar cualquier cantidad, como Gerald, cuya tarifa sería de dos mil dólares.

Decidió que atendería a cuatro personas por día y le dedicaría una hora a cada una. Ya estaba todo pensado, probado y comprobado, "nada podráía fallar", pensó Frann. Encima del escritorio estaba un disco compacto en cuya etiqueta se leía www.frannhatton.com. (Demo). Lo tomó y lo introdujo en el ordenador. Una pantalla de plasma de 46 pulgadas, ubicada en la pared, a su derecha, como si fuera un cuadro, se volvió negra, y se escuchó una música con tonalidades semejantes al ritmo africano que había oído en el metro. Comenzaron a parpadear unos puntos blancos y azules en diferentes sitios de la pantalla; la música subía de volumen y los puntos se hacían más continuos. De pronto se detuvo todo y la pantalla quedó nuevamente en negro. Este efecto llegó a captar de tal forma su interés, que no pudo hacer, sino concentrarse en lo que vendría. Luego comenzó una especie de silbidos electrónicos, y se veían pasar horizontalmente unas líneas grises, y otras rojas, verticalmente. Cada vez que las líneas se encontraban, se acentuaba el sonido y las líneas se detenían. Poco a poco fueron formando una silueta gris y roja, que luego se convirtió en un paisaje real, pero no identificable, que podría estar ubicado en cualquier parte del planeta. Al fondo una música lo transportaba hacia ese sitio. Una vez en el sitio, la música bajaba de volumen y se escuchaba una voz masculina sumamente grave, pero muy melodiosa: "Hola. Usted no sabe dónde se encuentra ahora. No se preocupe, nosotros lo guiaremos hasta que consiga la claridad que busca. Permítanos conocer un poco más de usted".

En ese momento la pantalla se desvanecía, dejando la parte negra con los puntos apareciendo de nuevo. El cuestionario se presentaba de una forma muy sublime. Las preguntas parecían muy inocentes; además, estaban elaboradas con imágenes y daban la sensación de estar haciendo ya una consulta. La primera pregunta consistía en seleccionar una puerta entre cinco de diferentes colores, y así sucesivamente. En el cuestionario se variaban las preguntas de tal forma que no había dos iguales.

Al final del cuestionario, si el perfil de la persona era el correcto, la pantalla regresaba al paisaje y la voz, con un tono mucho más melodioso, decía: "Felicitaciones. Usted ha calificado para obtener una entrevista con Frann Hatton, la luz que le abrirá nuevos horizontes". Luego se configuraba en la pantalla un recuadro que contenía la instrucción, un número telefónico y un código para coordinar la cita.

Si el resultado era negativo, el mensaje de la voz era el siguiente: "Gracias por entrar en la página de Frann Hatton. Afortunadamente no ha calificado para una entrevista, lo cual significa que usted anda por buen camino. Lo invitamos a que lo intente de nuevo cuando guste".

El sistema imprime una hoja de las personas aceptadas, con todos sus datos, asignándoles automáticamente una puntuación para determinar la gravedad del caso y otra para conocer su estatus económico. Diariamente Frann analizaría las solicitudes para establecer un orden de prioridades.

La campaña publicitaria comenzaría la semana próxima por prensa, y consistía en un cintillo que decía: "¿Problemas? www.frannhatton.com. ¡Aquí puede estar la solución!".

En radio, este mismo mensaje sería transmitido con la voz del mismo locutor de la página de Internet.

"Definitivamente listo", pensó Frann. Estaba todo perfecto. Era su primer día de trabajo formal, la secretaria estaba en su puesto, Oscar en la oficina contigua a la suya, había ambiente de trabajo. La campaña publicitaria estaba en el aire, la agencia les cedió diez vallas muy bien ubicadas por un periodo de un mes, mientras se reponían los anunciantes pautados.

Frann entró en la oficina de Oscar y se sentó frente al escritorio:

—¿Qué haces?

—Termino la campaña del perfume, la gerente de producción me está apurando y como ahora no tengo tu ayuda me congestiono un poco.

—Ahora mismo puedo ayudarte en lo que tú quieras.

—Se supone que deberías estar revisando las aplicaciones de nuestros clientes para comenzar a dar las citas.

—Sí. El problema es que la página de Internet no ha sido visitada por ninguna persona.

—Ten paciencia, todo en esta vida pasa por un proceso.

—La publicidad comenzó hace una semana.

—No te desesperes, ya verás cómo en cualquier momento te comienzan a llover los clientes.

—No es fácil pasarse una semana esperando sin hacer nada. Esto me está poniendo nervioso, debería seguir trabajando para la agencia, igual que tú.

—Vamos, Frann, todo está bien, esto tomará un poco de tiempo, pero presiento que muy pronto vas a necesitar un asistente a tiempo completo y ya no podré seguir haciendo trabajos para la agencia.

—Son optimistas tus palabras; sin embargo, esto comienza a estresarme, lo estoy viendo como a esos negocios que lucen inmensos en los papeles y luego en la práctica son un gran fracaso.

Frann se notaba muy preocupado.

—Voy a pensar que no dijiste eso que acabo de oír. Esto va a salir bien, ni siquiera le pediré a nadie en la agencia para que hagan una medición de la campaña. Te recomiendo que te relajes ahora que puedes. Cuando comience a venir gente, anhelarás estos días.

Oscar trataba de ser lo más optimista posible para darle ánimo a su amigo, pero estaba tanto o más preocupado que Frann.

Después de nueve días, aún no había entrado nadie en la página de Internet. Había un ambiente de tensa tranquilidad en la nueva empresa.

VEINTIUNO

—Tiene una llamada de su hija —anunció Nina. Cada vez que repicaba el teléfono, Frann esperaba que se hubiera dado el milagro y apareciera un cliente.

—Hola preciosa, qué alegría oírte tan temprano.

—Hola papi. Me imagino que en estos momentos preferirías oír la voz de un futuro cliente. Creo que si cambias las reglas sería más fácil. Yo tengo amigas que me han pedido que les consiga una cita para algún familiar, y hay muchas otras personas que han tratado de ponerse en contacto conmigo para lo mismo.

—Hija, solo tienes que darle la dirección de la página en Internet. Un pequeño cuestionario les dará la oportunidad.

—A esa gente no le gusta dar información personal a nadie, y menos por Internet.

—Solamente diles que visiten la página, estoy seguro de que llenaran la solicitud.

En ese momento, Nina entró, casi gritando, con una hoja en la mano.

—¡Tenemos una aplicación!

—¿Qué está sucediendo ahí? —preguntó Ishka.

—Es Nina, dice que llegó una aplicación.

—Bueno, papi, mucha suerte, te dejo para que la atiendas, un beso.

—Gracias hija, te llamo luego.

Oscar entró en la oficina, atraído por el alboroto de Nina.

—Vamos a ver qué tienes, Nina —dijo Frann, muy excitado.

—¡Es una aplicación aprobada!

—Siéntate, cálmate y dime de qué se trata.

—Es una joven deportista, tiene veinte años. No hay mucha información sobre su problema. La aplicación fue llenada por su madre. Está calificada para el nivel más alto de la tarifa.

—Confírmala para pasado mañana a las dos. Aplícale la tarifa cuatro.

Nina se levantó y salió deprisa, pero se detuvo a medio camino.

—¿Algún problema? —quiso saber Frann.

—No. Solo quería recordarle que mañana también tenemos espacio disponible.

—Eso es cierto, Frann, inclusive yo las atendería esta misma tarde.

Oscar se veía muy emocionado.

—Mejor confírmelas para el próximo lunes.—dijo Frann viéndolos a ambos. Esto sirvió para dejar claro quién tomaba las decisiones.

—Como usted mande, jefe.

—¿Te das cuenta, Frann?, ya comenzó el desfile. Te lo advertí, en cualquier momento esto se va a poner caliente y te va a faltar tiempo para atender a todos los solicitantes.

—Espero que tengas razón, necesito ponerme en acción.

Ese mismo día entraron otras dos aplicaciones. Al día siguiente tres y de allí en adelante no pararon.

—Buenas tardes, señora Wilson; hola, Amanda —saludó Nina a los primeros clientes que llegaban a esa oficina. —Por favor, tomen asiento. ¿Desean un té, café o soda?

—Para mí está bien un té —dijo la señora Wilson. Amanda no abrió la boca, solamente miraba hacia el piso. Nina no quiso insistir, pensaba que la joven no se encontraba bien.

—Enseguida se lo traigo; el señor Frann no tardará en atenderles.

Nina trajo el té, ya con el conocimiento que debía esperar unos diez minutos antes de hacerles entrar. Durante la espera, la joven nunca levantó la mirada del piso, tampoco habló nada con su madre.

—Pasen por aquí —les anunció Nina.

Al entrar a la oficina, la señora Wilson se impresionó por todo lo que estaba a su alrededor; su hija apenas veía por donde caminaba. Nina las dejó sentadas frente al escritorio y se marchó.

Frann se levantó y le extendió la mano a la madre de su cliente, ya se había colocado el anillo, pensando que siendo la madre de su cliente, podría obtener información que le ayudaran con el problema de Amanda.

—Soy Frann Hatton, mucho gusto.

La madre de Amanda le extendió la mano con recelo y no contestó el saludo. Luego preguntó, con tono de reproche:

—¿Por qué me mira de esa manera? ¿Le molesta que seamos…?

—¿…Negras?, en absoluto —la interrumpió Frann. —Esta es la manera en que miro a todo el mundo.

La señora Wilson se dio cuenta enseguida de que estaba muy nerviosa.

—Disculpe, pero esto es muy embarazoso para mí. Ya hemos visitado a varios especialistas, incluyendo a un siquiatra reconocido de la ciudad. Nadie sabe que he venido aquí, pero estoy desesperada. Mi hija es una gran deportista, es una niña ejemplar…

En ese momento la señora Wilson comenzó a llorar. Se interrumpió y se tapó la cara, buscando desesperada una compostura que no atinaba a conseguir.

—Tenga calma… Le pediré a Nina que traiga un té, pronto va a salir de todo esto.

Frann la consolaba más por no verla sufrir que por la convicción de poder ayudar a la hija. Un poco calmada, continuó su relato.

—Hace como dos meses, mi hija dejó de hablar, de jugar y lo único que hace es ver a un sitio fijo. No habla ni le ve la cara a nadie. No le interesa nada.

La señora Wilson comenzó a llorar de nuevo.

Frann se colocó el anillo con disimulo, se levantó de su silla y se dirigió hacia Amanda, y le puso su mano en el hombro. Al instante sintió la descarga, entrecerró los ojos. La señora Wilson le preguntó si estaba bien.

—Estoy bien… Hágame un favor y espere afuera mientras converso con Amanda.

Ella se levantó con desconfianza y se fue alejando hacia la puerta.

—Ya le dije que no quiere hablar con nadie.

Frann conocía lo que le había ocurrido a la joven. Lo que no sabía era cómo ayudarla. Amanda es una jugadora de tenis profesional, clasificada entre las primeras diez del mundo. En su corta carrera, solamente en torneos, ya tenía ganados más de cinco millones de dólares. Adoraba a sus padres, compartía alegrías con todo el mundo, nunca tenía problemas. Desde pequeña se destacó en todo lo que hacía, fue siempre la primera en su escuela. Por su sencillez tenía amigos en todas partes.

Frann se sentó en la silla que había dejado la señora Wilson al lado de su hija.

—Amanda, eres una joven muy talentosa, y además muy bonita.

Frann estaba siendo justo en el comentario.

—¿Por qué no me miras a la cara?

La joven no se movió siquiera.

—Te veo y me recuerdas a mi hija. No sé qué me haría sin ella.

Frann se levantó y comenzó a caminar por la habitación, estaba pensando en lo que vio de esa hermosa joven. Trataba de ponerse en su lugar y el corazón se le ponía pequeño, sentía una opresión en el pecho.

Amanda se dirigía hacia el cuarto de su madre. Antes de entrar, se detuvo en la puerta; no estaba segura. Sin intención, escuchó cuando su madre le decía a la tía Emma:

—No repitas eso jamás en tu vida.

—Y tú crees que nunca nadie se va a enterar de que Amanda no es hija de Teddy.

—Te dije que no repitas eso. Emma, han pasado veinte años, Amanda adora a su padre, y nadie tiene el derecho de cambiar eso.

Frann continuó hablando:

—Entiendo que no quieras mirarme; total, yo soy más bien feo. De todas formas, aun cuando no me mires, espero que estés escuchando, porque es muy importante lo que tengo que decirte.

Frann se sentó de nuevo.

—Sé lo que estás sintiendo ahora, conozco tu problema. Amanda, necesitas ayuda, una ayuda que debe nacer dentro de ti. Has pasado toda una vida llena de amor, y ahora eso está interrumpido. Hay un alto en todo lo hermoso de tu vida. Pero ese alto debe tener un final.

Frann pensó que esa era apenas su primera cliente y ya estaba metido en un buen lío. Posiblemente a un profesional le habría tomado tiempo, quizás meses, en conocer el problema de Amanda, y él lo había hecho prácticamente en un segundo. La diferencia estaba en que el profesional sabría exactamente cómo encaminar la cura de Amanda, y él no.

La madre de Amanda había tenido relaciones, obligada por su novio, un hombre sin escrúpulos que la tenía obsesionada. Al tiempo, se dio cuenta de que estaba embarazada.

—Dany, quiero decirte algo muy importante.

—¿Tú, algo importante?

—Sí, no sé cómo empezar.

—Muy sencillo: abre la boca y comienza a escupir las mismas estupideces que siempre dices.

—Por favor, Dany, no te comportes así conmigo. Tú sabes que yo te quiero mucho y nunca me voy a apartar de tu lado.

—Yo no te he pedido que me quieras, ni que estés a mi lado. La pasamos bien y eso es todo.

—Podemos ser muy felices juntos, siempre he estado dispuesta a darte mi apoyo en todo. Aquí estoy contigo y en contra de toda mi familia.

—¿Te das cuenta?, lo único que haces es hablar estupideces.

—No, Dany, lo único que hago es amarte.

—Termina de decir lo importante, que ya debo regresar a mis asuntos.

—Dany, estoy embarazada. Vamos a tener un bebé.

—¡Qué!, ¿estás embarazada?

—Sí, ¿no te parece increíble?

—Lo que me parece increíble es que tengas el descaro de achacarme a mí el resultado de tus desatinos carnales.

—Dany, ¿cómo se te ocurre decir eso?

—Está bien, digamos que siento aprecio por ti, así que te ayudaré a conseguir a alguien que te desembarace.

—¿Cómo que me desembarace? Yo estoy decidida a tener a nuestro hijo, cueste lo que cueste.

A Dany se le congestionó el rostro y se fue acercando hacia donde estaba Samanta.

—Escúchame, perra maldita, aquí nadie va a tener nada, ¿me entiendes?

Siguieron discutiendo, hasta que Dany le dio una golpiza de tal magnitud, que Samanta estuvo hospitalizada por un buen tiempo; milagrosamente no perdió el bebé. En el hospital conoció a Teddy el médico que la atendió, un joven maravilloso que estuvo todo el tiempo ayudándola. Cuando salió del hospital, siguieron viéndose. Al tiempo se casaron y han sido felices con su única hija Amanda, hasta el día de la desgracia.

—¿Por qué viniste a verme? —interrogó Frann a su joven cliente. Ella seguía igual.

—Sí, entiendo, fue porque tu madre te trajo. Pero podrías haberte negado, nadie puede obligarte a hacer nada. Quiero que pienses en este momento, ¿por qué viniste a verme?

Frann esperó un rato.

—¿Crees que ya puedes responder? No hace falta que me hables, solo responde en tu mente.

Frann se levantó y caminó hacia su escritorio, se sentó en la silla.

—Bueno, ahora que sabes por qué estás aquí, ¿te das cuenta de que tienes una necesidad?

La muchacha hizo un ademán como para levantar la cara, pero se arrepintió.

—Amanda, llevas mucho tiempo encerrada y no has logrado resolver nada. Si no hablas con alguien sobre tu problema, se te hará muy difícil salir de él. Entiendo perfectamente cómo te sientes.

Frann hablaba con una pronunciación excelente y un tono más bien alto; pero en ese momento bajó la voz y, casi como en un susurro, le dijo:

—¿Confundida? Para serte franco, también estoy algo confundido, pero por motivos diferentes. No me explico por qué suceden algunas cosas en la vida. Tus padres siempre han hecho lo que consideran que es mejor para ti; te apoyaron siempre, te dieron amor y comprensión. A veces no nos damos cuenta de cuán comprensivos son nuestros seres queridos con nuestras actitudes. En este momento, Samanta y Teddy no saben por qué actúas así; sin embargo, están sufriendo a tu lado y dando todo lo que pueden de sí mismos para que vuelvas a ser la misma.

Frann se quedó mirándola; se veía menos tensa, pero más adolorida.

—En este momento tienes un azote en el alma que ata tu capacidad de actuar. Algo incomprensible, como cuando golpeas la bola con toda la seguridad de que dispones y se queda en la red.

Ella tomó aire profundamente, levantó la cara y se quedó mirando a Frann con una expresión infinita en la que había tristeza, rabia, dolor, incomprensión, necesidad…

Frann se levantó y fue nuevamente a ocupar la silla que estaba al lado de Amanda. Estuvo un momento callado y luego dijo:

—¿Qué sería de ti sin tu padre?, y ¿qué sería de él sin ti?

Amanda comenzó a contraer su rostro hasta que estalló en llanto. Frann hizo ademán de consolarla y ella se tendió en sus brazos, apretándose contra su pecho, llorando inconsolablemente.

Una vez que Amanda se calmó, Frann llamó a Nina y le ordenó una taza de té. Se quedó mirando cómo la joven recuperaba la compostura poco a poco. Después de un buen rato, Amanda levantó la cara y preguntó:

—¿Cómo sabía usted lo que me ocurría?

—Porque soy vidente.

VEINTIDÓS

Habían pasado tres semanas desde que Frann recibiera su primer cliente, y, tal como dijo Oscar, le estaba faltando tiempo para atender a tantos necesitados. La página era visitada por unas treinta personas diariamente, de las cuales por lo menos tres calificaban para la entrevista.

—Aquí hay un caballero que logró la mayor puntuación en la aprobación de su entrevista —anunció Nina. —También es el que mayor estatus tiene. Me da la impresión de que es un magnate industrial o algo por el estilo.

—Está bien, Nina, confirma su entrevista para el viernes, le aplicas la tarifa más alta.

—La primera persona de hoy es una señora que viene en silla de ruedas.

—Si viene con alguien —previno Frann —dile que no puede pasar acompañada, y la ayudas tú misma. Ya estoy aprendiendo cómo funciona esto, hay muchas personas que quieren colarse en las entrevistas. Salvo un caso extremo, los que tengan cita no podrán pasar acompañados.

—No hay problema.

—A propósito, trata de averiguar más acerca de este personaje del viernes, hay algo que me llama la atención y no sé qué es —dijo Frann, y le devolvió la hoja que acababa de revisar.

Afuera, Nina estuvo un buen rato discutiendo con la señora de la silla de ruedas, que se empeñaba en pasar con su hija a la consulta.

El viernes, Frann llegó a la oficina muy contento, como de

costumbre. Había tenido un mes lleno de trabajo, con unas jugosas utilidades; y, lo más importante: "Estoy ayudando a toda esta gente a salir de sus problemas", pensó con entusiasmo.

—Buenos días, Nina, cómo te preparas.

—Buenos días, señor Frann, ya estoy lista para otro gran día.

—Eso me gusta. Tan pronto llegue el señor Max Elia, lo haces pasar.

—Así lo haré.

A los quince minutos de haberse instalado en su escritorio, Frann vio entrar a Nina con un caballero exquisitamente vestido, que no reflejaba sus 68 años, bastante entero, con piel bronceada y contextura atlética. Por lo visto, disimulaba muy bien su problema, parecía extranjero, europeo, pensó Frann.

—Siéntese aquí, señor Elia. ¿Desea tomar algo? ¿Café, té, jugo o soda?

—Muchas gracias, joven, ¿sería tan amable y me trae un vaso con agua?

—Enseguida, tome asiento, ya regreso.

Nina les dio la espalda y se marchó.

—¿Cómo está, señor Elia? —dijo Frann y le extendió la mano.

—Muy bien, encantado de conocerlo, Hatton —Elia dejó extendida la mano de Frann. —Me disculpa que no le dé la mano, pero sufro una alergia y todavía los médicos no han podido comprobar si es contagiosa.

—Lo lamento —dijo Frann, preocupado por no haber podido tocarlo. —Espero que se mejore pronto.

—Verá, Frann, llevo más de dos años con esto.

—¿Es por eso que viene a verme?

—Ciertamente, este problema me ha atormentado durante los últimos dos años de mi vida, pero estoy aquí por otra cosa.

En ese momento entró Nina con el agua, la dejó sobre la mesa y se marchó.

—Usted dirá.

—Pensé que más bien era usted quien me diría cosas.

—¿Qué quiere saber?

Frann sabía que ese sujeto le traería problemas, no había podido tocarlo y no sabía qué excusa poner para hacerlo.

—Mire Frann, yo engañé su cuestionario, me di cuenta enseguida de que esa serie de preguntas son las mismas que hacen los siquiatras para determinar el grado de estrés de las personas. Así que fui contestándolas de tal forma que me aprobaron la entrevista.

Frann no entendía nada. Hillary le había dicho que era prácticamente imposible burlar el cuestionario. Se le ocurrió una idea para tocar a Elia. Se puso de pie y fue hacia la silla de su cliente; al llegar junto a él le colocó una mano en el hombro y le dijo:

—Señor Elia, salga y dígale a Nina que le devuelva su dinero, no pierda su tiempo ni me haga perder el mío.

En ese momento, Frann recibió la información de Elia.

—Discúlpeme, no quise ser grosero con usted, Frann. Quiero que me ayude.

Elia se había transformado en un segundo, toda aquella arrogancia que tenía al entrar se derrumbó completamente, ahora se veía suplicante.

Frann tomó un lapicero de su bolsillo, y le dijo a Elia que le diera su mano derecha, la tomó entre las suyas y le dibujó un pequeño círculo en el ángulo donde comienza el dedo índice, luego regreso a su silla.

Elia estaba solo, terminó en mala forma la relación por la que abandonó a su familia. Se había mudado a la avenida Park, se compró un departamento por quince millones de dólares y gastó otros cinco en decoración, pero se sentía como en un museo, no había alegría en su espectacular departamento.

—¿A qué vino, Elia? O prefiere que se lo diga yo.

Frann fue muy directo y seco.

—¿Por qué me marcó aquí? —preguntó Elia señalando su mano.

—Se lo diré antes que se marche.

—Lo tengo todo, ¿sabe? Esta bendita alergia me mata, pero de resto no me falta nada.

—Debería consultar a un doctor, no a un vidente.

—Vine porque quiero conocer qué sucederá con mi vida. Yo no creo en esto, pero como no tengo nada que perder, me sobra el tiempo y el dinero, de pronto es usted un vidente verdadero y me lee el futuro.

Frann ya sabía que Elia no había engañado el cuestionario, solo evadía su verdadero problema o trataba de comportarse como si no le afectara, sin embargo lo estaba consumiendo poco a poco.

—Señor Elia, el problema que tiene es su hija —sentenció Frann sin preámbulos.

—¿Cómo dice?

Elia abrió los ojos como un loco, se apretó contra la silla, luego se aflojó y dejo caer su cabeza hasta que la barbilla le tocó el pecho.

—¿Qué sabe usted de eso?

—Todo, Elia, lo sé todo. Sé que su hija ha sufrido mucho desde que usted se divorció de su madre —Frann pensó en Ishka: "Solo Dios sabe todo lo que yo he tenido qué hacer para que mi preciosa Ishka haya sobrevivido al divorcio de sus padres. Todavía le quedan algunos rencores, pero en general es muy feliz. Me da tanta tristeza ver la indefensión de los niños ante el divorcio de los padres, no les queda más remedio que sufrir por algo que no han hecho. Otra de las cosas incomprensibles de este mundo. El único que sabe verdaderamente cómo se siente cuando los padres se divorcian, es un hijo, algo muy triste".

—Frann, le he arruinado la vida a mi única hija.

Elia volteó la cara, lloroso.

—Así es, señor Elia. Usted era un ídolo para su hija, hasta que se fue. Se enamoró de otra persona, abandonó a su familia, y desde ese momento es un hombre infeliz. Les ha dado de todo, viven en la riqueza, una riqueza que no llena el alma, una riqueza que no compra el amor. Ahora su hija sufre por otras razones, pero sigue siendo usted el culpable.

—Pienso todo el tiempo en eso, pero ya no hay nada que hacer, no tengo cómo llegar a ella, es demasiado tarde para cambiar las cosas.

Elia hablaba con voz entrecortada.

—Mientras uno esté vivo, señor Elia, nunca es tarde para nada.

—Después que me fui, no he sabido qué hacer.

—Elia, usted ha tomado muchas decisiones importantes en su vida.

Elia tenía una firma jurídica, que se dedicaba única y exclusivamente a verificar y comprobar la legalidad y el rendimiento de las transacciones de grandes corporaciones. En una ocasión, su socio, Colbert Frank Jr., le dijo que había un cliente de pocos recursos que molestaba más de la cuenta:

—Elia, creo que debes buscar la manera de salir de Pastas Milán, dan mucho trabajo y el hombre nunca tiene con qué pagar.

—Pero ellos son amigos míos, no puedo hacerles eso.

—En cualquier momento van a quebrar y tú lo sabes. Hoy les enviamos un informe donde les sugerimos conseguir un crédito adicional con la financiera. Yo creo que con esto debemos dar por terminada la relación, en todo caso no les darán el crédito.

—No puedo echarlos, Francesco es como familia mía.

—No creo que seas tú el más apropiado para hablar de familia. Si no se lo dices, lo haré yo, el pobre hombre se sentirá peor.

—Está bien, yo arreglaré el asunto.

Elia estaba contra la pared, su socio de muchos años lo presionaba todo el tiempo, pensó en ese momento que debía tomar una decisión.

—¿Hablarás con él mañana?

—Hablaré con él... También quiero informarte que trabajo hasta hoy en esta empresa, háblale a contabilidad para que preparen la liquidación de mis acciones, ponles precio y cuando el dinero esté disponible me avisas.

—¿Qué estupideces son esas que estás diciendo?

—Hasta luego, Frank.

—¡Espera! Esta es tu empresa, no puedes dejarla así como si nada.

Elia ya había cerrado la puerta tras salir.

—La única decisión importante que debí tomar nunca la tomé, por eso no tengo a mi hija, por eso ella no está bien ahora.

—Si ha tenido la fuerza necesaria para sobrevivir a este problema tantos años, debe tenerla para ir y rescatar a su hija.

Frann lo retaba ahora.

—Yo no puedo cambiar las cosas por las que ha pasado ella.

—Ciertamente, no puede modificar el pasado, pero puede hacer algo ahora para que el futuro sea positivo. Todavía tiene que darle una nueva esperanza a su hija.

—No creo que pueda hacer nada.

—Señor Elia, si usted vino hasta aquí es porque tiene fe, eso es lo más importante. Los problemas no se solucionan solos, tenemos que poner nuestro empeño. Busque a su hija, recupérela, aleje los rencores de la relación, entienda que la humildad existe.

—Mire Frann, como usted ya debe saber, cuando me retiré de la sociedad con Colbert, este quedó muy molesto y, como represalia, movió todas las piezas necesarias para que su hijo se casara con Natalia. Él sabía que yo nunca estuve de acuerdo con esa relación. Estoy seguro de que mi hija lo hizo por castigarme; que yo sepa, ella no amaba al hijo de Frank. Después que ha pasado todo esto, ¿dónde puedo figurar yo?

—Desde que usted abandonó a su familia, la madre de Natalia se ha dedicado a vivir su vida. Su hija se casó porque estaba muy sola. Seguramente pensó que el matrimonio le daría una nueva perspectiva a su vida, y en realidad así fue. Ahora está llena de presiones y amenazas por parte de su esposo, es un hombre sumamente celoso, piensa que ella lo puede dejar en cualquier momento y eso lo mataría. Carl Frank es un hombre muy inseguro, siempre ha vivido bajo la protección de su padre. Elia, usted, ahora mismo, no tiene otra alternativa que buscarla. El daño que le hizo es reparable, como todo lo que nos empeñamos en solucionar. Cuando no hemos hecho el esfuerzo suficiente para resolver un problema, nos parece que la solución no existe. Generalmente esas soluciones son infinitamente más fáciles de lo que uno piensa, pero únicamente nos damos cuenta cuando tratamos, y ponemos nuestra energía en eso. Busque a su hija, pero no le ofrezca nada; seguramente, lo que usted cree no es lo que ella necesita, deje que su propia hija le muestre el camino, usted solamente ábrale las puertas de su corazón.

Elia estaba a punto de llorar, pero al mismo tiempo sentía que tenía una esperanza con relación a su hija.

—Frann, yo no sé cómo se entera usted de lo que le sucede a uno, pero me ha dado fuerzas para intentar algo que nunca hubiera hecho solo.

—Señor Elia, todo lo hará usted solo.

Elia se levantó de la silla con un aspecto mucho más prometedor, se veía una especie de triunfo en su rostro. Antes de retirarse le dijo a Frann:

—Me gustaría verlo de nuevo, Frann, quizás pudiéramos socializar más adelante.

—Veremos.

—Hasta luego, me dio mucho gusto conocerlo.

Antes que Elia se marchara, Frann le dijo:

—¡Elia!, ¿estuvo usted en Panamá hace dos años?

—¿Panamá? Sí, creo que hace como dos años fui a ese país invitado.

—Usted estaba en los jardines de una casa en la ciudad de Colón. Sin darse cuenta apoyó su mano en un árbol y tropezó un gusano que es de esa región. Allí donde le hice la marca, tiene una espina casi invisible y muy profunda que le produce la alergia. Busque a su médico y haga que lo operen para extraerla, su alergia desaparecerá.

Al día siguiente, Frann estaba tomando el desayuno en casa con su hija. Un comercial en televisión le recordó a Max Elia.

—¿Qué te sucede Frann? —preguntó Ishka.

—No es nada, solo veía el comercial.

—¿Qué tiene de raro?

—Ayer atendí al dueño de esa corporación.

—No puedo creerte, debe ser un hombre muy rico. ¿Qué clase de problemas tendría una persona así? —quiso saber Ishka.

—Yo no debería hablarte de mis clientes, pero este personaje tiene algo que me inquieta desde el día en que Nina me entregó la aplicación.

—¿Pudiste ayudarlo en algo?

—Así es. Hace como unos ocho años, Elia era socio en un bufete importante, que atendía asuntos legales de grandes corporaciones.

Un día su socio le solicitó que echara a un cliente amigo desde la infancia. Elia se retiró del bufete y colocó todo su dinero en la empresa de ese amigo.

—¿A qué se dedicaba?

—Tenía una procesadora de harina y pastas. Distribuía sus productos en supermercados pequeños y restaurantes. Cuando Elia entró en el negocio, se le ocurrió abrir tiendas de *delicatese* y luego las convirtieron en restaurantes de pizza y pastas. Hoy en día la corporación tiene alrededor de mil doscientas tiendas de detal en más de veinte países. Maximiliano Elia es un hombre inmensamente rico, e inmensamente infeliz por estar separado de su única hija.

—Eso debe ser muy duro.

—Lo va a superar, pero hay algo raro en la hija que no pude ver con claridad, por momentos me daba la impresión de que yo estaba involucrado en algo. Me imagino que siendo yo el que lo ha guiado para que recupere a su hija, me veo reflejado de alguna forma en su futuro, pero realmente no pude precisar lo que era.

VEINTITRÉS

Después de seis meses, Frann se sentía agotado, pero la fama había crecido y la cuenta del banco también. Para él, lo más importante era que estaba haciendo su trabajo, cada día ayudaba a más y más personas desesperadas que acudían a verlo con una esperanza. Todas las noches pensaba en esas personas tan diferentes entre sí. Tal como se lo había imaginado, de todas las edades, razas, posiciones sociales. Amas de casa, industriales, cocineros, estudiantes, dueños de negocios; llegaba a conocer a todas esas personas como a su propia familia. Sentía pena por sus problemas, se entusiasmaba con sus alegrías y era feliz al poder ayudarlos.

Jeannette abrió la puerta y entró. Quedó impresionada por todo lo que vio.

—Adelante, señorita Ferrero; por favor, tome asiento que enseguida la hago pasar.

Nina, como siempre, muy atenta con los clientes.

—¿Desea tomar algo mientras espera? Le puedo ofrecer una taza de té, una soda, café…

—Muchas gracias —contestó Jeannette, que se veía bastante nerviosa. —Tomaré soda.

Apenas le había dado un par de sorbos a la bebida, cuando Nina le dijo que podía pasar.

—Deje su vaso sobre la mesa, luego yo le llevo uno nuevo.

Al entrar, sintió un escalofrío que le recorría el cuerpo, era todo tan imponente, aquello la intimidaba, sentía como si hasta las paredes la observaran. El señor Hatton estaba sentado frente a un escritorio dándole la espalda; enseguida se dio la vuelta y la vio directamente a los ojos. "Es un hombre bastante atractivo para ser vidente", pensó ella, aun cuando no sabía cómo eran los videntes; se lo había imaginado gordo con barba y vestido con una túnica blanca, no a un hombre tan inmaculadamente bien vestido, afeitado, buen mozo, y con una colonia que debe aturdir a todas las mujeres.

—Buenos días, Jeannette, acérquese por favor.

Frann se levantó de su silla y la recibió con un apretón de manos, que ya por la costumbre no dejaba ver el impacto que le producía; sin embargo, quedaba sin poder pronunciar palabra por unos segundos mientras se recuperaba y tomaba aire.

—Por favor, siéntese —dijo Frann.

—Muchas gracias.

Frann se había enterado de lo que le ocurría a esa chica linda, pero de mal aspecto. "Ella no merece esa vida", pensó.

Enseguida entró Nina con la nueva bebida y se la colocó al frente.

—Con permiso —dijo la secretaria y se marchó.

—Señor Hatton, fue difícil para mí venir aquí, pero estoy desesperada.

—Mi nombre es Frann, comencemos porque me llame solo Frann. ¿De acuerdo? —dijo él, dándole confianza.

—Está bien, señ… Frann.

—Mire, Jeannette, quiero verla tranquila, es importante que preste atención a todo lo que le diga. Si usted se concentra de veras en esto, le aseguro que su vida va a cambiar para siempre.

—¿Usted qué hará?, ¿leerme las cartas o la mano? —preguntó ella para aparentar una tranquilidad que no sentía.

—No le voy a leer nada, esto es mucho más fácil. Le explicaré cómo funciona: desde que entró por esa puerta, me enteré inmediatamente de quién es, cómo ha sido su vida, lo que le ha pasado desde que nació, absolutamente todo. ¿No le parece increíble?

—Eso quiere decir que usted me investigó antes de darme esta entrevista, y ahora me va a contar todo lo que pudo averiguar. ¿No es eso? —le dijo ella pensando que ese hombre la estaba tomando por tonta, como haría con todos sus clientes. Se aprovechaba del mal ajeno. Tenía que salir corriendo de ese lugar lo antes posible.

—Jeannette… —Frann se quedó mirándola a los ojos unos segundos antes de seguir. —Está aquí por su voluntad, no debe sentirse temerosa de todo lo que hace, tiene que darse y darles a los otros una oportunidad. ¿Quiere que continúe o prefiere marcharse ahora? —le preguntó con un tono de reproche, pues sabía que esta mujer era muy frágil.

—Siga —respondió ella petrificada, colorada de la pena, con la angustia de que él pudiera saber lo que pensaba.

—Usted no tiene ningún motivo para sentirse incómoda, debe confiar en mí. Si colabora, todo cambiará para bien en su vida.

—Es que se me hace difícil creer en todo lo que usted me está diciendo —interrumpió Jeannette confundida. No sabía cómo aquel hombre por momentos comenzaba a quitarle la angustia.

—Tengo que ser sincero con usted durante nuestra entrevista, pero nada malo le sucederá —le aseguró Frann.

Ella seguía pensando que había un truco, no podía creer que Frann fuera adivino, además de divino.

—Cuando tenía nueve años —le dijo Frann —se realizó en su colegio un acto en homenaje a las autoridades de la ciudad, en ese acto estuvo presente el gobernador. Usted formaba parte del coro. Al concluir el acto, usted se encerró en el baño y pasó más de 45 minutos llorando. Nadie se enteró nunca de lo que le sucedía. Eso es algo que únicamente conocía usted, y ahora yo.

Frann se quedó observándola, ella se tapó la cara para esconder su asombro.

—Usted fue una chica precoz.

Jeannette casi sufre un ataque, su piel subió de color y comenzó a llorar.

Frann sabía lo que aquella pobre chica había sufrido durante toda su vida. Era preparada, educada, de buenos sentimientos, respetuosa, inteligente y sumamente atractiva, aun detrás de esa espantosa indumentaria que usaba como vestido. Su madre, después que el padre las abandonó por no soportarla, había tomado la decisión de dedicarse en cuerpo y alma a su preciosa hija y no la abandonaría para nada. Se esmeró de manera especial en su educación y la protegió como una alhaja. De esta superprotección se derivan los males de Jeannette. Desde pequeña, su madre le prohibió que estuviera en la calle, ya que allí había muchos males. La niña solo conocía el camino de la escuela, la iglesia y un parque al que le llevaba su madre los domingos por la tarde. Cuando creció, Jeannette tenía terror de salir sola y llevaba una vida muy sedentaria, prácticamente encerrada en su casa. Algunas amigas que conservaba de la preparatoria, la llamaban y la convidaban a salir con chicos, pero su madre se oponía rotundamente.

En esta oportunidad, Jeannette decidió salir. Fue a la biblioteca para usar una computadora y entrar en la página de Internet que había visto en el diario. Luego, al conseguir la cita, vino en tren desde su casa en Queens hacia Manhattan. Estaba desconcertada, no soportaba más vivir encerrada, sin salir, sin poder trabajar, prácticamente en la miseria. Solo contaban con la ayuda de algunos familiares y la pensión de su madre. Ella sabía que era joven y con capacidad para llevar a cabo cualquier tarea que le encomendaran. Pero no tenía el valor de enfrentar la calle; y, por otro lado, eso significaba dejar sola a su madre, cosa que tampoco podía hacer. Estaba muy deprimida, lloraba, a veces sentía ganas de suicidarse y terminar con todo aquello.

—Jeannette, tranquilícese, le advertí como iba a ser la cosa aquí. Tenga un poco de calma y piense que ya lo peor está pasando. Le aseguro que usted saldrá de esta sala con otra perspectiva para su vida y la de los suyos.

Frann trataba de darle ánimos para seguir adelante.

—Acaba usted de darse cuenta de que yo no le estoy mintiendo. Así como sé su pasado, también conozco su presente y su futuro.

Frann sabía que las personas, cuando acudían a él, habían llegado a un grado tal de desesperación, que necesitaban cambios radicales. Deseaban que, al llegar, Frann los tocara con su varita mágica, o les mandara encender una vela roja, y listo, quedaría atrás toda su miseria.

—Aun cuando conozco su vida, pasado, presente y futuro, no puedo sacarla de la oscuridad. Esa es su vida y la única que puede modificarla es usted misma. No deje que el destino siga manejándola a su antojo y la lleve al final que le trazó, sin que usted haga nada por modificarlo.

—Si conoce mi futuro, sabe perfectamente lo que me ocurrirá. Me imagino que me lo va a decir, así como me dijo lo del pasado —le retó ella entre sollozos.

—¿Usted ha escuchado la famosa frase "Esa persona está destinada al fracaso"? —le preguntó Frann, cambiando un poco el tema.

—Sí —contestó ella.

—¿Qué significa eso para usted?

—Que a esa persona nada le sale bien, que tiene mala suerte.

—No —aclaro él, haciendo una pausa. —Significa que su actitud la está llevando por un mal camino. Si esa persona rectifica, puede cambiar su actitud, por lo tanto, su futuro también puede cambiar. Es hora de que empiece a hablarle a su destino, a colaborar con él. El destino ya está hecho, es cierto, pero tenemos que alimentarlo para que se desarrolle. Todos nacemos con un destino trazado, pero si no lo atendemos, nuestro futuro reflejará lo que dejamos de hacer por nosotros mismos.

—Eso suena un poco complicado —dijo ella con una mueca de interrogación.

—¿Se siente usted capaz de modificar su propio destino?

—No —contestó ella rápidamente.

—Se equivoca, claro que lo puede hacer y va a comenzar ahora mismo.

—¡Por el amor de Dios, Frann! ¿Usted cree que yo tengo sus poderes? —preguntó ella intrigada.

—Mire, Jeannette, usted tiene más poder del que se imagina. Todos los seres humanos tenemos poder para modificar nuestras conductas y nuestras vidas. Es cuestión de voluntad para hacer los cambios. Muchas veces nos vamos amoldando a lo que hacemos, pero si eso no nos da resultados positivos, aunque en el pasado fuera así, tenemos que sacar las fuerzas de todo nuestro ser y plantearnos cambios. Todo es susceptible de cambios. Debemos estar un paso por delante de la adversidad y plantear los cambios necesarios para lograr lo positivo. En su caso, los cambios deben ser radicales; lo que ha hecho hasta ahora la está llevando al fracaso como persona. El hecho de que usted siga apegada a los requerimientos de su madre, no está ayudando a ninguna de las dos, pero aún puede superar esta adversidad y salir adelante.

—Yo no puedo mortificar a mi madre; ella es mayor, y no quiero que le suceda nada por mi culpa. No sé qué haría si le pasa algo, después que me ha dedicado toda su vida. Ella es todo lo que tengo.

Al hablar, Jeannette dejaba ver la devoción que tenía por su madre; de nuevo le asomaban lágrimas a los ojos.

—Aunque no lo crea, su madre lo que necesita es que usted salga a flote y se proyecte en la vida. Tiene que realizarse como profesional y como mujer, y así poder justificar todo el sacrificio que ha hecho para formarla desde pequeña.

—Si cierro los ojos y me concentro, el cambio vendrá, ¿no es así? —preguntó ella siguiendo con el juego de la magia.

—No… Vamos a hacer algo más dinámico…

Frann se quedó viendo fijamente a unos ojos que vendían esperanza.

—Desvístase —le ordenó tranquilamente.

—¿Qué?

Ella no podía creer lo que había escuchado.

—Que se quite toda la ropa —ordenó él en un tono sumamente cordial.

—Ahora sí creo que se acabó la consulta. Yo pensaba que estaba loca, pero me doy cuenta de que el loco es usted. Y me perdona que lo llame así, pero eso no lo haré ni para curarme.

—Usted vino aquí porque está desesperada y piensa que yo puedo ayudarla. Para eso, tiene que hacer todo lo que le diga, debe confiar en mí.

—Pero es que yo no puedo desvestirme delante de usted.

—¿Acaso tiene algún problema físico?

—No, pero no puedo desvestirme delante de usted —insistió Jeannette.

—No voy a mirarla, me daré vuelta hacia la pared.

Frann giró su silla y se colocó de espaldas a Jeannette.

—Ahora que no la veo, ni la ve nadie, por favor quítese toda la ropa y se coloca frente la pared de espejos que está a su lado.

Ella, sin poder creer lo que estaba haciendo, ni por qué, comenzó a quitarse la ropa poco a poco, hasta quedarse solo con sus prendas íntimas.

—Ya me quité la ropa. ¿Ahora qué?

—Tiene que quitarse todo, hasta la ropa interior.

"Este desgraciado me está viendo", pensó ella, pero se percató de que aún seguía observando un cuadro que tenía de frente. Se armó de valor y terminó de quitarse todo.

—Así está mejor —le dijo él con tono profesional. —Ahora coloque la mano derecha detrás del cuello y la izquierda detrás de la cadera, estírese lo más que pueda hacia arriba y dígame qué ve en el espejo.

Ella quedó sorprendida, nunca se había contemplado a sí misma en un espejo. Lo que veía la impresionó; tenía una figura como la de las modelos que aparecen en las revistas de moda que le prestaban sus amigas, y ella veía escondida de su madre.

—Lo primero que tiene que hacer una persona es tomar conciencia de sí misma, valorarse, hacer lo necesario para corregirse, debemos estar conscientes y conformes con lo que somos. Sé que está muy tensa. Mientras yo termino de coordinar algunas cosas que tengo pensadas para usted, quiero que entre al cuarto de baño, por esa puerta a su derecha, allí hay una hidrobañera donde podrá relajarse, encontrará todo lo que necesite. Nina le llevará un té frío, le puede preguntar cualquier cosa que necesite saber, tómese el tiempo que desee.

Jeannette apenas podía dar crédito a las palabras de Frann, pero ya no se atrevía a discutir nada más, estaba dispuesta a seguir con aquello hasta el final. Aquel hombre tenía algo que daba confianza, sonaba como el padre que nunca tuvo. Por otra parte, todo ese lujo la hacía sentir como si estuviera en un gran hotel. Cuando estaba en la bañera, pensaba que todo lo que le había sucedido era una pesadilla de la cual estaba despertando.

—Nina, llame a Sammy, dígale que venga con sus instrumentos.

Frann le daba órdenes a su secretaria por el teléfono.

—Luego vaya usted misma a cualquiera de las famosas tiendas que rodean esta manzana y, con su delicado gusto y los datos que ya conoce de la señorita Jeannette, vístala para un elegante almuerzo de negocios. ¡Ah!, y traiga la fragancia esa que me gusta de Cartier.

—¿Se está usted enamorando, o son ideas mías? —dijo Nina desde el otro lado.

—Mi querida Nina, yo siempre he sido un enamorado de mi trabajo —se burló Frann, sabiendo que su secretaria estaba un poco confundida. —De paso, resérveme en San Domingo para dos a la una y treinta.

Sammy, un famoso estilista de la Quinta Avenida, había tratado de verse con Frann, utilizando todos los métodos para conseguir la cita, pero su esfuerzo fue inútil, no lo lograría debido a que no reunía las condiciones para tener una entrevista. Cuando Nina lo llamó, casi se muere del susto, pero ella le aclaró que solo era para utilizar sus servicios profesionales.

—Bueno, jovencita, me conformo con poder verlo en persona, aunque no me lea las cartas —dijo Sammy refiriéndose a Frann.

—Entonces lo esperamos tan pronto como pueda llegar hasta aquí.

El estilista saltaba de alegría mientras le decía a su asistente:

—Me acaba de llamar Harry Potter, y lo voy a ver en persona.

—¿Quién? —preguntó ella.

—¡Ay, Joanna!, no me hagas caso, prepara el maletín de altorrelieve, hoy tengo que lucirme.

Frann había buscado una taza de café para él, y le trajo otra a

Jeannette. Cuando salió del baño con la bata blanca y el cabello recogido con una toalla, la invitó a sentarse de nuevo y a compartir el delicioso café recién colado.

—Muchas gracias —dijo ella —está muy rico. ¿Qué viene ahora?

—Espero que ya esté más tranquila y se sienta cómoda. Estamos esperando a una persona que le ayudará a modernizar un poco su aspecto físico. Mientras tanto, podemos seguir hablando de su vida futura.

—Está perdiendo su tiempo, ¿acaso cree que me va a convertir en alguien importante?

—Usted es importante para su madre, importante para mí, y, sobre todo, para usted misma. Tiene que superar sus males de ahora en adelante, sin ayuda de nadie, tomando conciencia de su realidad y convirtiéndose en lo que usted desea ser. Tiene que ver el pasado como un libro de enseñanzas, y no como la proyección de su fracaso.

—Todo lo que estoy haciendo me asusta…

Jeannette le hablaba en un tono muy calmado.

—Aunque no es algo malo, sé que mi madre no lo aprobaría, y eso me crea angustia.

—Si a usted le pareciera mal lo que hace su madre, ¿piensa que ella se angustiaría?

—Mi madre se angustia por las cosas malas que puedan ocurrirme.

—Todos los padres somos temerosos de lo que les ocurre a nuestros hijos, y eso es un instinto natural. Usted tiene su propia vida, y aunque haga todo lo que su mamá quiere, no cambiará nada, va a seguir viviendo su vida, solo que compartiéndola con las necesidades de su madre, y eso es lo que le produce la angustia. Jeannette, hoy es un día especial, decidió venir a verme y eso le demuestra que puede hacer muchas cosas más. Cuando llegue a su casa, su madre estará sumamente alterada; pero al verla, aun cuando los cambios la van a impactar, se sentirá tranquila de tenerla a su lado nuevamente. Hoy comprobará que puede tomarse ciertas libertades sin angustiarla. Por otro lado, se dará cuenta de que la calle no es tan peligrosa, que las personas son amigables y que hay muchas oportunidades.

Ella estaba asimilando cada vez más las palabras de Frann. Lo veía como un hombre agradable, más que un vidente. Siguieron conversando un largo rato, hasta que llegó Sammy.

—Tú debes ser Nina. Te diré que aceptaría encantado tu puesto, aunque fuera por un par de días, a ver si me voy consultando de a ratitos con el jefe.

—¿Señor Sammy? —preguntó Nina.

—¡Ah, no, jovencita! Llámame Sammy a solas, eso de señor es para la gente mayor y odiosa —contestó él con una actitud que denotaba más delicadeza que amaneramiento.

—Puede pasar, el señor Frann lo está esperando.

—Definitivamente, lo tuyo es crónico. No le digas señor a ese jefe tan encantador.

Al entrar, se quedó observando toda la habitación, de arriba abajo, y luego le dijo a Frann:

—Te diré que tienes muy buen gusto, esto está precioso. ¿No me digas que contrataste a esta chica para que te haga un comercial de televisión?

—Buenos días, Sammy. Espero no haberle importunado haciéndole venir hasta aquí.

—¡Qué ironía! La gente matándose allá afuera para venir a verte, y tú piensas que me has importunado invitándome.

—Muchas gracias por el cumplido, pero aquí la estrella es usted —le dijo Frann sonreído.

—Primero, dime dónde vas a usar a esta encantadora joven, porque una cosa es televisión y otra los medios impresos, eso lo sabes tú mejor que yo. Si la estás preparando para un reparto se sorprenderán todos cuando acabe con ella.

Sammy aprovechó para elogiarse.

—Tan solo quiero que le des unos toques mágicos, para un evento social —acotó Frann.

—Humm... un evento social —repitió Sammy. —¿Cómo qué se te ocurre?

—Esperaba que me ayudaras en eso —solicitó Frann, como si Jeannette fuera solo una espectadora.

—Para serte sincero, no le haría nada, me la comería tal cual. Pero está bien, vine preparado con mis herramientas, así que permítenos un sitio apropiado y veré qué se me ocurre.

—Pueden pasar a la sala de baño —indicó Frann, haciéndole un guiño de ojo a Jeannette.

—Con tu permiso —dijo Sammy. —Vamos preciosa, que el hombre está impaciente.

El teléfono repicó. Era Nina para avisarle a Frann de que Oscar quería verlo.

—Dile que puede pasar.

Al entrar, Oscar se quedó mirando a Frann como esperando que le dijera algo.

—¿Desde cuándo tienes autorización para interrumpir mis entrevistas? —preguntó Frann con tono más bien cordial.

—Lo que sucede es que hoy ha estado todo muy extraño aquí. Mi deber es protegerte bajo cualquier circunstancia. Quería saber si todo anda bien.

—Perfectamente, solo que he decidido tomarme algunas atribuciones con este cliente en particular. Al fin y al cabo, con lo que ganamos en este negocio, eso está más que justificado.

Ahora Frann le estaba tomando el pelo, ambos sabían que el esquema de atención a los clientes dejaba suficiente utilidad, aun atendiendo a los que no podían pagar.

—Nina dice que hoy vas a un almuerzo con tu cliente. ¿Es esa chica fea que estaba en la recepción esta mañana?

—Sí, eso pienso hacer, no creo que hay nada de malo en ayudar a mis clientes a superar sus problemas, es lo que tengo que hacer.

—Solamente me preocupo, quiero que todo te salga bien y no cometas ninguna locura. Esta empresa no funciona sin ti; si algo te pasa, yo me quedo en la calle y eso no es justo —bromeó Oscar. —Así que, suerte, nos vemos luego.

A Oscar no le preocupaba tanto la empresa, como que le pudiera pasar algo malo a Frann. De hecho, le había sugerido en varias ocasiones que ellos podían dedicarse a la publicidad de nuevo si surgiera algún problema, ya tenían suficientes medios económicos para ello. Oscar conocía el desgaste que sufría Frann en cada entrevista, además de lo peligroso que podía resultar. No quería ni siquiera imaginarse que algo malo pudiera pasarle.

Cuando Jeannette y Sammy salieron del baño, Frann quedó sin aliento. El trabajo del estilista era sorprendente. Le había hecho un corte moderno, dándole tonos rojizos al cabello; sus ojos color miel, iluminaban la habitación, le había cambiado hasta la manera de andar, se veía más estilizada. Estaba espectacular.

—Me sorprende muchísimo cómo ayudaste a Jeannette a resaltar sus encantos naturales —fue el comentario de Frann.

—Bueno, eso te demuestra que yo también soy bueno en lo mío —le dijo el estilista. —Podemos hablar de negocios, si tú quieres.

Nina, después de tocar a la puerta, entró en la habitación y le indicó a su jefe que todo estaba listo. Él señaló en dirección al baño. Nina tomó cariñosamente a Jeannette de la mano y la condujo nuevamente al baño.

—¿A qué tipo de negocios te refieres? —preguntó Frann.

—Te ofrezco un alto porcentaje en la Cadena de *Atelier* Sammy, ocho tiendas en las mejores zonas de Manhattan.

—¿A cambio de qué? —preguntó Frann con cierto interés.

—Solo tienes que atender a una persona referida por mí semanalmente.

—Muy tentadora la oferta —comentó Frann. —Creo que eso sería muy lucrativo, tomando en cuenta lo cotizado que es tu negocio. El problema radica en que solo hay una manera de escoger a las personas que yo entrevisto. Primero, todo el mundo tiene derecho a una solicitud, que debe tramitarse a través de la página de Internet, no se acepta ningún otro tipo de solicitud. Luego hay una preselección automática, y de esa forma atiendo a las personas que verdaderamente tienen problemas.

—Eso no tiene nada de equitativo ni de comercial. Tengo acceso a la gente más importante de esta ciudad, gente que realmente decide sobre los destinos de la ciudad de Nueva York, creo que no te vendría nada mal codearte con ese tipo de personas —afirmó Sammy. —Lo único que tienes que hacer es ver a un cliente más por semana. Yo siempre tengo que hacer un espacio de donde no hay para ver a tal o cual persona, lo tuyo sería más simple. ¿Qué me dices?

Sammy estaba realmente interesado, el hecho de verse intermediario entre los poderosos de Nueva York y el vidente lo hacía delirar.

—Aprecio tu oferta, deja que lo piense un poco, pero no quiero que te hagas ilusiones. Esto es sumamente serio, tú no tienes idea de lo que representa para mí y para las personas que vienen. Más allá de lo mágico y apasionante que pueda parecer, es delicado, peligroso, hay situaciones que debo controlar, conociendo cosas que nadie más conoce. Cuando me entero de lo que le va a suceder a una persona, por muy grave que esto sea, no lo puedo cambiar con una varita mágica, tengo que convertirme en un guía espiritual y lograr la credibilidad de las personas para poder ayudarlas. Yo no puedo cambiar el destino de nadie, solo puedo ayudar a que la persona lo haga.

Sammy observaba el rostro de Frann y sentía algo raro, como si lo estuviera penetrando con la mirada. Se sentía invadido en su interior por aquel hombre tan imponente con su actitud.

—Tómate el tiempo que quieras, pero por favor, no lo descartes sin analizarlo. Espero verte pronto. —Sammy trató de darle la mano, pero se quedó con el brazo extendido. Frann se había dado la vuelta para tomar el teléfono que repicaba; tenía puesto el anillo y no quería ver el futuro del estilista.

—Es un número equivocado, señorita —dijo, y cortó la comunicación.

Cuando Nina y Jeannette salieron del baño, Frann no sabía qué decir. Solo el hecho de imaginarse tomado de la mano con aquella hermosa chica lo hacía sentir veinte años más joven y enamorado como un adolescente.

—¿Cómo te parece lo deslumbrante que está la chica? —preguntó Nina más emocionada que la propia Jeannette.

—Sin comentarios... Se te ve cara de triunfadora. Nina, te encomiendo este humilde despacho, tenemos que irnos ahora si no queremos llegar tarde —le dijo a Jeannette, tomándola del brazo.

Frann estaba sorprendido con el cambio de Jeannette, y eso lo hacía sentir triunfador a él también. Cuando entraron en el auto, la vio sonreír por primera vez, y esa sonrisa lo perturbó. Ahora sí estaba completamente seguro de que ella saldría adelante. Cuando entraron al restaurante, todas las miradas se posaron en la presencia de Jeannette, se sentía orgulloso de lo que estaba haciendo.

La anfitriona les condujo a la mesa y tomaron asiento, discutieron sobre lo más adecuado para tomar y las sugerencias para el almuerzo. Después de la decisión, y una vez que les sirvieron vino blanco, se concentraron en una conversación que les mantuvo aislados de contorno hasta que el camarero les trajo los primeros platos.

—¿Cómo te sientes? —preguntó Frann.

—Esto no es lo que esperaba que me ocurriera. Sentada en este sitio tan encantador, con una persona tan especial. Estoy muy asustada, pero me gusta. Pasan muchas cosas por mi mente, lo que más me sorprende es que no me siento culpable de nada.

—No tienes de qué sentirte culpable. Si hay alguna culpa de algo aquí, es mía. Te he embarcado vertiginosamente a un mundo que no conocías, pero quiero que aceptes todo esto como una situación normal. Lo que te está sucediendo ha debido ocurrir hace mucho tiempo.

—Frann, usted es una persona muy especial, con poderes sobrenaturales, al menos por eso fue que solicité una cita y vine a verlo. No me ha decepcionado, todavía no puedo creer que todo esto sea verdad, pero lo estoy viviendo en carne propia, es casi como un sueño, y reconozco que no quisiera despertar, usted me ha tocado con su varita mágica y me ha librado del mal que me acosaba. Sigo preocupada por mi madre, pero ahora sé lo que tengo que hacer.

—Yo no te he liberado de nada, tú lo estás haciendo sola, no necesitabas de mi varita, solo que tenías un problema muy grave y viniste a que te diera un consejo, pudiste haberlo hecho con una amiga o cualquier otra persona.

—No creo que cualquier persona pueda conocer mi vida completa, incluyendo el futuro como lo ha hecho usted, eso es sobrenatural.

—Lo único sobrenatural era la angustia que sentías por una situación que no podías controlar. Las personas, cuando llegan a un grado de desesperación por la angustia que les causan sus problemas, se bloquean y por lo general son incapaces de auto recetarse. Si pudiéramos salirnos de nuestros cuerpos, vernos como otra persona, analizar los problemas desde afuera, percibir lo que le está sucediendo a nuestro yo, entonces podríamos aconsejarnos objetivamente, sin estar involucrados en la situación. Es muy difícil que seamos imparciales con nosotros mismos. Hasta en las leyes se prevé que los jueces se inhiban si pudiera existir algún interés con relación al caso. Siempre debemos buscar el camino que nos saque de la angustia y la desesperación, y una de la forma más efectiva es planteándonos cambios, si es posible radicales, en relación con lo que nos afecta, y no podemos esperar que se nos acabe la vida para promover esos cambios.

—Ahora sí me impresiona, usted habla muy bonito.

—Espero que no sea una burla.

—No, por Dios, es en serio. Todo lo que me acaba de decir es cierto y en boca de un encantador vidente, es todavía más agradable. Usted me hace sentir muy bien, no pensé que llegaría a sentirme así nunca. Ahora, dígame lo más importante, ¿cuándo se terminará el hechizo?

—Mire Jeannette, aquí no hay ningún hechizo. En adelante tú seguirás llevando una vida normal, junto a tu madre, pero haciendo las cosas que deseas. Para comenzar, te daré una tarjeta mía para que se la lleves a una amiga que es directora de mercadeo de una empresa que fabrica cosméticos. Le diré que te busque una oportunidad en cualquier tienda por departamentos, quiero que trabajes con el público, vas a fascinar a hombres y mujeres por igual. Ella se llama Patricia, telefonéale cuanto antes.

—No sé qué decir. Ya son demasiadas molestias, Frann. ¿Por qué hace todo esto? Ni siquiera le he pagado por la consulta.

—Todo forma parte de mi trabajo, pero digamos que, además, tú me has caído muy bien y siento un gran placer sabiendo que serás feliz por el resto de tu vida.

Jeannette comenzó a sollozar, a sentir un nudo en la garganta. No sabía si de alegría por todo aquello, o de tristeza debido a que su consulta estaba llegando al final.

—No tengo manera de agradecerle, ni forma de pagarle, pero sé que a una persona tan buena como usted solo pueden pasarle cosas buenas —le dijo ella. —¿Me permite que le dé un beso?

Frann sabía que Jeannette no se enamoraría de él, por lo tanto, dejaría que viviera ese momento tan intenso y hermoso.

—Claro que sí.

Ella se acercó poco a poco y, con los ojos cerrados, lo besó tiernamente en los labios. Después tomó la copa de vino y bebió por primera vez un trago, para aliviar la presión que tenía en el pecho y las ganas de llorar.

—Deseo que algún día seas tan feliz como lo soy yo en estos momentos. Gracias por todo, Frann.

VEINTICUATRO

Frann iba camino a su oficina, era viernes y había decidido no hacer citas los viernes si no era necesario. Quería descansar tres días a la semana para poder recuperarse de tanta presión. No llevaba prisa, así que decidió tomar un desayuno en el café que estaba cerca. Cuando entró, le pareció ver algo que lo perturbó. Recorrió el lugar dos veces con la vista, hasta que descubrió lo que era. Peter estaba sentado a la barra tomando desayuno y leyendo un periódico. Frann se fue directamente hasta donde se encontraba.

—Finalmente. vuelve a dar la cara. No tiene idea de lo que he estado esperando este momento. —Frann le hablaba directamente al hombre, pero este no reaccionaba. Cuando se dio cuenta, volteó la cara para ver si había otra persona a la que se estaba dirigiendo Frann.

—¿Me habla usted a mí? —le preguntó el hombre.

—Claro que le hablo a usted... Desde que apareció y desapareció de mi casa aquel día en la madrugada, me han sucedido muchas cosas de las que necesito respuestas. Tenía toda la razón en cuanto a lo de que sería vidente, pero tengo muchas dudas y espero que las aclaremos ahora mismo.

El hombre se quedó mirando a Frann y le dijo:

—Discúlpeme, pero yo a usted no lo conozco ni he estado nunca en su casa.

—Mire, Peter, yo sé que usted es medio excéntrico, pero creo que debemos hablar muy seriamente.

—Mi nombre no es Peter.

—¿Quiere decir que usted no es Peter y que yo estoy equivocado? Pues esta vez no dejaré que me intimide.

—Realmente no sé quién es usted, ni con quién me confunde. Yo solo vengo a Nueva York una vez por año, casualmente llegué ayer y no creo haberlo visto antes.

—Si usted no se llama Peter, entonces me mintió cuando vino a mi casa.

—Yo jamás he estado en su casa.

El hombre era muy convincente al hablar, pero Frann estaba totalmente seguro de que era el mismo que estuvo en su casa aquella noche.

—No tengo cómo comprobar su nombre, pero al menos sé que fue usted, o su hermano gemelo idéntico, quien me visitó.

—Solo tengo una hermana, y no se parece a mí, ni tampoco salió nunca de Londres.

—La verdad es que todo es muy confuso para mí. ¿Me permite tomar asiento? —preguntó Frann, señalando la silla que estaba al lado del hombre.

—Adelante.

—No entiendo lo que está pasando, pero le puedo asegurar que una persona exactamente igual a usted, fue una noche muy tarde a mi casa y me dijo que yo era vidente.

—He escuchado que en esta ciudad suceden cosas muy raras, pero no creí verme involucrado en alguna de ellas. ¿Me dijo que es vidente?

—Efectivamente, soy vidente. A raíz de que usted… esa persona fue a mi casa, me convertí en alguien que puede ver el futuro, y el pasado.

—Siendo así, podrá comprobar usted mismo que yo no lo conozco. Solo tiene que ver mi pasado y se dará cuenta de que usted no aparece en él… Disculpe, estoy bromeando, yo no creo que eso pueda ser posible.

—¿Qué yo le conozca?

—No, que pueda ver el pasado y el futuro.

—¿A qué se dedica usted? —preguntó Frann.

—Tengo una compañía de representaciones —dijo el hombre, sacando de su bolsillo una tarjeta de presentación y entregándosela a Frann, quien la leyó sin perder detalle. La empresa quedaba en Londres.

—Así que usted es Thomas Hennsond y vive en Londres.

—Correctamente, si tiene algún producto que quiera comercializar en Europa, avíseme, esa es mi especialidad. Algo diferente de estar convirtiendo personas en videntes… —Thomas sonrió. —Era otra broma, no me haga caso.

Frann suspiró profundamente. Pensó que las cosas, en vez de aclararse, estaban más confusas. Aquel hombre hablaba idénticamente igual a Peter, sin perder ni una sílaba, una pronunciación perfecta, pausada e inglesa. ¿Qué estará pasando?, se preguntó. También se vestía con la misma elegancia.

—¿Usted cree que puedan existir dos personas iguales que no se conozcan?

—No sé qué decir. Pudiera ser posible, pero es difícil que ocurra.

—¿Qué explicación le daría al hecho de que una persona exacta a usted estuviese en mi casa hace unos meses?

—Quizás usted lo imaginó.

—¿Y de dónde saqué su imagen?

—Es posible que usted haya visto uno de los avisos impresos que yo publico en esta ciudad, o posiblemente me vio en alguno de mis viajes este continente.

—¿Y cómo se explica lo del vidente?

—Eso también pudo habérselo imaginado.

—Eso no es imaginación, yo soy vidente.

—¿Puede ver el pasado y el futuro?

—Así es.

—¿Qué me puede decir de mi pasado?

Frann se colocó el anillo.

—Permítame su mano.

El hombre extendió su mano y Frann la tomó entre las suyas.

—¿Me la va a leer?

Frann no sintió nada, ni vio nada.

—No, solamente trato de tomar la información de su vida.

Pero Frann no pudo ver nada, no fue como había ocurrido con las otras personas.

—Y bien, ¿qué ha averiguado?

Aun sin haber visto nada, Frann comenzó a hablarle de su pasado.

—Lo más relevante de su vida pasada es un acontecimiento trágico.

Frann se interrumpió, no sabía por qué estaba diciendo eso.

—Le escucho —dijo Thomas muy interesado.

—Usted tenía otra hermana que decidió un día quitarse la vida y estrelló su auto contra un tren, muriendo de forma instantánea.

Thomas quedó petrificado, bajó la mirada y se vio la pena que reflejaba su rostro.

—Muy impresionante.

Fue lo único que dijo Thomas y luego se perdió en los recuerdos crudos de ese pasado tan triste.

—Lo lamento. —le dijo Frann.

Thomas sacó unos billetes del bolsillo, los soltó en la barra y se levantó.

—Discúlpeme, pero debo marcharme, espero poder verlo de nuevo algún día.

Cuando llegó a la oficina, todavía no podía entender lo que había ocurrido. Estaba completamente seguro de que aquel hombre era el mismo que lo había visitado en la madrugada. Aun cuando lo tocó con el anillo puesto, no pudo ver su vida; sin embargo, pudo hablarle de un acontecimiento de su vida pasada. Muy extraño…

—Oscar, trata de averiguar la vida de este sujeto.

Frann le entregó la tarjeta que le dio Thomas en la cafetería.

—¿Quién se supone que es?

—Estoy seguro de que es Peter.

—¿El viejo que fue a tu casa?

—El mismo.

—¿Lo viste de nuevo? —quiso saber Oscar muy interesado.

—Me conseguí a una persona en la cafetería, idénticamente igual a Peter.

—¿Le hablaste? ¿Qué te dijo?

—Sí, le hablé, pero dijo no conocerme. Según esa persona, nunca en su vida me ha visto. Ni siquiera vive aquí, viene una vez al año por negocios. Es de Londres.

—¿Por qué no le viste el pasado?

—Traté de revisar su vida y no pude, no vi nada, no hubo luz. Le dije algo relacionado con su pasado que resultó muy impactante para él, pero no tengo idea de dónde lo saqué.

—¡Qué extraño! —comentó Oscar.

—Sería bueno si tratas de husmear en su vida con algún amigo que tenga conexiones en Londres.

—Haré todo lo que pueda.

—Te lo agradeceré. Este asunto me está creando mucho estrés.

—Por cierto, estaba por sugerir que te tomes unos días de vacaciones, de ser posible fuera de Manhattan.

—Suena muy bonito, pero tengo trabajo para muchos días. No estarás pensando atender tú mismo a los clientes.

—No, pero creo que puedes ir distanciando un poco las citas, de ser posible cancelar algunas y te tomaras esos días.

—¿Qué será de toda esta pobre gente que espera por mí para resolver sus problemas?

—Bueno, viejo, lo que sucede es que serás tú quien termine con muchos problemas.

—Está bien, lo pensaré. Quizás para cuando me tengas la información de Thomas, me decida a tomar unos días.

—Así se habla, ahora te dejo para que medites.

—Nos vemos luego, busca esa información.

—Sí, jefe.

Frann decidió irse a casa y pasar un rato atendiendo sus cosas personales desde allí.

—Nina, te voy a dejar encargada de este negocio, cuídalo como si fuera de tu familia; en realidad es así, ya yo me considero parte de tu familia.

—Muchas gracias, Frann. Yo también lo considero parte de mi familia.

Nina sintió un frío en el estómago, consideraba tan hermoso eso que acababa de decirle Frann.

—Puede usted tratarme como a una hermana. En cuanto al negocio, no se preocupe que aquí estaré al frente y vigilante. Recuerde que el lunes a las nueve tiene a un joven, se llama Alex.

—Está muy bien, estaré en casa. Cualquier cosa, avíseme allá.

Era sábado y Frann decidió llamar a Nebreska para charlar un rato y contarle lo de sus posibles mini vacaciones, no con ánimos de ir a Miami, sino más bien como para pedir un consejo sobre lo que pudiera hacer.

—¡Hola preciosa! ¿Cómo está la chica que trae de cabeza a todo Miami?

—Hola Frann, querido mío. ¿Cómo estás? Te diré que a lo mejor no es todo Miami, pero hay más de un interesado rondando la zona. Pero, cuéntame, ¿qué es de tu vida?

—Con trabajo, estrés, y ganas de tomarme unas vacaciones.

—Eso de las vacaciones suena merecido, creo que si no lo haces, acabarás en una casa para trastornados o en algún sitio por el estilo —se burló ella.

—Cuéntame de ti, hace algún tiempo que no te escucho. ¿Será que andas en planes matrimoniales?

—No me digas que ahora lees el futuro a distancia.

—No, ¿por qué lo dices? ¿Estás a punto de casarte?

—De ninguna manera. Además, eso no ocurriría sin que tú lo sepas, me des tu opinión y consentimiento.

—Opinión, sí; pero tú no necesitas mi consentimiento para tener una relación con alguna persona.

—Bueno, lo que sucede es que me siento muy comprometida hacia ti, desde que nos conocimos nos consultamos todo. A estas alturas, creo que me sentiría incapaz de tomar cualquier decisión en mi vida sin que tú intervengas de alguna manera.

—Lo mismo me pasa, pero tienes que tomar tus propias decisiones, y aun cuando yo no esté por alguna razón, tú sabes que contarás con mi apoyo.

—Gracias, Frann. Eres el hombre más bueno y encantador que he conocido en toda mi vida.

—Tú también eres una persona muy especial para mí, y así será siempre, pase lo que pase.

—Quiero comentarte algo, aprovechando tu llamada. Pensaba llamarte hoy…

A Nebreska le angustiaba la posibilidad de que Frann pudiera pensar que ella no lo tomara en cuenta para algo importante.

—¿De qué se trata?

—Hace dos semanas conocí a una persona muy importante del ambiente en que me muevo. Se llama Santiago Adams, he estado charlando con él, y la semana pasada me invitó a cenar. Realmente la pasé bien, es una persona muy agradable y parece ser gente de buenas intenciones.

—No puedo creer lo que estoy escuchando. Por fin, la chica dura de Miami decide tomarse en cuenta a sí misma.

—Frann, yo sé que no es nada, pero para mí es mucho el hecho de haber salido sola a cenar con un hombre al que poco conozco, y que además me caiga bien, es ya un adelanto.

—Mi querida y adorada Nebreska, me da mucha alegría estar escuchando eso. Por la forma en que me lo dices, me doy cuenta de que te interesa. Tú eres una persona que sabe muy bien cómo cuidarse, creo que es bastante difícil que alguien te haga daño. Y si algo llegara a ocurrirte, yo estaré para defenderte y hacer que te sientas bien de nuevo. Por lo pronto, debes tener más confianza en ti misma, dar oportunidades y ver la actitud de los demás, así sabrás si te harán bien o no.

—Y, ¿qué tal tú?

—¿Qué sucede conmigo?

—¿Cuándo le darás la oportunidad a alguien?

—Te aseguro que ese momento llegará.

Frann no quiso insistir sobre las vacaciones para que no se sintiera comprometida. Aparentemente, la chica estaba a punto de comenzar una buena relación, y no quería estropearla.

—¿Qué me dices de esas vacaciones? ¿Por qué no vienes a Miami? Hace tiempo que no nos vemos.

—Tengo muchas citas pendientes. Creo que me tomará un buen tiempo programarme, pero ten la seguridad de que avisaré.

—Espero que así lo hagas.

Frann y Nebreska estuvieron conversando un rato más. Cuando cortaron la comunicación, él se sintió un poco confundido; parecía ser el efecto de unos celos injustificados pero inevitables. Era algo que tendría que ocurrir en cualquier momento. Algo así como cuando se van los hijos de la casa: uno sabe qué ocurrirá, pero cuando sucede, igual lo toma a uno por sorpresa. Imaginarse a Nebreska en los brazos de alguien le producía una sensación terrible. Aun cuando eso era un pensamiento egoísta, no podía evitar que le molestara.

Frann pasó el domingo descansando en casa y compartiendo con su hija. Tomaron un delicioso almuerzo que él mismo preparó.

—Frann, deberías cocinarme más seguido —le comentó Ishka.

—Hija, yo te cocino todas las veces que quieras, lo que sucede es que ya casi no tienes tiempo para compartir conmigo.

—Si tú crees que me harás sentir mal diciendo eso, pues te equivocas. Aquí el único ocupado eres tú. Les he comentado a varias amigas nuevas del colegio, que mi padre es un gran *chef*, y me pidieron que las invitara a una comida preparada por ti. ¿Qué te parece?

—Solo dime cuándo.

—Además, se me ocurre que pudiera invitar a la mamá de Raquel, que también está sola y podría pasarla bien compartiendo contigo.

—Al decir que también está sola, ¿a qué te refieres?

—Me refiero a ti. Tú estás solo. Tu círculo de relaciones es muy limitado. Tía Nebreska, Oscar, Nina y tu adorada hija, que soy yo.

—Te equivocas, yo trato con mucha gente durante la semana.

—Sí, claro, y con esa necedad de que no puedes verlos de nuevo, ahí queda todo. Me imagino que debes conocer gente muy interesante todos los días, pero solo por un ratito.

—Bueno, hija, yo me siento bien así.

—No lo creo. Necesitas a una persona que esté a tu lado, alguien a quien contarle por las noches cómo te fue durante el día, alguien con quien compartir este hermoso lugar.

—No te aflijas, ya aparecerá una persona con la que yo pueda compartir todas esas cosas.

—Si no pones de tu parte, creo que te quedarás sin compañera por el resto de tu vida.

—Y, ¿qué me dices de tu madre?

—Ella hace el intento, sale con personas que la invitan y trata de compartir, aun cuando sabes que su carácter no la ayuda mucho, pero por lo menos tiene la iniciativa.

—Tomaré la iniciativa yo también.

—Así me gusta oírte hablar.

—Deja que me tome unas pequeñas vacaciones y me ocuparé del asunto.

—Por cierto, ahora que mencionas pequeñas vacaciones, necesito que pienses eso bien en serio. Tengo que hacer un trabajo sobre diseño y arquitectura, y me dijeron que debo ir a un sitio llamado The Mountain Laurel Center. Queda en las montañas, en Pocono. Se me ocurre que pudieras tomarte unos días y nos vamos a las montañas, allá puedes hacer muchas cosas, sobre todo descansar y así yo desempeño mi trabajo y tú la pasas bien.

—Eso suena interesante. ¿Cuándo tienes que ir a ese sitio?

—Dentro de dos semanas.

—Trataré de organizar todo para acompañarte.

—Gracias, Frann, eres el padre más lindo del mundo.

Ishka le dio un beso a su padre en la mejilla y lo apretó por el cuello cariñosamente.

VEINTICINCO

Frann estuvo pensando en Nebreska. No la veía en los brazos de nadie. Sentía como si ella le perteneciera. No podía ver cómo sería la relación entre ellos, si ella llegara a tener algo serio con la persona que le había comentado. ¿Seguiría siendo igual? No, por supuesto que no podría ser igual, aun cuando él consideraba que tenían una relación muy sana y bonita, era obvio que todo cambiaría. Ella no podría venir a quedarse en su casa, ni podrían encontrarse en sitios a solas para charlar, tomarse unos tragos y disfrutarse mutuamente. Ella tendría que ocuparse de su pareja y él pasaría a un segundo plano. Pero, ¿qué estupideces estaba pensando?

Para Nebreska él era muy importante y así lo seguiría siendo, igual que ella lo seguiría siendo para él. Lo que realmente tendría que preocuparle era que no se había propuesto nunca tener una relación seria con nadie después de su divorcio. Ahora, que posiblemente tampoco estaría Nebreska, al menos no con la misma intensidad, era el momento de pensar en lo que todo el mundo le decía. Pondría más empeño en conseguir una compañera. Pero eso no funciona así, Frann no estaba dispuesto a salir en campaña para conseguir pareja, eso tendría que llegar solo, como siempre se lo había imaginado, como sucedió con Mashda y con Nebreska. El destino está rondando nuestra presencia, buscando el momento apropiado para cada cosa. Lo único que hará será estar más pendiente de las personas que se le acercan y posiblemente mostrarse un poco más amable.

—La semana promete —le comentó Nina a Frann cuando entró para anunciar la primera persona.

—Acuérdate de ir redistribuyendo los clientes para que me consigas el espacio que necesito. Debo irme con Ishka a lo de su proyecto en la montaña en dos semanas.

—Ya está casi todo listo, solo me falta avisarle a una señora para que venga el jueves a última hora.

—Perfecto.

—Ya llegó el joven Alex ¿Quiere que lo haga pasar ya?

—Dame cinco minutos para acomodar algo aquí y luego lo traes.

—Cinco minutos —ratificó Nina.

Cuando Nina regresó con Alex, ya Frann estaba preparado. Vio al joven entrar y le pareció asustado.

—Hola, Alex. Por favor, pasa y toma asiento.

Frann le extendió la mano mientras se sentaba.

—Yo soy Frann Hatton, puedes llamarme Frann y preguntarme absolutamente cualquier cosa.

Al darle la mano y hablarle, trataba de que el muchacho se calmara. Pero Alex, tan pronto se sentó, volvió a levantarse y se dirigió hacia la puerta, dispuesto a abandonar el lugar.

—Vamos Alex, allá afuera no has conseguido la ayuda necesaria para tu problema con la droga. Regresa al asiento, te pediré algo de tomar. ¿No quieres conversar ese asunto? Ya has dado el paso más importante viniendo hasta aquí, por lo menos deja que te hable, así me harás sentir mejor por lo que te he cobrado.

Alex estaba de pie, en la puerta, con el picaporte en la mano, pero totalmente petrificado. Poco a poco se fue moviendo y comenzó a caminar nuevamente hacia la silla.

—Así está mejor.

Frann le solicitó a Nina, por teléfono, un té y un café.

—¿Cómo sabe usted lo que me sucede?

—Porque soy vidente.

—Yo no creo eso.

—¿Por qué viniste, si no crees?

—Estoy desesperado y tengo miedo.

—¿Miedo de qué?

—No lo sé… Pienso que algo malo me sucederá.

—Eres tú quien está haciendo mal las cosas.

—Comencé consumiendo muy poco, solo lo hacía los fines de semana. Siempre había pensado que podría dejarlo en cualquier momento, de hecho, tomé esa decisión un par de veces y pasé un buen tiempo sin hacerlo, pero cuando lo cogía de nuevo era cada vez con más ganas. Ahora me está afectando. Cambió mucho de humor, miento con frecuencia y me irrito con facilidad. Ya no estoy rindiendo lo mismo en la universidad ni en el trabajo. Hay días en que estoy muy deprimido y no entiendo por qué estoy haciendo esto. Pero después, nada, vuelvo con más ganas.

—¿Qué piensan tus padres del problema?

—¿Mis padres? Ellos no saben nada.

—¿Qué piensan tus amigos?

—Mis amigos están todos en lo mismo.

—¿Todos tus amigos?

—Bueno, a los que no están en esto, yo ya casi no los frecuento, y otros me evitan.

Nina entró con las bebidas, las dejó sobre el escritorio y se marchó.

—¿Qué es lo malo que crees que pudiera sucederte?

—No lo tengo muy claro. Me gusta drogarme, pero sé que a la larga me hará mucho daño. ¿Podrías decirme si voy a salir de esto?

—Todo depende de ti.

—No me jorobes… Solo quiero que me digas qué es lo que ves en mi futuro.

—Hace un momento me dijiste que no creías en esto.

—Dime lo que sabes y terminemos de una vez…

—Como tú quieras —Frann tomo una actitud de desinterés. —Vas a morir.

—¿Cómo que voy a morir?

—La droga mata.

—¿Cuánto tiempo me queda?

—Eso también depende de ti.

—La muerte no depende de las personas, nace con ellas.

—Tienes toda la razón. Me gustaría saber qué es lo que quieres.

—Quiero ser como era antes.

—Te refieres a cuando ibas con Analiha a la playa, aquellos días en que te sentías realmente feliz. Aquellos momentos en los que llegaste a compartir tu verdadera personalidad, cuando sabías cómo expresar tus verdaderas emociones, hablar sobre tus ideas.

—Cómo sabes de Analiha.

—Porque soy vidente y he podido ver todo tu pasado. También sé que fuiste un excelente estudiante y muy apreciado en el trabajo, pero todo se ha ido deteriorando, tal como le está sucediendo a tu salud.

Alex miraba hacia el piso, sentía un nudo en la garganta y ganas de llorar.

—¿Es cierto que voy a morir por la droga? —alcanzó a preguntar, casi con un murmullo.

—Si no la dejas, eso es lo que va a suceder.

—¿Y cómo voy a dejarla? Eso no es fácil.

—Cuando llegaste, me dijiste que habías pensado que podrías dejarla.

—Pero ahora es muy difícil. No sé qué puedo hacer.

—Alex, dime algo, un día te levantaste y decidiste comenzar a consumir droga. ¿Fue así como sucedió?

El joven ablandó un poco su rostro por primera vez desde que había llegado.

—No, no fue así como sucedió.

—¿Entonces cuéntame cómo sucedió?

—Frann, tú sabes cómo son estas cosas. Uno comienza a salir con algunos amigos que lo hacen y llega el momento en que te ofrecen. Aun cuando uno se niega al principio, siempre hay alguien que te convence de que no va a sucederte nada si lo pruebas. Así se comienza, con lo que te dan al principio. Luego llega el momento en que uno se arriesga a comprar y, cuando te das cuenta, estás atrapado como lo están todos los drogadictos y como lo estoy yo ahora.

—Entonces no fue por una brillante idea tuya que te levantaste y comenzaste a consumir droga. Según me cuentas, hay gente involucrada. ¿Cuánta gente?

—Mucha, hay mucha gente que te ayuda a meterte en esto.

—Yo diría que la misma cantidad de gente que necesitas para salirte.

—¿Cómo es eso?

—Tienes que salirte de las drogas y dejar de consumirlas por el resto de tu vida, pero necesitas ayuda, y mientras más gente puedas involucrar, mejor. Primero que nada, hay que tener la valentía, y ya me has demostrado que la tienes. El hecho de reconocer que la droga es un problema grave en tu vida y que algo malo te sucederá, es un paso sumamente importante. El haber venido aquí te demuestra lo necesitado que estás de ayuda, pero esa ayuda tienes que buscarla en los que están más cerca de ti, comenzando por tus padres.

—¿Cómo cree que les voy a decir a mis padres que soy drogadicto?

—Debes confiar en ellos, siempre van a desear lo mejor para ti, y en cualquier circunstancia harán todo lo que esté en sus manos para ayudarte, no importa lo que tú hayas hecho.

—No quiero darles más preocupaciones.

—Están muy preocupados por ti, saben que tienes un problema pero tú no dejas que te ayuden.

—Tendré que pensarlo.

—Alex, no tienes mucho tiempo para pensar, debes actuar cuanto antes. Busca a tus viejos amigos, los que no se drogan, trata de pasar el mayor tiempo posible con ellos. Busca nuevamente a esa muchacha que tanto quieres. Analiha desea verte como antes, cuando eras tú, un joven ocurrente, inteligente, con mucha iniciativa y deseos de vivir…

De pronto parecía que al muchacho se le iluminaba el rostro.

—Todo tiene que partir de ti mismo, necesitas ayuda profesional. Más allá de lo que yo pueda decirte, toma tus propias acciones y ponte en campaña para recuperar todo lo bello de la vida.

—Nunca había escuchado a nadie hablar como lo hace usted. Creo que tiene razón. Antes de venir aquí no sabía por dónde empezar a resolver mis problemas. Estaba sumamente deprimido, seguro de que no podría salir de esto. Usted acaba de indicarme que hay caminos.

—Ciertamente, el mundo de la droga es muy oscuro y las personas no se ayudan básicamente por miedo. El destino nace con nosotros, y lo tenemos bien cerca como para darnos cuenta si lo estamos endulzando o amargando. Confía en ti y en todos los que te van a ayudar.

A pesar de lo derrotado que estaba Alex al llegar, tenía una sensación diferente, positiva, veía con mucha posibilidad lo que le había parecido casi imposible.

—¿Las bebidas alcohólicas son malas?

—El alcohol y el cigarrillo son drogas tan malas como cualquier otra, te lo puedo decir con base. Tienes que dejarlos por completo. El recurso más importante está en tus manos, la voluntad, la voluntad de recurrir a una institución especializada y cambiar drásticamente todo lo que te está atormentando. Hay tratamientos muy avanzados, pero solo funcionan si tu voluntad está presente.

Alex comenzaba a ver la luz en algún sitio no muy lejano. Nunca se arrepentiría de haber ido donde Frann.

—Nina, ¿logró conseguir algo en esa montaña?

—Sí, yo misma he estado en ese lugar y conozco un sitio precioso donde pueden llegar. Las reservaciones están hechas del jueves al domingo. Ya todos los clientes están redistribuidos, así que no tendrá a nadie desde el jueves hasta el martes.

—Qué bueno, me alegra mucho. Tengo una sensación muy agradable con relación a esas cortas vacaciones, creo que las voy a disfrutar.

—Espero que así sea. Además, hace bastante tiempo que no comparte con su hija de esa manera.

—Es cierto, Nina. ¿A qué hora tengo mi primer cliente mañana?

—A las nueve, como todos los días.

—Trata de retrasarla una media hora, tengo algo que hacer.

—De acuerdo —contestó Nina, que siempre lo complacía en todo.

Frann pensaba ir a tomar su almuerzo cerca, cuando entró Oscar con una carpeta en la mano.

—Mi querido amigo, aquí tengo el reporte de Peter… o Thomas.

Enseguida Frann se puso en alerta y quiso saber todo lo que existía con relación al personaje.

—Thomas Hennsond. Nació el 30 de noviembre de 1951 en Castle Bromwich, Inglaterra, cerca de Birmingham, en el West Midlands, que representa el corazón manufacturero de Inglaterra.

—Mi abuelo era de allí, de Birmingham, lo recuerdo muy claro. Mi padre me contaba historias de esos lados del mundo, me indicó que el nombre de Birmingham, significaba que en los tiempos sajones las familias (*ing*) de Bern establecieron su hogar (*ham*) allí. —Comentó Frann.

—Cuando Thomas tenía 17 años, se trasladó a Londres. Era un muchacho muy vivaz y talentoso para los negocios, se había criado trabajando de mensajero en las manufactureras. Eran tres, él y dos hermanas; una murió en un trágico accidente al estrellar su auto con un tren.

—Dime entonces, ¿de dónde salió Peter? —preguntó Frann.

—¿Sería que lo soñaste?

—¿Y cómo es que soy vidente?

—Eso es un don que te pertenece, indistintamente de que exista o no el tal Peter.

"¿Y el anillo?", pensó Frann.

—Concluyendo, tu teoría indica que lo de Peter fue un sueño y que yo soy vidente por naturaleza, percibo de manera natural la vida de otras personas, ¿es así?

—Es muy probable que así sea.

Frann no quiso mencionarle lo del anillo. Por lo demás, tenía sentido lo que decía Oscar.

—Si tu teoría es correcta, no debería preocuparme más por evitar el contacto con personas a las que les he visto el futuro.

—Posiblemente no, eso pasaría a ser una incógnita, pero yo no veo cuál pueda ser el problema. Se me ocurre que podrías hacer la prueba con alguien y ver qué ocurre.

Enseguida Frann pensó en la doctora Hillary.

—Te dejo el expediente para que lo leas con más detenimiento. Cualquier cosa, estaré en la oficina.

A Frann le pareció interesante llamar a Hillary de una vez y así lo hizo.

—Hola Hill, soy Frann. ¿Cómo has estado?

—Mi amigo el vidente, ¿a qué debo el honor?

—Una llamada de cortesía, sigues siendo mi amiga ¿Lo recuerdas?

—Sí, claro que lo recuerdo, es solo que hablamos muy poco y no nos vemos nunca. Es decir, es una nueva clase de amistad la que estamos imponiendo.

Frann sonrió por la ocurrencia de Hill.

—Veo que no pierdes el humor. Estoy extrañando tus consejos y los temas que me comentabas con relación a mi condición de vidente.

—Lo que sucede es que no quiero molestarte, sé que tienes muchísimo trabajo. He hablado con Nina y ella me cuenta lo ocupado que estás.

—¡Protesto! Ella no me ha dicho nada.

—Claro que no, yo no he llamado preguntando por ti, y además le he dado instrucciones de que no te diga que he llamado.

—Pero no tiene sentido que llames y no hables conmigo.

—He estado esperando que me llamaras.

—Bueno, te he llamado.

—Ahora espero que me invites a salir. Podría ser a un almuerzo, o una cena… Lo siento, no recordaba que tienes un pacto con el más allá para no ver a tus víctimas dos veces.

—He pensado mucho el tema y creo que quizás haga una excepción contigo.

—¿A qué hora y dónde?

Frann quedó sorprendido por lo apremiante de Hill, casi no pudo reaccionar y le respondió con el mismo ímpetu.

—El miércoles a las seis, escoge tú el sitio.

Frann no estaba seguro del porqué había tomado la decisión de invitar a Hill. Cada vez que hablaban por teléfono, sentía una atracción, sentía ganas de estar con ella. Posiblemente era ese juego de palabras con doble sentido lo que despertaba el interés en él; a ella debía ocurrirle lo mismo. No podría ser nada más que una reunión social para intercambiar opiniones. Hillary estaba casada, ni siquiera debió aceptar que se vieran, y menos si sentía ese deseo de estar con ella. Sería sumamente ridículo llamarla para cancelar la cita. Hasta podría pensar que tenía miedo de salir con ella. En definitiva, eran dos personas adultas y responsables, no había nada que temer. Hillary era una mujer hermosa, y él un solitario empedernido. Podría resultar ser esa la persona que estaba por conquistar su amor, aunque la había visto hasta el final de sus días con su esposo.

—Frann, aquí tiene unos folletos, les va a encantar, es una cabaña con dos dormitorios, sala, una pequeña cocina. El sitio es precioso y está bastante cerca del complejo cultural que debe visitar Ishka. Me voy a almorzar, regreso en media hora. —Nina estaba tan emocionada como si viajara ella misma.

—Gracias, Nina, no sé qué haría sin su ayuda. Le aseguro que la voy a tener a mi lado hasta que la edad no me permita trabajar más.

—Un hombre tan emprendedor como usted nunca se pondrá viejo, pero le advierto de que la que no se irá seré yo, tendrá que botarme por fastidiosa.

Nina miraba a Frann como a un padre al que adoraba, quizás el que no había tenido, pues había muerto estando muy pequeña.

—Yo creo que usted me adula más de la cuenta —comentó Frann burlándose. Cuando ella le iba a responder, Frann levantó la mano haciéndole una seña para que no hablara.

—Ya sé, lo que sucede es que me tiene un gran aprecio.

—No, Frann, lo que sucede es que yo lo quiero mucho. Usted es parte de mi familia.

Nina salió rápido de la oficina, antes de llorar.

Frann se quedó pensando en lo que le dijo su secretaria. Llevaban más de diez años juntos. "Yo también te quiero mucho", pensó.

VEINTISÉIS

El martes había sido un día fuerte. Nina colocó a dos personas más de lo usual, para que no perdieran su entrevista. Por lo visto, el miércoles iba por el mismo camino. Sería mejor no distraer mucho a sus clientes, iría al grano. Esa tarde se vería con Hill. Se sentía algo impaciente con esa cita.

—Señorita Cortez, yo soy Frann Hatton. ¿Cómo se siente el día de hoy?

—Mucho gusto —le dijo Ángela, extendiéndole la mano. —La verdad es que estoy muy nerviosa. Es la primera vez que hago una cosa de estas.

—¿Una cosa de qué…?

—Eso de venir a verme con un…

—Vidente, eso es lo que soy. No tiene por qué sentirse nerviosa, aquí simplemente vamos a conversar sobre su problema.

—En realidad no creo tener un problema.

—¿Por cuál motivo tomó la decisión de venir a verme?

—Pienso que estoy algo confundida.

—¿Considera usted que es lesbiana?

Al escuchar la pregunta, Ángela quedó tan sorprendida que se le cortó la respiración y su rostro tomó un color rojo intenso. Cuando se recobró, apenas pudo preguntar:

—¿Cómo sabe usted eso?

—Se lo acabo de decir, soy vidente, he podido ver su pasado. También conozco lo que le ocurre actualmente y podría decirle lo que le pasará más adelante, en el futuro. ¿Le parece creíble?

—No mucho.

—Pues, si usted vino con la intención de que la ayude, tendrá que comenzar por creer.

—Es difícil creer que usted pueda hacer algo así.

—¿Y cuál es su problema?

—Creí haber escuchado que usted ya lo sabe.

—Es cierto, pero quiero estar seguro de que usted también conoce cuál es su problema.

—Debería estar alegre, pero siento una tristeza muy profunda, estoy confundida por lo que hice recientemente con una amiga.

—El hecho de ser lesbiana no es un problema, es una elección. Usted decidió tener sexo de una manera diferente de como dicta la naturaleza.

Aquella chica estaba destrozada emocionalmente. Desde muy pequeña había estado unida a su padre. Él, después de tener tres hijas, esperaba que Ángela fuera el varón; al no resultar de esa manera, inconscientemente, la trataba como tal. Nunca le decía lo hermosa que estaba, como lo hacía con sus hermanas. Le gustaba que usara pantalones, jugaba beisbol con ella y la inducía a cualquier otra actividad propia de los varones. Por su lado, la madre le prestaba muy poca atención, se preocupaba solo por las otras tres; además, pensaba que ella era la preferida del padre. Cuando llegó al colegio, Ángela era una persona sumamente tímida, le daba vergüenza relacionarse con los varones. Si algún chico la buscaba, ella trataba de evadirlo. Nunca había tenido la oportunidad de hablar con sus hermanas o con su madre sobre lo que significaba relacionarse con chicos. Sin darse cuenta, le llamaba la atención a muchachas que básicamente tenían inclinaciones homosexuales y comenzó a relacionarse con ellas. La felicidad que veía reflejada en el rostro de otras chicas, no la sentía en el propio. Siempre estaba acosada por las amigas con las que se juntaba. No le molestaba la relación, pero veía que la mayoría no era así. Las otras chicas hablaban de chicos y de estar con ellos.

En una ocasión, cuando estaba en el baño de la escuela, una de las chicas con la que siempre estaba, metió su mano debajo de la falda y tocó sus partes íntimas. Su cuerpo se estremeció, pero a partir de ese momento comenzó a vivir con una sensación de pecado. Así transcurrió su vida hasta hacerse adulta. Había decidido no ser sexualmente activa; el tiempo había pasado y ella era infeliz, pero se creía más segura si no se involucraba con nadie. Todo estaba más o menos bien en su vida, hasta la semana pasada, cuando una amiga la invito a su casa y, después de tomar algunas copas de vino, la amiga la sedujo y tuvieron relaciones. Eso selló su pesadilla. Había pasado una semana y no sabía qué hacer, no había querido hablarle más a la amiga ni a nadie. Ángela era una chica sentimentalmente pura, que no debió haber pasado por ninguna de las circunstancias que el destino le había preparado. Era bella en cuerpo y alma, se merecía una vida más amable. No había razón para que pensara que estaba pecando, no había razón para que pasara por eso. Era solo el destino, así es, solo el destino.

—¿Es malo amar a alguien del mismo sexo? —preguntó.

—No, eso es perfectamente normal.

—Entonces, ¿por qué me siento tan mal?

—Tu problema no es siquiera a quién puedes o no amar. Tienes que empezar por darte cuenta de que eres alguien importante, y que tu sexualidad no puede determinar el valor que tienes como persona. Tu angustia ahora es muy diferente del hecho de que ser homosexual sea o no un problema.

—Me siento muy mal conmigo misma.

—Sí, lo sé, pero tienes que descubrir lo que provoca tus angustias.

Has pasado mucho tiempo escondiéndote de un fantasma, de lo que pudieras hacer, sin importarte si eso te gusta y es lo que quieres. Si bien es cierto que las circunstancias de tu vida no han estado de la mano contigo, tampoco has hecho lo suficiente por ayudarte. Recién ahora has tomado la decisión de buscar alguna ayuda; sin embargo, creo que no estás muy segura de qué es lo que mortifica y maltrata tu vida.

—Lo que ocurre es que después de muchos años, he decidido lo que quiero hacer y ahora me siento terrible —dijo ella con ciertas dudas.

—No, eso no es lo que ocurre. Lo cierto es que, sin motivo aparente, nunca has intentado relacionarte con personas del sexo opuesto al tuyo. No existe una verdadera razón para que tú te sientas atraída sexualmente solo por otras chicas. En todo caso, el sexo no es para ti algo primordial. Lo que te atemoriza es tu comportamiento.

—Pero nuestro comportamiento es lo que determina nuestras vidas.

—Muy cierto, pero tú aún no estás segura de lo que quieres hacer. Puedes relacionarte con un hombre; conmigo, por ejemplo…

Ángela levantó bien la mirada para observar detenidamente a Frann. Primero se ruborizó de nuevo, luego sintió algo diferente. Acababa de darse cuenta de que tenía más de media hora sentada hablando de sus intimidades con un hombre. No se sentía mal hablando con Frann. Después de detallarlo bien, tomó conciencia de que era sumamente atractivo. Eso era otra cosa que no había hecho antes, ver cualidades en los hombres.

Frann la miraba fijamente a los ojos, ella se sintió algo confusa y bajó su mirada.

—Usted seguramente intimida a las personas con sus supuestos poderes, para que hagan lo que les dice.

—Ángela, haga lo que quiera y sienta. Debe respaldar sus actitudes en la vida. Lo que la intimida no son mis poderes, es mi presencia. Ahora se dio cuenta de que me está tratando como su amigo.

—Usted es hombre, y es fuerte.

—Usted es mujer y también es fuerte. La fortaleza no se lleva en los músculos. No, Ángela, la fortaleza se lleva en el espíritu, en la capacidad para sentirse bien con uno mismo y con los que nos rodean.

—Yo quiero sentirme bien, pero no puedo.

La impotencia que sentía en ese momento le produjo tristeza y unas lágrimas comenzaron a rodar por su rostro.

Frann se fue acercando a ella. La tomó por las manos y la levantó, luego la abrazó, dejo que sus cuerpos se unieran en uno solo y que ella recostara la cabeza en su hombro. Así permanecieron por un rato. Luego la fue soltando poco a poco, la besó tiernamente en la mejilla mojada, y dejó que se deslizara de nuevo en la silla.

—¿Cómo se siente ahora? —preguntó él.

Ella levantó los ojos lo miró abiertamente, sintiéndose más segura.

—Me siento bien. Es todo muy extraño, usted me hace sentir bien.

Frann decidió invitar a la doctora Hillary a su casa y cocinar una rica cena, ya que siendo un *chef* consumado, no eran muchas las veces que cocinaba. El día anterior compró todo lo necesario, así que se iría directamente para comenzar a preparar todo.

Cocinaría algunos platillos creados por él mismo. Una deliciosa ensalada hecha con mango verde y tomate verde, cuyo aderezo incluía aceite de oliva, vinagre de vino blanco, mostaza de Dijon, y miel, para comenzar, combinando los perfumes del viejo continente con el aroma tropical. Medallones de salmón en salsa de parchita, acompañado con orzo o lengua de pájaro, es una pasta como del tamaño de un grano de arroz, preparada con tomate, chalotes, hongos *porcini*, y *panna* (crema). El postre: unos bananos horneados con salsa de naranja y flameados en coñac. "Qué delicia", pensó.

Mientras cocinaba recordó su conversación de más de dos horas con Ángela. Se sintió contento de que finalmente la chica había tomado conciencia de su realidad, y su futuro estaría marcado por sus propias decisiones, sin complejos de culpa y sin temores.

Tenía todo dispuesto para la velada con Hillary cuando repicó el timbre.

—Hola, ¡pero qué preciosa estás!

Ella llegó con un atuendo verdaderamente elegante, dando una vuelta sobre el comentario de Frann. Estaba más deslumbrante de lo que él recordaba. Dándole un beso en la mejilla, le comentó muy bajito, al oído:

—Y tú estás divino.

—No me hagas reír, nunca pensé escuchar un comentario de esa naturaleza en boca de la doctora fortaleza.

—Todo el mundo tiene sus debilidades.

—Primero déjame mostrarte donde vivo.

Frann le ofreció un paseo bastante escueto por el apartamento para no fastidiarla, e inmediatamente la trajo de nuevo a la sala y le ofreció una bebida.

—Yo no suelo tomar bebidas alcohólicas, pero esta vez haré una excepción y te aceptaré una copa de vino.

—Me parece muy sensato. De alguna manera tenemos que entrar en calor.

—Creo que ya la calefacción está haciendo lo suyo.

Estaban a finales de febrero y todo parecía indicar que habría frío para rato.

—Finalmente, nos podemos reunir y compartir. Me siento raro, pero me agrada que estés aquí.

—Yo también quería verte. Pero me siento más extraña que tú. Creo que es la primera vez que soy tan íntima de una celebridad. Siempre quise saber cómo eran los famosos en la vida real.

—Exageras, yo aún no hago películas. Soy tan conocido como el vecino de enfrente. De todas formas, te agradezco el cumplido.

Ambos tomaron las bebidas que había servido Frann y brindaron.

—Por ti —dijo Frann.

—Por los dos —contestó ella.

—Cuéntame algo bueno e interesante.

—Frann, tú conoces mi vida tan bien o mejor que yo misma.

Él sonrió.

—Pero igual podrás hablarme de algo.

—Estoy muy estresada, tengo demasiado trabajo y no logro relajarme cuando llego a casa. Creo que me hacía mucha falta esta salida.

—¿Qué le dijiste a tu marido?

—Cuando salí de casa él no estaba. Por lo general, una o dos veces a la semana tengo reuniones hasta muy tarde en la noche y él ya ni me pregunta. Se entera de lo que hago si le cuento. Él piensa que somos una pareja muy feliz, que no tenemos ningún tipo de problema y, por lo tanto, no hay nada de que preocuparse.

—Y tú, ¿qué piensas?

—Todo lo contrario, necesito más acción.

—Pero me acabas de decir que estás estresada, que tu trabajo es agotador.

—Sí, pero necesito más acción con mi pareja.

—Ya hace más de veinte años que conoces a Harry.

—Y, aunque tú no lo creas, desde hace más de veinte años estoy esperando que cambie.

—Ahora sí que me sorprendes. ¿Tú crees que después de tanto tiempo una persona pueda cambiar? ¿Se lo has pedido alguna vez?

—Sí, hace ya tiempo, no recuerdo cuando, le puse un ultimátum y le dije que debía cambiar o yo me iría.

—¿Qué sucedió con eso?

—Estuvimos tratando el tema como adultos, no quise que se sintiera en las manos de un sicoanalista, tan solo confrontaríamos el problema como pareja. Me habló tanto de cómo cambiaría, que quedé convencida y dejé que fuera pasando el tiempo. Volvió a involucrarme en su estilo de vida y aquí estoy, esperando todavía que cambie.

—¿Sabes?, en esencia, nosotros los seres humanos no queremos cambios, a menos que sean indispensables. "Mi esposa piensa dejarme", aun así buscamos que esos cambios se realicen sobre la base de lo que conocemos y buscando seguridad. Muchas veces los cambios que hacemos se convierten en un círculo vicioso. Es por eso que yo siempre hablo de cambios radicales.

—Creo que tú eres radical en muchas cosas.

Frann sonrió nuevamente.

—Ni sueñes con eso, soy más bien consecuente, pero abierto a las nuevas posibilidades.

—¿Podría ser yo una nueva posibilidad para ti?

—No entiendo la pregunta.

A esa altura de la conversación, y después de haber pasado un rato juntos, en un nuevo encuentro, Frann se dio cuenta de que Hillary no era su tipo de mujer. Podría ser su amigo para toda la vida, pero no llegaría a involucrarse con ella.

—Creo que más bien la evades.

Por tercera vez, Frann sonreía.

—Te hablo de una posibilidad como mujer.

Ella estaba dispuesta a confrontarlo sin treguas, mejor sería que no se anduviera por las ramas, pensó él.

—La verdad es que ese tipo de nuevas posibilidades, no las he considerado. Además, tienes que aclarar tu situación con Harry antes de hacer una proposición como la que me estás haciendo.

—Frann, es solamente una pregunta, no te he invitado a que te acuestes conmigo.

Frann tosió.

—Disculpa mi actitud machista, pero desde que te conocí me has llamado mucho la atención, y nuestra relación se ha ido consolidando. Aun cuando solo ha sido telefónicamente, no puedo negarte que me emociona cuando me alabas.

—Bueno, me agrada tu sinceridad. Analizando las cosas fríamente, tienes razón, yo debo poner más atención al problema con mi pareja antes de ir a calentarle la oreja a alguien.

—Me gustas, doctora, me agrada que estés aquí.

—Yo también me siento muy bien estando aquí contigo. Cuando te conocí, me caíste muy mal, me parecías antipático y prepotente, luego me di cuenta del problema, tu gestual era muy dura. Por momentos pensaba que desestimabas el valor de las otras personas. Has cambiado desde que te vi por primera vez, ahora tu gestual es mucho más dócil.

—Antes de comenzar a ver a mis clientes, me coloqué frente a un espejo con la intención de realizar una práctica. Tan solo al ver mi rostro, me di cuenta de que las personas que acudieran a mí se sentirían regañadas. Me vi en ese espejo muy mal encarado, aun cuando no me sintiera de esa forma. Aprendí que la amabilidad abre todas las puertas, aprendí que la amabilidad no se puede llevar por dentro, hay que exteriorizarla en todo momento. Hice más dócil mi gestual, como dirías tú.

—Ahora eres un chico totalmente encantador.

—Gracias… Eso merece un brindis, dame tu copa y te sirvo vino.

Frann llenó las copas y brindaron.

—¿Por qué no tienes una pareja, Frann?

—No lo sé. Creo que es un asunto de oportunidad, la mía no se ha vuelto a dar.

—Se me hace raro ver a un hombre con tantas cualidades, solo.

—No le veo nada de raro, pero últimamente mucha gente me dice lo mismo.

—Será que muchas personas quieren estar contigo.

—No, te lo digo en serio, me refiero a muchas personas: mi secretaria, mis amigos, hasta mi hija me pregunta. Pienso irme unos días de vacaciones con Ishka, al regreso le voy a dar más importancia al asunto.

—Bueno, tampoco te dejes presionar, creo que muchas mujeres desearían tener un hombre como tú a su lado.

—También tengo defectos, como cualquier ser humano.

—Pero son muchas más las virtudes.

Mientras hablaba, lo miró de arriba abajo, para reafirmar el comentario.

—Estás tratando de intimidarme.

—Te conozco, Frann. Sin necesidad de que hables, yo sé cómo eres.

—Me interesa tu opinión.

—Eres firme y sólido, tienes una capacidad de control admirable, es difícil sacarte de tus casillas, la pasividad te caracteriza, tomas tus decisiones con mucha lentitud y cuidado. No eres romántico, no al menos hasta que te decides por alguien, cuando consigas a alguien serás todo un poema, pero no antes. Te gusta la música y el arte. No te llevarías con una mujer dominante, te gusta el equilibrio y si ese equilibrio es a tu favor, mucho mejor, es muy difícil despojarte de tu masculinidad. Muy paciente, pero no al punto de la entrega. La sinceridad es tu aliada, y en eso incluyo la parte amorosa. Hay muchas cosas más, y no es mi opinión, así eres tú.

—¿Te convertiste en vidente? Lo hiciste mejor que yo.

—No es eso, cariño. Acuérdate de que mi trabajo es conocer a las personas. Yo también vivo de eso, solo que utilizo métodos un poco más terrenales.

—A mí me pareció como de brujería.

—Es muy sencillo. Después que lo haces muchas veces, te acostumbras, y de solo ver a las personas ya puedes hacer un perfil bastante aproximado. Tu gestual dice mucho, igual que tu contextura física. Hay muchos rasgos en las personas que un profesional como yo puede tomar al vuelo y elaborar una descripción, incluyendo gustos y preferencias… Te sorprenderías.

—De hecho, ya estoy sorprendido. Todo lo que dijiste sobre mí fue muy acertado.

—Me faltó añadir que eres un excelente cocinero.

—Pero, ¿cómo puedes? No creo que la gestual te diga eso.

—La gestual no, pero el olor sí. El aroma que viene de tu cocina demuestra que detrás está casi la perfección culinaria.

—Si es otro halago, mejor espera hasta que comamos, no vaya a ser que te lleves una sorpresa.

—Esos olores no dan lugar a más sorpresas que la de una exquisita degustación.

—Ya que tocas el tema, dame cinco minutos para poner todo en orden.

Frann se levantó y se dirigió a la cocina, invitando a Hillary a que lo acompañara.

—¿Cómo es que, además, tienes habilidades culinarias?

—Bueno, la verdad es que nunca te dije que era un *chef*. Siempre me gustó la cocina; cuando era muy joven mi madre me explicaba con todo detalle los platillos que hacía. Pensaba que si yo aprendía a cocinar, no importaba que ella no estuviera, igual yo no pasaría hambre.

—Las mujeres siempre tenemos un sexto sentido.

—La verdad, aprendí mucho. Luego estudié arte culinario y me gradué con honores. Estuve involucrado en varias competencias en mi país natal y aquí, en Estados Unidos; todavía conservo algunas medallas.

—¿Por qué no te dedicaste de lleno a la cocina?

—Estoy dedicado de lleno a la cocina. Ya vas a probar lo que hice y te darás cuenta.

Frann hablaba y ponía su cocina a punto.

—La prepotencia no me cuadra contigo, estoy segura de que hiciste para la cena algo inmejorable, pero eso me corresponde decirlo a mí.

—Yo creo que cuando uno sabe hacer algo muy bien, debe estar consciente de eso, y además, hacerlo saber a los demás.

—¿Dónde queda la modestia?

—La modestia no es para estos tiempos en que la competencia está a la orden del día.

Hillary sonrió esta vez. "Qué agudo es este miserable", pensó.

—Sírveme otra copa, estoy dispuesta a perder el control.

Hillary sonrió de nuevo. Sabía que ni con toda su capacidad

profesional, ni con su actitud seductora, lograría perturbar a ese hombre tan extremadamente fuerte.

—Te sirvo una copa y me sirvo otra. Estoy disfrutando como no lo había hecho en mucho tiempo, gracias por estar aquí conmigo.

Frann recordó en ese momento lo que le dijo Peter acerca de no ver de nuevo a las personas que trataba como vidente. Eso lo puso nervioso.

—Salud —dijo ella chocando su copa con la de Frann.

—Por nosotros —dijo él.

Cuando estaban brindando, se abrió la puerta principal y apareció Ishka.

—¡Perdón Frann!, lo siento, no sabía que tenías visita.

—Hola, preciosa. Aquí no hay nada que perdonar. Te presento a mi amiga Hillary. Hill, ella es mi hija.

Frann las presentó de una manera muy natural.

—Lo siento mucho, doctora, no sabía que usted estaría aquí. En realidad no quiero importunar.

—No importunas nada, todo lo contrario, me siento muy agradada en conocerte. Puedes imaginarte las maravillas que me ha dicho tu padre acerca de ti.

—Yo también he podido oír muchas cosas buenas sobre usted.

—Tu padre es incapaz de hablar mal de nadie.

—No lo crea, yo lo he escuchado despotricando.

—¡Ishka!

Su padre esgrimió una mirada acusadora.

—La verdad es que pensé quedarme esta noche aquí, ya que saldremos temprano mañana; pero puedo regresar a casa y tú me buscas en la mañana.

Ishka se sentía culpable, su padre nunca compartía con nadie, y apenas lo hace, ella le arruina la velada.

—No te preocupes, igual disfrutaremos mucho en tu compañía.

—Hill tiene razón. Además, donde comen dos, comen tres. Creo que hiciste bien en venir a quedarte esta noche. No sé cómo explicarte que esta es tu casa y no necesitas invitación.

—Algún día te casarás y tu esposa vendrá a vivir aquí contigo —le dijo Ishka mirando a Hillary.

—Aun cuando eso suceda, tú tendrás los mismos derechos de estar aquí.

—Él tiene razón, Ishka. Yo que tú, no me movería de aquí para nada, y menos percibiendo esos ricos aromas que asoman desde la cocina.

—Si es por la cocina, olvídelo, doctora Morgan. Él cocina muy rico, pero solo cuando le provoca.

—Llámame Hillary, simplemente.

—Bueno, chicas, por favor pasen al comedor que estoy a punto de servir la comida. Ishka, ¿quieres tomar alguna soda?

VEINTISIETE

—Hace mucho tiempo que no tomaba el auto y conducía por una carretera. La verdad es que me gusta, es bonito ver nuevos paisajes.

—El sitio donde vamos es encantador, he estado leyendo y viendo fotos, creo que cuando me case vendré de luna de miel.

—Seguramente yo también haga lo mismo —comentó él, y ambos rieron.

—La doctora Hillary es una persona encantadora.

—Así es. Además, es muy preparada. Yo disfruto mucho conversando con ella, siempre me sorprende con algo.

—También es una mujer muy hermosa —dijo Ishka con cierta picardía.

—También es casada.

—¿Muy casada?

—Para mí, lo suficiente.

—Ya decía yo que esa cena no tenía nada de romántica.

—Es una cena que yo disfruté mucho.

—Querido padre, vamos a conversar de otro tema, no quiero caer de nuevo en la búsqueda de tu pareja.

—De acuerdo. Cuéntame un poco más sobre ese proyecto que debes realizar.

—Tengo que elaborar un trabajo sobre arquitectura.

—Pero, con tantas estructuras impresionantes en Manhattan, ¿cómo es que venimos a parar a esta montaña?

—Este sitio es un complejo de Artes, y lo más importante es

que mi trabajo trata sobre estructuras dedicadas al arte, como esta. Es un complejo único. La pieza central del complejo es el pabellón Tom Ridge, ubicado en un lado del lago y rodeado por montañas. La estructura puede acoger a 2.500 personas bajo techo, y, adicionalmente, hay 7.500 asientos descubiertos. El diseño acepta toda clase de presentaciones, festivales y producciones teatrales, con un escenario totalmente equipado. Podrás disfrutar de una orquesta, un coro o la presentación de un ballet. También hay un edificio llamado la casa-bote. Estoy muy emocionada con este paseo, primero porque estamos juntos, segundo porque te tomaste estos días y, además, porque es un sitio muy lindo. Estoy deseosa de llegar.

—Por la carretera US-80 llegaremos en un poco menos de dos horas. Estoy comenzando a disfrutar este paseo tanto como tú y por las mismas razones, me gusta muchísimo compartir contigo.

—La verdad, siento mucho que tú y mamá no estén juntos, pero debo reconocer que tengo unos padres excepcionales, aun cuando viven separados. Ha habido momentos en mi vida en que me he sentido muy deprimida, con una frustración muy grande, pero no puedo negar que siempre han estado a mi lado, dándome fuerzas para sobrellevar este pesar.

—Yo nunca quise que sucediera de ese modo, pero nadie está exento de que le sucedan cosas que no desea. Para mí fue un golpe muy duro tener que separarme, sobre todo porque tú estabas muy pequeña y, desde que naciste, eres la persona que está más cerca de mi corazón.

—Te quiero mucho, Frann, eres el mejor padre del mundo.

—Bueno, chiquilla, no exageres. Soy un padre y punto. Lo único que he hecho es desear siempre lo mejor para ti.

—¿Sabes?, me agrada verte con esa ropa deportiva tan bonita, te queda muy bien, te hace lucir más joven y radiante. En este paseo muchas chicas se van a volver locas cuando te vean.

—Sigues exagerando, chiquilla. Además, todas las que van a ese sitio están con su pareja, este lugar es ideal para venir con tu pareja. Una vez quise venir con Mashda.

—¿Qué sucedió?

—El poco romanticismo de tu madre no alcanzó, y me dijo que era una ridiculez ir a un sitio así.

—Lástima, posiblemente hubiera sido una oportunidad para que se enamoraran de nuevo y aun permanecieran juntos.

—Utilicé todas las tácticas posibles para hacer cambiar a tu madre y nunca lo logré.

—Lo que debiste hacer es aceptarla como es, tolerarla y tenerle mucha paciencia, como hago yo.

—Es fácil decirlo, pero quizás tienes razón. En ese tiempo no tenía la madurez que tengo ahora. Si me pasara en este momento, no me separaría de ella.

—Es bueno oírte decir eso, tomando en cuenta que ella tampoco tiene una pareja.

—Hija, las cosas han cambiado desde entonces. Ahora tu madre y yo podríamos ser unos perfectos desconocidos. No dejes que la ilusión te aparte de la realidad. Yo aprecio a tu madre, pero no pienso en ella con la posibilidad de estar juntos de nuevo.

—Me parece que te he estado fastidiando con el tema. Mejor déjame revisar estos folletos, para ir planificando las actividades del fin de semana en esa agradable montaña. ¿Tú piensas que al menos algún chico esté solo?

—Espero que también se encuentre alguna chica sola.

—Si no has conseguido ninguna entre los millones que están en la ciudad, te será algo más difícil allá arriba.

—Gracias por darme esperanza, veo que te apiadas de mí.

—Está bien, amado padre, te aseguro que conseguirás a la chica de tus sueños en esa montaña.

—No pensé que esta cabaña fuera tan espectacular. Además, tiene cocina, así que no te salvarás de prepararme unos ricos platillos. El mercado de víveres está bastante cerca. Te recomiendo que pienses en lo que vas a preparar y hagas una lista de lo necesario. Así, mientras tú descansas, yo hago las compras.

—Buena idea. Me siento muy relajado, en realidad esto es bastante mejor de lo que me imaginaba. Puedes irte todo el tiempo que quieras, este sitio es una verdadera terapia.

Luego que Ishka y Frann llegaron al hotel, se sintieron ambos muy felices de haber tomado la decisión de visitar ese lugar. La cabaña que les asignaron estaba rodeada de un hermoso paisaje que incluía la vista hacia un bello lago. Era el sitio perfecto. Frann preparó la lista de compras a su hija y, luego que ella se marchara, tomó una copa de vino y se sentó en el pórtico de la cabaña a trabajar un poco con su computadora portátil y contestar algunos correos.

Empezando la tarde, tomaron un delicioso almuerzo preparado por Frann, y luego Ishka se marchó a The Mountain Laurel Center con la intención de comenzar a preparar todo para su trabajo, conocer el sitio, tomar algunas fotos y más tarde solicitarle ayuda a su padre para hacer un excelente trabajo. Por su parte, Frann estaba tan encantado en ese sitio que pensaba permanecer en la cabaña todo el fin de semana. Su hija no lo iba a mover de allí; era la primera vez en su vida que sentía lo que significaba descansar, estar relajado, disfrutar de la vida sin nada porque preocuparse. Cuando estaba sentado viendo hacia el lago, pensó que la única manera de estar en paz es no relacionándose con absolutamente nada. "Es como cuando uno muere", dijo en voz alta.

—Hola, querido padre. No sé cómo explicarte, pero ese sitio es lo más maravilloso que yo haya visto en mi vida, y mira que en Manhattan hay cosas increíbles.

—¡Qué bien! Me contenta que también estés asombrada con todo esto, ya puedo imaginar lo increíble que es ese lugar.

—No te lo puedes imaginar, pero no importa, mañana podrás verlo por ti mismo.

—Pensaba quedarme en la cabaña todo el fin de semana, estoy muy cómodo aquí, y así quiero seguir hasta que regresemos.

—Eso no es justo. Debes venir conmigo a conocer el sitio; además, pensaba que me ayudarías en el proyecto.

—Pero, claro que te ayudaré.

—Si no vienes a conocerlo, no será mucha la ayuda que me brindes.

—Estás tratando de sacarme de esta sensacional experiencia para llevarme al bullicio que ya conozco en la ciudad.

—Esto es bien diferente. Al menos puedes venir el sábado un rato en la tarde. En la casa-bote presentarán un programa de jazz, tu música favorita. Te llevarás una grata sorpresa; además, hay una espectacular vista a un lago, así que el paisaje no cambiará con relación al que tienes aquí.

—Lo pensaré.

—Creo que me estás diciendo que irás.

—Está bien, iré.

Ishka se acercó a su padre y lo besó en la frente.

—Eres muy lindo —le dijo.

La joven había logrado hacer algunas amistades, con las que salió el viernes en la noche. Estaba muy contenta, se sentía feliz, viendo a su padre disfrutar tanto de ese paseo.

El sábado, Frann se preparó para abandonar esa especie de retiro que vivía desde hacía dos días. Se vistió de manera deportiva, pero elegante; quería verse bien y que la gente lo viera bien. Cuando salió de la habitación, su hija quedó tan impresionada que se sentó en una silla de la sala para contemplarlo.

—Estoy segura de que habrá muchos desmayos cuando entres en esa sala de conciertos. Las chicas se rendirán a tus pies.

—Me hiciste recordar algo que solía comentarle a tu abuela.

—¿Qué sería?

—Siempre le decía a mi madre: "Si las mujeres me vieran como me ves tú, tendría que estar rodeado de guardaespaldas".

—Todas mis amigas dicen que yo tengo un padre muy atractivo.

—Es hora de marcharnos. Si hay alguien realmente atractiva aquí, esa eres tú. Me imagino que ya debes tener revolucionada toda la montaña.

—No te creas, hay mucha competencia.

—Valió la pena elegir este lugar para realizar tu proyecto. Mis vacaciones no han podido ser mejores, aquí se puede inspirar uno para hacer muchas cosas buenas. Te ayudaré con eso y harás el mejor trabajo de tu clase.

—Te lo advertí. Gracias por haberme acompañado, a Mashda no la convencería nadie de venir aquí, ni tú pudiste en los buenos tiempos. Le mandé un correo diciéndole lo maravilloso que la estamos pasando, y lo único que me contestó fue: "Tú y tu padre tienen gustos muy parecidos".

—Vamos a entrar a la casa-bote para escuchar un poco de jazz y tomarnos un refrigerio.

Cerca de las seis entraron a la casa-bote, se ubicaron y comenzaron a deleitarse con una agrupación que, según Frann, era de sus favoritas. Ishka no los conocía, no era su música; sin embargo, también la disfrutaba.

Pasaron unos cuarenta y cinco minutos. Frann se levantó para dirigirse a buscar un trago. Cuando caminaba en dirección al bar se detuvo de forma abrupta, para observar a una joven que esperaba que le sirvieran una bebida. La observaba mientras ella estaba de espaldas, pero aun así pudo percibir que esa era la mujer más bella y hermosa que jamás había visto en toda su vida. No encontraba cómo describirla, la perfección se le hacía corta. No era su cabello que caía con soltura sobre los hombros, no era esa extraordinaria figura, que la adherida tela mostraba en todo su esplendor; tampoco era su piel, salvajemente delicada. Era todo el conjunto, con gracia y sencillez. Se dio cuenta de que no podía moverse; tenía que ir al bar, pero no podía, porque allí estaba ella, solo la miraba fijamente.

La joven volteó lentamente la cara, miró a Frann a los ojos y luego miró nuevamente al camarero para tomar lo que este le servía. Frann casi muere. La manera como esa espectacular figura vino caminando desde el bar, pasando tan cerca de él que tropezó su mano, para desaparecer entre la gente, lo dejó casi petrificado. Contuvo la respiración, las piernas comenzaron a flaquearle, el corazón le palpitó como nunca. En ese momento pensó que si era cierto que un día llegaría la persona indicada, estaba seguro de que ese era el día.

—Deme un escocés doble y una soda.

Cuando el camarero le sirvió, Frann se lo bebió de un solo trago y pidió otro.

—¿Se siente usted bien? —preguntó el camarero con asombro.

—Creo que sí —alcanzó a decir Frann con la voz cortada.

Tomó el segundo vaso de escocés, la soda, entregó un billete al camarero y comenzó a caminar hacia donde estaba Ishka. De pronto cayó en cuenta que ya había visto esa cara. Cuando llegó a la silla, su hija se le quedó mirando, sorprendida.

—Parece como si hubieras visto un fantasma. ¿Tuviste algún problema?

—No, es solo que me pareció ver a alguien conocido.

—Yo diría que más bien te metió un susto.

Frann no quería hablar del encuentro.

—Te traje una soda, me había olvidado de preguntarte.

—Gracias, eres brillante, tenía mucha sed.

Frann comenzó a buscar con la mirada, pero no logró encontrar a la chica. Ahora sí estaba seguro de que la había visto, pero no recordaba dónde. Trató de concentrarse en la música, pero al rato dijo en voz alta, sin darse cuenta:

—La hija de Elia.

—¿Cómo dices? —preguntó Ishka.

Frann había hablado tan alto que todos lo miraban.

—No, nada, después te explico.

—Cuando quieras irte me dices.

—Yo creo que mejor es salir a caminar un rato.

—Como quieras.

Frann lo que quería era buscar esa chica, hablarle, decirle algo.

—¿Cómo te pareció el lugar?

—Estupendo, es como para pasar toda la tarde y disfrutarlo.

—¿Querías venir a caminar por algún motivo especial?

Ishka conocía muy bien a su padre, y esa salida no se ajustaba a su conducta habitual.

—Es que vi a una persona allá adentro, y me gustaría encontrarla para saludarla.

—¿Por qué no la saludaste adentro?

—No la reconocí.

—¿Hombre o mujer?

—Mujer.

"Pero, qué clase de mujer", pensó Frann.

—Por la cara que traías, me da la sensación de que te impactó esa persona.

—Para serte honesto, me impactó mucho.

Frann no sabe cómo, pero el sexo femenino tiene una manera muy aguda de apreciar las situaciones, y si está involucrado algún hombre, más aún.

—No me digas que esa podría ser la chica de tus sueños.

—Es prematuro afirmarlo, pero se parece bastante.

—Bueno, déjame ayudarte a buscarla para que salgas de la duda.

Frann no quería involucrar a su hija en esa situación, pero se sentía como un adolescente. Le vino a la memoria aquella niña que había visto en la playa, a la que nunca le habló.

—Solo vamos a dar un paseo sin ningún objetivo, también podemos ir a comer algo.

—Pero, ¿y tu chica?

—No es mi chica, ya no pienses más en eso. Sigamos pasándola bien, tal como lo hemos estado haciendo.

—¿Estás evadiendo nuevamente la situación? —cuestionó Ishka. Si su hija supiera lo que él estaba sintiendo en ese momento, no pensaría lo mismo.

—No evado nada, pero no voy a salir corriendo detrás de alguien que no sé quién es ni dónde está. Apuesto a que tú no saldrías corriendo detrás de un chico que te llame la atención.

—Claro que sí, y me parece algo normal.

—Quizás esté bien para ti, que eres una jovencita…

—Pero, tú también eres un jovencito.

—No tanto.

—En serio, yo te veo como un amigo, un chico más.

Frann nunca se había percatado de que en ocasiones se

comportaba y tenía actitudes propias de un muchacho. Seguramente su profunda madurez se lo permitía.

—De todas formas, prefiero que comamos algo ahora. Luego continuaré la búsqueda.

—Como tú quieras.

—¿Conoces algún sitio donde comer carne? Eso es lo que me provoca, un buen bife asado.

—Sé dónde hay uno muy bueno, según lo que me comentaron los amigos que conocí aquí.

—Manos a la obra.

Frann se levantó muy temprano el domingo, a pesar de que estuvo casi toda la noche despierto, pensando en Nathalia, la hija de Elia. Preparó el desayuno y luego se fue al pórtico a leer la prensa y darle unas horas más de sueño a su preciosa hija. Miraba el diario, pero no lo leía, su mente estaba trabada en esa chica que, definitivamente, lo había trastornado. Recordó que su madre una vez le dijo: "El amor llega como la Navidad, uno espera con ansiedad, y un día, sin darse cuenta, se encuentra abriendo los regalos". Estaba seguro de que podría hablar de nuevo con ella. Con buscar el número de teléfono de Elia tenía.

Entonces recordó algo que le revocó la ilusión. Nathalia no vivía con Elia, está casada y vive con su esposo, el hijo de un importante empresario de Manhattan, el exsocio de Elia. Dobló el diario, lo dejó caer en la mesa con desgano y se fue a caminar un poco, con deseos de llorar. Se había ilusionado sin ningún motivo con aquella chica, y ahora le tocaba desilusionarse, sin haberla conocido. En ese momento quiso tener el poder o la fórmula para ver su propio futuro. Se colocó el anillo sin inscripción que siempre llevaba en un bolsillo.

Una señora tomó a Frann por un brazo y lo atrajo para decirle algo.

—Oiga, joven, lo felicito. Tiene usted una hija muy bella e inteligente. Ayer estuve conversando con ella.

—Muchas gracias.

Frann se quedó petrificado, viendo como la señora, al tocarlo, le mostraba su futuro, que parecía inmediato. Se vio a él mismo volteando en el preciso momento en que un auto arrollaba a la señora que había comenzado a cruzar la calle sin darse cuenta; el auto la despidió varios metros contra otro auto que estaba estacionado. Se distrajo pensando en esa imagen y ya la señora comenzaba a cruzar la calle. Frann reaccionó y se abalanzó sobre ella, tumbándola a un lado de la calle, mientras pasaba un auto a milímetros de donde habían caído. La señora, como pudo, se fue incorporando mientras le decía:

—Pero, ¿qué le sucede? ¿Se ha vuelto usted loco?

—Discúlpeme, pero estuvo usted a punto de ser arrollada por ese auto.

—¿Qué ridiculeces son esas? Déjeme en paz, si no quiere que llame a seguridad.

Frann se alejó de la señora, confundido por lo que había sucedido. Primero vio a esa pobre mujer todo llena de sangre, moribunda, y luego, cuando la previene, queda como un asaltante de mujeres indefensas. Se quitó el anillo y se sentó en un banco a pasar el susto.

¿Qué fue todo aquello? ¿Realmente salvó a esa señora, o era imaginación suya? Estaba seguro de que el auto la habría atropellado, no tenía ninguna posibilidad de frenar.

—Hola, Frann. ¿Qué haces por aquí tan solo?

—Buenos días, hija. Salí a caminar un poco.

—Acabo de ver a una encantadora señora que conocí ayer, pero hoy no quiso ni saludarme. ¿No te parece raro?

—Siempre hay gente rara en todas partes, no te preocupes por eso.

Frann no se atrevió a contarle lo sucedido.

—Regresemos a la cabaña para tomar un rico desayuno que preparé, y programar el retorno a casa.

—Eso es una buena idea.

Recogieron todo y fueron hasta la recepción a entregar la llave antes de marcharse. Ya en el camino, Frann se dio cuenta de que, con toda esa confusión de la mañana, se había olvidado de Nathalia, pero ahí estaba en su mente otra vez.

VEINTIOCHO

—¿Te sientes bien? —preguntó Ishka.

—Perfectamente, he pasado unos días maravillosos.

—Yo disfruté mucho, y también tengo listo mi proyecto. Llegaremos temprano y podremos acomodar todo para comenzar mañana un día renovado.

—Así es. Me detendré más adelante, en una estación de servicios, a comprar café.

—Puedes parar en cualquiera, no tengo apuro.

Recorrieron una media hora, hasta que encontraron una estación de servicio. Frann entró y, justo cuando se dirigía a la cafetería, la vio de nuevo. Su corazón se aceleró; ella estaba haciendo la cola para pagar. Se detuvo y comenzó a sentir todas esas cosas indescriptibles que transforman la vida en algo diferente, fuera de lo común. Una sensación intangible se apoderó de él, lo sacó de su cotidianeidad y lo colocó en un lugar donde solo se respira lo que tiene que ver con la pasión. En ese momento se dio cuenta de que no había dejado de pensar en ella. Natalia, que estaba de espaldas, se volteó y, por segunda vez, miró a Frann directamente a los ojos. Él quería ver hacia otro lado, pero no podía. Más bien le mantuvo la mirada, que parecía un saludo, o una aprobación de que estuviera ahí. Ella tomó el cambio y se dirigió a buscar su pedido. Frann fue avanzando, hasta quedar al lado de ella.

—¿Por qué usted siempre me está mirando? —preguntó Natalia, como si estuviera hablándole a una persona que conociera desde mucho tiempo.

—Porque es usted una mujer muy hermosa.

Ella se sonrojó y bajó la mirada, como meditando las palabras de Frann.

—Su cara me era muy familiar, pero no la ubicaba, hasta que la reconocí. Usted es la hija de Elia.

La muchacha levantó la cara y abrió los ojos, sorprendida.

—¿Usted es amigo de mi padre?

—No exactamente.

—¿De dónde lo conoce?

—Mi nombre es Frann Hatton.

Su rostro mostró una sorpresa aún mayor.

—Usted es la persona que promovió el reencuentro entre mi padre y yo —comentó ella con una marcada alegría en su rostro.

—Digamos que lo ayudé a que reconociera que tenía un problema, y que ese problema era usted. El hecho de no tenerla a su lado lo hizo sufrir mucho.

—De no haber sido por su ayuda, creo que jamás habría recuperado a mi padre. Estoy en deuda con usted.

—De ninguna manera, su padre pagó por la consulta.

Después que dijo eso, Frann se arrepintió. El hecho de estar tan nervioso lo hacía decir estupideces.

—Era una broma…

—Insisto en que estoy en deuda con usted, Frann.

Cuando Nathalia pronunció su nombre, a Frann le pareció estar escuchando música, como cuando alguien se quiere sentir más cerca de uno y elimina lo de señor.

—Alguien como tú no puede estar en deuda con nadie.

Otro comentario que le salía del corazón.

—No me conoces. Podría ser una malvada.

Ella sonrió de su propio comentario.

—La verdad es que, sin querer, te conozco un poco. Has pasado por algunas situaciones poco gratas.

—Olvidaba que eres vidente. No sé dónde está la trampa, pero en el caso de mi padre funcionó.

—No hay ninguna trampa. Yo puedo ver el pasado, presente y futuro de las personas, eso es todo.

Nathalia lo escuchaba con mucha atención, jugueteando con el recipiente del café que tenía en la mano. Había como una especie de coqueteo en sus gestos; así lo pensó Frann.

—¿Eso quiere decir que ya conoces mi pasado, presente y futuro?

—El tuyo, no; el de tu padre. Lo que sé de ti lo pude ver en algunos pasajes de su vida.

—¿Podrías decirme algo sobre mí, que no le dijiste a él?

—Cuando te ibas a casar, querías comentarle y pedirle consejo a tu padre. Le escribiste una carta y nos se la entregaste, la destruiste.

Ella se quedó tan sorprendida que no le salían las palabras para responder lo que deseaba. En ese momento se acercó Ishka.

—Frann, pensé que te sucedía algo, estás demorándote.

—Hija, te presento a la señora Frank.

—Hola, yo soy Ishka. Usted debe ser la hija del señor Elia. Te recomiendo no dejarte embaucar por este encantador sujeto —comentó Ishka refiriéndose a su padre.

—Me temo que has llegado tarde para impedirlo. Justo en este momento acaba de sorprenderme, como no lo había hecho nadie nunca en mi vida.

—Yo soy su hija desde hace 16 años y a cada momento me sorprende.

—Para mí esto es algo nuevo y difícil de comprender.

—Ya te acostumbrarás. Bueno, Natalia, encantada de conocerte. Frann, te espero en el auto.

Ishka se fue en dirección a la salida.

—¿A qué se refería con eso de que ya me acostumbraré?

—No lo sé; cosas de muchachos, imagino.

—¿Cómo sabe mi nombre?

—Le comenté que te había visto en el concierto.

—Me puse algo nerviosa cuando te vi allá. Aun cuando no te conocía, había algo que me llamó mucho la atención.

—Es que yo soy muy atractivo —bromeó Frann.

—Sí, realmente lo eres, pero hay más que eso. Ahora será mejor que te marches, tu hija te espera en el auto.

Frann sintió esa despedida como definitiva. No se atrevería a pedirle el número de teléfono, ni a proponerle que se vieran, ni nada por el estilo. Era una mujer casada.

—Me dio mucho gusto conocerte, saludos a Elia de mi parte.

—Con gusto. ¡Adiós, Frann!

Camino al auto no podía creer que estuvieron hablando. Esa noche no dormiría.

—¿Y bien? —preguntó Ishka.

—¿Y bien qué?

—¿Qué acordaste con Natalia?

—Nada. ¿Qué tendría que acordar?

—¿Vas a dejar escapar a la chica de tus sueños?

—Ella no es la chica de mis sueños —le dijo Frann a su hija sin creerlo.

—No, ella no es la chica de tus sueños. Ella es el sueño de cualquier ser masculino que habite este planeta. Pero estaba muy interesada en ti.

A Frann le emocionaron las palabras de Ishka.

—No digas tonterías, ¿cómo podría interesarle un hombre como yo?

—¿Qué tienes de malo? —preguntó su hija.

—Lo que quise decir es que ya tiene alguien por quien interesarse, está casada.

—Padre, esa mujer estaba visiblemente interesada en ti. ¿Cómo sabes que aún sigue casada? ¿Ya le viste el futuro?

Frann pensaba que más bien el interesado era él. A pesar de la manera amigable como lo había tratado, no hubo nada que demostrara tal interés; quizás mucho agradecimiento por la ayuda a su padre.

—No veo el futuro a personas que no utilicen los canales establecidos.

—Claro, lo olvidaba. Pero, insisto en que hay un interés mutuo. Ya lo verás en el futuro.

Esa noche Frann se acostó a pensar. No quería hacer nada más, solo pensar en esa mirada que hablaba y decía más cosas que toda una historia, ojos cuyo brillo podrían colorearle la vida a la vida misma. La gracia de su figura juvenil daba la impresión de que la ingenuidad todavía no había abandonado a ese ser tan sufrido y endurecido por las circunstancias... Madurez e inocencia tomadas de la mano. Estaba invadido por una alegría, comenzaba a relacionar su sentimiento con todo su entorno. Sentía en ese momento su vida ocupada por esa dulzura que aún no probaba. Estaba nuevamente enamorado, qué maravilloso era. Importaba poco que ella lo supiera o no, a él le bastaba con lo que estaba viviendo. Recordaba con profundidad aquella mirada que abría las puertas del mundo, pero para que solamente pasara él. Sin darse cuenta, se quedó dormido.

—Cuéntame, ¿qué me perdí entre jueves y viernes? —le preguntó Frann a Nina.

—Realmente, no mucho. Todo estuvo tranquilo. Lo llamó el señor Sammy, dijo que le urgía hablarle.

—Creo que me va a salir cara su venida aquí por lo de Jeannette.

—No lo sé, pero pienso que es algo importante. Quizás le convenga hablar con Sammy.

—Llámalo a primera hora por la tarde. ¿Alguna otra novedad?

—Sí, tiene una cita el próximo viernes con un invidente.

Nina se quedó esperando la reacción de Frann con los hombros encogidos.

—¿Acaso tenemos una página de Internet en braille? —preguntó él, intrigado.

—No —dijo ella, sonriendo.

—¿Cómo será eso, una pantalla con puntitos?

Ahora era él quien sonreía.

—Hay un programa que se conoce como lector de pantalla, mediante el cual los ciegos pueden operar computadoras y obtienen respuestas a través de una voz sintetizada.

—Muy interesante, pero esta vez fue una mujer desesperada porque su esposo ciego está muy mal, deprimido.

—¿Fue ella la que accedió a la página?

—Sí. Me llamó y todo resultó perfecto hasta que me dijo que la cita era para su esposo. Le dije que no podía darle la cita, ya que no era para ella. Me dijo que su esposo era ciego y que estaba desesperado. Me suplicó que lo viera. Tendrá que tomar una decisión, le prometí que la llamaría de vuelta.

—No me gusta, esa no es la norma. Por otro lado, estoy seguro de que ese pobre hombre merece que lo vea. Déjame pensarlo, te digo en la tarde. Creo que hicimos bien en no dar citas hoy por la mañana.

—Yo regreso al frente. Si me necesita, ya sabe.

—Gracias por todo, Nina.

Frann se quedó pensando en lo del ciego. A media mañana apareció Oscar, alegre de ver a Frann en su escritorio.

—Mi querido socio, qué contento me pones al verte sentado allí de nuevo. Este fin de semana me di cuenta de lo frágil que es este negocio.

—Buenos días, Oscar ¿Por qué dices eso?

—Pues resulta que si decides irte y montar otro *tarantín*, este se evapora. Lo que quiero decir es que no somos nada sin ti.

—Te equivocas, es todo lo contrario. Yo no soy nadie sin ustedes, y no pienso irme.

—Cuéntame, ¿disfrutaste tu paseo?

—A lo grande. Creo que es lo mejor que me ha pasado en toda mi vida.

Al darse cuenta de lo que decía, Frann se ruborizó.

—Acaso conociste a la mujer de tus sueños.

—No, lo que sucede es que es un sitio encantador; y, unido a mi necesidad de descansar, todo resultó inmejorable.

Frann trató de disimular su impulso inicial.

—Creo que hay algo más; pero, no te preocupes, si no me lo dices, le preguntaré a Ishka.

—Encontré a la mujer de mis sueños.

Frann no pudo contenerse con su amigo. Necesitaba comunicarle a alguien lo que sentía.

—¡Enhorabuena! ¿Cuándo la conoceré?

—No la conocerás. Creo que ni yo mismo la veré de nuevo.

Oscar, que había entrado de paso, se acercó a una silla y tomó asiento.

—Eso no tiene sentido. Encontraste a la mujer de tu vida y ahora me dices que no la volverás a ver. ¿Qué sucedió?

—Es casada.

—¿Y estaba con el esposo?

—No, estaba sola, pero es lo mismo.

—¿La conociste?

—Ya la conocía. Es la hija de Elia.

—¿Max Elia, el empresario?

—El mismo.

—La hija está casada con un hombre importante de la gran ciudad.

—Sí. Por eso te digo que no la veré nuevamente, a menos que sea por casualidad, algún día.

—Lo lamento, Frann, me imagino cómo te sentirás ahora.

—Me siento bien. Creo que el solo hecho de haberla encontrado me llenó la vida de emociones. Si no sucede nada más, creo que estará bien.

—Una historia increíble.

—¿Qué tiene de increíble?

—No sé. Tú nunca le ponías atención a eso, y ahora que te interesa alguien, está casada.

—El destino es así.

—Dile a Nina que acerque unos cafés.

—De acuerdo.

Frann levantó el auricular y habló con Nina.

—¿No crees que haya alguna posibilidad?

—No lo sé. Lo que sí sé es que me siento muy bien. Por lo menos sé que existe. Es una persona de carne y alma.

—¿Es muy bella, hermosa?

—Es mucho más que eso. Es el amor en persona.

—¿Crees que estás enamorado?

—Estoy seguro de que sí. Conozco cómo se siente uno en esos casos, y te puedo asegurar que lo mío es exacto. Amor puro, bueno, necesitado.

—Se te ve la felicidad, amigo mío.

—Estoy enamorado y tengo suerte.

—Yo diría que estás enamorado y tienes mala suerte.

—No, estoy enamorado y la suerte se basa en tener un amigo como tú.

Oscar se alejó sin esperar el café, con una sonrisa que afirmaba el agradecimiento.

Nina entró en la oficina con la cara muy pálida, como si hubiera visto a un fantasma.

—Frann, acaba de llamar Norman Robert, de la agencia.

—¿Qué quería? —preguntó con más susto que intriga, por la cara de Nina.

—La doctora Hillary está hospitalizada.

Frann se levantó de un salto.

—¿Qué sucedió?

—Al parecer, un ataque al corazón. Norman dijo que en cuanto tuviera datos más precisos nos avisaría. Yo… lo siento mucho.

—Gracias, Nina.

A Frann se le agolparon pensamientos. Tendría que ir organizando las ideas para no colapsar. Comenzó a verse culpable de lo sucedido. Peter tenía razón, no debía ver de nuevo a esas personas. No, un momento, él había decidido que eso no lo mortificaría y así sería. A la pobre Hill le ha sucedido algo que aún no está claro; pero, seguramente, él no tenía nada que ver en el asunto. Frann no había visto que le sucediera algo malo en su futuro. Sería mejor calmarse hasta enterarse de todo. El teléfono repicó y Nina le dijo que Sammy estaba llamando de nuevo.

—Comuníquelo.

—Hola, Frann, por fin te encuentro. Además de importante, eres escurridizo.

—Hola, Sammy. No soy escurridizo, estaba de vacaciones.

—¿Islas Fiji? ¿Con una escultural figura?

—En las montañas con mi hija.

—Eso se llama desperdiciar el talento.

—En qué puedo servirte —preguntó Frann para ir al grano.

—Necesito un favor…

"Lo sabía", pensó Frann.

—Se trata del gobernador.

—¿Qué le sucedió?

—Quiere que lo veas.

—¿Ya visitó la página?

—Frann, se trata del gobernador. No me vas a decir que le negarás una audiencia al jefe del Estado.

—No le negaré nada, solo que si tiene un problema, puede entrar en la página. Luego, cuando la información llegue, le daré las prioridades del caso.

—Él no entrará en la página.

—¿Por qué no?

—Realmente no lo sé, pero es alguien muy ocupado. Entiende: privilegios, hay gente que tiene privilegios por necesidad.

—¿Él te dijo que quería verme?

—Su esposa.

—Entonces, él no lo sabe.

—Sí lo sabe, Frann. Es un asunto delicado, es una figura pública.

—Haz que entre en la página, yo me encargo de lo demás.

No era justo, pensó Frann. Apenas se había tomado cuatro días de vacaciones, y ya comenzaba el estrés. El gobernador, un ciego y la pobre Hill en el hospital. Se veía en la obligación de rescatar su mente de los dominios de la pasión. Respiró profundo y se dispuso a organizar todo. Con el tiempo se había dado cuenta de que la experiencia no había endurecido sus sentimientos. Cada vez le resultaba más difícil no verse involucrado en los problemas que afectaban a los otros.

¿Cómo podría él ver la vida de un ciego? No se le ocurría qué encontraría, era una vida registrada en otro idioma, sin imágenes. El hombre había desarrollado otros sentidos para poder manejarse en la vida. ¿Estaría en capacidad para ver a través de esos sentidos la problemática del ciego?

El gobernador. ¿Qué clase de compromiso era ese? Mucha responsabilidad, conocer los pecados del cura. ¿Y si aquel hombre hace cosas que perjudiquen a otras personas? Si ese personaje estuviera metido en cuestiones deshonestas, estafas o cualquier otra cosa, tendría la obligación de denunciarlo. ¿Denunciarlo? ¿Con qué pruebas podría denunciar un brujo a una persona confiable, apoyada por los votos de los ciudadanos? Mejor será no pensar más y esperar los acontecimientos.

VEINTINUEVE

—Todo fue una falsa alarma. Me hicieron las pruebas y los exámenes de rigor, y no tengo nada. Eso sí, me llevé un buen susto; creía que estaba en las últimas.

—Me contenta saber que estás bien. No podía creer que mi amiga Hill estuviese pasando por algo malo. Imagino que el susto te dará como para tomarte unos seis meses de vacaciones.

—No tanto, pero el doctor me recomendó descanso al menos por un mes, especificando que debía estar en cama como dos semanas. Cada vez que tengas algo de tiempo, toma el teléfono. Pienso hacer más consultas sobre tu caso para ver si adelantamos algo sobre el fenómeno pre cognitivo.

—Ten la plena seguridad de que llamaré con frecuencia. Ahora descansa; hablamos más tarde.

—Gracias por preocuparte, Frann. Saludos, besos.

Frann cortó la comunicación, preocupado por la tarde que le esperaba. Todavía pensaba que lo del ciego era complicado; pero a la vez estaba intrigado. Tratar con un ser especial era algo que le llamaba la atención. Se dedicó a leer nuevamente el informe del ciego para bajar un poco la tensión.

—El señor Molina ya está aquí —anunció Nina.

—Quiero que pase su esposa primero.

—Su esposa no vino.

—¿Cómo que no vino? Entonces, ¿quién lo trajo?

—Su hija.

—Dile a la hija que pase.

—Está bien.

Nina aceptó no muy convencida.

Cuando Frann vio a la hija se impresionó. Era una jovencita, si acaso, de la misma edad de Ishka.

—Pasa y, por favor, toma asiento —le dijo él indicándole una silla. —¿Cómo te llamas?

—Millie.

—Millie, ¿qué edad tienes?

—Dieciocho.

—¿Dieciocho? Creo que debes tener quince.

—Dieciséis.

—¿Vas a la escuela?

—Sí.

—Eres una niña muy bonita. ¿Te lo han dicho antes?

—Sí, gracias.

—¿Por qué tu mamá no vino?

—Está ocupada en la casa. Yo soy la que lleva a mi papá a todas partes.

Frann observó que era la primera vez que Millie decía algo adicional a lo que le preguntaba.

—¿Adónde llevas a tu padre?

—Al trabajo, a comprar…

—¿Podrías decirme en qué trabaja?

—Toca el bandoneón. Lo llevo todos los días al parque y la gente le da dinero para oírlo tocar.

—¿Tu padre recolecta el dinero?

—Yo lo recolecto, se lo entrego, y luego, cuando llegamos a casa, él se lo da a mi madre.

—¿Es verdad que usted sabe todo lo que pasa? —se aventuró a preguntar Millie.

—No todo. Puedo llegar a enterarme de lo que les sucedió y de lo que les sucederá a algunas personas.

—¿Puede decirme qué me sucederá?

—¿Por qué estás tan interesada en saberlo?

—Siempre he pensado en casarme con un hombre muy rico y quiero saber si ocurrirá.

Por un momento Frann se quedó pensando... ¿Qué podría decirle a esa joven llena de esperanzas? Equivocada o no, era su esperanza.

—Cuando las personas quieren algo en la vida, deben poner mucho empeño para lograrlo —esas palabras lo hicieron pensar en Nathalia. —Todavía te faltan unos cuantos años antes que puedas alcanzar ese objetivo. También pasarán muchas cosas que lo dificultarán; pero solo tú, con mucha fe y constancia, podrás conseguirlo.

La chica sonrió, como si estuviera convenciéndose en ese momento de que iba por el camino cierto.

—Mi madre dice que nunca llegaré a ninguna parte.

—¿No me dijiste que estabas en la escuela?

—Voy a la escuela por las mañanas, pero mi madre me dice que pronto me sacará, que no debo seguir perdiendo el tiempo en eso. Ella piensa que debería trabajar, seguir el ejemplo de mi padre.

—Millie, no dejes los estudios por nada del mundo, ese es el paso más importante para lograr tu meta, tu única garantía. Por favor, sal y dile a Nina que puede pasar el señor Charles.

Millie se levantó pensativa. Para ella, el señor Frann sí sabía de lo que estaba hablando.

La joven acompañó a su padre y lo ayudó a sentarse, luego se marchó. El señor Molina tenía 35 años, era más bien bajo, de contextura mediana, cabello rubio y piel colorada (tostada por el sol).

—Hola, señor Charles; yo soy Frann Hatton. ¿Sabe por qué está aquí?

Charles levantó la cara buscando el sonido con una sonrisa, de la cual Frann descubrió enseguida que era solo una mueca.

—Sí… Mi esposa me dijo que usted es vidente y que me ayudará con mi problema.

—¿Sabe usted cuál es su problema?

—Caramba… yo sé cuál es mi problema, ¿no cree usted?

—¿Puede decirme cuál es?

—Caramba… yo pensé que usted me lo iba a decir. Como es quien dice todo, usted es el vidente, y puede ver lo que yo no veo, y también lo que no ven otras personas.

—Charles, necesito saber si usted está consciente de cuál es su problema.

Frann no había tocado al ciego, quería conversar un rato con él para conocerlo un poco.

—Caramba… yo estoy consciente, ¿no cree usted? Mi problema, lo conozco. Mi esposa me dijo que usted me ayudaría.

"Hay mucha inseguridad en aquel hombre y lo necesito seguro", pensó Frann al levantarse y dirigirse hacia el invidente.

—Charles, quiero que sepa que estamos los dos solos en esta habitación. Además, yo no grabo ni permito que nadie más se entere de mi conversación con las personas que me visitan. Ahora voy a tomar su mano para que pueda tocar mi rostro y conocerme.

Frann sabía que lograría la confianza de Charles con ese gesto, además de lograr entrar en su vida. La mueca en la cara de Charles pareció disolverse en una sonrisa auténtica, cosa que Frann solo podía suponer.

—Caramba… señor Frann, es usted muy fuerte y me parece que tiene los ojos azules.

—¿Conoce usted los colores?

—Si… yo conozco los colores: el color azul es el color del cielo.

Frann lo miró bien. Percibió su vida en trozos, pero sin verla, como le sucedió con Thomas Hendson… o Peter, quienquiera que fuere.

—¿Conoce algún otro color?

—Sí… conozco otros colores. El verde es el color de los árboles, el naranja es el color del sol, el rojo es el color del amor…

—¿Por qué rojo el color del amor?

—Caramba… el rojo es el color del corazón.

Charles hablaba muy despacio, haciendo siempre una pausa después de la primera palabra.

—¿Se ha enamorado usted?

—Sí… yo estoy enamorado de mi esposa.

—¿Por qué no me habla ahora de su problema?

Frann ya sabía que aquel pobre hombre estaba sufriendo una pena muy grande. Amaba a su esposa, pero ella no le correspondía. Cada vez estaba menos motivado, había llegado a pensar que su existencia era absurda.

—Caramba… mi problema… me siento un ser infeliz.

—¿Acaso no le gusta su trabajo?

—Sí… mi trabajo me gusta mucho. Hay gente que habla conmigo todos los días, hay bastante gente bonita a la que le gusta hablar conmigo. También hay otras gentes que se meten conmigo y tratan de hacerme daño.

—¿Le tiene miedo a esa gente que trata de hacerle daño?

—Un poco… pero no mucho, no creo que puedan hacerme más daño que a otros.

—Digamos, señor Charles, que sus angustias y pesares son solo consecuencia de la relación con su esposa. ¿Es así?

—Caramba… me está sorprendiendo, Frann.

Charles soltó una risita nerviosa, pero enseguida retomó la compostura.

—A eso sí lo llamo yo ser vidente. Definitivamente, usted ve las cosas que otros no ven.

—Ciertamente, y su problema es bastante complejo, más de lo que piensa.

—Caramba… no me diga.

—Las cosas serían más sencillas si yo le pudiera decir, como cree usted, que su esposa está enamorada de otro hombre, pero no es ese el caso.

—¿No es el caso? —repitió Charles como desconcertado.

—Su esposa se comporta con usted de la forma que lo hace, porque esa es su manera de ser.

—Oiga… mi hija me lee novelas, y las mujeres de las novelas son muy cariñosas y comprensivas con sus parejas. Yo hago muchas cosas para hacer feliz a mi esposa, y ella siempre me pide que haga más cosas, nunca me ha dicho nada bonito. Todos los días oigo cosas muy bonitas que se dicen las parejas; creo que el parque es el lugar sagrado de las promesas de amor.

Frann sabía que la esposa de Charles nunca le diría algo bonito. Ella pensaba que casarse con un ciego, que ya era bastante, y no por el hecho de ser ciego tendría que convertirse en su esclava. Ella era la guía de la familia, y no podía perder su tiempo mimando o consintiendo a ninguno de los dos. Bastante trabajo tenía atendiéndolos, por lo menos debían colaborar. La señora Molina quería mucho a su familia, pero le resultaba difícil tener un gesto de cariño con ellos. Eso había destrozado la vida de Charles, un ser tocado por la poesía. Dos personas absolutamente opuestas: Charles, que veía la profundidad de la vida, y su esposa, que no veía más allá del quehacer.

—Charles, estar enamorado es algo muy especial, algo que ocurre en circunstancias especiales y con personas especiales. El amor es personal, cada uno de nosotros lo manifiesta a su manera. Quizás la sensación física sea la misma, pero la concepción espiritual es muy diferente. Muchas veces estamos enamorados de lo que pretendemos de la otra persona y no de su esencia misma. Podemos hasta enamorarnos de personas que no conocemos; pero el amor, como sentimiento, comprende mucho más cosas. La tolerancia es una de las herramientas que los seres humanos deberíamos tener siempre a mano, salvaría muchas vidas, haría más llevaderas muchas circunstancias.

Charles estaba tan atento que casi ni respiraba. Oía cada palabra de Frann como quien escucha al maestro admirado.

—No saque cuentas de las cosas que hace por su esposa, más bien trate de buscar lo positivo en ella, consiéntala espiritualmente, involúcrela en pasajes bonitos de su vida. Ella ni siquiera sabe por qué está usted aquí. Lo envió con un doctor, que lo encontró perfectamente bien. Ha hecho un esfuerzo para que usted viniera a verme. ¿No cree que hay la posibilidad de que las cosas sean diferentes a como usted se las imagina?

—Caramba… nunca nadie me había hablado de la forma como usted lo ha hecho.

—¿Le ha dicho usted a alguien cuál es su problema? ¿Se lo ha dicho a su esposa?

Charles levantó la cara como si estuviera mirando a Frann.

—Creo que tendré que replantear muchas cosas en mi vida.

Frann estuvo hablando un buen rato con aquel hombre ciego, con un corazón enorme, bendito por la honradez y horadado por el miedo. Después que Charles se marchó, entró Nina, y en actitud muy confidente le dijo:

—Frann, afuera está la señora Ramos; su última entrevista del día.

—Excelente, hazla pasar de una vez. Quiero terminar temprano e irme a casa.

—Sí, pero hay algo más: una señora llegó diciendo que quería verlo. Le pregunté si tenía cita y me dijo que no, pero que necesitaba que la viera.

—Usted sabe que no hacemos excepciones. Dígale que lamentablemente hay muchas personas y que la única forma es visitando la página de Internet.

—Está bien, déjeme despedir a la señora Frank y luego regreso con su cliente.

Nina no había terminado de salir cuando Frann la detuvo, casi con un grito.

—Dígame —contestó ella, sorprendida.

—Pase y cierre de nuevo la puerta —ella obedeció inmediatamente. —¿Por casualidad esa señora se llama Nathalia, Nathalia Frank? —preguntó él, esperando que no fuera ella.

—Sí, así se llama ¿Usted la conoce?

—La conozco —le dijo sin poder creer que eso estuviera sucediendo realmente. La impresión lo alejó a un rincón de su mente. ¿Qué podría estar haciendo ella en su consultorio?, se preguntó. Una visita sorprendente…

—Frann, ¿le sucede algo?, ¿quiere que le dé una cita a la señora Frank?

—Dígale que tengo que ver a una persona, pero que si no está apurada después podré atenderla.

—Creo que no hay problema. Yo le dije que usted estaba sumamente ocupado, y ella me dijo que esperaría el tiempo que fuera necesario.

—Está bien. Por favor, dígale cuánto deberá esperar, ofrézcale algo de tomar.

A Frann se le aceleró el pulso.

—Se lo diré. Ella es una dama muy agradable, y su cara me es familiar.

—Gracias, Nina. Es la hija de Elia. Por favor, haga pasar a la señora Ramos.

Cuando la señora Ramos se marchó, Frann le dijo a Nina que hiciera pasar a Nathalia. La puerta se abrió, y él se quedó mirando y esperando: venía conversando con Nina. Frann se levantó de inmediato, esperó que se acercara y le extendió la mano. Ya se había quitado el anillo.

—Un placer verte por aquí —fue lo único que pudo decir, y luego quedó en estado de choque.

La miró de arriba abajo. Sus ojos no alcanzaban a dar paso a tanta belleza. Tenía puesto un sencillo traje blanco, como dibujado en su cuerpo, que dejaba sentir todo su esplendor. La hermosura de Nathalia lo intimidaba, lo hacía sentir pequeño. Volvía esa sensación de opresión en el pecho y vacío en el estómago. Quería demostrarle muchas cosas, pero sabía de antemano que en esa situación era hasta capaz de decir estupideces. Frann pensó que lo más sensato sería dejarla hablar, seguramente en algún momento se daría cuenta de que ella es una persona, igual que él. Nina se retiró y los dejó solos.

—Hola, Frann. Ya veo que tu trabajo no es tan fácil como imaginé —su voz le hacía cosquillas en el corazón, pero tenía que afrontarla; y, además, directamente.

—Nada fácil, pero visitas como la tuya le mejoran a uno el día.

—Gracias, Frann, lo tomo como un cumplido. Me imagino que vienen muchas personas por aquí para alegrarte y hacerte sentir bien.

Él necesitaba decirle lo que sentía en ese momento.

—Aparte de mis clientes, muy pocas personas me visitan. ¿Estás aquí por algún motivo en particular?

—Lamento haber venido sin avisarte. He pensado mucho en ti, y sentía la necesidad de verte. Me vine a caminar por estos lados de la ciudad, y cuando estaba frente al edificio lo pensé mucho antes de subir; pero luego me convencí de que no había nada de malo en visitarte.

—Claro que no tiene nada de malo. Para serte honesto, yo también he pensado en ti.

—No creo que tantas ocupaciones te dejen espacio para pensar en una desconocida, pero yo necesito hablar con alguien, y mi corazón me dice que ese alguien eres tú.

Frann se quedó pensando si lo que estaba ocurriendo era real, o era otra incomprensión o sueño de la vida, como el asunto de Peter. En ese momento repicó el intercomunicador, y se sobresaltó.

—... No hay ningún problema, Nina, se puede marchar. Yo me encargo de que todo quede bien aquí... Igualmente, que tenga usted un feliz fin de semana... Muchas gracias, hasta el lunes.

Después de hablar con su secretaria, Frann asumió que todo era real.

—Ella te quiere mucho, Frann, parece que todo el mundo te quiere —le dijo Nathalia con admiración.

—Hace muchos años que está a mi lado, creo que formó parte de su inventario. Pero te advierto de que siempre que habla sobre mi persona, exagera. Ella pretende que todo el mundo sienta lo mismo.

—Si yo estuviera al lado de una persona como tú, también estaría muy orgullosa.

—Me imagino que hay personas de las que te sientes orgullosa —le dijo, él esperando un comentario sobre su esposo.

—De mi padre —dijo sencillamente.

—Tu padre es un gran hombre, de veras me agrada —le comentó Frann.

—Él siempre me habla de ti, como si fueras un primo o algo así. Yo tenía mucho interés en conocerte, pero cuando nos vimos en la estación de servicio me impresionó que fueras tú. Después de escuchar todo lo que me dijo mi padre, te imaginaba diferente. Algunas veces me parecía que eras un farsante; otras, un ser divino, y muchas cosas más. Pero cuando tu mirada se hizo apremiante, entendí que eras una realidad, ángel y humano.

Frann estaba a punto de decirle que la amaba, pero no podía hacer eso. "Qué locura", pensó.

—Solo soy una persona normal, con una sensibilidad especial para percibir las vidas ajenas.

—¿Qué puedes percibir de la mía?

—Que eres muy hermosa.

—Eso también lo perciben los insensibles.

—Tienes una vida muy complicada, la has pasado bastante mal, deberías hacer algo al respecto —le aseguró Frann muy serio.

—Creo que por eso estoy aquí. Después de lo que hiciste por mi padre, siento que eres la única persona que puede ayudarme.

Frann no estaba dispuesto a ponerse el anillo. Decidió que conversando con Nathalia seguramente podría ayudarla. Sentía temor de verse en su futuro.

—Si no tienes prisa, puedes comenzar a contarme todo desde el principio.

"Es una larga historia, de la cual tú conoces una parte. Antes de recuperar a mi padre, me sentía muy mal. A pesar de mostrarme siempre alegre, una pena muy grande me acompañaba a todas partes. Tomé la decisión de casarme con el apuesto joven con quien salía desde la universidad. Estaba segura de que eso me ayudaría, y que mi vida sería otra estando al lado de alguien que me amara y pudiera compartir la anhelada felicidad. Carl era el hombre perfecto: atractivo, hijo de un empresario exitoso, que había sido socio de mi padre; y quien, además, me demostró su amor de muchas maneras.

"Un día me llamó el mismo Colbert Frank Jr. y me invitó a una cena en su casa. Estuve tentada a negarme, pero me pareció muy descortés hacerlo. Colbert me infundía mucho respeto y lo conocía prácticamente desde que era una niña. Siempre me trató muy bien.

"El día de la cena, estaba toda la familia, amigos de sociedad y algunos compañeros de la universidad. Colbert me llevó a un gran salón, lujosamente decorado, y mandó a llamar a Carl. Me hizo sentar y me ofreció una copa de champaña, luego me dijo: 'Mi querida Nathalia… todavía te recuerdo correteando por ahí, dando tus primeros pasos, siempre fuiste hermosa. Eres muy especial para mí. Desde que Elia te abandonó, he estado siempre pendiente, sabes perfectamente que quiero lo mejor para ti, te he apoyado en todo momento. Ahora eres una mujer, una mujer brillante y preparada. Te mereces el mundo, tienes todo el derecho a vivir tu vida con quien mejor te parezca'.

"En ese momento entró Carl; Colbert continuó hablando:

"No obstante, quiero que consideres seriamente la proposición de mi hijo. Los dejaré solos para que hablen.

"Colbert me dio un beso en la mejilla y se marchó. Brindamos. Carl se veía nervioso pero contento. Me tomó la mano y se la puso en el corazón: 'Te amo, Nathalia, quiero que te cases conmigo'. Al oír eso, me sentí mujer. El hombre que me gustaba estaba tratando de convencerme para que fuera su esposa. En ese momento pensé que, después de todo, la vida te corresponde. Había un enjambre de abejas reales esperando la decisión de una pobre e inocente criatura. Afuera estaban todos nerviosos, me imagino que hasta llevarían apuestas secretas en sus mentes. Sin saberlo, al asistir a esa cena, me había convertido en el punto de equilibrio de la alta sociedad neoyorquina. Mi decisión arrastraría sensibilidades sociales y poderes ocultos. Me gustó, todo era exquisito. Colbert se las había ingeniado para que esa ocasión fuera motivo de noticia, y afuera estaba cada quien esperando lo suyo. En ese momento me di cuenta de que debía corresponder. Acepto, —le dije, y a Carl se le cayó la copa de la mano. Luego me tomó entre sus brazos y me besó apasionadamente. Poco a poco las personas fueron invadiendo el salón; cuando me di vuelta, estaban todos aplaudiendo. Se había colocado el sello de aprobación por lo más elegante de Manhattan".

Frann no salía de su asombro. No podía imaginarse que esas cosas sucedieran en la vida real.

—Eso no puede ser cierto.

—Es la historia al pie de la letra, la puedes comprobar con tus poderes.

—Y fueron felices… —agregó él, como si fuera un cuento.

—Sí, mucho, pero solo al principio.

—¿Cómo al principio? Esa historia luce imperecedera.

—Así lo creía yo… viví momentos inolvidables. Después de esa noche, cada día de mi vida se convertiría en mejor. A partir de ese día me acompañaron tantas satisfacciones, que llegué a pensar que no lo merecía. Estaba realizada en todos los sentidos, me sentí una reina; me hicieron sentir una reina.

—¿Por qué terminó el encanto?

—¡Celos!

—¿Cómo celos?

—Celos, tal cual lo oyes.

—¿Celos de quién, cómo?

—Obsesión, diría yo. Nuestros rumbos se perdieron. Un día Carl comenzó a ver fantasmas, perdió la razón por culpa del amor.

Frann nunca había manejado ese término. Para él los celos no eran algo que pudiera trastornarlo más allá de su incapacidad para ver a Nebreska con otro, más por lo que a ella pudiera sucederle que por lo que a él le afectara. Sin embargo, al ver a Nathalia pensó que posiblemente los celos le podrían azotar el alma.

—¿Tiene motivos para los celos?

—Tiene celos hasta de su propio padre, y te digo que ese hombre estaría dispuesto a morir por su hijo. Desde que era una niña, lo único que mis pensamientos han manejado fue siempre a la figura de Carl. No he tenido ni deseos ni necesidad de estar con nadie más; mi única frustración era mi padre. Cuando me lo devolviste, terminé de completar mis sentimientos. Pero Carl, a partir de entonces, se ha puesto cada día más suspicaz y agudo: no me deja que lo visite, no quiere que haga nada. Tengo que decirle lo que hago durante cada minuto de mi vida. Sé que revisa todas mis cosas. Se levanta de noche y comienza a revisar gavetas, papeles y cualquier cosa. Antes siempre trabajaba fuera hasta tarde, ahora llega muy temprano; a veces trabaja desde la casa y, si yo tengo que salir, trata de acompañarme o me hace un interrogatorio exhaustivo de adónde voy y por qué.

—Eso es bastante grave. ¿Has tratado ese tema con él?

—Le he dicho que está obsesionándose, le he preguntado por qué se comporta de esa manera, pero desde hace un año no quiere hablar del asunto. Dice que no me espía, que soy yo la que ando con cosas raras. La semana pasada discutimos de manera violenta por primera vez en el tiempo que llevamos juntos.

—¿Cuán violento?

—Creí que me pegaría, casi lo hace una vez, hace años. Levantó su mano amenazándome, luego se arrepintió y me pidió disculpas; me había tratado muy mal, me insultó, dijo que yo era una cualquiera, que estaba buscando una oportunidad para estar con otro hombre y que ahora me estaba amparando en mi padre para ello.

—Eso es muy grave. ¿Cuáles son los sentimientos que tienes hacia él en estos momentos?

—Mira, Frann. Desde hace un año casi no lo conozco, se ha transformado, es rencoroso, hasta cuando trata de ser cariñoso conmigo lo hace de manera agresiva. Ya no siento lo mismo que cuando nos casamos. Ahora desconfío hasta de sus bondades. Un día fui a Saks y le compré una corbata; él la descubrió antes que se la diera, y casi me pide el divorcio.

—Lo que te puedo decir es que debes tomar una decisión con respecto a tu relación de manera inmediata.

—¿Qué tipo de decisión?

—Nathalia, por todo lo que me has dicho, Carl no va a cambiar su actitud, al menos no contigo. El caso es que todo se pondrá peor, cada día se hará más difícil que estés a su lado y el final puede ser muy desagradable.

—¿Me sugieres que lo deje?

—Te recomiendo que te sientes a conversar con él sobre la situación entre ustedes y le plantees un cambio radical en su conducta, para poder permanecer a su lado.

—Eso es bastante difícil. Su padre ha estado hablando conmigo y me dice que debo darle tiempo. Colbert piensa que su hijo tiene muchas presiones sociales y de trabajo. "Ya verás cómo todo se arregla", es lo que me dice su padre, y luego cambia el tema de manera que yo entienda que una ruptura no es viable.

—¿Has hablado con tu padre?

—Mi padre quiere que lo deje y regrese a casa.

—Yo creo que debes enfrentar a Carl y olvidarte, por ahora, de su padre y del tuyo. Ese problema lo tienen que resolver ustedes.

—Tienes que ver cómo se pone. En estos días llamó a su padre y le dijo que él era el culpable de todo lo que le estaba pasando, que si no lo hubiera obligado a casarse conmigo, ahora estaría más tranquilo.

—¿Han tenido hijos?

—Carl tiene un problema, ha estado viendo a un doctor y le están haciendo un tratamiento, pero no sabemos cuál será el resultado.

—¿Puedes tener hijos?

—Según los exámenes médicos que me han practicado, incluso antes de que se los hicieran a Carl, estoy apta para quedar embarazada en cualquier momento.

—¿Qué quieres hacer tú? ¿Crees en la posibilidad de que todo vuelva a ser como antes con Carl?

—Estoy segura de que eso no es posible, pero tampoco resulta fácil separarme de él. Debo buscar la forma de lograrlo sin que nadie se afecte.

—¿Qué significa que nadie se afecte?

—Carl está obsesionado. Si le planteo una separación ahora, no sé de lo que pueda ser capaz.

Frann se dio cuenta de que Nathalia estaba atemorizada. No quería estar más con su esposo, pero temía que él pudiera intentar algo, incluso contra ella.

—Dile que quieres irte un tiempo a casa de tu padre. Quizás el tiempo ayude a calmar un poco las cosas entre ustedes y luego puedan tomar una decisión consensuada.

—Carl no permite que yo me marche.

—¿Te mantiene secuestrada?

—Creo que es chantaje. Tengo miedo.

—Pero tienes que tomar una decisión.

—Lo sé, y lo haré, solo que estoy tratando de encontrar la forma.

—Debes darte prisa, no puedes seguir viviendo así.

Sin darse cuenta, Frann llevaba más de dos horas hablando con Nathalia.

—Frann, te agradezco tanto que me escucharas. Sentía una necesidad muy grande de hablarte. No sé si nos veamos de nuevo, pero me siento más tranquila ahora. Creo que he abusado de tu tiempo; ya se me ha hecho muy tarde y debo regresar a casa.

Frann sintió como si se deshiciera el encanto. Se marcharía, no sabía si volverían a encontrarse; en fin, toda una catástrofe.

—Me niego a la idea de no verte de nuevo. Estaba pensando en invitarte a cenar.

—Ahora estoy pasando por un período como de cenicienta. No tengo muchas posibilidades de salir.

Al decir esto, Nathalia tomó su cartera y comenzó a levantarse. Frann también se levantó y fue hacia ella.

—Te acompaño hasta tu auto.

Frann se acercó, se colocó justo al lado de ella y la tomó por la cintura para escoltarla hacia la puerta, pero ella no se movió. Él se quedó mirándole a los ojos y poco a poco la fue rodeando por el cuello con sus brazos, y cuando estaban estrechamente abrazados, comenzaron a besarse apasionadamente, como queriendo demostrarse que durante toda la vida se habían amado y deseado, como queriendo decirse que podían llorar el uno por el otro. Querían transmitirse en ese beso que no había nada en el mundo ni en el universo, capaz de impedir que se amaran. Frann perdió el equilibrio y cayó en la silla, Nathalia cayó sobre él y siguieron besándose. Entonces él la acarició por debajo del vestido, tocando sus partes más sensibles. Estuvieron así un rato hasta que, coordinadamente, se interrumpieron y decidieron retomar la compostura.

—Ahora sí se me ha hecho muy tarde —comentó ella, aún agitada y tratando de arreglarse un poco.

—Te acompaño —dijo Frann, tomó sus cosas del escritorio y su saco del perchero, apagó la luz y salió al lado de Nathalia.

Durante el tiempo en que estuvieron esperando el elevador, y todo el trayecto hasta el auto de Nathalia permanecieron en silencio. Ella se acomodó en el asiento del conductor, cerró la puerta, encendió el auto y bajó el vidrio de la ventana. Frann, que estaba de pie al lado de la puerta, se asomó y la besó nuevamente en la boca. Ella sacó sus brazos para pasarlos alrededor de su cuello; la pasión los abordó de nuevo. Nathalia abrió la puerta y se bajó del auto, se abrazaron y continuaron besándose. Luego él levantó la falda del vestido y comenzó a tocarla por debajo de sus bragas; sus manos se movían como tentáculos mientras ella lo mantenía apretado contra su cuerpo. De cuando en cuando separaba sus labios y, con mirada ansiosa, le pedía que no se detuviera.

Un auto que se acercaba los alertó y se detuvieron, pero quedaron abrazados. Nathalia posó su cara sobre el hombro de Frann y se quedó distraída, mirando hacia abajo, durante un buen rato. Luego se apartó, regresó al asiento y cerró la puerta.

—Frann, quiero estar contigo —dijo con dificultad.

—Dame tu número de teléfono.

Ella tomó su cartera y sacó una pequeña tarjeta con su nombre, el número de su casa y el número del móvil, se la entregó y se alejó en su auto. Frann permaneció en el mismo sitio un buen rato, pensando. Estaba flotando, incapaz de describirse a sí mismo lo que sentía. Mientras conducía a su casa decidió llamar a Oscar.

—Hola, Frann, ¿qué haces? Ya te hacía descansando en casa.

—¿Quieres tomar un refrigerio conmigo?

—¿Lo necesitas?

—Lo necesito.

—Entonces, ni se diga. ¿Dónde?

Frann se quedó recostado pensando en lo sucedido. Estaba enamorado, amaba a Nathalia. Sin darse cuenta, se quedó dormido; pero había algo que le molestaba el sueño, un ruido. Se despertó y miró el reloj, eran las tres de la mañana, era el timbre de la puerta. ¿Quién podría tocar a esa hora? Inmediatamente pensó en Nathalia, decidió ir a ver y, cuando abrió la puerta, se llevó una gran sorpresa.

—Perdone usted, Frann, pero no he encontrado otra ocasión para venir a verlo.

—Pase adelante, señor Peter, o comoquiera que se llame, alias el vampiro. Ya no me importa la hora. Lo que sí quiero es que me explique muchas cosas que están sucediendo.

—He venido a prevenirlo, Frann. Está cometiendo muchos errores.

—¿Ah, sí? ¿Yo estoy cometiendo muchos errores? ¿O es que usted es un farsante, que un día tiene un nombre y es un enviado espiritual, pero otro día tiene otro nombre y es vendedor?

—No sé de qué me está hablando, pero quiero que sepa que estoy preocupado por usted. Tiene que corregir el rumbo de su propio destino. Le advertí de que solo debía ver una vez a las personas que se consultaran con usted, o en quienes incursionara en sus vidas. Eso en muy peligroso, tanto para la persona como para usted.

—¿Peligroso porque? ¿Peligroso cómo?

—Poco a poco irá descubriendo todo el poder que tiene, que es bastante más de lo que ha podido ver hasta ahora, pero también se irá dando cuenta de quiénes son sus enemigos y cuáles son sus poderes. Por ahora debe seguir mis consejos.

—¿Y quién es usted?

—Le aseguro, Frann, que no importa quién soy, lo que importa es que estoy aquí para ayudarle.

—¿Ayudarme en qué?

—Hay un mal presagio en su entorno y tengo el deber de prevenirle. Son muy pocas las personas que tienen la capacidad para visitar, en el tiempo, la vida de otros.

—¿Podría decirme cómo adquirí esos poderes?

—No son poderes, Frann, es un talento natural de usted.

—Explíqueme lo del anillo...

—El anillo sirve para canalizar su talento. Es como un mecanismo de autocontrol para poder activar su capacidad solamente en el momento que lo desee. Hay otra cosa que debo advertirle...

—¿Más advertencias?

—Es imprescindible que deje de ver a la señora Nathalia Frank.

—¿Qué deje de ver a Nathalia? Eso no lo puedo hacer. Estoy enamorado de ella.

—Entonces, deje que ella resuelva su problema familiar, y luego la busca. No se involucre en los asuntos de la familia Frank.

—Tengo que ayudarla.

—Usted no la puede ayudar. Nada puede ayudarla. Ella tendrá que salir de eso sola para poder rehacer su vida. Nadie debe involucrarse con ella hasta que no esté totalmente terminada su relación actual.

—Pero eso será muy pronto.

—Eso nadie lo sabe. Haga todo lo que le he dicho, volveré dentro de unos meses. Trataré de localizarlo a una hora más conveniente.

—Ya me estoy acostumbrando a su problema de insomnio —acotó Frann.

TREINTA

Frann se levantó temprano el sábado en la mañana, a pesar del episodio con Peter la noche anterior, y se fue a correr en el parque. Al regresar, preparó una taza de café y se fue a tomar una ducha. Salió del baño ya vestido con ropa deportiva elegante, como si fuera a un club. En realidad no tenía a dónde ir. Nunca se había preocupado por pertenecer a ninguna asociación ni club ni cualquier otro sitio de esparcimiento para los fines de semana. Normalmente, se quedaba en casa descansando. Leía, alquilaba algunas películas por el cable y se ocupaba de sus cosas personales. Ese sábado se sentía diferente; quería salir, quería ver a Nathalia. No sabía si llamarla por el móvil o esperar a ver si ella lo llamaba. Se fue a la cocina y, mientras preparaba el desayuno, decidió que la llamaría. Se sirvió un vaso de jugo de naranja y marcó el número de Nathalys.

—¡Hola! Soy Frann, ¿cómo estás?

—Hola. Buenos días, papá, ¿cómo estás?

—Muy bien, pero no soy tu padre. Lo que sucede es que tenía muchas ganas de hablar contigo.

—Yo también. Anoche tuve otro altercado con Carl, no quería creer que estaba en tu casa.

—Pues, acertó. Pero, de todas formas, no puede comportarse contigo de esa manera.

—Ya se lo dije… Papá, te llamaré cerca del mediodía para vernos, necesito que hablemos.

—Está bien, pero no creo que pueda decirte: ¡Sí, hija!

A Nathalia le causó gracia el comentario.

—Veo que ni el buen humor lo cambias a pesar de que tu hija tiene problemas. Te llamo luego.

Al oír la despedida de Frann, cortó la comunicación. Luego buscó en el teléfono la opción de llamadas recibidas y borró la última, dando paso a la llamada anterior, que había sido ciertamente de su padre.

—¿Con quién hablabas? —le preguntó Carl.

—Con mi padre.

—No te creo.

—Me importa muy poco lo que tú creas.

—Dame el teléfono.

—¿Qué?

—Que me des tu teléfono.

—¿Por qué tengo que darte mi teléfono?

—Porque te lo estoy pidiendo.

Carl le arrebató el móvil de sus manos, con cierta violencia.

—¿Qué te has creído? Devuélveme ese teléfono y no te atrevas a manotearme de nuevo.

Carl verificó las llamadas y luego se lo devolvió.

—Más te vale que tengas cuidado con lo que estás haciendo. No quiero enterarme de que andas con pasos raros o viéndote con alguien, porque soy capaz de me…

Carl no terminó la frase al darse cuenta de su paranoia.

—Mejor será que me respetes, Carl, o no pasaré ni un solo segundo más a tu lado —dijo ella de manera muy categórica.

—¿Acaso te piensas ir a donde tu papito?

—A donde yo me marche es problema mío.

Nathalys dio media vuelta y se fue a la cocina a buscar algo de beber.

Frann llegó temprano a su cita con Nathalia; ya se había acostumbrado a la puntualidad, gracias a la obsesión de Oscar con los horarios. Quedaron en verse en un pequeño café ubicado en el Soho.

Apenas Frann la vio, se levantó de la silla para esperar que se acercara. Una vez a su lado, se dieron un beso y le ofreció una silla.

—Estás preciosa, cuando te vi me deslumbraste.

—Esos son los ojos del amor. Dame tu mano Frann, necesito sentirte.

Ella tomó su mano y la acarició.

—Estoy muy feliz de verte. Anoche solo pensaba en ti, en lo que podría ser nuestro futuro, quiero pensar que mi futuro tiene que ver contigo.

—Yo no pude dormir. Deseaba que estuvieras acostado a mi lado.

—¿Acaso Carl no duerme contigo?

—Sí, pero se acuesta muy tarde, se duerme enseguida y se levanta muy temprano. Ya ni me da las buenas noches, o los buenos días.

—¿Quieres tomar algo?

—Vino, creo que tomaré vino.

Frann pidió un exquisito vino blanco de Burdeos. Luego le sugirió algunos platillos a Nathalia, quien dijo que pediría lo mismo que él.

—Nathalia, quiero que estés a mi lado por el resto de mi vida. Parece una locura, pero podría casarme en este momento contigo.

—Amor mío, eso que estás diciendo es muy lindo, yo siento lo mismo hacia ti, y estoy segura de que vamos a ser muy felices, la verdad es que desde que te vi la primera vez en la montaña, sentí algo tan diferente, no sé cómo explicártelo, pero desde ese mismo momento en que te vi sentí que te amaba, a ti, un perfecto extraño que jamás en mi vida había visto. A pesar de que estoy casada siempre hay personas alrededor interesadas en mí, pero nunca me llamaron la atención, siempre estuve muy pendiente de mi marido, aun en las condiciones actuales, pero cuando te vi, todo en mi vida se redibujó, como si hubieras estado todo el tiempo con los ojos cerrados y de pronto los abres.

El camarero sirvió el vino, dando a probar primero a Frann. Después que él asintió, sirvió la copa de Nathalys y luego terminó de llenar la de Frann.

—Salud —brindó Frann.

—Salud… Por nosotros —dijo ella con una gran sonrisa, expresando su alegría.

—¿Qué sucederá con Carl?

—Tengo que afrontar mi situación. No va a resultar fácil, está obsesionado y no me dejará ir.

—Tienes que ser firme en tu posición y decirle que no seguirás con él. Mientras le des más largas, mayor será el mal que se hagan ambos. La situación se irá poniendo peor, y podrías hasta salir lastimada. Eso me preocupa.

—Trataré de hacerlo de la manera más rápida y conciliadora.

—No vas a conseguir nada conciliador con tu esposo. Él tratará de mantenerte a su lado utilizando todo tipo de artimañas, incluyendo el chantaje y la presión por amenazas.

—No es muy prometedor el panorama que me pintas.

—Pero muy realista. Según lo que me has comentado de tu relación, eso es lo de esperarse. Debes mantenerte firme y terminar lo antes posible. Múdate a casa de tu padre, y comienza las negociaciones desde afuera. Te aseguro que así podrás evitar males mayores.

—Carl está muy mal en estos momentos, si lo abandono le puede suceder algo malo.

—De todas formas no vas a evitar, con tu permanencia, absolutamente nada. Solo le darás largas a un mal que no tiene remedio.

—Pero, ¿y si le sucede algo malo?

—Si a Carl le sucediera algo malo, no podrías evitarlo. Alguien debe tratar de ayudarlo, alguien diferente de ti, porque tú eres su problema.

—Tienes razón en todo lo que dices, pero se me hace difícil irme y dejarlo, sabiendo que puede hacer algo malo.

La comida llegó y comenzaron a comer poco animados.

—Esto está delicioso, pero no tengo tanto apetito —comentó Nathalia.

—Es preciso que no volvamos a vernos hasta que termines tu relación con Carl formalmente.

—Me imaginé que ibas a decirme eso. Es algo cruel que dos personas que se quieren y se aman no puedan estar juntas.

—No es por presionarte, solamente quiero estar seguro de no hacer nada que pueda entorpecer nuestra futura felicidad. Vale la pena tenerles paciencia a las cosas buenas, así las disfrutaremos con intensidad.

—Tu forma de ver la vida hace que todo parezca maravilloso.

—Y lo es. Nosotros tenemos en nuestras manos la posibilidad de ser felices. No sabemos hasta cuándo durarán nuestras vidas, pero mientras las tengamos debemos procurar que la felicidad sea prioritaria. Todo está en nuestras manos.

—¿Quieres decir que tu felicidad está en mis manos?

—No precisamente. Mi felicidad la tengo yo y la comparto contigo. Mi corazón late y me avisa que está vivo, y me dice que has entrado en él y eso me hace feliz.

Nathalia bajó la mirada y tomó nuevamente la mano de Frann, la acarició y lo miró profundamente a los ojos.

—Eres tan dulce. No sé cómo podré estar alejada de ti. Me siento tan segura a tu lado, que no puedes imaginar, todavía eres un extraño, no nos conocemos verdaderamente, ¿qué está pasando?

Frann no se imaginaba cómo podía Nathalia sentir eso por un desconocido, pero el amor nunca se equivoca, sino nosotros. El camarero sirvió más vino. Luego de chocar sus copas, Nathalia se levantó de su silla y besó a Frann en la boca, se sentó y tomó de la copa.

—Cuando me dijiste que no nos veremos, te referías...

—A no tener ningún tipo de contacto, ni siquiera telefónico —la interrumpió él.

—Eso me dolió aquí —le dijo ella señalándose el pecho.

—Confío en que todo se arreglará, y rápidamente.

—Sí, seguro que va a ser así.

Luego de terminar el almuerzo, conversaron un rato mientras se acompañaban con un café. Al terminar se marcharon. Ya en la avenida, Nathalia pasó sus brazos por el cuello de Frann y comenzó a susurrarle cosas al oído.

—Me siento como la Cenicienta. Llegó la hora de marcharme, son las doce en punto. ¿Qué puedo hacer para alargar un poco el encanto? —le preguntó ella con ansias.

—Puedo invitarte a mi casa a tomar algo y charlar un rato, eso lo alargaría.

—Acepto. ¿Alguna vez te han dicho que tienes mucho talento?

—A diario —le respondió Frann con una sonrisa.

Cuando entraron al apartamento de Frann, ella quedó gratamente impresionada.

—Qué linda es tu casa, siempre quise vivir en un sitio así.

—Tú vives en una casa enorme y muy elegante —acotó Frann.

—Es cierto, pero no es tan acogedora como este sitio. Te juro que podría quedarme desde hoy mismo viviendo aquí para siempre.

—Espero que pronto puedas traer tus cosas y quedarte aquí conmigo.

Ella lo abrazó y lo besó apasionadamente.

—Déjame servir unas copas con vino. Voy a la cocina y regreso enseguida.

—Por favor, no te demores, los segundos cuentan.

Mientras Frann servía las copas, le pareció oír la voz de Nathalia.

—Habla más alto, que no puedo escucharte.

Frann percibió unas palabras, pero no entendía lo que decían.

Cuando salió de la cocina y se dirigió hacia donde estaba ella, la voz se hizo un poco más nítida.

—No escuché bien lo que me decías.

—Yo no he hablado, no he dicho nada.

—Pero si yo te esta… Un momento, todavía oigo esa voz.

Frann escuchaba la voz, pero no sabía de dónde venía.

—Yo no oigo nada —le dijo Nathalia.

—Espera a ver si logro saber qué es lo que dice.

Frann se dispuso a poner mucho cuidado para entender lo que decían.

"… —¿Hace mucho tiempo que vive aquí? —Sí, llevo muchos años aquí. —¿Solamente tiene ese hijo? —Sí, solo él. —Usted, tan joven, ¿cómo es que no ha buscado la pareja? —A mi esposo lo asesinaron hace más de cinco años y yo no me he vuelto a casar. Ha sido algo muy duro. —¡Santo Dios!, me impresiona…"

Frann sintió cómo las voces se desvanecían hasta que no escuchó nada más.

—¿Qué sucede, Frann? No me asustes.

—No es nada… Seguramente alguna vecina conversando con una amiga. Tengo el oído muy agudo.

—A mí no me pareció eso.

—Olvídalo. Ahora vamos a brindar y a pasarla bien.

Nathalia se quedó algo intranquila con la reacción de Frann, pero luego se animó nuevamente.

—Exactamente, ¿de qué estaban hablando?

—Una señora decía que no tenía más hijos, que su esposo estaba muerto, lo habían asesinado.

—Eso es muy trágico, mejor olvidémoslo.

—Bueno, preciosa, cuéntame cuáles son tus planes para librarte de Carl.

Nathalia se quedó un buen rato conversando, hasta que anocheció. Frann la acompañó hasta su auto y se despidieron casi como si no se fueran ver nunca más.

Durante los días siguientes, Frann estuvo ocupado viendo a muchas personas, pero se sentía triste y deprimido por estar lejos de Nathalia. Habían tomado la decisión de no tener ningún tipo de contacto hasta que ella estuviera formalmente separada de Carl. Ya habían pasado tres semanas.

Nina entró a la oficina de Frann causándole un sobresalto, aun cuando ya se había anunciado.

—Frann, mañana es su entrevista con el gobernador. Recuerde que vendrán por usted como a las diez y treinta.

Finalmente, llegó el gran día. Debía visitar al gobernador y ver su futuro. Estaba preocupado, era una situación de mucha responsabilidad y no podía evitarla. El propio gobernador visitó su página y logró conseguir la entrevista.

—¿Usted cree que puedo olvidarme de un evento de esa magnitud? —le preguntó, muy serio.

—Ya no tiene a nadie más por hoy. Debería ir a descansar a su casa y prepararse para mañana.

Nina tenía razón, irse a descansar y preparase. Pero Frann no conocía manera de prepararse cuando tenía que ver a una persona. ¿Habría algún libro con el futuro de los gobernadores? Nada de eso. Cada caso era diferente y totalmente desconocido para Frann hasta que entraba en contacto físico con la persona.

—¿Sabe una cosa, Nina? —ella lo miró con curiosidad. —Me marcharé ahora mismo a descansar, como usted dice.

—Muy bien. Si necesita algo llame por mi móvil, yo estaré aquí organizando las citas.

—Gracias, nos veremos por la mañana.

Se levantó, tomó sus cosas y se marchó. Ya en su casa, Frann se sirvió una copa de vino, encendió el televisor y puso un noticiero local. Al rato escuchó el teléfono. El corazón le dio un vuelco, pensó inmediatamente en Nathalia.

—Aló, ¿eres tú, Frann?

Reconoció la voz de Hillary y recobró la compostura.

—Hola, Hill. Qué agradable sorpresa.

—Es muy temprano para estar en tu casa. ¿Ahora te lo tomas con calma o es que cambiaste de profesión otra vez?

—Digamos que hoy es un día especial.

—¿Cuán especial? ¿Tienes cita con una chica guapa?

—No, la cita es con un personaje muy importante y estoy algo nervioso.

—Todos nos ponemos nerviosos en algún momento. No creo que tu caso sea grave.

—Realmente no lo es, pero por primera vez se me antoja que debería conocer la vida de las personas antes de verlas.

—Eso lo veo muy difícil de realizar. Tendrías que llegar a la vida de esa persona a distancia, estaríamos hablando de una precognición telepática.

—Esa frase suena bien, la emplearé para impresionar a mis entrevistados.

—Lo que debes hacer es darte cuenta de cómo tu sola presencia impresiona. Se percibe en ti una fortaleza muy grande, tanto física como espiritual.

—Pero yo soy solamente un ser humano.

—Todos lo somos, Frann. Lo son también los superatletas, los científicos, los astronautas, los presidentes, los millonarios, y los mendigos.

—Eso es muy cierto. ¿Crees que hay algo mágico en lo que hago?

—¡Claro! Tú tienes acceso de forma consciente a la visión de un hecho no realizado. Además, creo que tus cualidades van más allá. He estado investigando algunas teorías, y hay algo bien interesante que habla de la posibilidad de que existan muchos futuros paralelos alternativos y, dependiendo de lo que ocurra en el presente, se materializará uno de ellos. En este caso, yo pienso que tú entras al futuro, que tiene más posibilidades de acuerdo con las circunstancias vividas por tu entrevistado en ese momento.

—Algo parecido es lo que yo considero que está sucediendo —dijo Frann, recordando las palabras de Peter.

—Tú actúas como una mente universal donde no hay pasado ni futuro, sino una figura eterna. Tú puedes ayudar a las personas a elegir el futuro correcto.

—Me suena como algo de mucha responsabilidad.

—Sí, pero es lo que has estado haciendo. Estás asumiendo una gran responsabilidad para poder ayudar a todas las personas que te visitan.

—Hillary, lo de mañana es algo realmente grande. Quisiera poner mi mente en blanco hasta que llegue a la entrevista.

—Si me estás pidiendo que cuelgue, lo haré con gusto. Creo que necesitas paz en este momento.

—Sinceramente, quiero descansar. Pero debo reconocer que no me pudo suceder nada mejor que tener esta conversación contigo, Hill. Cuéntame, ¿cómo has estado?

—Afortunadamente, bien... Mucho reposo, leo bastante. He podido compartir mucho con mi esposo, cosa que antes no había hecho.

—Lo que me dices lo libera de muchas culpas, según veo.

—Ahora que estoy a su lado, no puedo decir que era el único responsable de nuestra relación.

—Me alegra oírte decir eso, espero que sigan por buen camino.

—Yo también lo espero, en vista de que el príncipe de mis sueños me rechazó.

—Ya me estaba haciendo falta uno de esos buenos halagos tuyos, por eso es que te quiero.

—No seas tonto, Frann. Me quieres por muchas razones.

—Claro que sí.

—Te llamo en cuanto tenga tiempo.

—Gracias, Hill.

—Hasta pronto —dijo ella, y colgó.

TREINTA Y UNO

—Buenos días, Carl. ¿Qué te trae tan temprano por aquí?

—Buenos días, papá. Nathalia se fue de la casa.

—¿Cómo que se fue?

—Se fue de la casa, me abandonó, dijo que no quiere estar más conmigo y que su abogado me llamará para arreglar lo del divorcio. Tú sabes que yo no puedo vivir sin Nathalia.

Carl estaba muy alterado.

—Tranquilízate, seguramente está pasando por un mal momento. Dale unos días, luego búscala, hazla regresar. Pero, creo que debes cambiar, tu actitud ha tenido mucho que ver con su decisión.

—¿Que cambie, me dices que cambie, que sea otra persona diferente de la que tú formaste? Papá, yo no puedo cambiar, soy un hombre hecho y formado. Desde que tengo uso de razón estoy haciendo lo que tú me indicas, estudié lo que me dijiste, solamente he trabajado contigo, no puedo dar un paso sin que tú me supervises y me orientes, me casé con la mujer que tú conseguiste para mí, ¿y ahora me dices que cambie? Tienes que hacer algo para que ella regrese. Estoy seguro de que está saliendo con alguien.

—Yo no lo creo, Carl. Nathalia no haría eso, es una persona honesta.

—Bueno, pues haz que tu chica honesta regrese al lado de su marido, ya te dije que no puedo vivir sin ella.

Carl se veía muy congestionado, estaba afectado, su aspecto preocupó mucho a Colbert.

—¿Se marchó a casa de Elia?

—No lo sé. Me imagino que así fue.

—Quédate tranquilo, hijo. Yo me encargaré de hablar con ella.

—Convéncela para que regrese. Y, por favor, que sea pronto. Le pedí a Tony que la vigile y me informe de todo lo que hace.

—No deberías involucrar a un detective en este asunto.

—¡Entonces muévete! —amenazó Carl, y dio media vuelta para marcharse.

—¿Adónde vas?

—Eso no es asunto tuyo. Estoy deprimido, me siento impotente.

—Hijo, por favor, tranquilízate.

Carl salió dando un portazo y dejó a su padre muy preocupado.

—¿Usted lo sabe todo?

—Depende.

¿Sobre mí?, por ejemplo…

—Sí.

—Interesante.

—¿Por qué?

—No es fácil aceptar que otra persona sepa todas tus intimidades.

—Tiene razón, pero yo no sé todas sus intimidades. Por ahora, solo lo más importante, lo que más le afecta.

—¿Ahora qué?

—No lo sé, gobernador. Pensé que usted tenía interés en verme. Dígame por cuál motivo.

—Se supone que usted debería hablarme del futuro.

—¿Qué quiere saber?

—Estoy cansado, he trabajado muy duro en los últimos años y a veces pienso que todo podría caer en el bote de la basura, podría aparecer alguien que arruine mi esfuerzo.

—Nadie va a arruinar su trabajo. Usted se preocupa por situaciones que no han ocurrido.

—Pero pueden suceder y usted lo sabe mejor que yo, porque ya ha visto mi futuro y mi pasado.

Lo que más tranquilizó a Frann al ver la vida del gobernador, era que había sido un hombre sumamente honesto en todo. Quizás esa misma honestidad lo había ayudado a proyectarse y conseguir el apoyo que tenía en ese momento. Su amor por la libertad era el símbolo que lo acompañaba. El gobernador llegaba al final de su primer período y estaba preparándose para una nueva campaña.

—Se avecinan momentos muy difíciles, pero usted tiene experiencia para solventarlos.

—Mis enemigos pretenden que yo les haga el juego, y si no me liquidarán.

—Eso sí que es preocupante, de veras. Usted quiere que yo le diga quién ganará la batalla; pues, francamente, no lo sé —mintió Frann.

—Debería saberlo, si es cierto que puede ver el futuro.

—Porque todavía siente temores, después de haber librado tantas batallas?

—Si no sintiera temores, perdería el control.

—Una persona que llega al poder convencida de lo que está haciendo, caminando por las líneas del bien, tiene todo el huerto sembrado, solo necesita más abono.

—No es fácil mantenerse en las líneas del bien. La competencia te tiende muchas trampas. A veces algunas acciones no son tan buenas, pero sí sus resultados. ¿Qué hacer en esos casos?

—gobernador Smith, véalo de esta manera: el bien es perdurable mientras el mal es circunstancial. El que no tiene la capacidad de usar el bien para sus fines, tiene una vigencia limitada. ¿Cómo podría entonces sentir temor de sus rivales?

—El poder se maneja de muchas maneras, Frann. Una muy importante es el dinero.

—Usted siga haciendo lo que hasta ahora, y verá cómo el dinero no podrá derrotarlo.

El gobernador miró a Frann, pensando que quizás tenía razón.

—¿No piensa decirme los resultados?

—Los resultados los ve usted todos los días.

—¿Qué consejo me daría?

—Junto a su equipo de trabajo, tiene que seguir atendiendo las necesidades de sus electores. Los votos se ganan en una campaña, pero se pierden gobernando. El poder de un político se refleja en esos votos, no en su capacidad monetaria o con el respaldo de una fuerza. Si los votos dicen que no, se pierde el poder. Usted no se ha desgastado, ha hecho bien las cosas y sus electores están conformes. Trate de rejuvenecer su imagen, que las personas lo vean cada vez más entusiasmado. Esa es una actitud admirable y contagiosa. Es posible que se sienta abrumado por la campaña de sus oponentes; pero, sin desestimarlas, tome más conciencia cada día de su trabajo y deje que los otros hagan lo que crean.

—Me parece estar escuchando a mi asesor político. ¿Eso lo aprendió como vidente?

—Antes de ser vidente trabajaba en publicidad. Soy creativo. En mi país natal estaba ligado a un grupo que hacía mercadeo político; trabajé en tres campañas para gobernadores, cinco para alcaldes y en las de dos presidentes latinoamericanos. Uno de los gobernadores, una vez electo, me nombró secretario de gobierno y estuve un par de años a su lado, hasta que me di cuenta de que la política no era para mí.

—Una lástima, porque personas como yo necesitan de personas como usted para poder rejuvenecer la imagen.

—Eso me sonó a oferta de trabajo.

—Digamos asesoría externa.

—Francamente, usted no la necesita, ni yo podré hacerlo. Mi trabajo me toma todo el tiempo y no puedo abandonarlo.

—Lo entiendo, yo tampoco abandonaría mi trabajo por ninguna otra cosa.

El gobernador se sentía más tranquilo y confiado. Era como si hubiera formado un nuevo ejército para librar su próxima batalla.

—Más que asesor, usted necesita a un ayudante confiable, alguien que comparta el trabajo de calle. Ya lo ha hecho en el pasado, y le aseguro que una mala experiencia, como la ocurrida con Harrison, no significa que siempre va a ser de esa manera. Él le usó para su proyección personal, sin tener idea del daño que le causaría.

El gobernador se quedó pensativo. Solo él manejaba el capítulo con Harrison de esa forma. "Este hombre es sorprendente", pensó.

—¿Usted cree que hice bien al separarlo de mi gestión?

Smith se arrepintió de la pregunta, pero Frann no la había tomado en cuenta.

—Hay un joven que se toma su trabajo muy en serio y es leal a usted, al menos eso dicen sus estrellas —bromeó Frann.

—Usted se refiere a Brian...

El gobernador estaba cada vez más impresionado con Frann.

—¿Por qué usted no se lanza como candidato a presidente o algo por el estilo?

—Me lancé como candidato a vidente y obtuve el cargo —dijo Frann sonriente.

—Sí, me imagino que todos debemos cumplir el rol que nos toca.

—Ciertamente. Al talento y la vocación hay que alimentarlos, ejercerlos. No podemos separarnos de nuestra capacidad. Un cirujano, por muy talentoso que fuera, seguramente no sería bueno como político.

—¿Quiere decir eso que usted no era un buen creativo?

—Yo sigo siendo buen creativo, solo que tengo otra capacidad que desconocía anteriormente, y ahora estoy tan dedicado a esto como lo estuve antes de la publicidad. A pesar de que los seres humanos tenemos un don o capacidad natural para algo específico, también existen caminos alternos.

—¿Cuál es mi camino alterno?

—Piense bien en todo lo que hace y analice lo que le resulta más fácil. Por ahí va el asunto.

—Creo que usted tiene mucha razón en lo que dice. Normalmente, realizamos una actividad porque nos gusta o porque el destino nos llevó a ella, sin averiguar qué cosa hacemos con más habilidad. Hablándole con la mayor sinceridad, me gustaría pasar todo el día escuchando sus predicciones, pero me he salido de agenda para verlo y ahora debo regresar a ella, mis contrincantes están al acecho. Usted ha conseguido que me sienta seguro y dispuesto. Mucho le agradecería que no me haga entrar en su página de Internet para verlo de nuevo.

—Gobernador Smith, me ha resultado sumamente agradable venir a conversar con usted.

—Frann, tiene aquí a un amigo, no dude en llamarme si necesitara algo que usted crea que está en mis manos.

—Hola, señor vidente. ¿Cómo ha estado todo? ¿Cómo te fue en el gobierno? —preguntó Oscar al ver a Frann que entraba a la oficina.

—Muy bien, ya tengo un amigo que es gobernador. ¿Cómo la ves?

—Maravilloso, te felicito, pronto serás la persona más popular de Nueva York.

—Creo que ya la soy —bromeó Frann.

—¿Has hablado con Nathalia?

—¿Por qué lo preguntas? Ya sabes que no hablaré con ella hasta que resuelva lo de su separación.

—Deberías echarle una ojeada a este artículo.

Oscar le entregó una revista abierta:

"Cuando el río suena... Ya se los había mencionado en varios artículos anteriores: La famosa pareja Frank no se veía junta desde hacía algún tiempo. Yo me preguntaba si existía algún problema entre las prominentes familias. Pues, aquí está la respuesta: La hermosa Nathalia Frank le pidió formalmente el divorcio a su esposo. Con razón al pobre Carl se le ha visto tan deteriorado últimamente; se pasa de tragos en casi todas las reuniones a las que asiste. Como pueden ver, otro acontecimiento que les predije".

La nota estaba firmada por un famoso periodista de sociales llamado Philip. A Frann se le vio la cara de alegría al terminar de leer el artículo.

—¿Cómo te pareció? —quiso saber Oscar.

—Otra buena noticia. Me gusta mucho el día de hoy, lo recordaré siempre.

—Puedes patentarlo.

—Estoy muy contento. Creo que le voy a ver el futuro a todo el que me lo pida.

—Hablando de eso, he estado pensando entrar en tu página de Internet, a ver si me acepta.

—No lo hagas. Acuérdate que hicimos un trato: yo no veré tu futuro. También decidí que no quiero ver el mío.

—Está bien, no insistiré.

Oscar notó algo preocupado a Frann.

—¿Qué te pasa? ¿Se trata de Nathalia?

—No. Hoy, después que estuve con el gobernador, se me presentó una gran duda, y no sé si pueda despejarla.

—Cuéntame algo a ver si te ayudo.

—No lo creo. Verás, el problema es que al meterme en la vida de las personas, cuando miro su pasado, no sé si eso es lo que pasó exactamente en la realidad, o es lo que la persona recuerda.

—¿Cuál es la diferencia?

—Son totalmente distintos los sucesos a los recuerdos que tenemos de ellos. Para empezar, el tiempo y las circunstancias son factores que desvirtúan la realidad. Los recuerdos se acomodan según nuestra conveniencia. Posiblemente, en una acción real que protagonizamos, somos culpables; pero en nuestro recuerdo pasamos a ser la víctima.

—Entiendo que tú ves el momento exacto en que pasaron los hechos.

—Pero lo veo a través de la persona. No estoy seguro si presencio el momento en que están ocurriendo o solo veo un recuerdo de la persona, guardado en un lugar de su mente con algunas modificaciones.

—¿Cómo podría una persona cambiar su pasado en la mente?

—Imagínate una película. Cuando la están filmando, ocurren hechos que son recogidos fielmente por la lente de la cámara. Pero, después que la película es editada, se puede cambiar el sentido de esos hechos, aun cuando sigan siendo los mismos. También puede suceder que tú estés seguro de haber hecho algo que en realidad no hiciste.

—¿Y cómo afectaría eso a lo que estás haciendo? Que yo sepa, todos tus clientes han quedado satisfechos, todos quisieran volver a verte.

—Podrían escoger un futuro incorrecto, basados en lo que yo les diga luego de ver datos modificados por ellos mismos.

—Deberías hablar con la doctora Hill. Es posible que ella consiga algún argumento que despeje tu duda.

—Tienes razón, la llamaré cuanto antes.

—¿También llamarás a Nathalia?

—No. Aunque estoy muy contento por lo que salió en este reportaje, pienso esperar a que ella me llame.

—¿Y si llega alguien y te quita a tu chica?

—Todavía no es mi chica oficial. Y, además, estoy seguro de que nada de eso sucederá —respondió Frann en un tono algo subido.

—Era una broma. ¿Acaso no tienes sentido del humor?

—Claro que lo tengo… es la euforia. Si te digo que me siento feliz, es poco.

—Tu felicidad me hace feliz a mí. Espero que te llame pronto y puedan comenzar una relación como la que ambos esperan.

—Oscar, debemos celebrar. ¿Qué tal si nos vamos a cenar en un buen sitio?

—Oigo música en mis oídos. Déjame que llame a Nina, me gustaría incluirla en el plan ¿Cómo te parece?

—Excelente idea. Ya es hora de que nuestra querida Nina comparta algo más que trabajo con nosotros.

Frann la llamó por el teléfono interno.

—¿Qué desean los jefes? —preguntó Nina, intrigada, al entrar.

—Si tuvieras que recomendar un sitio bueno para cenar, ¿cuál sería? —preguntó Oscar.

—Daniel —dijo Nina, después de pensar un poco.

—Gusto refinado —acotó Frann.

—Llame y haga una reservación para esta noche, para tres personas.

—¿Me estoy perdiendo de algo?

—Precisamente, no se está perdiendo de nada. La reservación es para Oscar, usted y yo.

—¿Qué les está sucediendo que no me he enterado?

—Nada —repuso Oscar. —Es que tenemos ganas de celebrar por este día.

—¿Y por qué conmigo?

—Nina, nosotros tres somos como una familia. Es hora de reunirnos y pasarla juntos, sin las presiones del trabajo.

—Me sorprenden —dijo Nina sonreída. —Enseguida hago la reservación, y me marcho para arreglarme como lo amerita la ocasión.

—Carl, me alegro de que finalmente decidieras venir a disfrutar un poco con nosotros.

Colbert daba una cena en su casa, a la cual asistían muchas personalidades de Manhattan. El objetivo era que su hijo se encontrara con personas que lo pudieran ayudar a superar su desilusión. A pesar de que a nadie se le ocurriría preguntar por Nathalia, se sentía el ambiente algo tenso.

—La verdad es que no tengo deseos de disfrutar nada.

—Deberías hacerlo. Hay muchas chicas hermosas aquí hoy. Tómate algo y deja que las cosas vayan pasando tranquilamente.

—Dices eso porque no fue a ti a quien le llegó una demanda de divorcio.

—¿Ya te llegó el escrito?

—Me llamaron del bufete y me dijeron que debo revisarla para ver los términos, y que si estaba de acuerdo podríamos firmar la próxima semana.

—Si quieres podemos demorar esto un tiempo, mientras aclaras un poco tus cosas. Deberías irte de viaje a Europa, y cuando te sientas más tranquilo, regresas y revisas el documento.

—No quiero que lo demores, quiero que lo evites.

—Pero, Carl, ¿cómo podría yo evitar eso?

—Como lo has hecho siempre, hasta ahora.

—¿Qué has logrado averiguar con Tony?

—Absolutamente nada. Casi no sale de la casa. Me dijo que llevo una vida más movida que la de ella.

—Ya te lo advertí, no vas a conseguir nada investigándola. Te dije una vez que Nathalia era la chica ideal para ti, y lo fue una vez, pero las cosas cambian. No por ello debes sentirte derrotado; todo lo contrario, eres muy joven y ahora es cuando puedes conseguir a alguien a quien llegues a querer verdaderamente.

—A quien yo quiero verdaderamente es a Nathalia.

—Carl, las cosas han cambiado. Ella está molesta contigo, pero tú puedes rehacer tu vida al lado de otra persona. Hijo, yo sé que eso es algo muy duro y difícil de superar, pero ten mucha fortaleza y podrás resolver eso y cualquier otro problema en tu vida. Yo creo que si firmas el divorcio, pasado el tiempo seguramente será ella quien te busque de nuevo, y ya para entonces no querrás saber nada del asunto.

Colbert sabía que mientras más rápido saliera de la vida de Nathalia, sería mejor para Carl.

—Yo te puedo asegurar que por un lado firmamos, y por otro se va con alguien.

—Tú puedes hacer lo mismo.

—No, yo no puedo hacer lo mismo. Habla con ella, te pido que hables con ella.

—Está bien, Carl, hablaré con ella. Mientras tanto, diviértete; quiero que salgas de aquí con una de esas encantadoras chicas…

Carl le dio la espalda y se alejó.

Ya en su casa, Frann decidió sentarse a tomar una taza de té antes de acostarse. Estaba feliz, eran muchas cosas buenas un mismo día. El gobernador, Nathalia, una velada insuperable con la encantadora Nina y su mejor amigo; qué más podía pedir. A veces pensaba que ya había hecho lo que deseaba en la vida, pero después se daba cuenta de que uno nunca terminaba de realizar todo. Analizando la situación, siempre quedaban cosas pendientes; la verdad es que el tiempo no alcanzaría. Recordaba a su madre: justo cuando se fue se dio cuenta de que tuvo que haber compartido mucho más con ella, ser más flexible, entenderla un poco más. Claro, pero la estrella era él y su madre la que admiraba a la estrella. ¡Qué pobre! Uno no ve las cosas sencillas, las trivialidades, lo cotidiano. Siempre buscamos lo magno, lo importante. Se quejó por no ver cuán importante son las necesidades de los demás mientras estaba ocupado viendo las suyas. "¿Podría alguien más tener la razón también en algo? Seguramente sí. Lo que debo hacer es aceptarlo, nada más eso, aceptarlo". De pronto, Frann se asustó al oír el teléfono.

—Aló…

—Hola, ¿cómo estás?

A Frann se le aceleró el pulso al oír la voz de Nathalia.

—Yo estoy bien, pero tú no deberías llamar.

—Sí, lo sé, pero necesitaba hablarte.

—¿Te sientes bien?

—Ya sé que no debí llamarte, pero necesito que me ayudes, estoy muy nerviosa.

—Pero yo no puedo ayudarte. Tú eres una persona muy controlada y decidida, sabes cómo manejarte en cualquier situación. Particularmente, pienso que eres una digna heredera de Elia.

—Bueno, supongo que tú eres un especialista entendiendo a las personas. Realmente lo que quería era decirte lo mucho que…

La comunicación se cortó. Frann cortó la comunicación de su teléfono y dijo en voz alta: "Sí, yo también te amo".

Nathalia había perdido la señal de su móvil, pero decidió no llamar de nuevo a Frann, hasta que pudiera darle la noticia de que había firmado el divorcio.

A poca distancia de la casa de Nathalia se encontraba una furgoneta blanca, desde donde Tony podía ver casi todas las áreas de la casa, y oír lo que hablaban. Había pasado varias noches colocando cámaras y micrófonos.

TREINTA Y DOS

Frann estuvo durante las dos últimas semanas viendo un promedio de cinco personas diarias. Estaba agotado, pero el trabajo lo había distraído. Mantenerse ocupado lo ayudaba a no pensar tanto en Nathalia, y a esperar de manera más tranquila hasta que ella lograra obtener su divorcio, para luego venirse definitivamente a vivir a su lado. Nina le dijo que un jovencito muy enfermo había logrado una cita, pero no podía moverse. Esto significaba que por segunda vez ese mes, Frann tendría que ver a una persona fuera de su oficina. El chico vivía en Queens, y su hermana estaba desesperada por la desconocida enfermedad que sufría Gabriel.

—Mañana es su cita con Gabriel —le recordó Nina. —Sé lo cansado que está, Frann. No le puse más entrevistas por lo que queda de tarde, y mañana solo verá a Gabriel.

—Gracias, ha sido muy considerada. A propósito, estaba pensando, ¿será posible que usted se tomara un par de semanas? Todas las personas que conozco toman vacaciones menos Nina.

—Usted tampoco las toma y no lo puedo dejar solo.

—Nina, ya es hora de que se prepare para disfrutar unas vacaciones y descansar un poco de todo esto. Si es preciso, yo haré lo mismo.

—No es que sea preciso, es la única opción. Nos marchamos los tres por un par de semanas, y luego regresaremos con más entusiasmo. ¿Qué le parece?

—Muy buena idea, haga los arreglos necesarios. Yo le diré a Oscar.

—Por si usted no lo recuerda, nuestra página de Internet tiene una advertencia que dice: "Lo sentimos, estamos en periodo de concilio espiritual, contáctenos a partir del día… y gustosamente nos ocuparemos de atenderle".

—¿Cómo olvidarlo? Yo mismo fui quien lo sugirió.

—Hola, habla Tony.

—Pedazo de imbécil, ¿qué has averiguado? Mañana tengo que firmar el divorcio y tú no has podido decirme ni siquiera si Nathalys ronca cuando duerme.

—Carl, no he hecho otra cosa que estar día y noche viendo y escuchando todo lo que hace.

—¿No te habrás atrevido a verla sin ropa?

—¿Me crees tan pervertido?

—Eres una rata asquerosa.

—Pues, no he visto a tu mujer sin ropas.

Tony era sincero.

—¿No has logrado ni siquiera pescarla hablando con nadie?

—Solo habla con los familiares más allegados.

—Así que solamente ha hablado con la familia —repitió Carl.

—Correcto, y creo que habló una vez con su doctor.

—¿Cuál doctor? Eres un atorrante. Te dije que me informaras de todas las personas con quien habla. ¿Tienes la grabación?

—Sí, por pedazos.

—¿Cómo por pedazos?

—Hablaba desde el móvil y caminaba de un lado a otro, habló muy poco y los micrófonos direccionales que instalé la perdían.

—Quiero oír esa conversación inmediatamente.

—No hay mucho que oír, pero la tendrás en veinte minutos.

En menos de media hora una persona llegó a casa de Carl con la cinta de la conversación entre Nathalia y Frann.

—Aquí está la grabación que le envía Tony —le dijo el mensajero.

Carl tomó el disco compacto y cerró la puerta sin decir nada. Fue directo a escuchar la conversación.

"Hola, ¿cómo estás?… Sí, lo sé, pero necesitaba hablarte… Ya sé que no debí llamarte, pero necesito que me ayudes, estoy muy nerviosa… Bueno, supongo que tú eres un especiali…".

Carl llamó a Tony inmediatamente.

—¿Qué porquería es esta?

—Te lo dije, es parte de una conversación muy corta que tuvo con alguien. Yo deduzco que es un siquiatra o algo por el estilo.

—Ella no se veía con ningún siquiatra.

—Quizás pudiera ser un doctor, su médico de cabecera.

—Averigua con quién habló.

—Ya has escuchado las conversaciones y puedes comprobar que no hay nada ni nadie sospechoso. Nunca ha hablado mal de ti ni tampoco ha hecho algo que pueda poner en duda su honorabilidad. No ha tenido una cita, nada.

—Estupideces, yo estoy seguro de que hay alguien.

—Llevamos mucho tiempo, más de un mes, y no hay nada. En toda mi experiencia como investigador nunca he visto ningún caso en que una persona pase más de dos semanas sin estar en contacto con el supuesto romance. Siempre caen, Carl, siempre.

—Quiero que desde este momento, y hasta mañana por la tarde, prestes mucha más atención. Te llamaré antes de ir a firmar, y si tienes algo, aun cuando solo sea una leve sospecha, no firmaré. Si firmo, y sucede algo después, la pagarás muy caro.

—Estaré muy pendiente y te llamaré a cualquier hora si sucede algo.

—Más te vale —dijo Carl, y cortó la comunicación.

—Estaba pensando en que Nina necesita unas vacaciones. Se lo mencioné y me dijo que no podía tomar vacaciones mientras yo esté trabajando, así que decidí que nos fuéramos todos por un par de semana y asunto arreglado —le dijo Frann a Oscar.

—Eres un vidente adorable. Con razón hay tantas chicas interesadas en ti. En este mismo momento salgo a comprarme un maletín de viaje y llamo a Josephine para decirle la buena nueva.

—No pensé que estuviéramos necesitando ese descanso de forma tan urgente.

—Urgente o no, es una idea maravillosa. Además, es bastante justificado un descanso, deberíamos programarnos para tomar un mes de descanso cada seis.

—No está mal. También podríamos pensar en quince días cada tres meses… Digo, como alternativa.

—Está bien, luego decidiremos eso. Por ahora, lo importante es que nos vamos. ¿Para cuándo tienes pensado que será la partida?

—Le dije a Nina que hiciera los arreglos necesarios con los clientes para que no dejemos nada pendiente. Mañana me dará una fecha estimada, creo que en unas tres semanas estaremos libres.

—Buenísimo. ¿Sabes cómo va lo de Nathalia?

—No tengo idea, pero estoy seguro de que falta menos que antes.

—¿Te imaginas si el asunto se resuelve ahora y pasas tus vacaciones con ella?

Frann pensó que sería lo más grande que pudiera sucederle a ser humano alguno. Sintió rejuvenecer su alma. Era como si no hubiese tenido pasado, solo un hermoso futuro, que le daba muchas vidas para compartir con su Nathalia.

—¿Frann? Oye, ¿estás ahí?

—Sí, pero como si no estuviera. Me perdí pensando en ella.

—Sé que el vidente eres tú, pero te auguro que pasarás estas vacaciones en compañía de Nathalia, ya lo verás.

—Te quiero mucho, Oscar. Realmente, eres mi mejor amigo.

Frann se levantó y se acercó a Oscar. Este también se levantó y se dieron un abrazo y un beso en la mejilla.

—Te convido a que brindemos por las vacaciones.

—¿Invitaremos a Nina?

—Por supuesto, la última vez la pasamos de lo mejor con ella.

Cuando Nina entró los consiguió aún abrazados y dijo:

—Siempre me estoy perdiendo los grandes acontecimientos.

—Nada de eso, ahora pensamos irnos a celebrar lo de las vacaciones, y tú vendrás con nosotros. Así te enterarás de los últimos acontecimientos —le aclaró Oscar.

—Yo ya tenía un compromiso para hoy.

—Usted se lo pierde —dijo Frann.

—Ni pensarlo. Me traeré a mi compromiso e iremos todos juntos.

—Bien pensado —le dijo Oscar.

Frann llegó cerca de la medianoche a su casa, solo pero contento. Se sentía bien estando solo en ese momento, porque sabía que muy pronto estaría con la mujer que amaba, con la mujer que lo amaba a él, la mujer que lo viviría, como él la viviría a ella. En ese momento se preguntó si eso sería posible. ¿Podrían amarse, comprenderse, atenderse, complacerse, mimarse, reclamarse, criticarse y entregarse con la misma sensibilidad? ¿Qué pasaría con los egoísmos?

El tiempo se le había pasado sin darse cuenta. Pasadas las dos de la mañana, sintió unos deseos muy grandes de hablar con Nathalia. Tomó el teléfono y marcó su número. Dejó que repicara hasta que escuchó la voz de ella.

—Hola, ¿quién habla?... Hola... ¿Frann?

Frann colgó y no dijo nada. Al escuchar la voz de Nathalia se sintió más tranquilo y decidió irse a dormir.

Tony se había quedado dormido. Abrió los ojos como a las cinco y media; al ver los monitores, comprobó que todo estaba normal, la cinta seguía corriendo. Se preparó un café y abrió muy bien los ojos para estar seguro de que no ocurriría nada en lo que faltaba de día. Luego oiría la cinta.

Al levantarse, Frann pensó que había cometido una imprudencia movido por la pasión. No debió llamar a Nathalia a esa hora, aun cuando lo había hecho por el número de su móvil. Podría haberla asustado, seguramente pensó que era Carl. Listo para ir a su entrevista con Gabriel, decidió parar camino a Queens para comer *bagels* y tomar café. Siempre era mejor enfrentar al mundo con el estómago lleno.

Cuando estaba cerca de la dirección que le había dado Nina, le pareció que todo era muy diferente por esa zona. Vio muchos letreros en español. Pasó frente a un colegio, luego un mercado. Finalmente, al cruzar la calle, consiguió el número que estaba buscando. Para su sorpresa, había un lugar donde estacionar justo en la puerta y decidió tomarlo. Pero, al intentar estacionarse, se le acercaron unos muchachos y le dijeron que ese lugar estaba reservado.

—Así que está reservado.

—Tía Vivian me dijo que cuidara este sitio porque lo usaría el doctor que va a curar a Gabriel.

Al escuchar eso, Frann quedó sorprendido.

—Bueno, joven, creo que no tendrás que seguir cuidando, yo soy el doctor que viene a ver a Gabriel. —Frank estaba seguro de que el joven era latino y le habló en español.

—*Okay*, *doc*, siendo así, el puesto es suyo, pero igual tendré que cuidarlo, un auto como este se lo tumban en un abrir y cerrar de ojos, por aquí son muy rápidos. Pero no se preocupe, jefe, yo me encargaré de que no le suceda nada, por aquí todos me tienen miedo. Claro, usted tendrá que dejar algo aquí, en este bolsillo, cuando salga.

—¿Cómo te llamas? —le preguntó Frank.

—Javier. —Contestó el muchacho.

—Está bien, Javier, cuídalo como si fuera tuyo y te llenaré el bolsillo cuando salga —le dijo Frann, todavía en español.

Javier se le quedó mirando sorprendido. Frann entró al vestíbulo y tomó un ascensor. Cuando estaba frente a la puerta del departamento donde vivía Gabriel, esta se abrió antes de que tocara el timbre. Una mujer joven, de rasgos hispanos, muy angustiada, apareció y le preguntó:

—¿Es usted Frann?

—Sí.

—Pase, por favor. Yo soy la hermana de Gabriel —dijo ella, y luego repitió, —pase por aquí, por favor.

—Ya veo que ha tomado sus precauciones para recibirme, señorita…

—Vivian, Vivian López. La verdad es que no sé de qué manera podré agradecer que esté usted aquí para ver a mi hermano.

—Abajo estaba su sobrino guardando un puesto, muy amable.

—No es mi sobrino. Por aquí todos los amigos de Gabriel me dicen tía.

Frann se dio cuenta enseguida de que detrás de tanta angustia, había una bella mujer joven que debía traer a muchos de cabeza. Le recordó a Consuelo.

—No tiene nada que agradecerme, este es mi trabajo. Además, no sé si podré ayudar a su hermano.

Frann había sido bien honesto, para no dar falsas esperanzas.

—Yo sé que es su trabajo, y todo el que trabaja cobra por lo que hace. Usted no nos está cobrando nada.

—No se preocupe por eso. ¿Podría ver al joven ahora?

—Sí, por supuesto, sígame.

Frann caminó hacia la derecha por un corto pasillo con piso de madera. En la primera puerta que encontraron, se entraba a la habitación donde estaba Gabriel. Frann quedó impresionado al ver al muchacho.

—Dígame qué es lo que tiene.

—No lo sabemos. Lo han visto muchos médicos, le han hecho todos los exámenes que existen y nada sale mal. Desde pequeñito, había momentos en que lo notábamos un poco extraño, era como si estuviera distraído, no atendía ni reaccionaba a nada. A medida que fue creciendo, estos estados de ausentismo se fueron haciendo más seguidos, y hubo un momento en que comenzaron a darle unos pequeños ataques, como convulsiones. Ahora está prácticamente todo el tiempo en ese estado, y los ataques son más continuos. Me da pena decírselo, Frann, pero hasta he buscado a una persona para que le haga un despojo. ¿Sabe lo que es? Ya no sé qué hacer.

—¿Qué edad tiene ahora?

—Doce años.

—No quiero darle muchas esperanzas, pero haré lo que pueda. Quisiera que nos dejara solos.

—Claro. Si necesita algo, me puede llamar, estaré pendiente.

—Por favor, traiga un vaso con agua.

—Enseguida.

Frann se sentó en una silla que estaba al lado de la cama. Se colocó el anillo y tomó a Gabriel por una mano. Al sentir que lo tocaban, el joven abrió los ojos y se asustó al ver a un extraño. Se soltó de la mano de Frann y le preguntó:

—¿Quién es usted?

—Soy Frann Hatton. Estoy aquí porque tu hermana quiere que te ayude con tu problema.

Gabriel se relajó y bajó la cabeza.

—¿Es usted doctor?

—No, yo solo quiero conversar contigo. Tengo muchos amigos que se han curado hablando conmigo.

—¿Es usted un brujo?

—No. Digamos que soy muy sensible para conocer los problemas de las personas.

—¿Cuán sensible es para conocer los suyos?

—Creo que puedo ser igual de sensible para conocer los míos.

—¿Cree?

—Digamos que no lo intenté aún.

—¿Cómo lo hace?

—Es un secreto.

Gabriel se puso a mirar el techo y quedó como si estuviera solo en la habitación.

Frann vio de manera muy clara el problema que tenía a ese chico, que estaba al borde de un colapso total. A la edad de cuatro años, estaba sentado en el suelo jugando con un carrito pequeño, de juguete, frente a una escalera. De pronto sintió que algo estaba cayendo desde arriba. Por la velocidad con que venía, no pudo ver lo que era. Se quedó petrificado. Era un ruido desconocido, pero muy fuerte, amenazante y destructor, que lo había dejado sin posibilidad de moverse o de gritar: La pistola de su padre se había disparado al caer al suelo.

Gabriel nunca había visto ese objeto tan cerca, ni sabía que ese ruido podía causar tanto daño. Tampoco sabía si estaba vivo o muerto, pero no sentía nada; solo escuchaba un sonido agudo en sus oídos, como un pito, un sonido hueco. Cuando su padre llegó, lo alzó y comenzó a preguntarle si estaba bien y a revisarlo, pero Gabriel no respondía. Le dieron agua y muchas otras cosas, pero él no reaccionó. Al pasar los días, poco a poco se fue recuperando. Eso fue lo que pensaron sus padres.

El chico quedó marcado con esa experiencia. Con el transcurrir de los años, esa situación le causó mucha angustia. En la televisión y el cine siempre había armas, pero lo que le llevó a agravarse y perder el control de lo que sucedía fue enterarse de que en el colegio había varios muchachos que portaban pistolas. En una ocasión vio una tan cerca que casi se desmaya.

Frann ya sabía lo que le sucedía a Gabriel, lo que no tenía muy claro era cómo ayudarlo. Pensó que lo mejor sería hablar con la hermana para que buscara a un especialista que le dijese qué fue lo que le sucedió. "Lo más difícil, ya lo he logrado, conocer el problema", pensó Frann.

—¿Quisieras contarme cómo te sientes?

Gabriel ni siquiera levantó la cabeza.

—Veo que te encuentras bastante congestionado, y no es para menos. Lo que sucede es que si tú no quieres que hablemos, no puedo ayudarte.

Frann esperó un poco para que el chico empezara a escucharlo y a entenderlo.

—Dime algo, Gabriel, cuando escuchas un ruido estridente y desconocido, ¿te causa angustia? —le preguntó Frann de manera muy pausada. Enseguida el chico levantó los ojos y se quedó mirándolo. Frann le mantuvo la mirada.

—¿Quieres que te traiga un poco de agua? —le preguntó Frann, para ir abonando terreno. El chico le contestó de manera afirmativa con un movimiento de cabeza. Enseguida, Frann salió para pedir el vaso de agua a su hermana.

—Vivian, ¿podrías darme otro vaso de agua? Es para tu hermano.

—Qué raro, él casi no toma agua.

—Me parece que hoy tomará mucha.

—Aquí tienes, Gabriel.

Se sentó en la cama y tomó todo el vaso sin respirar.

—Parece que tenías sed.

El joven devolvió el vaso y se acostó de nuevo, esta vez viendo de frente a Frann.

—¿Podrías conversar conmigo ahora?

Gabriel no contestó.

—Si lo prefieres, yo puedo hablarte y tú no tienes que hacerlo.

El chico le respondió afirmativamente con un movimiento de cabeza.

—A tu edad se suele tener muchos amigos. Vi a un par de ellos frente al edificio, al llegar. Estaban cuidando un puesto de estacionamiento para mí. Se ve que sienten aprecio por ti. Ellos, tus amigos, quieren verte bien, quieren que estés allá con ellos, jugando. Estoy seguro de que tú también quisieras estar con ellos, en vez de quedarte ahí. Sé cómo te sientes.

Frann esperó un buen rato, para que el chico pensara.

—¿Sabes? Una de las cosas que más me gusta es visitar otros países, viajar. Hubo una época de mi vida, en que tenía suficientes recursos para viajar, pero no lo hacía porque tenía miedo a los aviones. No sé por qué, pero me daba miedo. Los aviones son la cosa más segura del mundo. ¿Te imaginas?, me perdía la oportunidad de viajar por el temor a montarme en un avión. Bueno, eso pasa. Los temores, muchas veces no te dejan que hagas lo que quieres.

Frann esperó un poco antes de seguir hablando.

—Me daba miedo subirme a los aviones. El problema era que no sabía por qué, no sabía qué causaba esos temores en mí. ¿Te molesta que te cuente esto?

Gabriel respondió que no, nuevamente moviendo la cabeza.

—Una vez consulté a un médico amigo, y me respondió que no podría ayudarme, que tenía que descubrir yo mismo el origen de mi problema. Esas cosas no salen en los exámenes de rutina. "Tienes que analizar exactamente lo que sientes en ese momento y relacionarlo con lo que está sucediendo a tu alrededor. Si pones mucho cuidado, es posible que llegues al origen o a la causa de tus temores. Solo en ese momento podrás superar el miedo que te da subirte a los aviones", me dijo. Yo sé que tienes una pregunta para mí; pero, como no quieres hablar, te la responderé: Ya no me da miedo montarme en los aviones. Es más, ahora disfruto mucho. Leo, descanso y medito cuando me monto en un avión. Sé que tienes otra pregunta, también te la responderé: El problema no era el avión, mis angustias comenzaban días antes. Tan pronto confirmaba el viaje, todo se ponía peor a medida que se acercaba el día. Ya en el aeropuerto la angustia era total. Pude darme cuenta de que el problema era separarme de mi casa, de mi hogar, de mi tierra. Pues sí, Gabriel, perder el contacto con la tierra era lo que me causaba la angustia. ¿Quieres más agua?

—Sí, por favor —contestó Gabriel.

Frann se levantó y fue a buscar más agua. Trataba, en lo posible, de que Gabriel no se sintiera presionado. Si el niño se siente presionado, no hablará.

—Aquí tienes.

Nuevamente, Gabriel se tomó toda el agua sin respirar.

—Me imagino que te gustaría estar allá abajo, jugando con tus amigos. Así, de la misma manera en que a mí me gustaba viajar.

Frann esperó ver la reacción del muchacho, quien se expresó afirmativamente con el acostumbrado movimiento de cabeza.

—Tú puedes hacer como yo, irte a jugar, y cuando estés allá, analizar bien qué cosa es la que te da tantos problemas. Lo más importante es, que al igual que yo, sabemos que no tienes nada que aparezca en los exámenes de rutina. ¿No es así?

—Sí, así es —contestó el joven.

—¿Sientes algún temor hacia los otros niños?

—No.

—¿Por qué te quedas aquí acostado, en vez de estar abajo jugando?

—No sé.

—¿No sabes qué es lo que te pasa?

—No lo sé.

—Bueno… A mí me sucedía lo mismo. No sabía por qué tenía miedo a subirme en los aviones. ¿Podrías ir a jugar un rato ahora?

Gabriel se quedó mirando a Frann, y al rato le respondió:

—No sé, no lo creo.

—¿No lo sabes o no lo crees?

—No creo que pueda.

—¿Por qué?

—No lo sé.

—Hay una muchacha en la escuela, llamada Teresa. Ella te gusta, ¿no es así?

Gabriel lo miró, sorprendido.

—¿Usted cómo lo sabe?

—Yo sé muchas cosas sobre ti.

—¿Quién se las contó?

—¿Acaso alguien sabe que te gusta Teresa?

—Nadie sabe.

—Tampoco nadie sabe que no te gustan los chicos que van armados. Para serte franco, a mí tampoco.

Gabriel estaba cada vez más sorprendido.

—¿Por qué no te gustan los chicos que van armados?

—No lo sé.

—¿No te gustan las armas?

—No lo sé. Nunca he tenido una.

—¿Qué pasaría si yo te mostrara una ahora mismo?

El chico se puso muy nervioso.

—Tráigame más agua.

—Frann se levantó de nuevo y fue a buscar agua. Después que Gabriel se la tomó, lo dejó descansar un rato.

—¿Te sientes bien? ¿Quieres seguir hablando?

El chico levantó los hombros, señalando que le daba lo mismo.

—¿Por qué no me hablas un poco de Teresa?

—Teresa es muy linda. Ella me gusta, pero tiene muchos amigos.

—Tú también eres su amigo.

—Sí, pero no tanto. Hay otros que son más amigos.

—Lo que sucede es que ellos pasan más tiempo en la escuela que tú. Si vas toda la semana a la escuela, seguramente serás más amigo de Teresa que ningún otro.

—Pero enfermo no puedo ir a la escuela.

—Tienes que buscar la manera de que tu interés por Teresa sea mayor que tus problemas.

—Mi interés por ella es mayor que todo.

—Me gusta oírte decir eso.

Frann pensó en Nathalys en ese momento.

—Quisiera verla.

—¿Por qué no la invitas aquí?

—No creo que venga.

—Pues, entonces tendrás que ir a la escuela todos los días.

—No puedo ir a la escuela.

—¿No puedes ir porque estás enfermo?

—Así, enfermo, no puedo hacer nada.

—Pero tendrás que buscar la manera de curarte, eres un chico muy fuerte y listo. Hijo, cuando no hay nadie que lo pueda ayudar a uno, tiene que ayudarse uno mismo. ¿Te imaginas todo lo que tienes que hacer, ir a jugar, ver a Teresa, ir a la escuela?

Frann sabía que no podía sacarle más.

—Mire, Frann, yo quiero curarme.

—Y te vas a curar, pero debes hacer un esfuerzo. Primero, es necesario que te levantes y trates de llevar tu vida normal.

—Me da miedo de un ataque cuando esté solo en la calle.

—¿Te ha sucedido alguna vez?

—No, pero podría suceder.

—Nunca me pasó nada en los aviones. Sin embargo, yo estaba seguro de que algo malo me sucedería.

—¿Usted me asegura que si yo salgo, nada malo me ocurrirá?

—Yo te aseguro que si tomas el control de la situación, nada malo pasará.

—-¿Qué más sabe usted sobre mí?

—Sé todo lo que te ha ocurrido desde que eras muy pequeñito. También conozco la proyección de tu futuro.

—¿Está Teresa en mi futuro?

—Sí.

—¿Me pondré bien?

—Sí.

—¿Sabe por qué estoy enfermo?

—Sí.

—¿Usted me va a curar?

—No. Te vas a curar tú mismo. Recibirás ayuda de un doctor, pero el mayor esfuerzo lo harás tú. Yo te recomiendo que comiences lo antes posible. Trata de ir a jugar un rato y prueba cómo te va. Si todo está bien, entonces prueba con la escuela. Así tendrás la oportunidad de ver a Teresa.

—Señor, usted es una persona especial.

—No, Gabriel, en este mundo, todos tenemos algo especial.

—Para mí, usted es más especial que los demás.

El niño había tomado otro color, se veía animado y dispuesto. Frann sabía que no sería fácil, pero Gabriel saldría de ese estado. Llamó a Vivian para que trajera más agua al muchacho, quien la tomó nuevamente sin parar. Vivian se impresionó cuando entró al cuarto y pudo ver el rostro menos congestionado y más amigable en su hermano.

—Gabriel piensa ir a jugar un poco con sus amigos —le dijo Frann a Vivian.

—¿Es cierto eso? —le preguntó a Gabriel, sin poder ocultar su alegría.

—Lo voy a intentar —respondió el muchacho.

—Gabriel, toma esta tarjeta. Ahí está mi número de teléfono. Si necesitas algo, o te sientes mal, llámame, no importa el día o la hora.

—Gracias, señor especial.

Frann salió de la habitación, seguido por Vivian.

—Señor Hatton, ha hecho usted un milagro —dijo Vivian con lágrimas en los ojos.

—Todavía el milagro no está hecho.

Frann le contó todo a Vivian y le recomendó buscar a un especialista. Le dijo que pasaría mucho tiempo antes que Gabriel sanara, pero que lo lograría.

TREINTA Y TRES

—Tony, estoy saliendo para firmar. Cuéntame si ha ocurrido algo.

—Absolutamente nada. Nathalia también está lista para salir, lo hará con su padre.

—Quiero que la sigas en todo momento a partir de ahora, y que grabes todo lo que dice. Estoy seguro de que después que firmemos, va a buscar a esa persona. Ya lo verás.

—Está bien Carl. Descuida, yo me encargo.

—¿Qué descuide, dices? Lo único que puedo decirte es que no te equivoques conmigo —dijo Carl, y cortó la comunicación.

Tony se dispuso a oír la grabación para asegurarse de que no había sucedido nada. Quedó horrorizado cuando oyó que sonaba el móvil de Nathalia como a las dos de la mañana. Si había sido Carl, estaba perdido. Oyó cómo ella, medio dormida, tomaba el teléfono y decía: "Hola, ¿quién habla? Hola, ¿Frann?". ¿Y quién era Frann?, se preguntó. Esto no estaba en los planes. ¿Cómo podría averiguar quién llamó a esa hora y quién era Frann? Casi seguro, no era Carl quien llamó, o ya lo habría despedido por no contarle lo de la llamada. Además, se habría enterado del tal Frann. Mejor sería editar esa cinta y hacer como si nada ha pasado. No quería perder el trabajo, y muchas cosas más. De todas formas, seguiría a la chica y trataría de averiguar quién es Frann.

Una vez que firmaron, Elia invitó a su hija a cenar, para celebrar la ocasión.

—Bueno, hija, no sé qué decir. Me parece que esto fue lo mejor para ti.

Levantaron sus copas de vino y brindaron.

—Realmente, sí. Me siento mucho más tranquila ahora —Nathalia quería decirle a su padre lo que en verdad sentía, lo de su amor por Frann y todo eso, pero pensó esperar un mejor momento. —Estoy segura de que lograré ser feliz, así como lo lograste tú.

—Yo lo logré gracias a Frann Hatton —le dijo su padre.

"Yo también lo lograré gracias a él", pensó Nathalia, al oír que su padre mencionaba el nombre de su amado.

—Gracias por apoyarme en todo. Te aseguro que este ha sido un momento muy difícil en mi vida.

—Ahora puedes estar tranquila. Pienso ir a Europa, y me gustaría que vinieras conmigo. Quiero que conozcas unos primos que viven en Italia.

"Si Frann viene conmigo, no hay problema", pensó ella.

—Bueno, déjame retomar el curso de mi vida y luego hacemos los planes.

—Piensa lo del viaje, me gustaría que lo hiciéramos juntos.

—Te prometo que lo consideraré.

Al llegar a la casa, Nathalia le dijo a su padre que saldría por un rato para hacer unas compras. Tomó su auto y se dirigió a casa de Frann. A corta distancia la seguía Tony, quien había estado toda la tarde detrás de ella. Por el camino, Nathalia no hacía otra cosa que pensar en la sorpresa que le daría a Frann: lo abrazaría y lo besaría hasta el cansancio. No podía disimular la emoción, se miraba al espejo y sonreía. Una de las veces que se miró al espejo, vio algo que le llamaba la atención, pero no sabía qué cosa era. Puso más atención y se dio cuenta de que un auto parecía estarla siguiendo. Recordó haber visto ese auto al salir del restaurante con su padre;

estaba segura de que era la misma furgoneta blanca. "¿Será Carl?", se preguntó. Se estacionó frente a una farmacia y se bajó del auto, entró y decidió espiar a través de los cristales. La furgoneta se detuvo y comenzó a rodar muy despacio, ella la siguió con la mirada hasta que no pudo verla más desde donde estaba. Compró algunos cosméticos y salió de la farmacia, y comenzó a buscar a su perseguidor, pero no vio nada.

Tony estaba preocupado porque Nathalia se hubiera dado cuenta de que la seguía. Tendría que ser muy cuidadoso, la chica parecía más lista de lo que él pensaba. Ella decidió regresar a la casa. De todas formas, su felicidad recién comenzaba. Tendría que actuar con mucho cuidado, estaba segura de que Carl no dejaría las cosas así nada más. Cuando llegó a su casa, se dirigió al jardín delantero y marcó el número de Frann desde su móvil. Había decidido no hacerlo dentro de la casa; seguramente su espía se había encargado de colocar aparatos para vigilarla.

—Hola, señor Frann. ¿Sería tan amable de darme una entrevista para leerme el futuro?

—No lo puedo creer. Ya me enteré de que firmaste el divorcio. Los chismosos de la farándula han regado la noticia como pólvora.

—Y, ¿se puede saber por qué no me habías llamado?

—La verdad es que me encuentro en estado de choque. Todavía no sé cómo voy a reaccionar a todo esto.

—Pues, es hora de que lo vayas sabiendo. Pensé en irme ahora mismo para tu casa.

—Aquí estoy, esperando con el deseo más grande que he tenido toda mi vida de ver a una persona.

—Te amo, Frann. Hace un rato salí con la intención de llegar a tu casa, pero había un auto siguiéndome, me dio miedo y regresé.

—¿Sería Carl?

—No lo sé, pero me imagino que si no es él, es alguien a quien él mandó.

—¿Qué haremos entonces? —quiso saber Frann.

—Cuando venía de regreso, pensé en hacer una fiesta, con mucha gente, incluyéndote.

—¿Y quién me invitará?

—Mi padre.

—¿Cómo sabes que me invitará?

—Yo haré que te invite. En todo caso, tú eres una personalidad en las altas esferas de Manhattan.

—¿Y luego, qué?

—Bueno, luego nos conocemos, nos impactamos y comenzamos a vernos como consecuencia de ese encuentro. ¿Qué te parece?

—Me asustas. No sabía que mi chica era tan lista.

—¿Eso quiere decir aprobado?

—Absolutamente. ¿Cuándo será ese evento?

—Este viernes. Le diré a mi padre que invite a la gente más interesante de la ciudad, incluyendo al gobernador.

—Me agrada el gobernador.

—Te agradará toda la gente. Pero, te advierto que si coqueteas con alguna de las invitadas, te quedarás sin tu princesa.

—Está bien, pero debo disimular un poco al principio.

—Más te vale que no disimules mucho.

—Me gusta que mi chica sea celosa.

—Soy posesiva, y acabaré contigo si me das motivos. También quiero advertirte que, al igual que tú, otros también se enteraron de mi nuevo estado civil.

—Eso me preocupa más que lo de las chicas —dijo él, y se quedó pensando.

—Te amo —dijeron los dos al mismo tiempo. Frann comenzó a

reírse nerviosamente. A Nathalia le corrían las lágrimas por el rostro sin poder contenerse. Después de calmarse, ella le dijo:

—Frann, vamos a ser las personas más felices de la Tierra.

—Estoy seguro de ello, mi adorada princesa.

Carl no había podido dormir casi esa noche. Se levantó un par de veces a vomitar, cuando pensaba en Nathalia se descomponía. "Tengo que encontrar la forma de que regrese a mi lado", pensó entristecido.

Tony seguiría espiando a Nathalia, pero con más precaución. Estaba seguro de que la chica lo había descubierto, apenas había entrado a la casa cuando terminó de hablar desde su móvil.

—Buenos días, Nina. ¿Cómo están los preparativos para las vacaciones?

—Todo, viento en popa. La página fue programada para no dar más citas. Tenemos clientes como para una semana y media más. Luego, a gozar de lo lindo —dijo Nina.

—Excelente, consígame información sobre el mejor sitio para esta ocasión.

—¿De luna de miel? —preguntó Nina, suspicaz.

—Sí, yo diría que para una luna de miel.

Nina no pudo disimular su alegría. Fue hasta donde estaba Frann y lo abrazó, lo besó en la mejilla y lo felicitó. No sabía qué decirle.

—Está bien, está bien, Nina, gracias.

Frann se sorprendió con la reacción de su secretaria.

—Esta es la primera vez en tantos años de estar juntos, que veo la felicidad plena reflejada en su rostro.

—Le aseguro, Nina, que esto es la felicidad, así es como la siento.

—Me alegra oírlo decir eso, comparto su felicidad. Le conseguiré el mejor sitio sobre la Tierra para que disfrute unas vacaciones inolvidables.

—Gracias, Nina —dijo Frann cuando repicaba su teléfono.

—Frann, disculpa que te moleste tan temprano, pero yo sabía que ya estabas en tu oficina.

—Hillary tú sabes que nunca serás una molestia para mí. Todo lo contrario, me siento contento de escucharte. He estado por llamarte, pero entre una cosa y otra se me va pasando.

—No te excuses, yo sé cómo estás de ocupado. Tenía ganas de hablarte desde hace algunos días, pero a mí también se me ha ido pasando.

—Cuéntame cómo te sientes —dijo él con interés por su salud.

—Ya estoy totalmente curada. Sin embargo, me lo estoy tomando muy a la ligera. Solamente trabajo por las mañanas, a media tarde me voy a casa.

—¿Y no te aburre la casa?

—Sabes que desde que me hablaste de la relación con mi marido, he estado compartiendo mucho con él y ahora pasamos más tiempo juntos. Creo que se preocupa por mis cosas y yo por las de él.

—Eso es maravilloso.

—En parte te lo debo a ti.

—Lo único que te dije fue que revisaras más detenidamente la situación.

—Y, tú, ¿cómo estás?

—Muy bien. El negocio no para, pero decidí detenerme unos días para descansar y dejar que Oscar y Nina hagan lo propio.

—Buenísima idea. La pobre Nina como que nunca ha tomado vacaciones.

—Eso es cierto, y el pobre Frann está cansado.

—Eso es mentira, tú no te cansas de lo que haces. Si por ti fuera, ni siquiera dormirías, harías un turno para atender a personas de madrugada.

—Te aseguro que ahora mismo estoy un poco agotado. Tenía que llamarte para algo, pero no me acuerdo. Además, no quiero molestarte con mis tonterías.

—Vamos, Frann, que yo soy tu asesora, tienes que decirme todas tus inquietudes, luego yo investigo. Además, ahora tengo tiempo para hacer cosas.

—Lo tomaré en cuenta.

—Bueno, chico lindo, piensa en lo que me tenías que consultar. Yo te llamaré pronto.

—Bueno, chica linda, lo pensaré. Me contenta que tu relación con Harry esté mucho mejor.

—Frann, siempre recuerdo tus consejos.

—Recuerdos, eso es.

—¿Eso es qué?

—Eso es lo que quería consultarte. Tengo una duda que me preocupa.

—¿Qué será?

—Cuando entro en la vida de alguien, no sé si lo que veo es lo que realmente ocurrió, o lo que la persona recuerda. ¿Qué sabes con relación a la memoria? ¿Sabes dónde se archivan los hechos, para luego utilizarlos posteriormente?

—Me acabas de enredar la vida, eso sí que es realmente interesante. En mis investigaciones, he descubierto que se han hecho pruebas con personas que, bajo hipnosis, han descrito situaciones de hechos que han ocurrido donde ellos no estaban presentes. Y, ¿qué pasa con las predicciones?

—El problema es ese. Todo se hace a través de personas. Igualmente, bajo hipnosis, las personas pueden tomar la información de sus recuerdos. Con las premoniciones pasa lo mismo. Si tú cambias el presente, el futuro puede ser modificado.

—Te prometo que estaré bien ocupada investigando sobre esto. Tan pronto logre tener algunas conclusiones, te avisaré. Bueno, chico lindo, que pases unas excelentes vacaciones.

—Bueno, chica linda, gracias por llamar, y que sigas bien.

Se despidieron. Frann se quedó pensando en Nathalia y en sus vacaciones juntos, como le había dicho Oscar. Así estuvo hasta que llegó su primer entrevistado.

Nathalia había acordado lo de la fiesta con su padre, ambos coincidieron en que era bueno mostrar a la sociedad la nueva Nathalia. "Es posible que aparezca un nuevo príncipe azul en esa reunión", le comentó Elia. Se hicieron las invitaciones, se incluyó a Frann por sugerencia de ella, y comenzó la agradable espera.

—Hola, Tony. No he recibido noticias tuyas.

—No hay ninguna novedad. El día de la firma se fue a comer con su padre, luego salió a la farmacia a comprar algo y regresó. Eso es todo. Ya sabías todo esto. Elia tiene invitados el fin de semana.

—¿Qué clase de invitados?

—Lo escuché hablando con el gobernador para invitarlo a su casa. También a otros amigos que no conozco.

—¿Te has enterado si Nathalia invitó a alguna persona?

—No, solo Elia ha hecho algunos contactos telefónicos y ha enviado alguna correspondencia. Básicamente, son las mismas personas que siempre se reúnen en su casa cuando quieren celebrar algo.

—¿Y qué celebra ahora, el divorcio de su hija?

—Lo que he podido escuchar es una despedida, piensa pasar una larga temporada en Europa y quiere pasar un rato con sus amigos antes de irse.

—¿Has escuchado si el viejo piensa llevarse a Nathalia?

—No, los planes son de irse solo. Además, ella no ha hecho ningún preparativo para viajar.

—Lo estás haciendo muy bien, mantente bien despierto.

—Así lo haré, jefe.

Carl cortó la comunicación. Le pareció una buena oportunidad, que ella se quedara sola. Le pediría a su padre que hiciera un arreglo para encontrarse con ella. Aun cuando no estuviera de acuerdo, tendría que hacerlo, pensó él. En ese momento repicó el teléfono, y era precisamente su padre.

—Hola, Carl. Me alegro de encontrarte, me gustaría que nos juntáramos para almorzar, quiero proponerte algo bueno para ti.

—Lo único bueno sería tener a Nathalys de nuevo conmigo.

—No pienses más en eso, tengo algo mejor para ti. ¿Qué tal si nos vemos a la una y treinta en Bajas?

—Está bien, pero piensa en algo que involucre a Nathalia.

—Frann, llegó una invitación del señor Elia —le dijo Nina entregándole un sobre.

—Qué agradable sorpresa. Permítame —dijo él y tomó el sobre.

—Entonces, ¿usted no estaba enterado de esto?

—Claro que no —le dijo Frann con una sonrisa de picardía.

—Me atrevería a pensar que es idea suya.

—Es idea de Nathalia. Me dijo que ese sería nuestro punto de encuentro, luego la cosa cambiaría y podremos vernos cuando queramos.

—Se ve que su chica es bastante lista. Eso me gusta, hermosa y lista —repitió Nina.

—Gracias, Nina. ¿Tiene algún dato sobre mis vacaciones?

—Claro que sí. Estoy esperando un correo con la confirmación de todo. Usted no se preocupe, tan pronto esté listo, le aseguro que será una gran sorpresa. A su vez, usted se lo dirá a Nathalia.

—Confío en su habilidad para estas cosas.

—Lo llamó su hija, ahora se la comunico.

Nina llamó a Ishka y se la comunicó a Frann.

—Hola, preciosa, ¿cómo está todo?

—Todo bien, Frann, muy contenta. Nina me contó lo de las vacaciones. Te propongo que antes de irte hagamos una reunión donde estemos todos. Le dije a Nina que pensara en un sitio.

—¿Y quiénes son todos?

—Nina, Oscar, Josephine, creo que tía Nebreska también podrá venir con su amigo, la doctora Hillary con su esposo, Johnny, yo y, por supuesto, los homenajeados: Nathalia y Frann Hatton.

—Muy interesante. Creo que te adelantas a los hechos, me imagino que no le has dicho a nadie aún.

—Solo lo he hablado con Nina. Ella está de acuerdo.

—Bueno, querida hija, está bien. Pero no le digas a nadie, espera unos días hasta que Nathalia y yo podamos reunirnos públicamente.

—No te preocupes por eso, Frann. Yo no haré nada hasta que mi querido padre esté a salvo.

—Muy graciosa.

—Gracias por darme tu consentimiento. Te dejo para que trabajes. Te quiero mucho. Adiós.

—Yo también te quiero mucho —dijo Frann, y colgó.

—Carl, hablé con Michelle en Londres. Te espera para este fin de semana, le dije que te pasarías una temporada allá y le pareció genial.

—A mí no me importa.

—Siempre la has pasado muy bien con tus primos en Europa.

—Ahora es diferente, estoy enfermo, me siento muy mal. Si Nathalia no regresa, no me voy a curar.

—Carl, tú no estás enfermo, solo tienes una pena por lo del divorcio, pero te aseguro que si pones un poco de tu parte, serás más feliz que antes.

—Yo no quiero ser más feliz que antes, solo quiero tener a Nathalia.

—¿Por qué no te haces un favor? Intenta pasar un tiempo en Europa sin pensar en ella, te aseguro que todo va a cambiar.

—Nada va a cambiar —insistió Carl.

—Hazlo por mí. Yo siempre he sacrificado cosas por ti, ahora simplemente te pido que tomes unas vacaciones.

—Está bien, me iré por unos días, pero cuando regrese tendrás que ayudarme a recuperar a Nathalia.

—Gracias, Carl. Te prometo que estarás bien.

Tony había seguido a Nathalia a todas partes con sumo cuidado, cambiando de auto de vez en cuando. La chica no se había visto con nadie. Los únicos Frann relacionados con la familia eran un primo que vivía en Italia y un vidente que había visto a Elia. Tony no lograba relacionar a ninguno de los dos con Nathalia. Buscó a excompañeros de la universidad, gente de la sociedad, amistades de clubes. No había ningún Frann.

—Tony, me voy por unos días a Europa, quiero que mandes a una persona disfrazada de reportero a la fiesta que da Elia. Dile que tome fotos y nota de todo lo que vea, luego me llamas y me cuentas con detalle. Las fotos me las mandas por correo a la dirección que te dejé en tu correo de Internet. No quiero que se pierda ningún detalle. ¿Has entendido?

—Perfectamente.

—Hasta pronto —dijo Carl, y cortó.

Después de colgar, Tony se frotó las manos pensando en el montón de dinero que le quitaría a Carl con todo esto. Estaba dispuesto a descubrirle un amante a Nathalia, así fuera inventado, con tal de que Carl no lo despidiera. Se puso a trabajar enseguida para lo de la fiesta, logró conseguir identificación de una de las más prestigiosas publicaciones de sociales de Nueva York. La misma Nathalia autorizó a su agente para que entrara a tomar algunas fotos del evento. Estaba todo listo.

—Hija, quiero que te compres un vestido espectacular para la reunión del viernes. He hablado con algunos viejos amigos, y todos están dispuestos a hacer acto de presencia ese día. Esta reunión ha sido una gran idea, todos están contentos de poder venir a compartir con nosotros antes de que nos marchemos a Europa.

—Todavía no he decidido si iré contigo o me quedaré a planificar mi nueva vida. Tengo que pensar en mudarme a un sitio, no puedo seguir aquí en tu casa para siempre.

—Nathalia, esta es más tu casa que la mía. Deseo que vengas aunque sea por unos días.

—Déjame pensarlo.

—Muy bien. Quiero que la gente se dé cuenta de que eres la chica más encantadora y hermosa de este mundo.

—Padre, lo más importante es que tus invitados la pasen bien.

—Sí, tienes razón. Además, no necesitas hacer nada para que los demás se den cuenta de la clase de hija que tengo.

Nathalia abrazó a su padre y se le salieron unas lágrimas de emoción. Nunca había estado tan cerca y compenetrada con su padre, hasta sentía ganas de contarle lo de Frann, pero sabía que era mejor esperar.

TREINTA Y CUATRO

A tempranas horas de la noche comenzó a llegar el contingente de personas. Al parecer, nadie quería perderse la fiesta donde la encantadora Nathalia estaría sola, pues el arrogante Carl Frank había sido destronado. Apenas comenzada la velada, a Nathalia ya la habían abordado unos cuantos jóvenes prominentes que aspiraban a conquistar a la chica del momento. Había de todo en esa fiesta, hasta dos reporteros de la misma editorial de sociales; uno, el verdadero, y otro, el enviado de Tony.

—Nathalia, ¿me acompañas a tomar una copa en la terraza? Quiero conversar un rato contigo, no me gusta el bullicio.

Ella sentía gran admiración por Fernand Smith, el hijo del gobernador. Recordaba que Carl lo detestaba. Ahora era el momento de poder compartir un rato con el joven sin sentirse culpable de nada.

—Claro, tomemos esa copa y charlemos un rato.

Caminaron muy juntos hacia la inmensa terraza. Ella se sentía bien, a pesar de haber visto cómo las mujeres no hacían, sino acosar a su amado. Tan pronto como Frann se presentó en la reunión, comenzaron los murmullos y todos los presentes parecían querer hablar con él. Ni el gobernador estaba tan asediado.

—No me alegro con lo que te ha sucedido. Pero, hablándote francamente, nunca pensé que Carl era el hombre para ti —le aseguró Smith.

—Y, ¿quién crees que sea el hombre para mí? ¿Acaso tú?

—preguntó ella sonreída, sabiendo que Fernand era solo un amigo muy querido.

—Nathalia, desde que era muy jovencito, siempre te he admirado, y a lo largo de los años, esa admiración ha ido aumentando. Recuerdo que en la universidad todos queríamos casarnos contigo, hasta hacíamos apuestas. Nadie entendía qué veías en Carl. Ahora ya todos hemos madurado. No quiero que te unas a ninguna persona que pueda hacerte daño. Tómate todo el tiempo que quieras antes de conseguir nueva pareja.

—Gracias por preocuparte. Yo también tengo un sentimiento especial hacia ti. Eres de verdad un amigo incondicional, espero que siempre seas feliz al lado de Margaret. Yo también lo seré, ya verás.

—Seguro que sí. Cambiando de tema, ¿te has fijado cómo el señor Hatton tiene acaparada la atención de todos los presentes? Parece ser un personaje muy carismático.

"Sumamente carismático", pensó ella.

—Mi padre dice que tiene mucha sensibilidad y es muy inteligente —aseguró Fernand.

—Mi padre piensa lo mismo —acotó ella.

—¿Qué opinas tú del personaje? —quiso saber Fernand.

"Que es el hombre de mis sueños", pensó ella.

—No lo conozco bien, solo las referencias de mi padre, pero me parece un gran tipo.

—Noté que le dedicaste una mirada muy comunicadora al saludarlo.

Nathalia se sonrojó.

—Mis ojos son muy expresivos —se defendió ella.

En ese momento apareció Frann, quien aparentemente venía huyendo del acoso de los invitados.

—Parece que no le han dejado siquiera disfrutar de un trago —comentó Smith.

—La estoy pasando muy bien, he podido conversar con personas muy agradables.

Nathalia le dedicó una mirada acusadora.

La reunión siguió su curso tal lo previsto. A partir de ese momento, Nathalia no abandonó a Frann hasta que se marchó. El enviado de Tony hizo un trabajo impecable. Había sacado situaciones reveladoras de la disimulada relación que mantuvieron Nathalia y Frann durante la velada. Apartando la suspicacia de Smith, el resto de los presentes no se percató de que pudiera haber existido algo entre ellos. El siguiente paso, una aparición pública y notoria de ellos, algo como un restaurante de moda o el teatro.

—Allí está todo el material, te puedo asegurar que esos dos ya estaban ligados.

—¿Cómo puedes asegurarlo?

—Tony, llevo muchos años haciendo este trabajo, nunca me he equivocado.

—Recuerda que todos los solteros que fueron a esa reunión trataban de acercarse a Nathalia.

—Observa esta foto detenidamente.

El hombre le entregó una foto a Tony. En ella, Frann hablaba con un grupo de personas, y Nathalia lo observaba desde lejos con una mirada ansiosa.

—Esto no me dice nada.

—Muéstrasela a tu cliente y verás cómo sí le dice.

—Quizás tengas razón. ¿Qué hay con el hijo del gobernador?

—Son solo buenos amigos. Convéncete, Tony, tu hombre es el vidente, Frann Hatton. Aquí tienes todo lo que pude averiguar sobre él. Es un personaje bastante interesante, creo que la relación de esos dos va a estar muy sólida.

"Entonces, ese era el Frann que mencionó Nathalia en la llamada nocturna", pensó Tony.

—Buen trabajo, James, mantente en contacto.

—Cuando gustes, jefe.

Tony trató de ubicar a Carl para contarle la novedad, pero fue inútil, no estaba en los teléfonos que le había dado.

—Señor Colbert, tiene una llamada de Tony.

—Comuníquelo.

—Dime, Tony.

—Estoy llamando a Carl, pero nadie contesta en ese número que me dio.

—¿Para qué lo quieres?

—Él me pidió que lo mantenga informado de todo lo que sucede con Nathalia.

—¿Qué ha sucedido?

—¿Tú sabes que Elia dio una fiesta el fin de semana?

—Eso ya lo sé.

—La persona que envié para investigar, me asegura que ella tiene una relación con un tal Frann Hatton.

—¿El vidente?

—Ese mismo.

—¿Cómo puede estar seguro?

—Bueno. Colbert, tú sabes, ese es su trabajo. Me aseguró que tienen algo.

—¿Tiene pruebas?

—Hay algunas fotos que tomó en la fiesta.

—¿Se abrazaron, se besaron, o algo por el estilo?

—Nada de eso. Solamente charlaron.

—No hables basura, Tony. ¿Cómo puedes acusar a Nathalia de algo de lo que no tienes pruebas?

—Esos dos están montando un teatro. Ya verás cómo a partir de ahora comienzan a verse más seguido y públicamente.

—En todo caso, si así fuera, ella tiene todo el derecho de rehacer su vida con quien le parezca.

—Bueno, eso mismo pienso yo, pero Carl no.

—Dejemos a Carl tranquilo. Me gustaría que se quedara un buen tiempo en Europa. Sigue investigando y cuando tengas algo nuevo me llamas.

—Hecho —dijo Tony, y cortó la comunicación.

—Tahití. ¿Qué le parece, Frann?

—¿Qué me parece qué?

—Tahití.

—No lo sé, no conozco Tahití.

—Pues, lo conocerá. Ese es el sitio que conseguí para sus vacaciones.

—Nina, eso está muy lejos.

—Sí, pero hay unos aparatos que se llaman aviones que lo llevan en un tiempo razonable.

—Interesante. He escuchado que es un lugar paradisíaco.

—Más que eso. Ya tengo todo listo, ese será el viaje de su vida, se lo prometo.

—Me imagino que no habrás hecho las reservaciones a nombre mío y de Nathalia, al menos no por ahora.

—Sonia, mi amiga de la agencia, tiene todo reservado a nombre mío, quedé en avisarle en cuanto tuviera el nombre de los pasajeros, dos amigos de Suramérica.

—Muy bien, pero quisiera tener más información del sitio.

—Puede entrar en esta página y verá todo, el hotel, las

habitaciones, las playas, todo, incluyendo hasta la presentación de los platos que sirven en los restaurantes locales. Si ve toda la página, al final podrá escuchar también la música típica de la zona.

Nina escribió el nombre de la página y se lo dio a Frann.

—Perfecto, la revisaré y luego te digo si me voy a Tahití. ¿Qué tenemos para esta semana?

—Más bien un poco suave, ya estoy bajando la presión, hasta dentro de tres semanas, que es cuando nos largamos. A las diez llega su primer cliente.

—Muy bien.

Después de un rato, justo antes de las diez llegó una visita inesperada.

—Dígame. Nina.

—El señor Colbert Frank Jr. lo solicita.

—¿En persona?

—Eso me dijeron en seguridad.

—Está bien, dile que lo dejen pasar.

Frann no podía creerlo, Colbert venía en persona a verlo. Se puso muy nervioso, algo malo estaba pasando, ¿qué podría estar buscando? Frann estaba seguro de que no habían cometido ninguna imprudencia. Si le tocaba el tema de Nathalia, se confirmaría la teoría de que la están siguiendo.

—Buenos días, señor Frank, el señor Hatton lo recibirá enseguida, tome asiento, por favor.

—Muchas gracias, señorita… —Colbert extendió la palabra, esperando oír el nombre de ella.

—Nina. ¿Desea tomar algo, café, jugo, té? ¿Qué le provoca?

—Muchas gracias, Nina, realmente no me apetece nada. Y tengo prisa.

Nina se comunicó con Frann y luego dejó pasar a Colbert.

—¿A qué debo el honor de su visita? —dijo Frann sin preámbulos.

—Ya veo que sabe quién soy. Asumo que sobran las presentaciones. Para ir directamente al grano, quiero que me diga qué tipo de relación tiene usted con Nathalia.

—Eso no es asunto suyo.

—Todo lo que tiene que ver con Nathalia es asunto mío. Ella es como una hija para mí, siempre me he preocupado por ella y lo que pueda pasarle, sobre todo después que su padre la abandonó.

—Para serle franco, no me interesan sus problemas familiares.

—Tengo la sospecha de que usted ha tratado de involucrarse con ella, cuando todavía estaba casada con mi hijo.

—Le puedo asegurar que no tengo nada que ver con la situación de Nathalia y su hijo. Mi relación con Nathalia no es asunto suyo y creo que no tenemos nada más de que hablar. Ahora, si me lo permite, tengo personas que han hecho cita y esperan a que yo las atienda.

—No se equivoque conmigo, Frann. Nathalia creció rodeada de personas como nosotros, en una sociedad que mira muy cuidadosamente a los extraños. No se haga el listo, piense bien las cosas, no cometa usted errores de los que tenga que arrepentirse. Esto es Nueva York, no el pueblito de donde viene usted.

—¿Acaso me amenaza?

—Le advierto. Frann, y disculpe por quitarle su tiempo, hasta pronto.

Frann se había percatado de que aquel hombre tenía una carga emocional muy grande, podría hacer crisis en cualquier momento. Le hubiera gustado que consiguiera una cita como cliente, sería interesante ver en la vida de Colbert y tratar de ayudarlo. Frann se acordó de sus clientes y decidió no pensar más en Colbert, no quería tener más preocupaciones, olvidaría por completo esa corta reunión.

—¿Nathalia?

—Sí, soy yo, Frann.

—Ahora sí estoy seguro de que te siguen.

—¿Por qué estás seguro? —pregunto ella intrigada.

—Hablé con Colbert. Por lo que me dijo, deben tener a alguien siguiéndote.

—¿Cuándo hablaste con él?

—Esta mañana, pero no te preocupes. Se lo comenté a Oscar y me comentó que tenía un amigo detective, lo llamamos y este nos dijo que debía revisar tu casa para estar seguros de que no hay cámaras y micrófonos, es lo usual.

—¿Cuándo puede venir?

—Me dijo que mañana a las diez.

—Por mí, no hay problema, puede venir mañana.

—El sujeto se llama Martín Hammer, te llamará antes de ir.

—Estupendo, esto me está preocupando.

—No hay motivo para ello —le aseguró Frann.

—Eso espero. Te amo.

—Yo también te amo.

Frann no quería que ella se preocupara, por eso no le comentó cómo había sido la reunión de Colbert.

-Señora Nathalia, todos estos juguetes estaban instalados en su casa. Creo que llevaban varios días espiándola.

—¿Quiere decir que me vigilaban en todas partes?

—Exactamente, hasta en su alcoba. También había micrófonos en sus teléfonos. Hice una buena limpieza, ya no podrán escucharla ni verla, por ahora.

—¿Cómo por ahora?

—Yo le recomiendo que tenga a una persona vigilando por un tiempo, así evitara que alguien se meta de nuevo y vuelva a colocar estos aparatos —dijo Hammer, enseñándole algunos de los micrófonos.

Nathalia pensó que el detective debería tener como sesenta años, pero era extraordinariamente fuerte y decidido, sabía exactamente lo que hacía.

—Se lo diré a mi padre para que tome las medidas necesarias. La verdad, no sé cómo agradecerle lo que está haciendo.

—No se preocupe, ya el señor Hatton se encargó de eso. Ahora voy a dar una vuelta por el vecindario, seguramente hay alguna persona merodeando.

—Por favor, avíseme si descubre algo más.

—Con mucho gusto.

Hammer salió de la casa y se dispuso a recorrer algunas manzanas para descubrir al intruso. Caminó calle abajo como dos cuadras hasta llegar a un quiosco de revistas.

—Buenos días, ¿sería tan amable y me da una barra de chocolate Hershey's? —dijo Hammer al hombre gordo con un tabaco que atendía el negocio, tomando también un periódico.

—Aquí tiene—le dijo el hombre sin verle la cara.

—Tenga —el detective le entregó un billete de cincuenta dólares.

—No, qué va, no hay cambio. Esto no es un banco.

—Si tiene diez dólares, démelos y quédese con el resto.

El hombre levantó la mirada para ver por primera vez a Hammer.

—Es usted muy amable. Diga para qué soy bueno.

—Pensaba yo que seguramente usted conoce a todos por aquí.

—Siga.

—También se percata usted de cuando hay nuevos vecinos.

—¿A quién busca?

—Es un buen amigo que tiene tres semanas por la zona. Alto, blanco, pálido, pelo negro y vestido como si fuera a una fiesta.

—¿Por qué lo busca?

—Trabajamos juntos haciendo muestreos. Ahora mismo debe estar contando a todas las personas que transitan por aquí.

—Hay un sujeto como el que usted busca. Tiene dos semanas rondando en una furgoneta blanca.

—¿Sabe dónde está ahora?

—Siempre toma por esa calle de allí abajo, y en la luz hace una izquierda.

—Muchas gracias, es usted muy amable.

—No faltaba más, es un placer servir a personas tan educadas como usted.

Hammer tomo la dirección señalada por el hombre. Al hacer la izquierda en la luz, divisó la furgoneta.

—Hola, Tony. No creas que se dañaron tus juguetes, lo que sucede es que los desconecté.

Tony se llevó un buen susto al oír a Hammer hablarle por la ventanilla.

—Hola, Martín, ¿qué te trae por aquí, regresas a la comisaria? —le preguntó evidentemente nervioso.

—Vine a devolverte esta basura que tenías instalada en casa de los Elia.

El detective le entregó una bolsa donde había colocado los micrófonos y las cámaras.

—Gracias por el detalle.

—No quisiera verte más por aquí, o me veré obligado a conversar con la policía y con unos amigos periodistas a quienes les gustan los chismes.

—Por favor, Martín, no tenía alternativa.

—Convence a tus jefes de que no lo hagan de nuevo o los voy a meter en problemas a los tres.

—Seguro, Martín, seguro.

Tony sabía que Hammer era un hombre correcto, pero muy rudo. Había pasado mucho tiempo en el departamento de policía de Nueva York y aún mantiene buenas relaciones con todos. Se apresuró a marcharse del lugar con el convencimiento de que no regresaría nunca más. Tendría que avisarle a Colbert.

—Hola, Colbert.

—¿Qué pasa Tony?, ¿no estás vigilando?

—No, tengo que marcharme, no puedo seguir vigilando a Nathalia.

—¿Por qué?

—Me descubrieron.

—¿Cómo que te descubrieron? ¿Acaso eres un aficionado?

—Hammer… parece que los Elia lo contrataron. No puedo acercarme más por allá, me advirtió que iría con la prensa.

—Está bien, vente para acá y continúa con tu trabajo de investigación rutinario. Si necesitara averiguar algo le decimos al que mandaste a la fiesta.

—Enseguida salgo para allá.

TREINTA Y CINCO

—Nina, venga para que me diga cómo estará la semana.

La secretaria entró en la oficina de Frann con una libreta de apuntes.

—Más bien suave, tiene pocas personas. Ahora, a las diez, viene el señor Mateos Robinson, después no hay nadie más hasta las tres y media.

—Hazlo pasar apenas llegue.

Frann no se imaginaba nada acerca de ese sujeto. Moreno, en los cuarenta, estaba pagando la tarifa más alta.

—Buenos días, señor Mateos. Puede tomar asiento.

El hombre se sentó sin decir nada. Era alto, Frann supuso que resultaría atractivo a las mujeres. Vestía un traje de corte a la medida, camisa y corbata impecablemente seleccionadas.

—¿Me dirá usted por qué está aquí?

Mateos lo miró, pero no dijo nada. Se veía nervioso, más bien angustiado.

—Relájese, tenemos dos horas para conversar, o cinco minutos, como usted prefiera. —Frann se levantó de la silla y se dirigió a la salida, excusándose en buscar algo. Cuando pasó al lado de Mateos, le puso una mano en el hombro.

—Disculpe, tengo que salir un momento. Piense en algo para que me lo diga cuando regrese.

Frann salió y le dijo a Nina que le diera un café, que tomó con calma afuera, mientras dejaba que Mateos se adaptara a la situación. Luego regresó y tomó asiento.

—Hábleme de Francesca.

Enseguida el hombre reaccionó como si hubiera escuchado una alarma.

—¿Qué sabe usted de Francesca?

—Lo mismo que usted. Como vidente he podido ver muchas cosas de su vida, del pasado, del presente.

—¿Y del futuro?

—También del futuro.

—¿Francesca y yo estaremos juntos?

—No.

—¿Cómo qué no?

—No veo que ella vaya a estar ligada sentimentalmente a usted, si es lo que quiere saber.

—Usted no puede decir eso.

—Yo puedo decir eso y muchas otras cosas.

—Pero es que yo la amo. No tiene la menor idea de lo que estoy pasando, no puedo dormir.

—Hable con su doctor para que le recomiende algún medicamento.

—Entiéndame, no puedo dormir, no puedo comer, no puedo trabajar, nada. Lo que hago es pensar en ella.

Mateos hacía gestos con las manos, escenificando la situación.

—¿Le ha dicho que está enamorado de ella?

—Hemos salido varias veces. Ella se porta muy cariñosa y amable conmigo, pero siempre evade las situaciones que puedan comprometerla. Cuando nos despedimos solo me da la mano y me dice que otro día nos vemos.

—Eso es perfectamente normal, así se tratan los amigos.

—¿Amigos? Mire, usted cree que yo estoy jugando. Vine a verlo para que me dijera si estaremos juntos.

—Y se lo dije. No los veo juntos, no por ahora.

—¿Qué significa eso?

—Que en su futuro inmediato, usted no estará con ella.

—Yo… Pero usted me puede decir si estaremos juntos en algún momento.

—Es posible. Tienes un ciclo de diez años, dentro de los cuales podría suceder.

—Dentro de unos días, creo que estaré muerto.

—La gente no muere así. Sufre, pero no muere.

—Usted no sabe lo que estoy sintiendo.

—Mateos, ¿tiene idea de lo que han sentido todas esas chicas con las que ha estado, y ha tratado muy cariñosamente, hasta que se acostó con ellas, y luego les dijo: "Otro día nos vemos"?

Mateos se recostó en la silla y respiró profundamente, luego dijo en voz baja:

—Yo nunca les prometí nada.

—No se trata de promesas, se trata de sentimientos. Así como lo que siente usted ahora.

Mateos se levantó y se aflojó la corbata.

—Quisiera un vaso de agua.

—Enseguida.

Frann le pidió el agua a su secretaria. Nina vino casi de inmediato y dejó una bandeja con el agua. Mateos tomó el vaso, bebió y se sentó de nuevo, colocó los codos en el escritorio de Frann y se tapó la cara con las manos.

—Esto es fuerte, Frann, tiene que ayudarme.

—¿Qué quiere que haga?

—No lo sé. Vine para que me ayude.

—No, usted vino para que yo le dijera si Francesca sería su pareja y ya se lo dije.

—Ahora quiero que me ayude. Ninguna de las chicas con las que he salido se interesaron mucho por la relación.

—¿Qué pasa con Marie?

Mateos, notablemente impresionado, le preguntó:

—¿Acaso conoce usted toda mi vida?

—Lo más resaltante.

—Marie es una buena chica.

—Marie es una excelente persona que siempre ha estado pendiente de usted. Marie es una chica tan encantadora, que ha tenido la nobleza de sentarse a escucharle sus penas con Francesca.

—Marie es casi como una hermana para mí.

—Usted no se ha comportado con ella como tal.

—Le tengo mucho aprecio, es mi amiga y también nos divertimos un poco cuando hay la oportunidad.

—Mateos, su problema es que Francesca no se ha rendido a sus pies como lo han hecho las otras chicas. Si lo hubiera hecho, ya sería tan amiga suya como Marie.

—Frann, estoy enamorado de ella.

—El amor es algo serio, Mateos, el amor son muchas cosas juntas. La tolerancia y la paciencia forman parte del amor. ¿Estaría usted dispuesto a esperar diez años por Francesca?

—No puedo esperar tanto.

—Mateos, no es amor lo que siente. Tiene ahora mismo una necesidad muy grande de estar con ella, eso lo hace sentir mal, pero si ella lo aceptara ahora, en poco tiempo usted perdería el interés que siente en este momento.

—Pero si yo la amo.

—No, usted no la ama. Ya me dijo que era incapaz de esperar por ella.

—Esperar no tiene sentido.

—Esperó muchos años para poder ser cirujano. ¿Me va a decir que eso no tiene sentido?

—Es diferente.

—¿Diferente por qué? Eso era lo que usted quería y no le importó esperar tanto. Cuando uno quiere algo y no lo puede conseguir inmediatamente, tenemos que esperar hasta el momento en que corresponda.

—Eso puede ser cierto, pero no me está ayudando en nada.

—Yo no puedo ayudarlo, usted tiene que hacerlo solo. Debería analizar un poco su vida, trate de ver qué han hecho por usted las personas que lo rodean, y qué ha hecho usted por ellas. No sea siempre el protagonista, ábrale paso a los otros. Debe sentir interés por sus semejantes, involucrarse un poco más en los problemas de amigas como Marie. Usted dice ser su amigo, pero jamás se ha interesado por nada de lo que le pasa, ni siquiera sabe si tiene algún problema.

Mateos se quedó mirando hacia el piso fijamente, luego levantó la cara.

—Marie es una chica estupenda y alegre, ella no tiene problemas, el que tiene problemas soy yo, me siento mal, Francesca no me ama. Tengo mucho dinero, ¿sabe?, pero me siento infeliz, algo malo está pasando. ¿Qué no me preocupo por los problemas de mis amigos? —se preguntó en voz alta. —Usted dijo eso, que yo no me preocupo por los problemas de mis amigos, también dijo que siempre quería ser el protagonista. Lo que usted quiere decir es que tengo un grave problema de humildad. No soy una persona humilde, no soy el cura de mi barrio. —Se tapó la cara con las dos manos. —Pero quiero que sepa que tampoco soy prepotente, no soy agresivo ni atropello a mis semejantes. Tengo muchos pacientes a punto de perder sus vidas y hago hasta lo imposible para que eso no ocurra. Ayudo a muchas personas.

—Usted no puede juzgar si atropella o no a los que lo rodean, son ellos los que pueden hacerlo. De todas formas, les deja muy poco chance a las personas que lo aprecian. Siempre sabe más que los demás, sus asuntos son los más importantes. Le parece que todos deben prestarle atención, siempre tiene ideas geniales.

—No es justo conmigo.

—Usted no está siendo justo en su forma de comportarse. Si hubiera hecho un mejor esfuerzo por compartir, no tendría la necesidad de estar aquí sentado hablando conmigo y esperando a que yo le ayude a conquistar a Francesca.

—Estoy perdido.

—En absoluto. Usted es muy inteligente, pero está atravesando una crisis, y eso no lo deja pensar con sensatez. Haga un esfuerzo por cambiar el propósito de su vida en este momento.

—Esto no es un propósito, es un sentimiento, como usted dijo.

—Tiene que darse una tregua. Olvídese de Francesca por dos semanas, distráigase, salga con otras personas, puede hacer un viaje. Salga con Marie, pero haga un esfuerzo por escucharla, pregúntele qué quiere, no trate de imponer nada, deje que sean los otros los que opinen y escúchelos, esa es la única forma como podrá comprobar si está usted en lo correcto. Haga lo que le digo y, si en dos semanas, se siente peor que ahora, llámeme y hablaré de nuevo con usted.

—Entonces esta consulta es garantizada.

—No, lo que está garantizado es que usted no tiene nada.

Frann había visto el futuro de ese hombre. Mateos estaría bien en pocos días y con el tiempo se le bajarían los humos, será mucho más sensible, se olvidará de Francesca, pero dentro de unos cinco años estarán juntos y se amarán.

—Hola, Tony. ¿Qué haces en la oficina? —preguntó Carl.

—No puedo seguir vigilando a Nathalia, me descubrieron.

—¿Cómo que te descubrieron?

—Los Elia contrataron a Hammer, quien revisó toda la casa y luego me siguió. Amenazó con ir a la prensa si me veía de nuevo cerca de su casa.

—Me importa un cuerno lo que diga Hammer, quiero que la vigiles.

—Tu padre me ordenó que regresara a la oficina.

—Mi padre no quiere ayudarme. Apenas me ausento por unos días, y todo se viene abajo. Ya arreglaré las cosas en persona, saldré para allá cuanto antes —dijo sofocado, y cortó.

—¿Qué sucede, Tony? —quiso saber Colbert al verlo algo preocupado.

—Esta mañana llamó Carl. Me preguntó por qué no estaba vigilando y se puso muy molesto cuando le dije que me habían descubierto.

—¿Qué más te dijo?

—Que regresaría para encargarse personalmente del asunto.

La cara de Colbert se transformó en una mueca de preocupación. Le ordenó a la secretaria que localizara a su hijo.

—Tengo en la línea al primo de Carl.

—Hola, Jonathan. ¿Dónde está Carl?

—Después de hablar contigo esta mañana, se comunicó con otra persona en tu oficina. Estaba muy molesto y dijo que tenía que regresar, llamó a la aerolínea y consiguió un puesto en el vuelo de las 11:30. Ya debe estar volando hacia Nueva York.

—¿Por qué no se lo impediste y me avisaste?

—Ni siquiera se despidió de mí.

Carl estaba muy triste. Se había tomado tres vodkas para bajar la tensión en el avión, y pensaba en lo mucho que amaba a Nathalia.

Tendría que hacer lo imposible para recuperarla. Su padre no había querido colaborar, pero debería hacerlo, lo obligaría a ello. Lo único que necesitaba era que le consiguiera la forma de reunirse con ella, los dos solos, quizás una cena romántica. Le diría que todo cambiará, como en efecto estaba dispuesto a cambiar, a complacerla a tratarla como a una reina y a dejarle sus espacios.

Carl se quedó dormido en el avión. Cuando llego a Nueva York, fue directo a su casa.

—Hola, hijo. Me alegra que estés aquí de nuevo, pero debiste avisar que regresabas.

—Yo sé que no te alegra para nada que esté aquí, pero estoy dispuesto a recuperar a Nathalia, con tu ayuda o sin ella. Quiero verla, quiero hablar con ella, estoy seguro de que la puedo convencer para que me dé una oportunidad.

—Carl, descansa un poco del viaje y mañana nos vemos en la oficina. Después conversamos y vemos las posibilidades.

—No quiero discutir posibilidades, y menos contigo. Voy a tratar de recuperarla, si quieres ayudarme bien y si no también.

—Está bien, como tú digas. Hablemos mañana, te prometo que haré todo lo posible para que te reúnas con ella.

—Es lo menos que espero de ti.

Carl cortó la comunicación y se quedó recostado en la cama, pensando en su Nathalia. Todavía no entendía qué le había sucedido, cómo era posible que la perdiera. Nunca le dio la importancia que merecía, cuando estaba con ella no le prestaba atención, y cuando ella comenzó a rechazarlo, en vez de tratar de corregir los errores, le sobrevino el ataque de celos. Tampoco se había interesado por ninguna otra chica, no le llamaban la atención, y si no hubiera sido por su padre, seguramente tampoco se habría casado con Nathalia. Pero ahora sí sabía lo que sentía por ella, perderla significaba perderlo todo. "Quiero que mi Nathalia vuelva", repitió varias veces en voz alta.

Frann había llegado temprano a su casa y estaba viendo el noticiero cuando repicó el teléfono.

—¿Frann?

—Hola, preciosa. ¿Cómo está la princesa más encantadora del universo?

Frann se había puesto eufórico al escuchar la voz de Nathalia.

—Contando los días para nuestro viaje, parecen muchos.

—En realidad son muy pocos, así que no te impacientes.

—Tengo ganas de verte.

—Yo también. Inventemos algo.

—Podría ponerme unos trapos, tomar mi auto y llegar a tu casa.

—Me parece que estás retrasada.

—Verás cómo corro.

—Te espero.

Cuando cortó la comunicación, Frann sentía el corazón acelerado.

Nathalia había volado literalmente para llegar pronto. Al entrar, Frann la abrazó, y se besaron con tanta fuerza y pasión como si no lo fuesen a hacer nunca más.

—Me has dejado sin aliento —repuso ella separando los labios, pero aún abrazada a Frann.

—Me encanta tenerte entre mis brazos, te siento tan parte de mí.

Se separaron y Frann la invitó a sentarse en el sofá.

—¿Quieres tomar algo?

—Una copa de vino me caería muy bien.

—Enseguida vuelvo.

Frann fue a buscar el vino.

—Aquí tienes —le entregó la copa y brindaron por ellos.

—La verdad, no podía aguantar las ganas de estar contigo, siento una seguridad y una paz tan grande cuando estás cerca. Tendría que haberte conocido antes, debí haberme casado contigo.

—Bueno, pero eso es lo que haremos. Cuando regresemos del viaje podemos ponernos una fecha y empezar a prepararlo todo.

—Todavía me preocupa Carl.

—Creo que no debes pensar más en eso. Si quisieras, podríamos irnos a vivir a otro lugar por un tiempo.

¿Cómo harías con tu trabajo?

—Tengo dinero ahorrado. Podría pasarme todo un año sin trabajar.

—En realidad, me gusta vivir aquí, y me encanta esta casa.

Pues aquí nos quedaremos.

Pusieron las copas en la mesa y comenzaron a besarse frenéticamente. Frann acariciaba sus piernas y fue subiendo su mano hasta encontrar la parte íntima. La acarició hasta sentir que se mojaba su prenda. Ya habían decidido entregarse mutuamente y comenzaron a quitarse la ropa.

En algún momento se fueron a la habitación y pasaron un buen rato desinhibido y feliz.

—Eres tremendo —dijo ella, y lo besó tiernamente en los labios.
—Ahora no habrá manera de que te libres de mí.

—Aquí nadie quiere librarse de ti.

Nathalia se quedó pensando, luego preguntó:

—¿Por qué te divorciaste?

—Porque mi esposa no quería estar conmigo.

—Me parece que está mal de la cabeza.

—Es una persona muy difícil. Está convencida de que solo ella tiene la razón, no tolera el desorden, vive atornillada a la perfección.

—Pues, dejó escapar al hombre perfecto.

—La separación no fue traumática. Ella se vino a Nueva York buscando tranquilidad. Para mí, lo peor era alejarme de Ishka. Afortunadamente, fue por muy poco tiempo. Sin querer, conseguí un trabajo en esta ciudad a los pocos días de haberse venido Mashda.

—¿Vivieron juntos en Nueva York?

—No. Yo alquilé un departamento al llegar y le dije que viniera a vivir conmigo, pero ella insistió en que debíamos estar un tiempo separado. Yo trabajaba mucho y el poco tiempo libre que me quedaba lo compartía con mi hija. Al año, ella había dado la relación por terminada y nos acostumbramos todos a la situación. Creo que Ishka lo superó porque ninguno de los dos se volvió a casar. Se sentía bien estando los fines de semana conmigo y la semana con su madre. Un día tratamos de salir los tres juntos y fue un caos, casi discutimos.

—¿Mashda sale con alguien?

—De vez en cuando se ve con el tío de una amiga de Ishka, pero no es algo formal.

—¿Estará esperando que tú regreses?

—Creo que se le hace difícil convivir con alguien. Traeré más vino. Por favor, no te muevas.

—Date prisa, esta cama es muy grande para estar sola.

Frann regresó enseguida con la botella de vino y llenó las copas, continuaron charlando, pero les sobrevino otro ataque de amor y se abrazaron.

El tiempo pasó sin prisa, estaban en otro mundo, pero llegó el momento de retornar a la realidad.

—Creo que ya es hora de irme a casa.

—No quisiera que te fueras, no quisiera que te fueras nunca más.

—Tan pronto regresemos del viaje, me mudaré contigo. Quiero que pensemos en casarnos pronto.

—¿Qué te parece en diciembre? —le preguntó Frann.

—Me estás hablando en serio.

—Te estoy hablando muy en serio.

—Solo faltan cinco meses.

—Quiero que sea con los más allegados, en un elegante restaurante, contratado solo para nosotros. ¿Qué te parece?

—Me encanta la idea. Me parece todo muy rápido, pero me gusta mucho. Tendrás que hablar con Elia.

—Adelántale la situación, luego yo me reúno con él.

—Te amo, te amo, te amo.

Frann la acarició con ternura y se quedaron abrazados por un rato sin hablar. Luego ella se levantó y comenzó a vestirse.

—Yo te llevaré.

—No es necesario. Además, tengo mi auto.

—Mañana te lo haré llegar, no te apures.

—Tú eres el jefe, el que manda y ordena.

—Y tú eres muy graciosa —se abrazaron y sonrieron.

—Y tú eres tremendo —le dijo en un susurro.

TREINTA Y SEIS

—¿Cómo harás para que Nathalia se reúna conmigo? —preguntó Carl a su padre.

—La llamaré y se lo diré, eso es todo.

—¿Por qué crees que aceptará?

—Porque no tiene nada de malo, es solo una conversación entre ustedes, no es un acoso ni nada por el estilo.

—Pero trataré de que regrese conmigo.

—Tú propondrás eso y ella tomará una decisión.

—Tiene que regresar, yo no puedo vivir sin ella.

—Tómalo con calma Carl, piensa bien en la forma como te vas a comportar. Ahí podría estar la clave.

—Yo solamente la amo, y quiero convencerla de que la puedo hacer feliz. Quiero demostrarle que estoy arrepentido de mi comportamiento. Padre, estoy siendo muy sincero.

—Te creo. Yo nunca quise que esto sucediera, pero tienes que calmarte y superarlo. El tiempo siempre es el mejor aliado.

—Yo no tengo tiempo, padre, solo deseos de volver con ella.

—¿Desde cuándo está sucediendo eso? —quiso saber Elia.

—Desde el día de la fiesta —mintió ella.

—Estoy seguro de que Frann es una persona maravillosa, pero me parece todo muy prematuro, hace apenas unos días obtuviste el divorcio.

—Tienes razón, pero eso es lo que sentimos y queremos ambos.

—Piénsenlo un poco, llévenlo con menos prisa. El tiempo siempre es el mejor aliado.

—Estamos decididos, queremos hacer una reunión con las personas más allegadas en un elegante restaurante de la ciudad. Algo muy sobrio y compacto, donde todos se sientan bien y disfruten con nosotros nuestra felicidad.

Nathalia ya estaba haciendo arreglos con su padre, sabía que él la apoyaría en todo. Sentía una felicidad inmensa. Por su parte, Frann sentía lo mismo. Ese día llegó diciéndole lo del matrimonio a Oscar e indicándole que no podía comentarlo ni consigo mismo. Debía guardar el secreto hasta que le avisara.

—No te lo puedo creer. Dejarás de sorprenderme el día que me muera. Imagino que te marcharás como dos meses a tu luna de miel.

—Toda nuestra vida será una luna de miel.

—Me hace muy feliz saber que te suceda algo así. Casi te envidio.

—Los amigos no sienten envidia, comparten.

—Bueno, la envidia también la podemos compartir.

Los dos rieron al mismo tiempo.

—En vista del acontecimiento, tendremos que celebrar de nuevo. Esta noche invito yo. Quiero que salgamos a cenar los cuatro, por primera vez podremos compartir en parejas. ¿No te parece grandioso?

—Me parece lo máximo.

—No te burles.

—No, te hablo en serio.

Esa noche salieron las dos parejas y la pasaron en grande, comieron sushi en un restaurante de moda. Sin saber, fueron captados por algunas lentes de sociales. Pero, en fin, pasaron una velada inmejorable.

—Hola, Nathalia. ¿Cómo has estado?

—Bastante bien —dijo ella, sorprendida por la llamada. —Las

cosas han cambiado desde que recupere mi privacidad. —Se lo dijo directamente para oír su reacción.

—Será tu libertad —disimuló Colbert.

—Sí, también eso —contestó para no polemizar.

—Tú sabes que he respetado tu decisión de divorciarte de Carl, y además te deseo todo lo mejor. Pero también quiero decirte que él ha cambiado, aunque tú no lo creas.

—Me parece estupendo. ¿Ya está saliendo con alguien?

—No. Todavía te quiere, y se siente capaz de enmendar los daños. Le gustaría encontrar la manera de que no sintieras odio hacia él.

—Yo no siento odio. Recuerdo momentos bonitos, pero tanto lo bueno como lo malo ha quedado en el pasado.

—Carl quiere conversar contigo.

—No hay nada de qué conversar entre nosotros.

—¿Por qué no haces un esfuerzo y lo escuchas tan solo una vez? Luego puedes hacer lo que quieras. Te aseguro que ha cambiado, está muy tranquilo.

—Mira, Colbert, en estos momentos estoy sumamente ocupada, no tengo tiempo para nada. Además, estoy preparando un viaje, de veras lo siento.

Colbert pensó que iría de viaje para Europa con su padre.

—Podrías hacer un esfuerzo —insistió.

—No quiero sentirme presionada. Cambiemos de tema o dejemos esta conversación.

—Está bien. Disculpa mi insistencia, no quiero presionarte, tan solo quisiera un favor.

—¿De qué se trata?

—Habla con Carl aunque sea por teléfono, dile lo mismo, que no lo odias y que estás ocupada. Estoy seguro de que entenderá.

Colbert no estaba seguro de nada, pero necesitaba calmar a su hijo.

—Está bien, dile que me llame a la casa, pero si se pone pesado tendré que colgar.

—Está bien, gracias por escucharme.

Colbert se sentía ciertamente agradecido.

Nathalia se preocupó con la llamada de Colbert. Enseguida llamó a Frann para comentarle.

—Frann, me llamó Colbert.

—¿Qué quería?

—Que hable con Carl.

—¿Qué le dijiste?

—Que estaba muy ocupada. Y, además, que no había nada de qué hablar. Me insistió, dijo que le atendiera, aunque solo fuera por teléfono. Le dije que estaba bien.

—Creo que no está nada bien, no debiste aceptarlo.

—Yo sé que no está bien, pero así aclaro las cosas de una vez.

—Es peligroso, puede ser un arma de doble filo.

—Colbert dice que está muy tranquilo.

—No lo creo, debe estar pasando por una fuerte crisis y no sabe cómo superarla. No le des explicaciones, lleva una conversación muy trivial y no dejes que te maneje en su terreno.

—La verdad es que eso me puso muy nerviosa, pero sabré llevar la situación. No te preocupes.

—Bueno, preciosa, que todo salga bien.

—Así será.

—Te amo.

—Me gustaría que vinieras esta noche a mi casa.

—Quiero verte, pero no en tu casa.

—Está bien, salgamos a cenar por ahí.

—Me parece mejor.

—De acuerdo, nos vemos luego —dijo ella y cortaron.

La noticia no le gustó mucho a Carl, aun así era un inicio. Tendría que pensar muy bien cómo haría para convencer a su adorada Nathalia de que aceptase una invitación a cenar. Por primera vez en un buen tiempo se sentía con algo de optimismo.

—Hola, Nathalia.

—¿Cómo estás, Carl?

Se alegró al escucharla, le pareció que su tono de voz era cariñoso.

—Bastante bien, gracias. Acabo de regresar de Europa.

—Qué bien que estuviste de viaje, yo pienso hacer lo mismo.

—Sí, mi padre me comentó. Quiero saber si puedes dedicarme un rato, quisiera que nos encontráramos para charlar.

—Creo que no tenemos nada pendiente.

—No es eso. Quisiera que habláramos de nosotros.

—Ya hablamos bastante sobre nosotros.

—Nathalia, he cambiado mucho. Quiero que me des una oportunidad.

—Ya no es momento para oportunidades, nos divorciamos.

—Pero yo todavía te amo, Nathalia.

—Creo que no podemos seguir esta conversación. Yo todavía estoy muy dolida por todo lo que me hiciste.

—Te comprendo, sé que hice mal y me comporté como un idiota, pero estoy dispuesto a cambiar, te juro que lo puedo hacer.

—Que tú cambies ahora no sanará las heridas.

—Tienes que darme la oportunidad.

—Por ahora no hay posibilidades.

—¿Existe otra persona en tu vida?

—Carl, no pienso discutir mi vida contigo. Sinceramente, me alegra que estés bien, pero ahora debo colgar.

—Necesito esa oportunidad.

—Debo colgar.

—Está bien, pero prométeme que lo pensarás.

—Está bien, Carl. Hasta luego.

Carl se despidió cuando ella ya había cortado. Estaba decepcionado, ni con toda su humildad había logrado conmover a Nathalia. No sabía cómo, pero tenía que recuperar a su Nathalia. Le insistiría hasta que al final ella cediese. Salió con la intención de dar un paseo y pensar cómo manejaría la situación a partir de ese momento. Se detuvo en un puesto para comprar el diario. Cuando llegó a la página de sociales, había una fotografía de Nathalia llegando al teatro, acompañada de un personaje que le pareció conocido.

"La encantadora Nathalia parece no estar afectada por su reciente divorcio. Aquí la vemos llegando al teatro bien acompañada por Frann Hatton. Ya se han visto juntos en varias ocasiones desde la fiesta que diera su padre el pasado mes. Hatton, a pesar de ser una persona muy reservada, actualmente se ha convertido en uno de los personajes más importantes de la ciudad. Los periodistas tratan de acosarlo, pero no han logrado hacerle una entrevista para que nos cuente sus experiencias como clarividente. Le seguiremos la pista a esta controversial pareja".

Carl estuvo a punto de vomitar al ver la noticia. Se sintió mareado, con ganas de morir. Su adorada Nathalia estaba con otro hombre. Regresó a la casa y enseguida telefoneó a Tony.

—¿Sabías que Nathalia estaba saliendo con ese arribista?

—Me enteré esta mañana por la prensa.

—Pero se supone que habías mandado a una persona a la recepción de Elia.

—Claro. Esa persona desempeñó un trabajo impecable, pero ese día no sucedió nada. El hombre que mandé me entregó un informe detallado con fotos.

—¿Dónde está ese informe?

—Se lo di a tu padre.

—Maldito seas.

Carl cortó y se fue a casa de su padre.

En el camino se sentía muy mal, le parecía como si la vida se le escapaba de las manos.

—Hola, Carl. ¿Dónde has estado? Traté de localizarte esta tarde.

—¿Sabías que Nathalia estaba saliendo con Frann Hatton?

—Me enteré hoy por la prensa.

—Por lo visto, nadie se entera de lo que sucede en Nueva York.

—No debes preocuparte por eso, Carl. Tienes que ser fuerte y comenzar tu vida de nuevo y sin sombras.

—Mi vida es con Nathalia, no existe otra forma. Tienes que hacer algo para hundir a ese farsante desgraciado que ha enredado la vida de Nathalia y la mía.

—¿Qué se supone que pueda hacer?

—No lo sé. Seguramente podrás hablar con alguien del gobierno para que le cierren ese antro ilegal que tiene en Madison, y lo deporten.

—No puedo hacer eso. Él tiene amistades muy influyentes, ahora mismo es todo un personaje. Hasta el gobernador lo invitó a formar parte de su campaña, es un ciudadano de este país y no ha cometido delito alguno.

—Pues sí ha cometido un delito, se está robando a mi Nathalia. No puedo creer que sea más importante que nosotros. Tengo que hacer algo y pronto; de lo contrario, la perderé, y eso no lo puedo permitir. Ya te dije que no puedo vivir sin ella.

—Los problemas entre tú y Nathalia no tienen que ver con Hatton.

—¿Cómo lo sabes?

—El hombre que envió Tony vio cuando Elia los presentó ese día. Hatton habló poco con ella.

—De todas formas lo quiero fuera de mi camino.

—¿Qué te dijo Nathalia?

—Estaba muy tranquila, más bien amable. Pero me dijo que le había dolido lo que le hice. No me dejó hablar de nosotros dos. No me dejó tocar el tema de nuestra relación.

—Te lo dije, es muy pronto para que intentes una reconciliación, debes dejar que pase el tiempo.

—Lo que sucede es que estás de acuerdo con que la pierda definitivamente.

—No, Carl, no puedo estar de acuerdo con eso, pero es preciso que la olvides por ahora, les hará bien a los dos. Más adelante ella podría reconocer que tenías más virtudes que defectos, cosa que en estos momentos no ocurre.

—No puedo arriesgarme a perderla definitivamente.

Carl se fue y no quiso despedirse de su padre. Cuando llegó a su casa llamó a Tony.

—Quiero deshacerme de Hatton.

—¿Y yo qué puedo hacer?

—Tienes que encargarte del asunto.

—Eso es algo muy delicado.

—Haz lo que te digo, para eso te pagaré suficiente dinero.

—¿Tienes idea de cuánto te puede costar?

—Tendrás lo que pidas, pero quiero que sea pronto.

Al día siguiente, Carl y Tony se encontraron para afinar los detalles del pago. Carl entregaría el dinero ese mismo día por la tarde y el encargo se llevaría a cabo al día siguiente.

Tony llamó a James y lo instruyó para que desapareciera a Frann.

—Hola, Ramón, soy James. En el paquete que recibiste están las instrucciones y la mitad de lo acordado. El resto lo obtendrás de la misma forma, al concluir el trabajo. Es muy importante que el móvil sea un robo.

—Descuida, ya hemos hecho eso antes.

—No quiero equivocaciones.

—Tranquilo, jefe, todo va a salir bien.

Ramón ya había planificado cómo llevaría a cabo el encargo. Estarían esperando a que Hatton llegue a su casa, en el estacionamiento le harían bajar del auto y le pedirán las llaves, luego le dispararían y se llevarían el auto. Muy sencillo.

—Buenos días, Frann.

—Hola, Nina. ¿Cómo está?

—Muy bien, contenta porque ya la próxima semana estamos de vacaciones.

—¿Está todo lo de mi viaje listo?

—Sí, está reservado para el jueves. El avión sale de La Guardia para Los Ángeles a las seis y treinta de la mañana, hace escala en Minneapolis, llega a las once. Luego sale de Los Ángeles a la una, directo a Papeete, a donde llegará a las seis de la tarde; el viaje durará unas dieciocho horas en total. Dormirán esa noche en Papeete y, al día siguiente, se trasladan a Tahití, donde pasarán cuatro días. Luego siguen viaje a Bora-Bora, donde estarán cinco días; por último, tres días en Moorea. Su regreso será un día jueves, vía Los Ángeles.

—Impresionante. No sabe cuánto le agradezco su preocupación en esto de las reservaciones, la voy a recordar en el viaje.

—Espero que le quede tiempo.

—Gracias, Nina.

—Hoy solo tenemos dos personas. Una vendrá a las once de la mañana y la otra a las tres de la tarde.

—¿Qué tenemos?

—Solo dos personas desesperadas. Una señora mayor, que calificó y aceptó la tarifa más alta, y un hombre también mayor, pero de menos recursos; la consulta de este será sin costo.

—Excelente, avíseme cuando llegue la señora...

—Newman. Le avisaré —dijo Nina.

Frann había tenido un día suave. Al salir de la oficina se encontraría con Hillary para charlar un rato, y Nathalia los alcanzaría después de las siete.

—Me da mucho gusto que tu relación con Nathalia sea cada día mejor, te lo mereces.

—Gracias, Hill.

—Espero que no pierdas la costumbre de hablarme de vez en cuando, recuerda que tengo que asesorarte en muchos aspectos. Cada vez encuentro cosas nuevas con relación a tus cualidades.

—Cuenta con eso. Ya que tocas el tema, ¿qué averiguaste sobre la memoria?

—Muchas cosas, pero nada que nos despeje tu incógnita. Yo podría darte una opinión personal, sin tener seguridad de ello, solo para que lo analices como una posibilidad. Desde que nacemos hasta que morimos, estamos almacenando información las veinticuatro horas al día, podría decirse que sin memoria no existiríamos. Nuestra capacidad para recordar lo que nos ha sucedido en la vida forma parte de la vida misma, es esa capacidad que tenemos para llegar a la información almacenada. Puede suceder que cuando tratamos de tener acceso a esa información, por alguna razón no está, está incompleta o nos negamos a aceptarla tal cual. Es ahí cuando se da el caso de que acomodamos esa información a nuestra conveniencia. Es por ello que podríamos llegar a recordar algo que nunca sucedió. Como estamos almacenando constantemente, la información se encuentra tal cual fue registrada. Si tú recuperas la información por telepatía, necesitarías la intervención de la persona. En este caso es válida tu preocupación. Ahora bien, como tú tienes que tocar a la persona, es posible que exista otro recurso para tener acceso a su memoria. No lo sé, pero es posible que logres alguna reacción mediante el contacto para recuperar la información, en cuyo caso estarías llegando a los hechos reales. Actualmente se están haciendo pruebas en personas con problemas, instalando un *microchip* en el cerebro para tener acceso a la memoria y ayudarlos con las respuestas. Todo esto te lo digo a manera informativa, no podemos tener una comprobación de nada si no sabemos cómo haces realmente para ver en la vida de tus clientes.

—Bueno, doctora, me doy cuenta de que te has mantenido ocupada.

—Creo que en algún momento te diré cómo es que funciona todo. Eso me gustaría, se ha convertido en un tema muy interesante, estoy entusiasmada con la investigación.

—Eso es bien interesante, tendremos que reunirnos todo un día para tratar el asunto y hacer comparaciones.

Frann pasó un rato agradable conversando con Hillary, luego se encontró con Nathalia y se fueron los tres a cenar juntos.

TREINTA Y SIETE

Frann había regresado a su casa después de dejar a Nathalia. Era cerca de la una de la madrugada cuando entró al estacionamiento del edificio. Llegó hasta su puesto, y cuando se disponía a bajarse del auto, lo sorprendió una pistola apuntando directo a su cabeza, alcanzó a ver que el arma llevaba puesto un silenciador. Una voz le gritó:

—No mires hacia acá. Bájate poco a poco del auto con las manos en la cabeza, deja las llaves en el asiento y camina hacia la pared sin darte vuelta.

Frann, aterrorizado, siguió las instrucciones, tratando de ver a los lados, buscando el guardia de seguridad o a algún vecino que lo pudiera ayudar. No había nadie. Pensó en correr, pero recordó el arma y se dio cuenta de que no tenía ninguna oportunidad, las manos y la cabeza le sudaban, sentía que las piernas le temblaban.

—Puede tomar el auto y marcharse —dijo Frann por los nervios.

Ramón accionó el arma y le disparó a la cabeza, justo después que su compañero le empujó la mano que sostenía el arma. Frann sintió el silbido del disparo y cayó al suelo. Ramón le gritó al compañero:

—¿Te has vuelto loco?

Se disponía a efectuar otro disparo cuando el compañero lo tomó por el brazo y le dijo:

—Vamos, salgamos de aquí rápido.

Lo empujó hacia el auto de Frann, se introdujeron y salieron a toda velocidad.

—¿Qué está sucediendo aquí?

—Ese es el *doc*. —le respondió Javier.

—¿Cuál *doc*?

—El doctor que curó a Gabriel. A ese no podemos hacerle nada, la tía dijo que era una gran persona, fue hasta su casa sin cobrarle, me dijo que teníamos que hacer algo bueno por ese doctor algún día, creo que hoy es ese día.

—¿Cómo sabes que era ese?

—Reconocí su voz cuando te habló, y al auto lo estuve cuidando mientras estaba en casa de la tía.

Frann continuaba en el suelo, aturdido. Se tocó la cabeza y todo su cuerpo, pero no tenía nada. Cuando se recuperó, buscó al guardia de seguridad. Ya era tarde, los sujetos habían desaparecido con su auto. Luego llamó a Oscar y le contó lo sucedido. Enseguida salió a buscar a Frann y lo llevó al departamento de policía.

—¿Pudo verle las caras? —preguntó el joven oficial que tomaba la declaración de Frann.

—No, estuve todo el tiempo de espalda a ellos.

—¿Cómo sabe que solo eran dos?

—Escuché hablar solo a dos. Pero no estoy seguro de cuántos eran.

—¿Alcanzó a verlos cuando huyeron en el auto?

—No, yo estaba en el suelo. Cuando me incorporé, ya se habían marchado.

—Dice que le dispararon.

—Sí. Sentí cuando accionaron el arma, me imagino que solo lo hicieron para asustarme.

—Señor Frann, nadie pone un silenciador en un arma con la intención de asustar. Cuando alguien lo usa, es para disparar y no ser escuchado. Estas personas estaban dispuestas a matarlo.

—¿Por qué razón no lo hicieron? Estaban tan cerca, era casi imposible fallar. Además, hubieran podido dispararme las veces que quisieran cuando estaba aturdido en el suelo, no había nadie más cerca de nosotros.

—Aún no sé qué pudo haber sucedido. Es posible que el compañero del que le apuntaba lo evitara por algún motivo, me dijo que le pereció que discutían algo después del disparo.

—Sí, eso me pareció. Pero todo era muy confuso.

—Llevaremos a cabo la investigación como robo a mano armada, pero a mí me gusta más la hipótesis de intento de homicidio. No digo esto con intención de asustarlo, es solo para que tenga cuidado de ahora en adelante, hasta que podamos averiguar algo sobre estos sujetos.

—¿Podrían intentarlo de nuevo?

—Si la intención era matarlo, alguien lo intentará de nuevo. Si fue por el robo, no sabrá de ellos nunca más.

—¿Es posible que dejaran una pista?

—Señor Frann, los ladrones de autos son gente especializada. En menos de cuarenta y ocho horas ya habrán colocado cada una de las piezas de su auto, por separado, en el mercado negro, y posiblemente dentro de tres días ya estarán vendiéndolas en un país de Suramérica.

—¿No hay posibilidades de recuperarlo?

—Prácticamente ninguna. Por favor, llene este formulario y describa cómo sucedieron los hechos, luego lo firma y terminamos.

Al salir de la estación de policía, ya eran pasadas las tres de la madrugada. Frann estaba agotado y Oscar se caía del sueño.

—Puedes quedarte a dormir en casa. Ya es muy tarde y tienes sueño, no quisiera que te sucediera algo.

—Está bien, mañana será otro día. Me preocupé por lo que dijo el oficial, creo que debes tener mucho cuidado.

—No te angusties. Estaré muy pendiente de todo. Aún llevo el susto conmigo.

—Gracias a Dios y no te sucedió nada. El auto es lo de menos, han podido matarte.

—La verdad es que no sé quién pudiera intentar matarme. Nunca he tenido problemas con los clientes, no creo tener enemigos.

—Ni yo creo que los tengas, pero uno nunca sabe.

—Frann estoy horrorizada, Oscar me llamó y me dijo que ayer intentaron asesinarte. —Le dijo Nebreska con voz preocupada.

—Oscar exagera, solo me robaron el auto, eso es todo.

—Me comentó que te habían disparado, eso es horrible, ¿ya lo sabe Nathalia?

—Aún no hablo con ella, no quiero angustiarla, creo que lo malo ya pasó, solo querían el auto.

—Frann por favor cuídate mucho, quiero seguir viéndote sano y salvo, No soportaría que te suceda algo malo y menos ahora que te sientes verdaderamente feliz.

—Gracias, querida por preocuparte, pero no me ocurrirá nada.

—Te quiero mucho, te veré cuando regreses de viaje.

—Yo también te quiero, y me siento feliz también por tu relación.

Frann y Nathalia estaban en el aeropuerto esperando para tomar el avión y comenzar su viaje a Tahití.

—Hoy comienzo una nueva vida —dijo él.

—Hoy comenzamos una nueva vida —corrigió ella.

—Me siento feliz y emocionado con este viaje. Estoy seguro de que lo vamos a disfrutar de una manera muy especial.

—A mí me parece como si estuviera flotando en el aire. Es una sensación agradable, irme de viaje al paraíso con la persona que amo y con la que pasaré el resto de mi vida.

—Hasta que la muerte nos separe —dijo Frann levantando su mano derecha.

—Hasta que la muerte nos separe —imitó ella, y luego recordó el incidente.

—¿Crees que trataron de matarte?

—No lo sé. No creo que alguien tenga un motivo para hacerlo.

—¿Podría ser Carl?

—Todo es posible, pero me gustaría creer que él no tiene nada que ver con esto. Mejor olvidar todo para que podamos disfrutar a plenitud este maravilloso viaje.

Nathalia le dio un cariñoso beso al oír que estaban llamando para abordar el avión.

—Ellos no hicieron el trabajo. Tienen que terminarlo o devolver el dinero.

—El hombre dijo que una señora los vio y gritó en el momento que disparaba, por eso falló. Esa es gente mala, Carl. Le dijeron a James que el riesgo bien valía el pago. James me dijo que si la señora los identifica, ellos pueden decir quién los contrató y así la policía podría llegar hasta nosotros. Creo que no vale la pena arriesgarnos, aunque se pierda el dinero.

—El dinero no me importa. Lo que quiero es que acaben con ese maldito que me está robando a Nathalia.

—Tendremos que esperar a que pase un poco de tiempo para que la policía abandone el caso. Ya encontraron el auto totalmente desvalijado, eso corrobora el móvil de robo. En unos días todo estará olvidado y podremos pensar en algo mejor.

—No quiero dejar que pase mucho tiempo, ahora cada minuto cuenta.

—Está bien, le diré a James que se encargue del asunto personalmente.

—Solo quiero que lo resuelvas.

—Tu padre me llamó preocupado con lo de la noticia del robo y el posible intento de asesinato de Frann. Me preguntó si yo sabía algo de eso.

—Mi padre me dejó solo en esto. No quiero saber nada de él.

—Se preocupa mucho por ti, está muy afectado. Creo que deberías hacer algo.

—Aquí el afectado soy yo, y él no ha hecho nada.

—Cálmate ahora y esperemos unos días.

—Que sea pronto.

Carl había citado a Tony a su casa. Cuando terminó de hablar, le pidió que se marchara.

Frann y Nathalys llegaron esa tarde a Papeete. Se fueron directo al hotel y se registraron, luego decidieron ir a comer algo. Encontraron un restaurante cerca, de ambiente nativo. La música, el decorado y las bailarinas eran típicos de Tahití, pero encontraron comida estadounidense en el extenso menú. Ambos se decidieron por hamburguesas y sodas, y se sintieron muy felices disfrutando del ambiente en su primer día de vacaciones. Después de la cena se marcharon a descansar.

—¿Realmente te sientes bien a mi lado? —quiso saber Nathalia.

—¿A qué viene la pregunta?

—No sé. Quiero oírte decir que todo esto es real. No quisiera que algo saliera mal, no estoy en condiciones de equivocarme contigo.

—Eres muy franca. Aunque suene un poco injusto, siento que mi vida está comenzando ahora que te he conocido y estoy a tu lado. La emoción que embarga mis sentimientos, inequívocamente durará para siempre. Toda mi vida he sido sincero. Después de mi divorcio, estaba seguro de que este momento llegaría algún día. Nunca me apresuré, hoy puedo hablarte de cosas eternas, mis sentimientos hacia ti son el producto de amor puro.

A Nathalia le brillaba el rostro, se acercó a Frann y lo abrazó con pasión.

Carl había quedado solo en su casa. Pensaba en su exesposa. "Nathalia tendrá que darse cuenta de que el arribista ese solo quiere aprovecharse de ella. Yo la recuperaré y le haré ver quién es ese sujeto infame que engaña a las personas haciéndose pasar por un ser iluminado. Qué ridiculez. Nunca pensé que mi amada esposa fuera a caer en esa trampa". A la mañana siguiente, Carl se levantó y se dispuso a llamar a la oficina de Frann. Quería averiguar más cosas acerca de su enemigo, pero escuchó una grabación explicando que estarían quince días cerrados.

—¿Por qué estarán cerrados? —dijo Carl en voz alta.

Para darse ánimo, pensó que seguramente el pillo había tenido que abandonar el país por cometer algún delito. Pero enseguida le entró pánico al pensar que podría haberse ido con Nathalia de viaje a Europa. "Tengo que averiguar dónde está".

Decidió meterse en la página de Internet que anunciaban en el diario.

"¿Qué estupidez es esa de periodo de concilio espiritual? Seguramente otro engaño más". Carl llamó a Tony y le dijo que averiguara dónde se había metido Frann.

—Quiero que averigües por qué no hay nadie en ese lugar. Si es que se fue de viaje, quiero saber dónde está y con quién.

—Haré lo que pueda, Carl.

—No, no harás lo que puedas, imbécil. Averígualo y me llamas hoy mismo para contarme.

Carl cortó la comunicación. Comenzó a sentirse muy mal de

nuevo. Pensar que Frann pudiera estar con su Nathalia de viaje lo descompuso, sentía una presión en el pecho, comenzó a vomitar, no podía controlar esa sensación de desasosiego, tristeza y amargura juntas. La posibilidad de volver con Nathalys se tornaba confusa, pero sabía que no podría vivir sin ella. No aceptaba que pudiese amar a otro hombre, si tan solo hacía unos meses ellos estaban bien, vivían juntos y compartían todo.

Nathalia y Frann habían tomado su desayuno en la cama. Luego salieron a recorrer Papeete, antes de marcharse a la primera isla de su recorrido. Fueron al mercado, un lugar muy pintoresco, donde vendían manualidades de la región, un sitio muy concurrido donde los nativos expresaban sus habilidades.

—Preciosa, creo que ya debemos marcharnos.

—¿A qué hora sale el avión?

—En dos horas. Nos da tiempo de recoger el equipaje, para que luego nos lleven al sitio de embarque —le dijo Frann.

—Fabuloso, eso significa que ni siquiera hemos comenzado la diversión. Esto es solo un pequeño resumen de lo que nos espera.

—Así es. Prepárate para pasarla como nunca en tu vida.

Cuando estaban en el hidroavión, Nathalia miraba por la ventanilla el esplendoroso paisaje.

—A veces siento temor.

—¿Temor de qué? —preguntó Frann preocupado.

—De que haya algo en lo que no congeniemos.

—Nathalia, la madurez de la relación nos irá enseñando que todos tenemos cosas propias, las cuales debemos respetar aun cuando no las compartamos. Si fuéramos exactamente iguales, no encontraríamos atractivo el uno del otro. Por otra parte, no hemos tenido el tiempo suficiente para conocernos.

—¿Cuánto tiempo crees que necesitaremos para conocernos?

—Toda la vida. Todos los días aprendemos cosas nuevas, cosas que asociamos a nuestra personalidad. Eso hace que siempre tengamos algo nuevo qué mostrar, es importante que sepas que siempre iremos descubriéndonos, siempre podremos ver algo diferente. Pero lo importante es que no cambie la esencia de la relación, que se mantenga la confianza y genere ese amor verdadero que sentimos el uno por el otro.

—Siempre me impresiono con las cosas que dices, eres tan sensible.

—Creo que te dejas envolver por la novedad.

—Si es así, vas a ser novedoso para mí toda la vida —dijo ella con cara de niña haciendo travesuras, y luego rieron ambos.

—Sí, buenos días, señorita, ¿me escucha? Mire, estoy tratando de localizar al señor Frann Hatton, pero se me ha hecho muy difícil.

—¿Para qué lo busca?

—¿Es usted familiar del señor Hatton?

—Soy su hija.

—Encantado, señorita Hatton. Mire, mi nombre es Giorgio Santos —mintió Tony. —Trato de localizar al señor Frann debido a que encontré una porta chequera con cinco mil dólares en cheques de viajero a nombre de Frann Hatton, y he estado tratando de encontrarlo para devolvérselos.

—Mi padre se encuentra fuera, tendrá que esperar a que regrese.

Ishka estaba alertada por su padre para que nunca divulgara lo que le pidiera guardara en secreto, y menos a personas desconocidas.

—Yo creo que esto es muy importante. Seguramente su padre ni se ha enterado de haber extraviado su dinero, y lo pudiera estar necesitando. Yo simplemente quiero entregárselo.

—Si fuera tan amable y me da un número de teléfono. Se lo haré saber tan pronto regrese para que lo llame. Me imagino que él podría haber hablado con la agencia de viajes y cancelar esos cheques.

—Es posible. Si quiere, dígame cuál es el nombre de la agencia, y yo mismo se los hago llegar.

—Muy amable de su parte. Lamentablemente, yo no conozco el nombre de la agencia.

—Pero, ¿usted sabe dónde se encuentra su padre?

—Sí, de viaje.

—¿Sabe usted en qué lugar?

—No estoy muy segura. Me parece que en la China, o en algún lugar del Asia.

—Bueno, muchas gracias.

—Déjeme anotar su tele... —Tony ya había cortado la comunicación.

—Carl, esa gente están de vacaciones, según lo que dijo la persona de seguridad del edificio. Pero nadie sabe para dónde se fue. La hija me dijo que para la China, no sé si me tomó el pelo o la chica tampoco sabe.

—Tiene que haber un modo de averiguarlo.

—Estoy haciendo todo lo posible.

—Haz lo imposible también.

Carl seguía cada vez más descompuesto. Llevaba varias semanas casi sin comer bien, y estaba muy triste. Tendría que conseguir la forma de saber si ese degenerado estaba con su Nathalia de viaje. Carl estaba fumando un cigarrillo, desde su separación había adquirido nuevamente el vicio que dejó hacía muchos años. Estaba sentado con una botella de escocés a su lado y un paquete de cigarrillos. Sentía un dolor profundo por la ausencia de Nathalia. Solo de pensar que estuviera con ese hombre, le daba náuseas.

—Nunca imagine que existiera un lugar así —dijo Nathalia.

Ya estaban en la habitación, que consistía en un bungaló sobre las aguas turquesa de la laguna, con una vista insuperable hacia la montaña. El bungaló en medio del agua parecía no haber sido usado nunca por otras personas. Todo estaba impecable, la inmensa cama de madera vestida de blanco parecía un adorno. Flores y frutas abundaban en todos los rincones. En el balcón privado había sillas de extensión y una mesa pequeña. Todo estaba pensado, no había fallas. Lo espectacular de la naturaleza en ese sitio, había sido invadida por el hombre con tanta sutileza, que parecía formar parte de ella misma. Nathalia y Frann estaban en el balcón admirando el paisaje, en trajes de baño, tomados de la mano.

—Si la felicidad es más que esto, no creo estar capacitada para asumirla. —Dijo Nathalia viendo la majestuosidad del paisaje.

—La asumirás, y además la compartirás conmigo, y yo la compartiré contigo.

—¿Por qué no me hablas de nuestro futuro? Eso es fácil para ti, lo haces a diario con muchas personas.

—Nuestro futuro es muy parecido a esto, pero podríamos mejorarlo si es tu gusto.

—¿Cuántos hijos tendremos?

—¿Por qué lo quieres saber?

—Es necesario que el mundo cuente con más personas como tú.

—Es un halago muy bello, pero piensa que nuestros hijos tendrán su propia personalidad. Ya me gustaría ver muchas Nathalias chiquitas correteando alrededor de nosotros.

—¿Cuánto quieres a tu hija Ishka?

—Más que a nadie en este mundo.

—¿Y a Nathalia cuánto la quieres?

—Más que a nadie en este mundo.

—Eso significa que no sabes a quién quieres más —dijo Nathalia sin ninguna preocupación.

—Eso significa que el amor que siento por mi hija no compite con el amor que siento por ti. Un día sabrás que es posible dejar de amar a cualquier persona, menos a un hijo.

—Estoy totalmente convencida de que eres único. Eres una persona tan especial, que a veces temo que te pueda suceder algo. Preferiría que dejaras de amarme a que te suceda algo.

—Piensa en positivo siempre, así evitarás preocuparte por cosas que no van a ocurrir. ¿Quieres nadar un poco?

—Quiero hacer todo lo que tú quieras —dijo ella.

—Entonces nademos.

Bajaron por una pequeña escalera y ya estaban en el agua, toda para ellos solos. Se abrazaron y luego comenzaron a jugar como niños.

Al día siguiente tomaron un catamarán de 60 pies, en el que recorrerían los archipiélagos. En una pequeña isla, el personal del catamarán coloco una mesa a la orilla del mar para que Nathalia y Frann almorzaran sentados, con los pies en el agua, una exquisita comida acompañada con un maravilloso vino. De postre, les sirvieron unas bananas flameadas con helado de vainilla que Nathalia no olvidaría nunca en su vida. Comían, bebían y se miraban, cada uno pensando seguramente lo mismo. Se reían sin pronunciar palabra, definitivamente estaban pensando lo mismo, compartiendo la felicidad, porque la mejor manera de ser feliz es cuando se puede compartir esa felicidad.

Ya en la noche, algo cansados, pero con el espíritu alegre, decidieron ir a tomar algo, escuchar la música y ver los bailes de ese encantador lugar. Los días transcurrían sin que pudieran percatarse.

—Frann, ¿te has dado cuenta de que mañana partimos a nuestra última parada?

—¿Ya, tan pronto?

—Llevamos casi dos semanas por estos lados del mundo.

—Creo que llamaré a Nina para alargar un poco las vacaciones.

—Qué idea tan genial.

—¿Cuánto tiempo más crees que podrías aguantar sola conmigo en este paraíso?

—Déjame ver... No estoy muy segura, pero creo que no podría pasar de los cien años. Es posible que después de ese tiempo comience a fastidiarme tu presencia.

—Eres poco tolerante.

—Sí, ese es uno de mis defectos.

—Bueno, ya he logrado conocer muchas cosas nuevas en ti.

—¿Aun así, estás dispuesto a continuar a mi lado?

—Sí, pero no más de cien años.

—¿Dónde toca hoy el desayuno? —preguntó Frann, de repente, en un ataque de hambre. —Tengo una idea. Vamos a pedir unas sillas y una mesita inflable, las unimos, colocamos el desayuno en la mesita y desayunamos mientras el agua nos lleva sin rumbo fijo.

—Muy creativo.

Nathalia y Frann habían decidido no discutir por nada durante el viaje. Para ello, utilizarían una moneda en caso de alguna diferencia, pero en el tiempo que había durado el viaje se pusieron de acuerdo en todo sin usar la moneda.

Durante el desayuno decidieron ir a un Polinesia Spa.

—Bienvenidos, han llegado al sitio ideal, no hay otro lugar mejor para relajación, rodeada de belleza y fragancias naturales —les aseguró el anfitrión del lugar.

Dos chicas con atuendos típicos tomaron a Nathalia de las manos y la guiaron por un pasillo, y Frann fue guiado por un joven al lado contrario. Luego que les hicieron colocar unos pareos, salieron y se encontraron en un sitio donde había una especie de piscina natural, con cascadas. Allí tomarían un baño de hierbas aromáticas y flores frescas. Más tarde, en un salón de masajes, cubrieron el cuerpo de Nathalia con aceites naturales y hojas de bananos. Cuando se vieron de nuevo a la salida, se sentían realmente diferentes.

—Me imagino que me devolvieron un nuevo Frann, porque tu Nathalia está de estreno.

—Así es. Aquí lo reconstruyen a uno, literalmente.

—¿Has podido averiguar el paradero de Hatton?

—No, parece que ese sujeto es un misterio. Nadie sabe nada de él, todo el mundo lo conoce, pero no saben dónde pueda estar.

—¿Y tú qué opinas? ¿Se habrá ido de viaje con Nathalia?

—Mi opinión no ayudará mucho. Estamos tratando de averiguar con los chismosos de farándula, ellos saben todo sobre los famosos, y en este caso creo que Frann caerá en sus manos y nos soltarán la información.

—Quiero que te apures con eso. Una persona no puede desaparecer de esa manera.

—Te aseguro que pronto daremos con él.

Carl se había mudado a un hotel, no deseaba estar en la casa solo. Tampoco quería hablar con nadie, ni con su padre. Solo pensaba en Nathalia, lo que podría estar haciendo. De vez en cuando comía un bocadillo, pero lo que más hacía era beber y fumar. No se había bañado en varios días, tenía siempre el televisor encendido, pero casi no lo miraba. El mundo se le había volteado. Nunca imaginó que ella lo abandonaría y se iría con otro. Trataba de pensar en otra mujer, pero sentía repugnancia, no se veía con nadie más. Tendría que recuperarla o estaba perdido. Quería salir a comprar algunas cosas, pero debía esperar hasta la madrugada para no tropezarse con algún conocido.

TREINTA Y OCHO

Frann caminaba solo por la playa. Era muy temprano en la mañana, cuando pudo ver a lo lejos la figura de un hombre que se acercaba. El sol lo encandiló un poco, pero comenzó a fijarse bien en la figura, y estaba seguro de que se trataba de Peter; a pesar del sol, podía ver su rostro perfectamente. Peter venía caminando frente a Frann, descalzo, con unos pantalones cortos y sin camisa. No sabía qué pensar. Al igual que las otras veces, tenía muchas preguntas qué hacerle. A medida que se acercaba, le costaba más distinguirlo. La humanidad de Peter se confundía entre el sol y una especie de polvo que podría ser arena. Lo veía cada vez más borroso, hasta que cuando ya estaba muy cerca, la figura desapareció por completo. Frann asoció la situación con los espejismos que se ven en los desiertos. Pensó que Peter era solamente una necesidad de su mente, un apoyo interno. De pronto, sintió unos pasos por detrás, se volteó enseguida, agitado, y vio que era Nathalia.

—¿Qué te sucede? Parece como si hubieras visto un fantasma.

—Precisamente eso creo haber visto.

—Cuéntame lo que sucedió.

—No es nada, estaba meditando.

—Como que ya comenzaste a extrañar el trabajo.

—Ni lo pienses. Nada me sacará de estas vacaciones, así que a tomar el desayuno. Creo que hoy deberíamos ir al comedor.

—Me parece bien. Deja que me ponga algo más formal, y listo.

Durante el desayuno, se les acercó un hombre vestido con un traje típico y les dijo que eran una pareja muy poco común.

—¿Cómo es eso? —quiso saber Nathalia.

—Puedo ver que sus vidas están unidas sin ataduras, transmiten mucha espiritualidad y paz. Nunca había visto a una pareja tan desnuda, tan abierta el uno con el otro. Ustedes no necesitan que nadie certifique su unión, no tienen nada que demostrarse, por lo tanto, tampoco tienen nada que demostrarle al mundo.

—¿Podríamos saber quién es usted? —preguntó Frann.

—Soy un simple sacerdote, he pasado toda mi vida en estas islas y conozco a más parejas que nadie en el mundo.

—Muy interesante —reconoció Nathalia. —¿Qué podría hacer un sacerdote tan experimentado por esta humilde pareja?

—Quiero que se acerquen esta noche a la playa. Ustedes son personas especiales, yo nunca me he equivocado. En estos momentos necesitan que Dios bendiga ese amor que los une. En una significativa ceremonia de enlace, los uniré para siempre.

—Pensamos casarnos muy pronto —aclaró Nathalia.

—Ustedes tendrán una boda tahitiana esta noche, y esa será su única y definitiva unión. Los espero a las ocho.

Cuando el sacerdote se marchó, ellos empezaron a comentar lo sucedido.

—Ese señor no estaba hablando en serio —acotó Nathalia.

—Es posible que no, pero en todo caso he escuchado que esas ceremonias son muy hermosas y espirituales.

—Me gustaría pensar que no me estás insinuando que tengamos una boda tahitiana.

—No te lo estoy insinuando, te lo estoy pidiendo. Casémonos a lo tahitiano, será otra nueva experiencia.

A las ocho en punto, la pareja se encontraba en la playa. Dos chicas tomaron a Nathalia y la llevaron a una cabaña para prepararla. Frann fue conducido a otro lugar, donde también sería preparado e instruido para la ceremonia. Ambos fueron despojados de las ropas que llevaban, luego los acicalaron con pareos blancos, debían estar descalzos, también les colocaron collares de flores. Frann llegó a la playa en una canoa, mientras Nathalia era conducida en un trono de ratán. En el lugar donde fueron llevados, había un altar con velas y muchas flores. El evento fue amenizado con música y bailes, mientras el sacerdote ejecutaba los ritos. Al concluir la ceremonia y los rezos, el sacerdote les dio sus nombres tahitianos y los bendijo. Para celebrar, bebieron en unos vasos de bambú, un aguardiente aromático que los animó más de la cuenta.

—Esto ha sido muy bello —le dijo Nathalia a Frann.

—Los felicito. Disfruten cada momento de sus vidas sin desaprovechar nada. Dios los unió, y solo Él dispondrá hasta cuándo.

—Estoy conmovido. Nunca pensé que esta pequeña ceremonia pudiera hacerme sentir tan bien.

—Las personas de bien suelen entender mejor los actos de fe. Ahora, con su permiso, debo retirarme —dijo el sacerdote.

—¡Frann, estamos casados! A lo tahitiano, pero casados al fin.

—No me arrepiento de haber hecho esto.

Frann tomó a Nathalia, la abrazó y la besó. En ese momento sintieron la luz de una cámara fotográfica: les habían tomado una foto.

—Háblales para que nos den una copia.

—Me imagino que la tomaron para entregárnosla de recuerdo.

Al día siguiente de la ceremonia, a una persona de la oficina de turismo le pareció que la foto de Nathalia y Frann era perfecta para ponerla en la página de Internet, en la sección "Foto del mes". Así llegó a manos de un curioso que enseguida la suministró, por unos dólares, a una conocida revista de farándula de Nueva York. La editorial publicó la foto en la portada de la revista, que salió a los dos días.

—Tony, no has hecho nada de lo que te he pedido. Creo que ya no te voy a seguir dando dinero, me ocuparé yo mismo del asunto.

—Solo necesito un par de días, ya tengo una buena pista, localicé la agencia de viajes. La persona se llama Sonia, pero salió y regresa mañana. Dame una oportunidad y te diré todo lo que necesitas saber.

—Es el último chance. Si no me llamas pronto, me olvido de ti.

Carl hablaba un poco enredado, ya casi no comía y la bebida estaba haciéndole mucho daño. No podía pensar bien, solo sentía un profundo dolor moral, una pena que no lograba superar. No sabía qué hacer. O, sencillamente, no tenía ganas de hacer nada. Nathalia lo dejó sin motivos. Siempre se portó bien con ella, la complacía en todo. Tendría que haber sido más fuerte con ella, su debilidad lo había hecho perderla. Sabía que alguien se la llevaría, por eso trato de cuidarla y protegerla, pero de nada valió, igual se fue con otro. Ya no sabía qué pensar. Tomó la botella y se sirvió de nuevo. Trató de concentrarse en el televisor. Estaban dando un noticiero, eso lo deprimía más. Cambió el canal y se puso a ver una película que logró captar su atención. Como a las dos de la mañana decidió bajar a comprar cigarrillos y algo para comer, aun cuando no tenía hambre. Caminando tan tarde, bastante tomado y con la misma ropa que llevaba desde hacía más de una semana, se confundía con los borrachines de la calle. Entró en la misma tienda que abría las 24 horas, tomó un emparedado, algunas frutas y le pidió al encargado un paquete de cigarrillos. Pagó con un billete de cien, y el encargado se lo quedó mirando.

—No aceptamos billetes mayores de veinte.

Carl abrió la cartera nuevamente y, después de revisar, sacó uno de cincuenta.

—Esto es lo más pequeño que tengo.

El hombre lo observó de arriba abajo y se dio cuenta de que, a pesar del estado en que se encontraba Carl, todo lo que llevaba puesto era costoso. Tomó el billete, envolvió las cosas y se las entregó, junto con el cambio.

Carl salió a la calle, sacó el emparedado de la bolsa y comenzó a morderlo mientras caminaba para despejarse un poco. De pronto dejó caer la bolsa con el emparedado y se quedó mirando fijo hacia un puesto de periódicos. En una revista aparecía la foto de Nathalia y Frann besándose. El título decía "Boda Tahitiana". Carl casi se cae de la impresión. Le faltó la respiración, se le aguaron los ojos y comenzó a llorar. Tomó la revista y dejó unos cuantos billetes, sin contarlos. Caminó viendo la portada, sacó un cigarrillo y lo encendió. Como a dos cuadras vio el anuncio de un bar, se aproximó al lugar, entró y pidió un escocés doble. Sacó de su bolsillo un billete y lo dejó sobre el mostrador. Mientras se tomaba el trago, casi de un sorbo, veía la foto. Pidió otro trago igual y lo bebió rápidamente, luego se dirigió al baño y, apenas entró, comenzó a vomitar. Pasó un buen rato en el baño, después salió del lugar y detuvo un taxi, le dio la dirección de su casa y se quedó mirando por la ventana sollozando. Al entrar en su casa, fue al baño y llenó la bañera, luego tomó un vaso, una botella y se metió con ropa y zapatos a la bañera. Estrelló el vaso contra la pared y se puso a tomar directamente de la botella. Lloraba con mucho dolor.

—Esta no puede ser Nathalia. A esta, que aparece aquí, yo no la conozco.

Veía la foto, hablaba y lloraba al mismo tiempo. También bebía de la botella. Soltó la revista y se quedó contemplando el techo, sollozando.

—Ella no es así. Yo la amo y ella me ama, hemos sido felices mucho tiempo. Ahora está con otro. Ella está con otro que no soy yo. ¿Por qué la vida deja que pasen estas cosas?

Carl siguió tomando y hablando solo por un rato, hasta que soltó la botella y se quedó callado.

Eran como las seis de la mañana cuando repicó el teléfono. Colbert lo tomó, sobresaltado.

—Hola, padre. Lamento despertarte, pero quería hablarte.

—¡Carl! ¿Dónde has estado? Te he llamado y buscado por todas partes.

—Ahora estoy solo. Creo que he estado solo toda la vida.

—Carl, estás bebiendo. ¿Dime dónde estás?

—Siempre me ha rodeado un mundo de soledad. Me pregunto, ¿qué es la voluntad?, ya que la mía siempre fue inexistente.

Carl hablaba con dificultad.

—Hijo, por favor, dime dónde estás.

—Estoy en mi casa, rodeado de soledad.

—Enseguida me arreglo y salgo para allá. Por favor, no sigas bebiendo.

—Nunca me has dejado tomar una decisión, y ahora mi única ilusión se esfuma, desaparece para siempre. Yo no puedo vivir sin ella, ¿ya te lo había dicho?

—Carl, por favor, tranquilízate, que enseguida estoy contigo.

—Quería que supieras que no soy tan inútil como tú pensabas. Hoy me doy cuenta de que sí soy capaz de tomar decisiones. Ahora mismo acabo de tomar una muy importante.

Colbert escuchó un disparo al otro lado de la línea, y un ruido.

—¡Carl! ¿Qué sucede? ¡Carl! ¿Qué has hecho, hijo mío?

Colbert estaba al borde de un colapso. Colgó el teléfono y llamó inmediatamente el 911 para reportar el incidente. Luego se vistió y salió corriendo.

Cuando la policía llegó a la casa de Carl, tuvo que forzar la puerta para entrar. Encontraron su cuerpo sin signos vitales, rodearon toda la propiedad con cinta de protección y comenzaron con el trabajo de recolección de evidencia. Colbert llegó al poco rato y, cuando vio a su hijo tendido boca abajo, en el suelo, se puso las manos en la cabeza y comenzó a llorar. Ya era muy tarde para cualquier cosa, su hijo estaba muerto. Colbert veía su cuerpo sin poder pronunciar palabra. Se le acercó un hombre alto y fornido, de rostro agradable, vestido con un traje gris.

—Lo siento mucho, señor Frank. Soy el teniente Bagliany, de la policía. Debo hacerle algunas preguntas, si no es molestia.

Colbert se lo quedó mirando, sin dar ninguna seña de querer hablar.

—Está bien. Si lo prefiere, conversaremos luego.

—Soy la mujer más feliz de este mundo. Ahora ya no siento temores, tú has hecho que se disipen mis angustias. He podido comprender que la felicidad existe y está en uno mismo, solo hay que buscar un poco. También me has enseñado que la felicidad es algo que podemos llevar a todas partes y compartirla con todo lo que nos rodea. ¿Qué te sucede? Estás muy callado.

—Estaba pensando en lo maravillosas que han sido estas vacaciones. Ahora vamos a enfrentar el día a día, la vida tal cual es en realidad. Quiero que siempre tengas esa fortaleza para enfrentar cualquier adversidad que se te presente. Estoy muy orgulloso de tenerte a mi lado.

—No espero tener adversidades. En mi vida, no tienen cabida las adversidades, solo el amor puede estar a mi lado —aclaró Nathalia.

—Ya casi llegamos. Parece como si hubiéramos salido ayer.

—Sí, se pasa rápido. Quisiera quedarme esta noche en tu casa, así no me sentiré tan diferente.

—Esa ya no es más mi casa. Desde ahora es nuestra casa, y podrás quedarte hasta que decidas cambiarla.

—Te amo, Frann.

—Y yo a ti.

Colbert estaba destrozado. Después del funeral, se fue a su casa y no quiso ver a nadie. Una gran cantidad de familiares y amigos trataron de hablarle, pero no les fue posible. El hombre estaba inconsolable, no podía hilar los hechos, no encontraba explicaciones. Sencillamente, su hijo ya no estaba, se había ido para siempre, había tomado esa decisión. Sentado solo, en la sala de su casa, no lograba pensar adecuadamente. Había decidido siempre sobre la vida de su hijo, pero ya no estaba vivo. ¿Qué más podría hacer en este mundo vacío?

Nathalia y Frann caminaban por los pasillos del aeropuerto Kennedy. Buscaban la salida, cuando de pronto ella se detuvo y señaló a Frann, con la mano, los titulares de un diario: "En la tarde de ayer fueron sepultados los restos de Carl Frank". Se volteó, se abrazó fuertemente a Frann, y comenzó a llorar. Él estaba tan impresionado con la noticia, que soltó el equipaje y se puso las manos en la cabeza en un gesto de preocupación. Luego la abrazó y se quedaron un buen rato sin decir nada, pensando cada uno en sus propias angustias.

—Frann, yo sabía que esto podía suceder —dijo ella entre sollozos.

—Pero no ha sido culpa tuya. Tampoco has podido evitar que sucediera.

—Quiero saber qué pasó.

Nathalia fue hasta la tienda y compró el diario.

—Se quitó la vida, Frann, y yo ni siquiera quise verlo.

—Viéndolo, no hubieras cambiado nada. Posiblemente ahora estuvieras más afectada aún por esta tragedia.

—Estoy muy afectada. Yo no quería que esto sucediera.

—Lamento mucho que Carl terminara así. Creo que no merecía ese castigo. Tú no tenías cómo ayudarlo, y los que podían no lo hicieron.

—Frann, esto es terrible. —Nathalia se puso la mano en la boca y cerró los ojos. —Terrible —repitió.

Cuando llegaron a casa, Nathalia pasó un largo rato conversando con su padre acerca de todo lo acontecido. Le dijo que se quedaría en casa de Frann. Necesitaba estar lo más cerca posible de él.

Al día siguiente, ella trató de comunicarse con Colbert, pero le resultó imposible. No obstante, le dejó un mensaje de condolencia en el contestador, como había hecho mucha gente.

—¿Piensas ir a trabajar el lunes?

—No. Le daré un par de días a Nina para que reorganice todo, y comenzaré atendiendo a mis clientes el miércoles.

—Me gusta la idea, así no estaré sola. Necesito tenerte a mi lado por unos días, estoy muy deprimida.

—Ya irá pasando. Tú eres una persona muy fuerte e inteligente. Vamos a organizarnos un poco aquí, eso nos distraerá.

—Está bien, empecemos por qué me digas dónde puedo poner todas mis cosas.

—Yo diría que es lo contrario. Coloca tus cosas donde mejor creas, y yo reubicaré las mías sin ningún problema.

—Te quedarás sin espacios —advirtió ella.

—El espacio que necesito está en tu corazón.

Todo comenzó a fluir como de costumbre, con la diferencia de que Frann encontraba a su amada Nathalys en casa cuando regresaba del trabajo. Era una verdadera vida de pareja. Ella logró sorprenderlo con unos excelentes platillos que preparaba para la cena.

Terminó la semana. Las angustias por la tragedia de Carl habían pasado, y cada vez se sentían más libres de presión. Ishka había quedado en cenar con ellos en casa el fin de semana. Oscar también se apareció con Josephine y la pasaron extraordinariamente bien.

A la semana siguiente, Frann ya estaba trabajando a ritmo completo. Las citas se acumulaban y se vio en la necesidad de atender a una persona más todos los días, para compensar la ausencia.

Colbert seguía encerrado en su casa, sin hablar con nadie. Pero ese viernes se levantó muy temprano, se vistió con la misma elegancia que siempre lo había caracterizado, y se fue a la oficina. Cuando llegó, se sentó en una silla frente al escritorio, entrelazó los dedos y se acercó las manos a la cara. Se quedó un rato inmóvil. Luego tomó una hoja de papel membretado con su nombre, y escribió: "Frann Hatton, acabaré contigo". Luego soltó el lapicero. Ya no pensaba en nada, no escuchaba ni sentía nada.

En una pequeña sala del hospital, se encontraban Nathalia, Ishka, Nina, Hillary y Oscar. Nebreska se había retirado hacía un rato para refrescarse y volver luego. Habían pasado cuatro días desde que Colbert le disparó a Frann. Le practicaron una intervención quirúrgica, la cual, según los médicos, fue exitosa. Sin embargo, aún continuaba en cuidados intensivos para su completa recuperación, y con el fin de evitar que pudiera ocurrir una complicación cardiaca, riesgo que el médico principal había estimado. El doctor se acercó después de ver a Frann y les comentó los progresos del paciente.

—Todo está bien. Pienso que mañana temprano lo sacaremos de cuidados intensivos para trasladarlo a una habitación, donde podrán verlo por un corto tiempo.

—Enhorabuena —comentó Oscar.

Ishka y Nathalia se abrazaron y comenzaron a soltar unas lágrimas.

—No podrán permanecer mucho rato, pero les haré sacar unos pases para que puedan estar adentro desde temprano y acompañarnos en el traslado. Ha respondido satisfactoriamente a la operación, pero su estado es delicado. Una vez en la habitación, estaremos monitoreándolo constantemente hasta que todas sus funciones se estabilicen completamente. La próxima semana comenzaremos un programa de rehabilitación, parece que se recupera más pronto de lo que imaginé. ¿Tienen alguna pregunta?

—¿Podremos entrar todos a la habitación? —preguntó Oscar.

—Mañana solo podrán estar con él su hija y su esposa, y no por mucho tiempo. Ahora, si no tienen más preguntas, debo retirarme.

—Muchas gracias, doctor —dijo Oscar.

—Bueno, chicas, parece que ya pasó lo peor, mañana podrán ver a nuestro querido Frann.

—Gracias a Dios —dijo Ishka, que casi no podía hablar por la emoción de poder ver a su padre de nuevo.

—Me parece mentira que haya pasado todo esto —dijo Nathalia, con el rostro contraído y lágrimas corriendo por sus mejillas.

—Les sugiero a todas que se retiren y se preparen para mañana, llevan mucho tiempo sin descansar bien. Pienso ir a casa, pero regreso más tarde. Si quieres te llevo —dijo Oscar dirigiéndose a Nathalia.

—Me voy, pero regresaré mañana temprano —dijo Nina.

—Yo me quedaré, comeré algo y estaré hasta la noche —dijo Ishka.

—Me quedaré, también para acompañarte —le informó Hillary.

Oscar se retiró acompañado de Nathalia. La tensión había bajado. Aun cuando nadie sabía lo que pudiera ocurrir, mentalmente estaban más tranquilos, y se veían conversando con Frann, hablando de lo sucedido, atendiéndolo. Nathalia estuvo callada todo el camino. Había pensado muchas cosas esos días, estaba embotada. Ahora no quería pensar, solo esperar para ver a su adorado Frann. Al llegar a la casa, se recostó en una silla y se quedó dormida por un buen rato. Al despertar estaba confundida, era la primera vez en cuatro días que tenía un sueño profundo. Inmediatamente recordó las palabras del doctor en el hospital. Tomó un baño, se preparó un té y se acostó en la cama.

Abrió los ojos; el reloj marcaba las cinco y treinta de la mañana. Se levantó y decidió prepararse para irse temprano. Cuando llegó al hospital eran las siete y treinta. Ishka estaba en la salita de recepción.

—Hola, Nathalia. ¿Finalmente pudiste descansar?

—Sí, creo que dormí más de la cuenta. Te llamé temprano para recogerte.

—Mi madre me trajo, quería estar aquí lo antes posible. Ella regresará cerca del mediodía.

—¿Preguntaste por los pases?

—Aún no, pero, si quieres vamos juntas y preguntamos a la enfermera.

Se acercaron a una taquilla y, después de hablar con la enfermera, esta les entregó los pases y les indicó el lugar.

—Al pasar la puerta, a la izquierda hay un pequeño pasillo, se pueden sentar en las sillas que están al final. El doctor vendrá como a las nueve.

Ishka y Nathalia tenían un buen rato conversando cuando se presentó Oscar, con mejor semblante.

—Buenos días. Siempre se me adelantan.

—Hola, Oscar, ¿cómo te sientes hoy? —preguntó Ishka.

—Bastante mejor, preciosa. Voy a buscar un café de esas máquinas, ¿quieres uno? —le preguntó a Nathalia.

—Sí, gracias.

Oscar regresó con dos vasitos de café, le entregó uno a Nathalia y se sentó junto a ellas.

—Esa es la puerta de la sala de cuidados intensivos, se supone que mi padre está ahí dentro.

—Sí, el doctor dijo que lo trasladarían como a las diez, así que ya falta poco —dijo Nathalia.

Los tres estaban hablando de las reacciones que tendrían cuando vieran a Frann, cuando, de pronto, se abrió la puerta de la sala de cuidados intensivos y salió una enfermera corriendo, dejando la puerta abierta.

—¿Qué pasará? —preguntó Oscar.

—¿Será que le sucedió algo a Frann? —preguntó Nathalia.

Enseguida regresó la enfermera con dos médicos. Entraron casi corriendo a la habitación. Ishka se levantó y caminó hacia el lugar para ver lo que sucedía. Tan pronto como llegó a la puerta, comenzó a dar gritos.

—¡No! ¡Por favor, ayúdenlo! ¡No lo dejen morir!

Nathalia y Oscar se levantaron y comenzaron a caminar hasta donde estaba Ishka.

—¡Por favor, padre, no me vayas a dejar! ¡Estoy aquí, no puedes dejarme! —Ishka daba gritos cada vez más desgarradores.

Frann escuchó a su hija y se levantó de la cama para ir hasta donde estaba ella.

—Ya, tranquilízate hija, yo estoy bien ahora, me siento mejor que nunca, pero quiero que te tranquilices.

Nathalys, que acababa de llegar a la sala, se agarró muy fuerte de Oscar y miró hacia el techo, como buscando la ayuda de Dios.

—Oscar, esto no está pasando. Yo todavía estoy dormida, despiértame para que podamos ver a Frann cuando lo lleven a la habitación.

Nathalia hablaba con un nudo en la garganta y una sensación de horror que nunca había vivido.

—¿Qué te sucede, Nathalia? Yo estoy bien, ya no me siento mal. Cálmate, quiero verte sonreír. —Le dijo Frann.

Él no sabía lo que sucedía, hasta que se volteó hacia la habitación y vio a los doctores dándole masajes en el corazón, tratando de revivirlo. Entonces entendió lo que sucedía. Todos estaban luchando por resucitarlo, pero Frann ya no quería regresar a su cuerpo. Había algo que lo llamaba, se sentía seguro y confiado de que tenía que seguir su destino. Los médicos hicieron todo lo posible, pero ya no había ninguna reacción. En actitud de derrota, uno de los médicos cubrió a Frann con la sábana. Nathalia se desmayó. La impresión de Oscar no lo dejaba reaccionar. Ishka lloraba con un profundo dolor. Unos enfermeros tomaron a Nathalia y la colocaron en una camilla para trasladarla a emergencias. El doctor se acercó donde estaba Ishka.

—Lo lamento, pero el señor Frann ha fallecido.

—¿Puedo pasar? —gritó Ishka.

—Ya no hay nada que hacer —le dijo el doctor.

—Quisiera abrazarlo por última vez.

El médico miró a Oscar y luego se apartó para que Ishka pudiera pasar. Ella llegó hasta la cama, le quitó la sabana y abrazó el cuerpo sin vida de su padre.

—Frann, eres tan bueno, eres el mejor padre del mundo. Quiero que regreses.

Ishka lloraba casi a gritos. Una enfermera la retiró de la cama y la tomó entre sus brazos.

Todo lo ocurrido en escasos minutos era confusión. Nadie entendía ni aceptaba los hechos. Nathalia no volvía en sí, Ishka no dejaba de llorar, Oscar esperaba que de alguna manera resucitaran a su amigo.

EPÍLOGO

—Hola, ¿cómo te llamas?

—Frann Hatton —respondió el niño tímidamente.

—¿Hace mucho tiempo que vive aquí? —preguntó la señora a Nathalia.

—Sí, llevo muchos años aquí.

—¿Solamente tiene ese hijo?

—Sí, solo él.

—Usted, tan joven, ¿cómo es que no ha buscado pareja?

—A mi esposo lo asesinaron hace más de cinco años, ha sido algo muy duro.

—Santo Dios, me impresiona. Por lo visto vivió muy poco usted con su esposo.

—Pude vivir con mi esposo más de lo que viven muchas parejas que tienen treinta o cuarenta años juntas.

La señora se quedó pensando. Luego preguntó:

—¿Cuándo piensa mudarse?

—La semana próxima.

—¿Vivirán cerca de aquí?

—No, pensamos irnos a la Florida. Encontramos un sitio precioso para vivir.

—Los felicito, Florida es mucho más tranquilo que aquí. Yo siempre he pensado en retirarme para ir a vivir allá.

—Puedo entregarle el apartamento a finales de esta semana, la mudanza recogerá todo el jueves.

—Maravilloso. Haré arreglos para trasladarme a comienzos de la semana próxima.

—Si necesita alguna otra cosa, puede llamarme.

—Muchas gracias, Nathalia.

La señora miró a Frann y preguntó:

—¿Se parece el niño a su padre?

—Quizás un poco, físicamente, pero tiene su propia personalidad.